W0190726

3
fa
15,- 20

Die Fundgrube

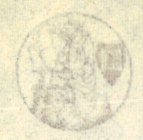

CHARLES DICKENS

AMERIKA

Winkler-Verlag München

Vollständige Ausgabe in der zeitgenössischen Übertragung
von E. A. Moriarty. Durchgesehen und mit einem Nach-
wort von Siegfried Schmitz.

ISBN 3 538 060541

Nr. 54

Alle Rechte, einschließlich derjenigen des auszugsweisen Abdrucks und der
photomechanischen Wiedergabe, vorbehalten.
© 1972 by Winkler-Verlag, München. Schutzumschlag: Else Driessen
Gesamtherstellung: Graphischer Großbetrieb Friedrich Pustet, Regensburg
Printed in Germany

Ich widme dieses Buch

meinen Freunden

in

Amerika,

die nach einem Empfang, dessen ich mich stets mit Stolz und
Dankbarkeit erinnern werde, meinem Urteil

seine Freiheit ließen;

und die, weil sie ihr Vaterland lieben, die Wahrheit, wenn sie
wohlmeinend und nicht verletzend gesagt wird, vertragen
können.

I. KAPITEL

Die Abreise

Nie vergesse ich das einviertel ernste und dreiviertel komische Erstaunen, mit dem ich am Morgen des dritten Januars achtzehnhundertzweiundvierzig den Kopf durch die Türe eines „Staatszimmers" an Bord der „Britannia" steckte, eines Dampfpaketbootes von zwölfhundert Registertonnen, das Ihrer Majestät Post beförderte und nach Halifax und Boston bestimmt war.

Daß dieses Prunk- und Staatsgemach ausdrücklich für „Charles Dickens, Esquire, nebst Gemahlin" gemietet worden, wurde in diesem Augenblick selbst meinem verblüfften Verstande hinlänglich klar durch ein gar kleines Zettelchen, welches auf einem gar flachen Polsterchen über einer gar dünnen Matratze steckte, die gleich einem Wundpflaster über ein höchst unnahbares Kojengesims gelegt war. Also dies sollte das Staatsgemach sein, über welches Charles Dickens, Esquire, und dessen Frau Gemahlin wenigstens vier Monate lang vorher miteinander Tag und Nacht verhandelt hatten: dies konnte wirklich jenes kleine, trauliche Zimmer sein, von dem Charles Dickens, da der prophetische Geist über ihn kam, stets vorausgesagt hatte, es werde wenigstens ein kleines Sofa enthalten, und von dem Frau Dickens zwar bescheidene, aber doch so großartige Begriffe hatte, daß sie anfangs meinte, es würden sich nicht mehr als zwei sehr große Mantelsäcke in einer versteckten Ecke unterbringen lassen (Mantelsäcke, die sich jetzt ebenso leicht durch die Tür zwängen ließen wie ein Kamel durch ein Nadelöhr oder eine Giraffe in einen Blumentopf): und dieses völlig unerträgliche, ganz trostlose, unselige Loch sollte die entfernteste Ähnlichkeit, Verwandtschaft oder Verbindung mit jenen zierlichen, sauberen, ja sogar prächtigen kleinen Gemächern haben, die eine Meisterhand auf den gleißenden lithographierten Plan hingezaubert hatte, der in dem Kontor des Schiffsagenten in der Londoner City hing? Kurz, dieses Staatsgemach sollte nicht bloß eine hübsche Erdichtung, ein launiger Scherz des Kapitäns sein, erfunden, um die Freude an dem wirklichen, sogleich mit eleganten Flügeltüren aufgehenden Staatsgemach desto mehr zu erhöhen? Es wollte mir nicht in den Kopf, und doch war es so, es war die lautere, nackte Wahrheit. Und ich setzte mich nieder auf eine Art von roßhaarenem Polstersitz – es waren zwei solche Sitze vorhanden – und sah, mit völlig nichtssagender Miene, wie ich selbst fühlte, einige Freunde an, die mit uns an Bord gekommen waren und ihre Gesichter auf jede mögliche Weise zusammenfalteten, um sie durch die kleine, schmale Türe zu bringen.

Wir hatten, ehe wir herunterkamen, einen ziemlich heftigen Schock empfunden, der uns, wären wir nicht die sanguinischsten Menschen von der Welt, auf das Schlimmste hätte gefaßt machen können. Der bereits erwähnte phantasiereiche Künstler hat in demselben großen Werk einen Saal mit einer beinahe endlosen Fernsicht abgebildet, der, wie Mr. Robins sagen würde, mit mehr als orientalischer Bilderpracht möbliert und mit außerordentlich fröhlichen und lebhaften Gruppen von Herren und Damen (ganz bequem) angefüllt erschien. Ehe wir nun in die Eingeweide des Schiffes hinunterstiegen, waren wir vom Deck aus in ein langes, schmales Zimmer gelangt, das beinahe einem gigantischen, mit Seitenfenstern versehenen Leichenwagen glich; am oberen Ende befand sich ein melancholischer Ofen, an dem sich drei oder vier frierende Stewards die Hände wärmten, während auf beiden Seiten, der ganzen fürchterlichen Länge nach, eine lange, lange Tafel stand, und darüber, an die niedrige Decke befestigt, ein raufenartiger Sims hing, vollgestopft mit Trinkgläsern und Öl- und Essigständern, welche durch die Sorgsamkeit, mit der sie festgehalten waren, schauerlich genug auf stürmische Wogen und grimmiges Seewetter deuteten. Damals hatte ich die ideale Abbildung dieses Zimmers, welche mir seitdem so viel Vergnügen gemacht hat, noch nicht zu sehen bekommen, allein ich bemerkte, daß einer von meinen Freunden, der uns bei den Vorbereitungen zur Reise geholfen hatte, beim Eintreten ganz blaß wurde, sich zu einem andern Freunde hinter ihm zurückzog, diesem unwillkürlich mit dem Kopf an die Stirn schlug und „Unmöglich! Es kann nicht sein!" oder etwas Ähnliches zwischen den Zähnen brummte. Er erholte sich indessen mit einiger Anstrengung wieder, hustete erst ein- oder zweimal und rief mit einem geisterhaften Lächeln, das mir noch immer vor Augen schwebt, indem er zugleich alle vier Wände ansah: „Ha! das Frühstückszimmer, Steward – he?" Wir sahen alle die Antwort voraus: wir sahen sein schmerzliches Seelenleiden. Er hatte oft von dem „Salon" gesprochen, hatte sich ganz in das gemalte Zimmer hineingelebt und uns zu Hause zu verstehen gegeben, daß man, um sich einen richtigen Begriff davon zu machen, die Größe und Möblierung eines gewöhnlichen Salons mit sieben multiplizieren müsse – und da werde man seine Erwartungen in der Wirklichkeit noch weit übertroffen finden. Als nun der Steward die Wahrheit gestand, die nackte, lautere, schonungslose Wahrheit: „Ja, dies ist der Salon, Sir", da taumelte er, im buchstäblichen Sinn des Wortes, wie von einem Schlag des Schicksals getroffen, zurück.

Bei Menschen, die so bald voneinander gehen und ihren sonst täglichen Verkehr durch die furchtbare Kluft von vielen tausend Meilen stürmischen Raumes unterbrechen sollten und die deshalb nicht einmal durch den vorübergehenden Schatten einer augenblicklichen Enttäuschung oder Unbehaglichkeit die kurze Frist, die ihnen noch zu glücklichem Beisamensein blieb, trüben wollten – bei Menschen in solcher Lage war der Übergang von der ersten Überraschung zu einem herzlichen Gelächter höchst natürlich; und ich meinesteils kann versichern, daß ich, noch auf dem roßhaarenen Polster sitzend, dermaßen zu lachen anfing, daß es im ganzen Schiff widerhallte. So kamen wir in weniger als zwei Minuten alle zur Überzeugung, daß dieses Staatszimmer das angenehmste, niedlichste und kostbarste Ding von der Welt sei und daß es ein höchst beklagenswerter, trauriger Stand der Dinge sein würde, wenn es nur um einen Zoll größer wäre. Nun stellten wir Experimente an – machten die Türe beinahe ganz zu und wanden uns wie die Schlangen aus und ein;

und indem wir den kleinen Waschplatz als Stehraum rechneten, überzeugten wir uns, daß vier Personen auf einmal in dem Zimmer Platz hätten; dann ersuchten wir einer den andern zu bemerken, wie hübsch luftig es sei (natürlich auf dem Deck) und wie schön es sei, daß man die Stückpforte den ganzen Tag offenlassen könne (wenn es nämlich das Wetter erlaubte), und wie sich ein großes Bullauge über dem Spiegel befinde, vor dem man sich mit der größten Bequemlichkeit und Wonne werde rasieren können (falls nämlich das Schiff nicht zu sehr stampfte); und so kamen wir endlich zu der einstimmigen Überzeugung, daß das Zimmer eigentlich sehr geräumig sei; obwohl ich glaube, daß, die zwei Kojen übereinander abgerechnet – nächst Särgen die kleinsten Schlafbehälter, die es gibt –, die ganze Stube nicht größer war als eines jener Mietkabrioletts, bei denen die einzige Türe sich hinten befindet und die ihre lebendige Ladung wie einen Sack mit Kohlen auf das Straßenpflaster ausschütten.

Nachdem wir diesen Punkt zur allgemeinen Zufriedenheit sämtlicher Anwesenden, der Beteiligten wie Unbeteiligten, erledigt hatten, setzten wir uns in der Damenkajüte rund um das Kaminfeuer – nur um zu sehen, wie es sich machen würde. Es war etwas dunkel, allerdings; aber einer meinte: „Auf See wird es natürlich hell sein", eine Voraussetzung, der wir alle beistimmten, mit dem allgemeinen Echo: „Natürlich, natürlich"; obgleich es uns schwergefallen wäre zu sagen, warum. Ich erinnere mich auch, als wir einen andern tröstenden Umstand entdeckt und besprochen hatten – daß nämlich diese Damenkajüte an unser Staatszimmer stieß und daß wir daher zu jeder Tages- und Jahreszeit daselbst würden sitzen können –, wie wir in ein momentanes Stillschweigen versanken, den Kopf in die Hand gestützt und ins Feuer starrend, und wie einer von uns mit der feierlichen Miene eines Philosophen, der eben eine große Wahrheit entdeckt hat, ausrief: „Wie herrlich wird hier unten ein Glas Glühwein schmecken!" Und uns allen leuchtete die Wahrheit dieser Worte plötzlich so überraschend ein, als müßte in dergleichen Kajüten an und für sich schon etwas besonders Würziges und Duftiges sein, was jenes Getränk wesentlich verbessere und versüße, so daß man es an keinem andern Orte der Welt in solcher Vollkommenheit bekommen könne.

Auch eine Aufwärterin war da, die mit emsiger Geschäftigkeit saubere, weiße Servietten und Tischtücher geradezu aus den Eingeweiden der Sofas und aus unvermuteten Schubfächern hervorzog, die so künstlich angebracht waren, daß man Kopfweh bekam, wenn man sah, wie sie eins nach dem andern öffnete. Ja, es war wirklich beunruhigend, ihr Treiben zu beobachten und zu bemerken, wie jede Ecke, jeder Winkel, jedes einzelne Glied und Stück an den Möbeln außer seiner ursprünglichen und angeblichen Bestimmung noch eine andere hatte und eine bloße Falle, ein Hinterhalt und Versteck war, dessen scheinbarer Zweck sein geringster und am wenigsten brauchbarer war.

Gott lohne es jener Aufwärterin! Wie zärtlich trügerisch war ihre Ausmalung einer Januarreise! Gott lohn ihr die deutliche Erinnerung an ihre vorjährige Überfahrt, wo, wie sie sagte, niemand unwohl ward und alles tanzte vom Morgen bis zum Abend und die ganze Reise eine Spazierfahrt von zwölf Tagen, ein wahrer Spaß, eine Lust und Wonne war! Der Himmel segne sie für ihr heiters Gesicht und ihren freundlichen schottischen Dialekt, der so viel altheimatliche Klänge für meine liebe Gefährtin hatte; für ihre Prophezeiung günstiger Winde und schönen Wetters (was alles nicht eintraf, sonst hätte ich sie ja nicht halb so lieb); für die zehntausend kleinen Züge echt weiblichen Taktes, mit denen sie, ohne weitläufige methodische Ausarbeitung und künstliche Beredsamkeit, so deutlich bewies, daß alle jungen Mütter auf der einen Seite des Ozeans ihren kleinen Kindern, die sie auf der andern zurückgelassen, ganz nahe und bei der Hand wären und daß, was den Uneingeweihten als eine ernste und bedenkliche Reise erschiene, für die, welche im Geheimnis wären, eine bloße Lustbarkeit zum Singen und Jubeln sei! Leicht sei ihr das Herz und heiter blinkend ihre hellachenden Augen noch jahrelang!

Das Staatszimmer war sehr schnell gewachsen; aber jetzt hatte es sich gar zu einem großartigen Saal ausgedehnt und prahlte gleichsam mit einem prachtvollen Bogenfenster, mit der Aussicht auf die See. Wir kehrten daher in der fröhlichsten Laune auf das Deck zurück. Da war alles in so geräuschvoller Tätigkeit und Reisefertigkeit begriffen, daß einem das Blut an diesem klaren, frostigen Morgen vor unwillkürlicher Freude rascher durch die Adern wirbelte. Denn alle die stattlichen Schiffe ritten langsam auf und nieder, und die kleinen Boote plätscherten mit Gelärm in den Wellen; einzelne Gruppen standen auf der Werft und blickten mit einer Art von „schaurigem Entzücken" auf den weitberühmten schnellen amerikanischen Dampfer; einige Seeleute „nahmen die Milch", das heißt die Kuh an Bord; andere füllten die Eiskeller bis an den Schlund mit frischem Vorrat, mit frischem Fleisch und Gemüse, weißen Ferkeln, Kalbsköpfen zu zwanzigen, Rind-, Kalb-, Schweinefleisch und einer unverhältnismäßigen Menge Geflügel; wieder andere wickelten Taue ein und machten sich mit aufgedrehtem Tauwerk zu schaffen; noch andere ließen schweres Gepäck in den Schiffsraum hinab; und der Kopf des Proviantmeisters war kaum zu sehen, wie er mit außerordentlich verdutztem Gesicht aus einem ungeheuern Stoß von Passagierbagage hervorguckte; niemand schien an etwas anderes zu denken als an die Vorbereitungen zu dieser gewaltigen Seefahrt. Dabei die kalte, hellstrahlende Sonne, die stärkende Luft, die kräuselnden Wasser und die dünne weiße Eiskruste auf den Decks, die mit scharfem, munterem Klang unter dem leichtesten Fußtritt knisterte – es war unwiderstehlich. Und als wir, ans Ufer zurückgekehrt, uns umblickten und vom Mastbaum den Namen des Schiffes auf lustigen Wimpeln herabwinken sahen und daneben flatternd das schöne amerikanische Banner mit seinen Sternen und Streifen, da schrumpften die langen dreitausend und mehr Meilen und die ganzen sechs Monde Abwesenheit so zu nichts zusammen, als ob das Schiff fort- und wieder zurückgefahren und es wieder heller Frühling wäre in den Coburg-Docks zu Liverpool.

Ich habe mich bei meinen ärztlichen Bekannten nicht einmal erkundigt, ob Schildkrötensuppe und kalter Punsch mit Rheinwein, Champagner und Burgunder und alle die kleinen Etceteras, die gewöhnlich in unbegrenzter Aufeinanderfolge zu einem guten Diner gehören – vor allem wenn seine Zusammenstellung der großzügigen Gesinnung meines ehrenwerten Freundes Mr. Radley vom Adelphi-Hotel überlassen ist –, vor einer Seereise empfehlenswert sind oder ob vielleicht eine schlichte Hammelkeule und ein oder zwei Gläser Sherry weniger in einen fremdartigen und beunruhigenden Magenballast sich zu verwandeln drohen. Meiner Meinung nach ist es, am Abend vor einer Seereise, sehr gleichgültig, ob einer mit diesen Artikeln mäßig und vorsichtig umgeht oder nicht, weil es bei dem einem wie beim andern zuletzt dasselbe Ende nimmt. Dem sei jedoch wie ihm wolle, ich weiß nur so viel zu sagen, daß an jenem Tage das Diner unbedingt vortrefflich war; daß es alle diese Dittos und noch eine Masse mehr enthielt und daß wir alle ihm wacker zugesprochen haben. Auch weiß ich, daß wir – abgesehen von einem gewissen Stillschweigen über alles, was den kommenden Tag betraf, so wie es zwischen einem zartfühlenden Kerkermeister und einem empfindsamen Delinquenten herrschen mag, der am nächsten Morgen gehenkt werden soll – im ganzen recht munter und fröhlich waren.

Als der Morgen kam und wir uns beim Frühstück trafen, da war es merkwürdig, wie eifrig wir uns alle bemühten, das Gespräch nicht einen Augenblick pausieren zu lassen, und wie erstaunlich lustig jedermann war; diese forcierte gute Laune eines jeden in unserer kleinen Gesellschaft verhielt sich zu seiner natürlichen gewöhnlichen Stimmung, wie Treibhauserbsen, die das Quart fünf Guineen kosten, sich in Geschmack und Duft zu den Kindern der freien Luft, des Taues und Regens verhalten. Aber wie ein Uhr, die zum Einschiffen festgesetzte Stunde, näher kam, schwand dieser geschwätzige Leichtmut trotz des hartnäckigsten Widerstandes nach und nach hin, bis wir zuletzt, wo die Sache verzweifelt ernst zu werden anfing, alle Verstellung fahren ließen. Nun dachten wir laut und offen darüber nach, wo wir morgen um diese Zeit, übermorgen, überübermorgen usw. sein würden; dann beeilten wir uns, den Freunden, die noch diesen Abend nach London zurückkehren wollten, eine Menge Aufträge und Bestellungen mitzugeben, die zu Hause und anderswo gewiß und ja so bald als möglich nach der Ankunft des Dampfwagens in Euston Square ausgerichtet werden sollten. Und die Erinnerungen, Botschaften und Grüße häufen sich in solchen Augenblicken dermaßen, daß wir noch auf diese Weise beschäftigt waren, als wir uns plötzlich, gleichsam in einen dichten Haufen von Passagieren, Passagierfreunden und Bagage zusammengeballt, alle durcheinander auf das Verdeck eines kleinen Dampfers geworfen sahen und mit diesem auf die „Britannia" zu keuchten und schnoben, die gestern nachmittag aus den Docks abgegangen war und jetzt im Strom vor Anker lag.

Und siehe da! Alle Augen blicken hin nach ihr, nach der „Britannia", die nur trüb durch die aufsteigenden Nebel des frühen Winternachmittags zu erkennen ist; alle Finger deuten auf sie, und alle Lippen murmeln teilnehmend und bewundernd: „Wie schön sie aussieht!" – „Wie niedlich sie ist!" Selbst der träge Herr, mit dem Hut auf einem Ohr und den Händen in den Seitentaschen des Rockes, er, der so viel Trost verbreitet hatte durch die Frage, die er gähnend an einen andern stellte, „ob er auch hinüber wolle" – als ob von der Fähre über einen Fluß die Rede sei –, selbst er läßt sich herab, dahin zu blicken und mit dem Kopf zu nicken, als wollte er sagen: „Ganz richtig", und selbst der weiße Lord Burgleigh, berühmt als Kopfnicker, sagte nicht halb soviel, wenn er nickte, wie unser träger Herr, der die Überfahrt – jedes Kind an Bord hat's bereits erraten, weiß der Himmel, wieso – dreizehnmal ohne den geringsten Unfall gemacht hat! Noch ein Passagier ist da, bis über die Ohren eingemummt und eingewickelt, den die übrigen in den Tod verachtet und moralisch mit Füßen getreten haben; denn er hatte sich herausgenommen, mit einem an Furchtsamkeit grenzenden Interesse zu fragen, wie lang es her sei, daß die arme „President" untergegangen. Er steht dicht neben dem trägen Herrn und sagt mit einem zaghaften Lächeln, er glaube, die „Britannia" sei ein sehr starkes Schiff; der träge Herr sieht erst den Fragenden an, dann späht er sehr scharf nach dem Wind und erwidert unerwarteter- und ominöserweise, das sei auch vonnöten. Augenblicklich sinkt der träge Herr sehr tief in der öffentlichen Meinung, und die Passagiere flüstern, verhöhnende Blicke gegen ihn schleudernd, einander ins Ohr, er sei ein Brummbär, ein Betrüger und verstehe soviel davon wie der Esel vom Lautenschlagen.

Aber rasch werden wir dem Dampfpaketboot näher gebracht, dessen ungeheurer roter Schornstein bereits wacker raucht und die ernsthaftesten Absichten verrät. Kisten, Koffer, Seesäcke und Schachteln wandern schon mit atemloser Geschwindigkeit von Hand zu Hand an Bord des Schiffes. Die Offiziere, hübsch aufgedonnert, stehen am Eingang, helfen den Passagieren hinauf und treiben die Mannschaft zur Eile an. In fünf Minuten ist der kleine Dampfer gänzlich verlassen und das Paketboot dafür überfüllt von den Ankömmlingen, die sogleich das ganze Fahrzeug auf und nieder rennen und zu Dutzenden in jedem Winkel und jeder Ecke anzutreffen sind. Sie stürzen erst mit ihrem Gepäck hinunter und stolpern über die Bagage anderer Leute; dann machen sie sich's, jeder in der unrechten Kajüte, bequem und richten die heilloseste Verwirrung an, indem sie wieder herausmüssen; sie sind wie versessen darauf, verschlossene Türen aufzumachen und überall, wo sie nicht hingehören oder wo gar kein Durchgang ist, sich Bahn zu brechen; endlich jagen sie die scheu gewordenen Kellner und Proviantmeister mit ihren gespenstig flatternden Haaren hin und her über die windigen Decks, um ihnen die unverständlichsten und unausführbarsten Bestellungen auszurichten: kurz sie bringen den unerhörtesten Tumult hervor. Mitten in diesem Wirrwarr spaziert der träge Herr, der gar kein Gepäck – nicht einmal einen Freund – mitzuhaben scheint, auf dem Sturmdeck hin und her und raucht gemächlich seine Zigarre; und da dieses ruhige Wesen ihn in der Meinung derjenigen, welche Muße haben, ihm zuzusehen, wieder sehr hoch stellt, so folgen sie jedem seiner Blicke mit ängstlicher Neugier; sieht er nach dem Mast hinauf oder aufs Deck hinab oder über die Seitenplanken hinaus, so tun sie desgleichen, als meinten sie, er müsse irgendwo einen Fehler bemerken, und hoffen, er werde die Güte haben, es ihnen gegebenenfalls zu sagen.

Was gibt's da? Das Boot des Kapitäns! Und da ist er schon

selbst. Nun, bei allen unsern Hoffnungen und Wünschen, das ist ganz unser Mann, ganz unser Kapitän, wie er sein soll! Ein hübscher, strammer, flinker kleiner Mann; rotwangig und mit einem Gesicht, das einen einlädt, ihm gleich beide Hände auf einmal zu schütteln; mit ehrlichen, hellblauen Augen, daß es einem wohltut, sein eigenes Konterfei drin abgespiegelt zu sehen. „Läutet einmal!" – Kling, kling, kling! sogar die Glocke beeilt sich. „Nun, wer gehört noch an Land – wer geht an Land zurück?" – „Diese Herren da müssen zurück, es tut mir leid." – Sie sind fort und sagten nicht einmal Ade! Ach! jetzt winken sie uns ein Ade zu aus dem kleinen Boot. „Lebt wohl! Lebt wohl!" Dreimaliger Gruß von ihrer, dreimaliger von unserer Seite, dreimaliger von ihrer, und fort sind sie.

So geht es noch hundertmal her und hin und hin und her! Dieses Warten auf den letzten Postsack ist schlimmer als alles. Hätten wir mitten in diesem letzten Getöse und Wirrwarr abfahren können, so wär's ein Triumph gewesen; aber noch über zwei Stunden dazuliegen, in dem feuchten Nebel, weder zu Hause zu bleiben noch zu reisen, das heißt einen nach und nach in die tiefsten Abgründe der Langeweile und der Niedergeschlagenheit hinabsenken. Endlich zeigt sich ein dunkler Fleck durch den Nebel! Da kommt was! Es ist das erwartete Boot! Das läßt sich hören. Der Kapitän erscheint mit seinem Sprachrohr auf dem Räderkasten; die Offiziere sind flugs auf ihren Posten; alle Hände sind in Bewegung; die schwankenden Hoffnungen der Passagiere erheben sich wieder; die Köche feiern ein Weilchen in ihrem geschmackvollen Tagewerk und gucken mit teilnehmender Miene heraus. Das Boot kommt längsseits, die Säcke werden ohne Umstände hereingezerrt und für den Augenblick in den ersten besten Winkel geworfen. Wieder drei Cheers: und wie das erste uns in die Ohren klingt, bebt und hebt sich pochend das Schiff wie ein mächtiger Riese, der just den Lebensodem bekommen hat; die zwei großen Räder drehen sich zum erstenmal mit Blitzesschnelle, und die edle „Britannia", Wind und Flut hinter sich, bricht stolz durch die aufgepeitschten, schäumenden Wogen hindurch.

2. KAPITEL

Die Überfahrt

An diesem Tage dinierten wir alle zusammen, und zwar in furchtbarer Gesellschaft, denn wir waren nicht weniger als sechsundachtzig Personen. Da das Fahrzeug ziemlich tief ging, alle seine Kohlen und so viele Passagier an Bord hatte, das Wetter auch gelind und stille blieb, so war von den Bewegungen desselben nicht viel zu verspüren. Ehe daher die Mahlzeit halb beendet war, fingen selbst jene Passagiere, die sich am wenigsten zutrauten, schon an, erstaunlich tapfer zu tun; und wer noch am Morgen auf die allgemeine Frage: „Sind Sie ein guter Seefahrer?" mit einem sehr entschiedenen Nein antwortete, wich nun entweder aus und meinte: „Oh, ich glaube, ich fahre nicht schlechter und nicht besser als jeder andere", oder er unterdrückte gar die mahnende Stimme seines Gewissens und antwortete kecklich „Ja", und zwar in einem gewissen empfindlichen Tone, als wollte er noch hinzufügen: „Ich möchte doch wissen, was Sie gerade an *mir* so Verdächtiges finden!"

Trotz dieses mutvollen, selbstbewußten Tones, der so allgemein unter uns herrschte, konnte ich doch nicht umhin zu bemerken, daß die wenigsten gern beim Glase Wein sitzen blieben, alles wollte frische Luft schöpfen, und die beliebtesten, gesuchtesten Plätze waren die nächst der Türe. Am Teetisch fand man sich auch nicht mehr so zahlreich ein, und vom Whist war weit weniger die Rede, als sich füglich erwarten ließ. Dennoch hatten wir noch keine Invaliden, eine Dame ausgenommen, die sich während des Diners, just als man ihr das schönste Stück gelb gesottenes Hammelfleisch mit sehr grünen Kapern serviert hatte, etwas eilig entfernte. Bis ungefähr elf Uhr, wo man zur Nacht „einkehrte" – kein Seemann von nur siebenstündiger Erfahrung redet von Bett oder Zu-Bett-Gehen –, wurde mit ungebeugtem Mut auf und nieder gegangen, geraucht und Wasser mit Branntwein getrunken (aber stets dabei frische Luft geschöpft). Der ununterbrochene Schall der Fußtritte auf den Decks machte nun einer tiefen Stille Platz, und die ganze Personenladung wurde unten beiseite gepackt, ausgenommen einige wenige Herumstreifer, die wahrscheinlich gleich mir sich vor dem Schlafengehen fürchteten.

Wer an solche Szenen nicht gewohnt ist, für den hat diese Stunde auf der See etwas Überraschendes, Ergreifendes. Noch später, als mir dies Schauspiel nichts Neues mehr war, hatte es einen eigentümlichen Reiz für mich. Die Finsternis, durch welche die große schwarze Masse ihren geraden und sichern Lauf nimmt; das Rauschen des Wassers, das man so deutlich hört und nur dunkel sehen kann; die breite, weiß glänzende Spur, die dem Fahrzeug auf der Ferse nachzieht; die Wachen auf ihren Posten, die gegen den dunklen Nachthimmel kaum abstechen würden, wenn sie nicht jeder einen Haufen funkelnder Sterne mit ihrem Körper verdeckten; der Steuermann am Rade mit seiner beleuchteten Karte vor sich, die, ein Lichtpunkt mitten in der Finsternis, wie ein denkendes und von göttlichem Geist erfülltes Etwas erscheint; das melancholische Gestöhn des Windes zwischen den Rollen, Tauen und Ketten und der heimliche Lichtschein, der aus jeder Spalte und Öffnung und jedem einzelnen Stückchen Glas an den Decks hervorglimmt, als wäre das ganze Schiff im Innern mit Feuer gefüllt, das jeden Augenblick aus dem ersten besten Luftloch losbrechen will, um mit aller Wildheit seiner unwiderstehlichen Kraft Tod und Verderben zu verbreiten! Anfangs und selbst später, wenn man mit dieser Nachtzeit und ihrer zauberhaften Wirkung auf die Gegenstände vertrauter geworden, ist es schwer, auf einem einsamen, gedankenvollen Gange diese in ihrer eigentlichen Gestalt und Form zu sehen. Sie verwandeln sich mit jedem Schritt der umherirrenden Phantasie; nehmen die Maske in weiter Entfernung zurückgelassener Dinge und das wohl erinnerliche Aussehen heißgeliebter Orte an, welche sie oft sogar mit Schatten und Geistern bevölkern. Aus leblosen Gegenständen, die ich so genau wie meine beiden Hände kannte, wuchsen mir um diese Nachtzeit oft plötzlich Gassen, Häuser und Gemächer entgegen; selbst deren gewöhnliche Bewohner sah ich darin, so täuschend ähnlich, daß ich über diesen Anschein handgreiflicher Wirklichkeit erschrak, der mir alle Kraft meiner Phantasie, Abwesendes heraufzubeschwören, bei weitem zu übersteigen schien.

Da ich übrigens an meinen Händen und auch an den Füßen bei dieser Gelegenheit sehr große Kälte verspürte, kroch ich um Mitternacht hinunter. Ich fand es unten nicht sehr behaglich. Es war verzweifelt eng; und vor allem drängte sich jenes eigentümliche Gemisch seltsamer Gerüche auf, das man nur auf dem Schiffe kennenlernt und das von so subtiler Beschaffenheit ist, daß es durch alle Poren und Spalten des Schiffsraumes einzudringen scheint. Zwei Passagierfrauen (die eine war meine Frau) lagen bereits in stummer Todesangst auf dem Sofa; und ein Stubenmädchen (das *meiner* Frau) lag wie ein Bündel Wäsche auf den Fußboden hingeworfen, verwünschte sein Geschick und schleuderte seine Lockenwickel zwischen die umherliegenden Schachteln. Alles rutschte verkehrt bergab, was an und für sich schon unerträglich war. Ich hatte vor einem Augenblick die Tür in einer sanften Neigung sacht angelehnt gelassen, und wie ich mich umdrehe, um sie zuzumachen, steht sie auf dem Gipfel einer Anhöhe vor mir. Und nun fing alles Gebälk und jede Planke zu knarren an, als wäre das Schiff eitel Flechtwerk; und dann wieder prasselte es wie ein großes Feuer, mit dem trockensten Reisig angemacht. Dagegen gab es keine Hilfe als im Bett; so ging ich denn zu Bett.

Die nächsten zwei Tage, bei leidlich günstigem Wind und trockenem Wetter, ging es beinahe ebenso. Ich las sehr viel im Bett (weiß aber bis jetzt noch nicht, was), taumelte ein wenig aufs Deck, trank mit unaussprechlichem Widerwillen kalten Branntwein mit Wasser, aß mit vieler Ausdauer harten Zwieback und war nicht krank, doch im Begriff, es zu werden.

Nun ist's der dritte Morgen. Meine Frau weckt mich durch einen furchtbaren Angstschrei aus dem Schlaf und will wissen, ob man in Gefahr sei. Ich erhebe mich und sehe zum Bett hinaus. Der Wasserkrug taucht abwechselnd auf und unter und hüpft in der Stube umher wie ein lustiger Delphin; all der kleinere Hausrat ist flott geworden, meine Schuhe ausgenommen, die auf einem Reisesack gestrandet sind und wie ein Paar Kohlenschifflein hoch im Trockenen stehen. Plötzlich machen meine Schuhe einen Luftsprung, und wie ich nach dem Spiegel schaue, der an der Wand festgenagelt ist, da hängt er an der Decke. Im selben Augenblick verschwindet unsere Türe, und eine andere öffnet sich im Fußboden. Nun endlich begreife ich, daß unser „Staatszimmer" auf dem Kopf steht.

Ehe es möglich ist, sich diesem neuen Stand der Dinge gemäß einzurichten, ist das Schiff wieder auf den Beinen. Ehe man „Gottlob" rufen kann, ist's wieder beim alten. Ehe man sagen kann, es steht doch auf dem Kopf, scheint es sich auf einmal aufzuraffen und wie eine lebendige Kreatur aus freien Stücken fortzurennen, mit wankenden Knien und schlotternden Beinen, durch Löcher und Fallgruben, fortwährend stolpernd. Ehe man sich nur verwundern kann, springt es hoch in die Luft empor. Und kaum hat es glücklich seinen Sprung gemacht, so taucht es wieder tief ins Wasser hinab. Ehe es die Oberfläche erreicht hat, schlägt es ein Rad. Wie es wieder auf den Beinen ist, stürzt es rückwärts. Und so geht es fort und fort, stolpernd, bäumend, ringend, hüpfend, untertauchend, stoßend, stürzend, bebend, stampfend und sich wiegend: alle diese verschiedenen Manöver führt es bald eins nach dem andern, bald alle auf einmal aus, so daß man laut um Gnade und Barmherzigkeit schreien möchte.

Ein Steward geht vorbei. „Steward!" – „Sir?" – „Was geht denn vor? Wie nennt ihr das?" – „Etwas hohe See und ein bißchen widriger Wind, Sir."

Ein widriger Wind! Denkt euch ein Menschengesicht auf dem Vorderteil des Schiffes. Fünfzehntausend Simsons auf einmal suchen es gewaltsam zurückzudrängen und schmettern ihm gerade auf die Nase, sooft es nur um einen Zoll vorwärts gehen will. Denkt euch das Schiff selbst, wie ihm jede Ader in seinem ungeheuren Leibe unter dieser Mißhandlung bis zum Bersten anschwillt. Es schwört, vorwärts zu gehen oder zu sterben. Dabei heult der Wind, die See brüllt, der Regen schlägt: alles in rasendem Kampf gegen uns. Malt euch den zugleich schwarzen und stürmischen Himmel aus und die Wolken, die, in furchtbarer Sympathie mit den Wogen, aus der Luft einen zweiten Ozean machen. Dazu das Klatschen auf dem Deck und unten; das Getrampel eilender Männer; das laute, heisere Schreien der Seeleute; die Wellen, die zu den Speigatten aus und ein gurgeln; und endlich schlägt dann und wann eine große Woge auf die Planken oben mit dem tiefen, dumpfen und schweren Schall des Donners, wie man ihn in einem verschlossenen Gewölbe hört – und dann habt ihr den widrigen Wind jenes Januarmorgens.

Von dem, was man den häuslichen, den Privatlärm auf dem Schiff nennen könnte, will ich gar nicht reden; nichts von dem Klirren zerbrechender Gläser und irdener Geschirre, dem Umfallen der Stewards, den Purzelbäumen leerer Kisten und ganzer Dutzende müßiger Porterflaschen; nichts endlich von den höchst merkwürdigen, aber keineswegs aufheiternden Tönen, welche die siebzig Passagiere, die alle vor Unwohlsein nicht zum Frühstück kamen, in ihren verschiedenen Kabinen ausstießen. Ich will davon gar nicht reden; denn obwohl ich drei oder vier Tage dalag und dieses Konzert mit anhörte, so glaube ich doch, daß ich es eigentlich nicht länger als eine Viertelminute vernahm, weil ich dann sogleich, fürchterlich seekrank, mich hinlegte.

Man verstehe mich recht, nicht seekrank in der gewöhnlichen Bedeutung des Wortes – ich wollte, ich wäre es gewesen –, sondern in einer Art und Weise, die ich noch nie weder gesehen noch schildern gehört habe, obwohl sie ohne Zweifel sehr häufig vorkommt. Ich lag den ganzen Tag ganz ruhig und zufrieden da, empfand keine Müdigkeit, verlangte nicht aufzustehen, nicht besser zu werden oder Luft zu schöpfen; ohne die geringste Regung von Neugierde, Sorge oder Betrübnis. Ich erinnere mich bloß, daß ich während dieses apathischen Zustandes eine Art von stiller Freude – eine Art von teuflischer Wollust, wenn man eine so schlaffe Stimmung mit diesem Namen beehren kann – darüber empfand, daß meine Frau zu unwohl war, um mit mir zu sprechen. Ich möchte sagen, daß mein Zustand – wenn mir ein solches Beispiel hier anzuführen erlaubt ist – dem des ältern Mr. Willet glich, als die Rebellen ihn in seinem Schenkzimmer zu Chigwell überfielen*. Nichts hätte mich überraschen oder verwundern können. Wenn in einem der kurzen Lichtintervalle, die ich beim Gedanken an die Heimat haben mochte, ein gespenstischer Postbote in jenes kleine Hundeloch vor mich hingetreten wäre, mit Scharlachrock und Glöcklein und mit der Entschuldigung, daß er beim Gehen durchs Meer sich etwas naß gemacht habe; wenn, sage ich, dieses Gespenst am hellen lichten Tage und im wachenden Zustand mir auf diese Art einen Brief an mich von einer mir bekannten Hand überreicht hätte – gewiß, ich wäre nicht im mindesten erstaunt gewesen, ich hätte es ganz in der Ordnung gefunden. Wenn Neptun selber zur Tür hereingetreten wäre, mit einem gerösteten Haifisch auf seinem Dreizack, so hätte ich dies als eine der alltäglichsten Erscheinungen angesehen.

Einmal – ein einziges Mal – befand ich mich auf dem Deck. Ich weiß weder, wie ich hinaufkam, noch was mich bewogen hatte hinaufzukriechen, genug, ich war oben, und zwar völlig angekleidet; ich hatte einen großen gelben Rock an und ein Paar Stiefel, in die kein Kranker, der bei Sinnen, jemals hineingekommen wäre. Ich fand mich, als ein Strahl von Bewußtsein mir aufdämmerte, stehend und hielt mich an etwas fest, ich weiß nicht, was. Ich glaube, es war der Hochbootsmann: vielleicht war es die Pumpe, möglicherweise die Kuh. Ich wüßte nicht zu sagen, wie lang ich da stehen blieb, ob einen Tag oder eine Minute. Ich entsinne mich nur, daß ich an etwas denken wollte – an was immer auf der weiten Welt, ich war nicht sehr wählerisch –, allein es ging durchaus nicht. Ich konnte nicht einmal erkennen, wo der Himmel und wo das Meer war, denn der Horizont schien betrunken und drehte sich wild nach allen Seiten umher. Doch selbst in diesem Zustand der Unfähigkeit erkannte ich den trägen Herrn, der vor mir stand; er war seemännisch in blauen Fries

* Siehe Dickens' Roman *Barnaby Rudge* (Anmerkung des Übersetzers).

gekleidet und hatte einen Segeltuchhut auf dem Kopf. Obgleich ich wußte, daß er es war, vermochte ich ihn doch nicht von seinem Anzug zu trennen und machte einen Versuch, ihn mit „Lotse" anzureden. Nach einer Minute Bewußtlosigkeit sah ich, daß er fort war, und bemerkte an seiner Statt eine andere Gestalt. Sie schien mir zu schwanken und zu verrinnen, als sähe ich ihr Bild in einem hin und her wankenden Spiegel; allein ich erkannte doch in ihr den Kapitän; und so groß war der heitere Eindruck und der Einfluß seiner Züge auf mich, daß ich zu lächeln versuchte: ja, selbst in jenem Augenblick versuchte ich zu lächeln. Ich sah an seinen Gebärden, daß er zu mir sprach; aber es dauerte lang, bis ich so viel verstand, daß er mich ausschalt, weil ich bis an die Knie im Wasser stand – so war es auch, ich weiß natürlich nicht, warum. Ich versuchte ihm zu danken, konnte es aber nicht herausbringen. Ich vermochte nur auf meine Stiefel zu zeigen – oder dahin, wo ich meine Stifel vermutete – und mit kläglicher Stimme zu sagen: „Korksohlen"; zugleich machte ich einen Versuch, wie man mir nachher erzählte, mich im Wasser niederzusetzen. Da er sah, daß ich vollkommen bewußtlos und für den Augenblick wahnsinnig sei, war er so human, mich hinabzuführen.

Ich blieb nun unten, bis sich mein Zustand besserte. Sooft man mich aber bewegen wollte, etwas zu essen, stand ich eine Angst aus, die nur jenen Todesängsten und Qualen nachsteht, welche, wie man sagt, die scheinbar Ertrunkenen erleiden, während man sie ins Leben zurückzurufen sucht. Ein Herr auf dem Schiffe hatte von einem beiderseitigen Freunde in London ein Empfehlungsschreiben an mich. An dem Morgen, wo der widrige Wind begann, schickte er es mir nebst seiner Karte hinab; und lange beunruhigte mich der Gedanke, daß er vielleicht auf und wohl sein könne und hundertmal schon meinen Besuch im Salon erwartet habe. Ich stellte mir ihn wie eine jener gußeisernen Kreaturen vor – ich will dergleichen Geschöpfe nicht Menschen nennen –, die mit roten Backen und heitern Blicken fragen, was das sei: Seekrankheit, und ob sie denn wirklich so schlimm sei, wie man sie schildere. Das war wirklich peinvoll; und ich habe kaum jemals eine so herzliche Dankbarkeit gegen das Schicksal, eine so angenehme Befriedigung empfunden, als da ich von dem Schiffsarzt hörte, er habe diesem selben Herrn ein großes Senfpflaster auf den Magen legen müssen. Von dem Augenblick, wo mir diese Kunde ward, datiere ich meine Genesung.

Auch materiell trug dazu ohne Zweifel ein heftiger Sturmwind bei, der sich um Sonnenuntergang langsam erhob, als wir etwa zehn Tage unterwegs waren, und mit allmählich steigender Wut bis zum Morgen raste; eine Stunde kurz vor Mitternacht ausgenommen, wo er ein wenig einschlief. In der unnatürlichen Ruhe dieser Stunde und in der Art, wie der Sturm nachher wieder seine Kräfte sammelte, lag etwas so unbegreiflich Schauerliches und Entsetzliches, daß man sich beinahe erleichtert fühlte, als er endlich mit voller Kraft losbrach.

Nie werde ich vergessen, wie das Schiff in jener Nacht mit dem stürmischen Meere kämpfte. „Kann es je noch schlimmer werden?" hatte ich oft fragen gehört, als alles umherkollerte und bergab rutschte und als es uns kaum begreiflich schien, daß etwas auf dem Meere noch wilder umhergeworfen werden könne, ohne kopfüber zu stürzen und unterzugehen. Aber den Kampf eines Dampfschiffes in einer schlimmen Winternacht auf dem wilden Ozean, das kann sich selbst die lebhafteste Einbildungskraft nicht denken. Daß das Schiff seitwärts in die Fluten stürzt und mit der Mastspitze in die Wogen taucht, daß es dann wieder aufspringt und sich auf die andere Seite wirft, bis die hohe See es mit einem Krachen wie von hundertfachem Kanonenfeuer schlägt und zurückschleudert — daß es plötzlich stehenbleibt und wankt und in sich zusammenschaudert wie betäubt und dann, mit heftigem Herzpochen, vorwärts schießt wie ein zum Wahnsinn gebrachtes Ungeheuer, um wieder niedergeschlagen, zerschmettert und von der grimmigen See überstürmt zu werden — daß Donner und Blitz, Regen und Hagel und Wind alle rasend um die Oberherrschaft streiten — daß jede Planke ihr Gestöhn, jeder Nagel seinen Seufzer und jeder Tropfen in dem großen Ozean seine heulende Stimme hat – mit alledem ist nichts gesagt. Daß alles Großartige, Entsetzende und Schauerliche im höchsten Grade da beisammen ist – damit ist nichts gesagt. Worte können es nicht ausdrücken, Gedanken nicht ausdenken. Nur ein Traum kann solch ein Schauspiel in all seiner Wut, Raserei und Leidenschaft wieder heraufbeschwören.

Und doch geriet ich mitten unter all diesen Schrecken in eine so ausgesucht lächerliche Situation, daß ich selbst damals das Komische derselben so lebhaft fühlte wie in diesem Augenblick; ich konnte mich dabei ebensowenig des Lachens enthalten wie bei jedem andern lächerlichen Vorfall, der sich unter so auffallend günstigen Umständen ereignet. Um Mitternacht bekamen wir eine schwere Sturzsee an Bord, die sich durch die Bullaugen Bahn brach, die Türen oben aufsprengte und mit brüllender Wut in die Damenkajüte herabgestürzt kam, zur unsäglichen Bestürzung meiner Frau und einer kleinen schottischen Dame, die, beiläufig gesagt, eine Weile vorher die Aufwärterin zum Kapitän geschickt hatte, mit der höflichen Bitte, er möchte doch gleich an den Mastspitzen und am Schornstein einen Blitzableiter anbringen lassen, damit es nicht einschlage. Sie, meine Frau und das oben erwähnte Stubenmädchen befanden sich in so entsetzlicher Todesangst, daß ich kaum wußte, was ich mit ihnen anfangen sollte. Natürlich dachte ich an irgendein herzstärkendes Mittel; und da mir für den Augenblick nichts Besseres einfiel, so verschaffte ich mir ohne Verzug ein Glas voll heißem Branntwein mit Wasser. Es war jedoch unmöglich, zu sitzen oder zu stehen, ohne sich an etwas festzuhalten; die Frauen lagen daher in einer Ecke des langen Sofas – welches quer durch die Kajüte ging und festgenagelt war – auf einen Haufen zusammengeschichtet und umschlangen einander krampfhaft, da sie jeden Augenblick zu ertrinken meinten. Als ich mich nun mit meinem Spezifikum dem Sofa näherte, um davon, nebst allerhand Trostworten, der nächsten Patientin einzugeben, wie groß war mein Ärger, als sie alle langsam in die andere Sofaecke hinabrutschten! Und als ich an diese Ecke hinwankte und mein Glas zum zweitenmal hinhielt, wie schrecklich wurden meine guten Absichten bei der Nase herumgeführt! Denn wieder legte sich das Schiff auf eine Seite, und wieder rutschten sie in die andere Ecke zurück. Ich glaube, ich verfolgte sie wenigstens eine Viertelstunde lang auf diesem Sofa herauf und herunter, ohne sie ein einziges Mal einzuholen; während ich sie aber zu haschen suchte, war mein Trank, durch das beständige Verschütten, zu einem Teelöffelvoll zusammengeschmolzen. Um die Gruppe zu vervollständigen, muß man sich den unfreiwilligen Schwindler als ein sehr blasses Individuum denken, das sich zum letztenmal in Liverpool rasiert und das Haar gekämmt hat und dessen ganzer Anzug – die Wäsche abgerechnet – aus einer wetterfesten Hose, einer blauen, einst bewunderten Jacke, keinen Strümpfen und bloß einem Pantoffel besteht.

Ich will nichts von den schmählichen Gewaltsprüngen sagen, die das Schiff am nächsten Morgen ausführte; im Bett zu liegen war dadurch zu einem Kunststück geworden, und aufzustehen auf eine andere Weise, als daß man herausfiel, war eine Unmöglichkeit. Aber nichts von allem, was ich jemals sah, gleicht der fuchtbaren Öde und dem grauenhaften Schauspiel, dem meine Augen begegneten, als ich um Mittag auf das Deck im buchstäblichen Sinne des Wortes „hinauftaumelte". Meer und Himmel hatten beide dieselbe traurige, einförmige Bleifarbe. Keine Fernsicht, selbst nicht über die schreckliche Wasserwüste vor uns, denn die See ging hoch, und der Horizont umgab uns wie ein großer schwarzer Reif. Aus der Luft oder von einem hohen Felsengestade aus gesehen, wäre es gewiß ein imposantes und staunenerregendes Schauspiel gewesen; aber von den nassen und schwankenden Decks aus gesehen, machte es nur einen schwindligen, schmerzlichen Eindruck. Bei dem Winde in der letzten Nacht war das Rettungsboot von einem einzigen Wogenschlag wie eine Haselnußschale zerschmettert worden und baumelte nun in der Luft, ein bloßer Haufen zerbrochener Bretter. Die Planken der Radkästen waren rein weggerissen worden. Die Räder selbst waren nun frei und bloß und wirbelten und spritzten ihren Gischt auf die Decks. Der Schornstein, weiß mit Salz überkrustet; die Toppmasten gesenkt; die Sturmsegel aufgespannt; das Takelwerk verknotet, verwickelt, naß und schlaff niederhängend; es gibt kaum ein düstreres Gemälde.

Man war so huldvoll gewesen, mich in der Damenkajüte behaglich unterzubringen, wo, außer uns, sich nur noch vier Reisende befanden. Erst die kleine, schon erwähnte schottische Dame, die nach New York fuhr, um zu ihrem Mann zu kommen, der sich vor drei Jahren dort niedergelassen hatte. Zweitens und drittens ein ehrlicher junger Yorkshirer, der mit einem amerikanischen Hause in Verbindung stand, in derselben Stadt ansässig war und sein schönes, erst vor vierzehn Tagen ihm angetrautes Weib dahin führte: das allerliebste Musterbild von einem hübschen englischen Landmädchen, das ich je gesehen habe. Viertens und fünftens noch ein Pärchen: ebenfalls erst jüngst verbunden, nach den zärtlichen Liebkosungen zu urteilen, die sie häufig wechselten. Ich weiß nicht mehr von ihnen, als daß mir dabei eine mysteriöse Entführungsgeschichte im Spiel zu sein schien; daß die Dame reich an persönlichen Reizen war; daß der Herr mehr Gewehre mit sich führte als Robinson Crusoe, einen Jagdrock trug und zwei große Hunde mit an Bord genommen hatte. Ferner erinnere ich mich, daß er heiß gerösteten Ferkelbraten und Flaschenbier als ein Mittel gegen die Seekrankheit probierte und daß er diese Medizin (gewöhnlich im Bette) einen Tag nach dem anderen mit heldenmütiger Ausdauer einnahm. Ich kann, zur Information der wißbegierigen Leser, auch hinzufügen, daß jene Mittel fehlschlugen.

Da das Wetter fortwährend hartnäckig und beinahe unerhört schlecht blieb, so schleppten wir uns gewöhnlich, mehr oder weniger elend, etwa um elf Uhr in diese Kajüte und legten uns zur Erholung auf den Sofas nieder; der Kapitän kam zuweilen und verkündigte uns die Richtung des Windes, seine moralische Überzeugung, daß es morgen besser werden würde (auf der See wird das Wetter immer morgen besser), die Schnelligkeit, mit der wir segelten usw. Beobachtungen waren eben nicht anzustellen und daher auch nicht zu melden, weil es keine Sonne gab. Aber die Schilderung eines Tages wird für die andern alle hinreichen. Hier ist sie.

Der Kapitän ist fort, und so schicken wir uns an, etwas zu

lesen, wenn es hell genug ist; wo nicht, wird abwechselnd geschlummert und geplaudert. Um eins klingt eine Glocke, und die Aufwärterin kommt mit einer dampfenden Schüssel gebratener Kartoffeln und einer andern Schüssel mit gebratenen Äpfeln, mit ein paar Tellern Jungschweinernem, kaltem Schinken und Pökelfleisch oder vielleicht mit einer Portion rauchend heißer Schnitzel. Wir fallen über diese Leckerbissen her, essen, was wir nur können (denn jetzt haben wir wieder viel Appetit), und bleiben so lang als möglich bei dieser Beschäftigung. Wenn das Feuer im Kamin brennen will (und manchmal brennt es wirklich), sind wir ziemlich gemütlich. Wo nicht, bemerken wir einer gegen den andern, daß es sehr kalt ist, reiben uns die Hände, hüllen uns in unsere Röcke und Mäntel und legen uns wieder hin, schlummernd, plaudernd und lesend bis zur Dinerstunde. Um fünf läutet es, und die Aufwärterin erscheint wieder mit einer Schüssel Kartoffeln – gesottenen diesmal – und einem großen Vorrat Fleisch aller Arten; das geröstete Ferkel nicht zu vergessen, welches als Medizin einzunehmen ist. Wir setzen uns nun zu Tische (etwas heiterer als vorher), ziehen die Mahlzeit mit einem etwas schimmligen Dessert aus Trauben, Äpfeln und Orangen in die Länge und trinken unsern Wein oder Branntwein mit Wasser. Gläser und Flaschen sind noch auf dem Tisch, die Orangen rollen nach ihrem eigenen und des Schiffes Belieben umher, da kommt der Doktor, auf besondere, allabendliche Einladung, um einen Rubber mitzumachen. Sogleich wird zum Whist geschritten; da es aber eine rauhe Nacht ist und die Karten nicht auf dem Tischtuch liegen bleiben wollen, stecken wir die Stiche, die wir gemacht haben, in die Tasche. Beim Whist bleiben wir mit exemplarischem Ernst (eine kurze Zeit ausgenommen, wo Tee mit Toast genossen wird) bis etwa um 11 Uhr sitzen; dann kommt der Kapitän zu uns herab, in einem Lotsenrock und den Südwester unter dem Kinn festgebunden: wo er steht, macht er alles naß. Jetzt hat das Kartenspiel ein Ende, Gläser und Flaschen kommen noch einmal auf den Tisch; und nachdem wir eine Stunde über das Schiff, die Passagiere usw. angenehm geplaudert haben, schlägt der Kapitän (der nie zu Bett geht und nie übler Laune ist) den Rockkragen in die Höhe, um auf das Deck zurückzukehren; er schüttelt allen rundum die Hände und geht lächelnd hinaus in das Sturmwetter, so lustig, als ginge er zu einem Geburtstagsfest.

Auch an Tagesneuigkeiten ist kein Mangel. Dieser Passagier, heißt es, hat gestern im Salon im Ecarté vierzehn Pfund verloren, und jener trinkt täglich seine Flasche Champagner; niemand weiß, wie er's bestreiten kann, da er nur ein Kommis ist. Der Erste Ingenieur hat ausdrücklich gesagt, solch ein Wetter habe es noch nie gegeben – und vier tüchtige Matrosen sind krank und ganz weg. Mehrere Kojen sind voll Wasser, und alle Kajüten sind leck. Der Schiffskoch, der vom beschädigten Whisky gemaust hat, wurde betrunken aufgefunden unter die Feuerspritze gebracht und bekam so lange eine Dusche, bis er nüchtern war. Alle Stewards sind bei verschiedenen Diners von der Treppe gestürzt und gehen umher, mit Pflastern auf verschiedenen Stellen ihres Gesichtes. Der Bäcker ist krank, desgleichen der Zuckerbäcker. Ein anderer, schrecklich unpäßlicher Mann muß die Stelle des letzteren einnehmen und ist mit leeren Fässern in einem kleinen Hause auf dem Verdeck umpanzert und ummauert worden, damit er dort Pastetenteig knete, während er (und er ist sehr gallsüchtig) hoch und teuer schwört, daß es sein Tod sei, nur darauf zu sehen. Welche Neuigkeiten! Ein Dutzend Mordtaten auf dem Lande würden nicht das Interesse für uns gehabt haben wie diese kleinen Vorfälle auf der See.

Während wir unsere Zeit zwischen unsere Rubber und dergleichen Gespräche teilten, liefen wir in der fünfzehnten Nacht bei schwachem Wind und hellem Mondschein (nach unserer Meinung) in den Hafen von Halifax ein – wir hatten in der Tat am äußern Eingang desselben den Leuchtturm erreicht und das Schiff dem Lotsen übergeben –, als wir plötzlich auf eine Sandbank stießen. Sogleich stürzte alles auf das Deck, und einige Minuten lang befanden wir uns in der lebhaftesten Verwirrung und Unordnung von der Welt. Da jedoch Passagiere, Kanonen, Wassertonnen und andere schwere Geräte zusammen nach dem Heck gedrängt wurden, um das Vorderteil zu erleichtern, wurde das Schiff bald wieder flott; nachdem wir nun einigen sehr unangenehmen Gegenständen (Klippen nämlich) entgegengefahren waren und plötzlich erschrocken die Räder zurückdrehten und das Senkblei in ein beständig seichter werdendes Gewässer tauchten, legten wir uns in einer seltsamen, ausländisch aussehenden Bucht vor Anker, die niemand an Bord erkennen konnte, obgleich rings um uns festes Land war, und zwar so nahe, daß wir deutlich die wehenden Baumzweige vom Schiffe aus erblickten.

In der stummen Mitternacht und dem tiefen Schweigen, welches durch das plötzliche und unerwartete Stillstehn der Maschine verursacht schien, die uns so viele Tage lang unaufhörlich in die Ohren gebraust und gedonnert hatte, wie merkwürdig nahm sich da das starre Staunen aus, welches in jedem Gesicht, von den Offizieren und Reisenden bis zu den Heizern hinab, zu lesen war, die nacheinander aus der Tiefe heraufstiegen und sich, eine rauchgeschwärzte Gruppe, um den Eingang zum Maschinenraum herumstellten, sich Bemerkungen zuflüsternd. Nachdem wir einige Raketen in die Luft geworfen und einige Signalschüsse abgegeben hatten, in der Hoffnung, vom Lande aus gegrüßt zu werden oder wenigstens ein Licht zu erspähen – aber ohne etwas zu sehen oder zu hören –, beschlossen wir, ein Boot ans Ufer zu schicken. Und nun war es ergötzlich zu bemerken, mit welcher Selbstaufopferung einige Passagiere sich bereit erklärten, als Freiwillige mit ins Boot zu steigen – zum allgemeinen Besten natürlich, nicht etwa, weil sie das Schiff in Gefahr glaubten oder fürchteten, daß es mit eintretender Ebbe umschlagen könnte. Nicht minder amüsant war es zu sehen, wie schrecklich unpopulär der arme Lotse binnen einer kurzen Minute geworden war. Er war von Liverpool aus mitgenommen worden und hatte auf der ganzen Reise als Anekdotenerzähler und Possenreißer eine gewisse Berühmtheit erlangt. Und dieselben Leute, die am lautesten über seine schlechten Witze gelacht hatten, hielten ihm jetzt die geballte Faust vors Gesicht, überhäuften ihn mit Flüchen und schalten ihn geradezu einen Schurken!

Bald stieß das Boot ab, mit einer Laterne und mehreren

blauen Lichtern an Bord. In weniger als einer Stunde kehrte es zurück; der befehligende Offizier hatte einen ziemlich hohen Baum mitgebracht, den er mit den Wurzeln ausgerissen hatte, um gewisse mißtrauische Passagiere zu beruhigen, die da durchaus meinten, man wolle sie betrügen und Schiffbruch leiden lassen, und die ihm sonst unter keiner Bedingung geglaubt hätten, daß er Land gesehen und mehr getan habe, als ein wenig in den Nebel hinausrudern, bloß um sie zu hintergehen und in den Tod zu führen. Unser Kapitän hatte gleich bemerkt, wir müßten uns in der sogenannten östlichen Passage befinden; und so war es auch. Es war der letzte Ort in der Welt, an dem wir etwas zu tun hatten, allein ein plötzlich aufsteigender Nebel und ein kleiner Irrtum von seiten des Lotsen waren schuld daran. Umgeben von Klippen, Sandbänken und Untiefen, waren wir glücklicherweise doch auf den einzigen sichern Fleck in der ganzen Gegend geraten. Beruhigt durch diesen Bericht und durch die Versicherung, daß die Ebbe vorüber sei und die Flut beginne, legten wir uns um drei Uhr morgens zur Ruhe.

Ich kleidete mich am nächsten Morgen um halb neun Uhr an, als der Lärm oben mich auf das Deck trieb. Als ich es vergangene Nacht verlassen hatte, war es dunkel, feucht und neblig, ringsum erhoben sich die traurigen Wasserhügel. Jetzt glitten wir einen sanften, breiten Strom hinab, mit einer Geschwindigkeit von elf Meilen die Stunde; unsere Wimpel flatterten lustig; unsere Mannschaft hatte sich in ihren Sonntagsstaat geworfen; unsere Offiziere waren wieder in Uniform; die Sonne schien wie an einem herrlichen Apriltag in England; zu beiden Seiten streckte sich das Land aus, mit lichtem Schnee gestreift; weiße hölzerne Häuser; Leute standen vor ihren Türen; die Telegraphen arbeiteten; Flaggen wurden aufgehißt; Schiffe; die Kais voller Menschen; fernes Getöse; Geschrei; Männer und Jungen rannten den steilen Abhang herab dem Pier zu; alles für unser lang entwöhntes Auge herrlicher, froher und frischer anzusehen, als es sich mit Worten malen läßt. Wir kamen zu einer Werft, die mit aufblickenden Gesichtern gepflastert war; kaum war die Landungsbrücke ausgeworfen und kaum hatte sie das Schiff erreicht, so sprangen einige zwanzig von uns darauf zu – und im Nu waren wir wieder auf der lieben, sicheren Erde.

Ich glaube, dieses Halifax hätte uns ein Elysium geschienen, und wenn es auch ein Prachtexemplar von häßlicher Langweiligkeit gewesen wäre. Aber ich nahm einen höchst angenehmen Eindruck von der Stadt und ihren Bewohnern mit mir und habe ihn bis zu dieser Stunde mir bewahrt. Als ich heimkehrte, bedauerte ich auch sehr schmerzlich, daß ich keine Gelegenheit gefunden, noch einmal Halifax zu sehen und den Freunden, die ich an jenem Tage mir gewann, noch einmal die Hand zu drücken.

Zufällig wurden an diesem Tage die gesetzgebende Kammer und die Generalversammlung eröffnet. Die Formen einer Parlamentseröffnung in England wurden bei dieser Feierlichkeit so genau nachgeahmt und so gravitätisch in kleinerem Maßstab wiedergegeben, daß man durch das unrechte Ende eines Fernrohrs nach Westminster auf der anderen Seite des Ozeans zu blicken glaubte. Der Gouverneur, als Stellvertreter Ihrer Majestät, verlas gewissermaßen eine Thronrede. Er sagte, was er zu sagen hatte, gut und mit männlicher Würde. Noch ehe Seine Exzellenz fertig war, stimmte die Militärmusik draußen vor dem Palais mit großem Feuer ein „God save the Queen" an; das Volk schrie; die drin rieben sich die Hände; die draußen schüttelten die Köpfe; die Regierungspartei sagte, noch nie wäre eine so vortreffliche Rede gehalten worden; die Opposition, nie eine so schlechte; der Sprecher und die Mitglieder des Haues entfernten sich, um zu Hause sehr viel zu reden und wenig zu tun, kurz, es ging alles geradeso vor sich wie bei ähnlichen Gelegenheiten in England.

Die Stadt ist auf dem Abhang eines Hügels erbaut, und ihr höchster Punkt wird durch eine starke, noch nicht vollendete Zitadelle beherrscht. Mehrere recht breite und wohl aussehende Straßen erstrecken sich vom höchsten Punkt herab bis zum Meer und sind von Querstraßen durchschnitten, die parallel mit dem Strome laufen. Die Häuser sind größtenteils von Holz. Der Markt ist mit allem in Überfluß versehen, und jeder Mundvorrat ist ungemein wohlfeil. Das Wetter war für die Jahreszeit ungewöhnlich mild, so daß es keine Schlittenfahrt gab; aber eine Masse dieser Fuhrwerke stand in Höfen und auf Seitenplätzen; einige davon waren so prachtvoll verziert und dekoriert, daß sie ohne weiteres als Triumphwagen in einem Melodrama hätten auftreten können. Es war ein ungemein schöner Tag, die Luft gesund und stärkend, das ganze Aussehen der Stadt heiter, gedeihlich und tätig.

Wir blieben da sieben Stunden liegen, um Post abzugeben und neue mitzunehmen. Endlich, nachdem wir unser sämtliches Gepäck und all unsere Passagiere (einschließlich zwei oder drei lustige Vögel, die sich dem Champagner und den Austern etwas zu hingebend geweiht hatten und bewußtlos mit dem Rücken auf der Straße lagen) gesammelt hatten, ward die Maschine wieder in Bewegung gesetzt, und wir segelten gen Boston.

Bei neuen Windstößen in der Bucht von Fundy wurden wir die ganze Nacht und den ganzen nächsten Tag wieder wie früher auf dem Meer umhergeworfen. Nächsten Nachmittag, d. h. Sonnabend, den 22. Januar, legte ein amerikanisches Lotsenboot bei uns an, und bald darauf wurde das Dampfschiff „Britannia" aus Liverpool, achtzehn Tage unterwegs, in Boston telegraphisch avisiert.

Ich werde kaum übertreiben können, wenn ich von dem unaussprechlichen Interesse rede, mit dem ich die ersten Fleckchen der amerikanischen Erde erblickte, wie sie gleich Maulwurfshügeln aus dem grünen Meer hervorguckten und allmählich und fast unmerklich zur Küste wurden. Ein kalter, scharfer Wind wehte uns gerade entgegen. Doch war die Luft so durchsichtig, trocken und hell, daß bei aller Kälte die Temperatur nicht bloß erträglich, sondern köstlich war.

Ich blieb auf dem Deck, bis wir ans Dock kamen, und starrte Himmel und Erde an; wenn ich so viele Augen wie Argus gehabt hätte, ich würde sie alle weit aufgerissen haben, um die immer neuen Erscheinungen in mich aufzunehmen. Nur muß ich noch ein Mißverständnis erwähnen; ich hielt nämlich einen Haufen eifriger Personen, die unter Lebensgefahr an Bord kletterten, als wir uns der Werft näherten, für Zeitungsträger, nach Art der unsrigen, während es, trotz der Ledersäcke mit Zeitungen, die sie um den Hals trugen, und trotz der großen Bogen, die sie in der Hand hielten, nichts mehr und nichts weniger als Zeitungsredakteure waren, welche in eigener Person die Schiffe enterten, „um" (wie mir ein Herr in einem wollenen Schal sagte), „sich einige Bewegung zu machen". Es genügt, wenn ich hier anmerke, daß einer dieser Eindringlinge mit einer zuvorkommenden Höflichkeit, für die ich ihm hier meinen wärmsten Dank abstatte, uns voranging und in dem Hotel Zimmer bestellte und daß ich bald nachher, als ich ihm nachkam, in unwillkürlicher Nachahmung des Ganges von Mc. T. P. Cooke, in einem neuen seemännischen Melodram, durch die langen Gänge des Gasthauses wankte.

„Ich möchte essen", sagte ich zu dem Kellner.

„Wann?" fragte der Kellern.

„So bald als möglich", entgegnete ich.

„Recht weg?" fragte der Kellner.

Nach einem kurzen Zögern antwortete ich aufs Geratewohl: „Nein."

„*Nicht* recht weg?" rief der Kellner mit einer so überraschten Miene, daß ich ganz verdutzt wurde.

Ich sah ihn zweifelnd an und entgegnete: „Nein, ich möchte lieber hier auf meinem eigenen Zimmer speisen. Es gefällt mir hier ganz gut."

Jetzt meinte ich wahrhaftig, der Kellner müsse den Verstand verloren haben, und wahrscheinlich wäre es auch so weit gekommen, wenn sich nicht ein anderer Mann ins Mittel gelegt hätte, der ihm ins Ohr flüsterte: „Sogleich!"

„Nun, also doch", sagte der Kellner mit einem Jammerblick auf mich. „Recht weg."

Ich sah nun, daß „recht weg" und „sogleich" ganz dasselbe war. Ich änderte daher meine frühere Antwort ab und saß zehn Minuten später bei einem vortrefflichen Mahle.

Dieses Hotel – ein ganz ausgezeichnetes – heißt Tremont House. Es hat mehr Galerien, Kolonnaden, Piazzas und Gänge, als ich mir merken konnte oder der Leser mir glauben würde, und es ist ein klein wenig kleiner als Bedford Square.

3. KAPITEL

Boston

In allen öffentlichen Anstalten Amerikas herrscht die größte Höflichkeit. Die meisten der unsrigen bedürfen in dieser Beziehung noch bedeutender Verbesserung; vor allem würde das Zollamt gut daran tun, wenn es die Vereinigten Staaten sich zum Vorbild nähme und sich etwas weniger gehässig und beleidigend gegen Fremde zeigte. Die niedrige Habgier der französischen Beamten ist schon verächtlich genug; aber bei den unsrigen findet man eine mürrische, bäuerische Unhöflichkeit, die ebensowohl allen, welche in ihre Hände geraten, mißfällig sein muß, als sie der Nation, die fortwährend an ihren Toren so schlimme Köter knurren läßt, wenig Ehre bringt.

Als ich in Amerika landete, machten der Kontrast, den das dortige Zollhaus im Vergleich zu dem unsrigen darbot, und die Aufmerksamkeit, Höflichkeit und Munterkeit, womit die Offizianten desselben ihr Amt verrichteten, einen höchst angenehmen Eindruck auf mich.

Da wir, infolge eines Aufenthalts auf den Werften, erst nachdem es dunkel geworden, in Boston landeten, so genoß ich den ersten Anblick der Stadt erst am Morgen des Tags nach unsrer Ankunft – eines Sonntags –, als wir nach dem Zollhaus gingen. Kaum getraue ich mir, beiläufig gesagt, anzugeben, wie viele Kirchstühle und Sitze uns für diesen Morgen förmlich durch Einladungskarten angeboten wurden, ehe wir noch unser erstes Mittagsmahl in Amerika zur Hälfte beendigt hatten; dürfte ich einen mäßigen Überschlag davon machen, ohne auf eine genauere Berechnung einzugehen, so würde ich sagen, daß uns wenigstens so viele Sitze angeboten wurden, daß sie mit Bequemlichkeit die Glieder von zwei oder drei Dutzend Familien hätten aufnehmen können. Die Anzahl der verschiedenen Konfessionen und Glaubensformen, die das Vergnügen unserer Gesellschaft wünschten, stand hiermit in gehörigem Verhältnis.

Da wir an diesem Tage keine Kleider zum Wechseln hatten, konnten wir nicht in die Kirche gehen und mußten daher alle diese gütigen Einladungen abschlagen; nur ungern mißte ich das Vergnügen, Dr. Channing zu hören, der diesen Morgen, das erste Mal nach einer sehr langen Pause, gerade predigte. Ich erwähne den Namen dieses ausgezeichneten Mannes (mit welchem ich später das Vergnügen hatte persönlich bekannt zu werden), um dadurch meinen bescheidenen Tribut der Bewunderung und Achtung für seine hohen Fähigkeiten und seinen Charakter und für die kühne Philanthropie darzulegen, womit er sich stets jenem häßlichsten Schandfleck der Menschheit – der Sklaverei – entgegenstellte.

Kehren wir nach Boston zurück. Als ich an diesem Sonntagmorgen auf die Straße kam, war die Luft so klar, die Häuser sahen so heiter und frisch, die Firmen waren in so bunten Farben gemalt, die vergoldeten Buchstaben waren so goldig, die Ziegel so rot, die Steine so weiß, die Hausgeländer und Jalousien so grün, die Schilder und Knöpfe an den Haustüren so blank und glänzend, alles sah so leicht und unwirklich aus, daß jede Gasse in der Stadt sich just wie eine Szene in einer Pantomime ausnahm. In den Straßen des lebhaften Geschäftsverkehrs trifft es sich selten, daß ein Gewerbsmann – wenn ich da, wo jeder Kaufmann ist, jemand einen Gewerbsmann nennen darf – über seiner Warenniederlage wohnt, so daß oft mehrere Geschäfte in einem und demselben Hause betrieben werden und man die ganze Front von Firmenschildern bedeckt sieht. Beim Weitergehen blickte ich fortwährend zu diesen Schildern empor, in der zuversichtlichen Erwartung, daß sich einige in irgend etwas verwandeln würden, und ich ging nie plötzlich um eine Ecke, ohne mich nach dem Harlekin oder Bajazzo umzusehen, der sich, wie ich nicht anders glaubte, in einem Torweg oder hinter einem nahen Pfeiler verborgen haben mußte.

Die Vorstädte sehen womöglich noch unwirklicher aus als die Stadt selbst. Die weißen hölzernen Häuser (so weiß, daß man blinzeln mußte, wenn man sie ansah) mit ihren grünen Jalousien stehen so verloren, die Kreuz und die Quere, hie und da, die kleinen Kirchen und Kapellen sind so zierlich und bunt übertüncht, daß ich fast meinte, die ganze Geschichte könne wie Kinderspielzeug zusammengeschoben und in eine Schachtel gesteckt werden.

Die Stadt ist schön und muß, nach meiner Ansicht, auf jeden Fremden den günstigsten Eindruck machen. Die Privatwohnungen sind meistenteils groß und elegant, die Läden sehr gut und die öffentlichen Gebäude schön. Das Staatshaus ist auf den Gipfel eines Berges gebaut, welcher sich vom Wasser an sanft erhebt und weiterhin steil emporsteigt. Vor diesem Gebäude befindet sich ein eingehegter Platz, *the common* genannt. Die Lage ist schön; und von den oberen Fenstern aus hat man eine reizende panoramische Ansicht der ganzen Stadt und ihrer Umgegend. Außer mehreren bequemen Büros enthält es zwei schöne Säle: in dem einen hält das Repräsentantenhaus des Staats seine Zusammenkünfte, in dem andern der Senat. Die Verhandlungen, denen ich beiwohnte, wurden mit würdevollem, ernsten Anstande geführt und mußten sicherlich Aufmerksamkeit und Achtung erregen.

Es unterliegt keinem Zweifel, daß die intellektuelle Überlegenheit Bostons großenteils dem Einflusse der Universität von Cambridge zuzuschreiben ist, welche drei oder vier englische Meilen von der Stadt entfernt liegt. Die Professoren an jener Universität sind Männer von Gelehrsamkeit und Talenten und würden, ohne daß ich mich hiervon einer Ausnahme entsinnen könnte, jeder Gesellschaft in der zivilisierten Welt Ehre machen. Viele der Vornehmen in Boston und der Umgegend, und ich glaube, ich kann hinzufügen, der größte Teil derjenigen, die sich daselbst dem Gelehrtenstande gewidmet haben, sind auf dieser Schule ausgebildet worden. Was auch immer die Mängel der amerikanischen Universitäten sein mögen, so verbreiten sie doch keine Vorurteile, erziehen keine Frömmler, graben nicht die Asche alten Aberglaubens aus, stellen sich nicht zwischen das Volk und dessen Fortschritte, schließen keinen wegen seiner religiösen Meinungen aus und erkennen überdies im ganzen Kursus ihrer Studien an, daß es außer den Wänden des Hörsaales noch eine Welt gibt, und zwar eine sehr große.

Es war mir etwas sehr Erfreuliches, die fast unbemerkbare, aber deshalb nicht weniger gewisse Wirkung zu beobachten, die diese Anstalt auf die kleine Einwohnerschaft von Boston ausübt, und überall die veredelnden Wünsche und Ansichten, die zärtlichen Freundschaften, die sie hervorgerufen, die Vorurteile, die sie ausgerottet hat, zu bemerken. Das goldene Kalb, das in Boston verehrt wird, ist ein Pygmäe im Vergleich mit den riesenhaften Götzen, die man sich in andern Teilen jenes großen Kontors jenseits des Atlantischen Ozeans aufgestellt hat; und der allmächtige Dollar sinkt unter einem ganzen Pantheon besserer Götter zu etwas verhältnismäßig Unbedeutendem herab.

Übrigens glaube ich aufrichtig, daß die öffentlichen Einrichtungen und Wohltätigkeitsanstalten dieser Hauptstadt von Massachusetts der Vollkommenheit so nahe kommen, wie die weiseste Überlegung, Wohlwollen und Menschlichkeit sie nur immer bringen können. Nie hat mich der Anblick eines stillen Glückes, bei aller Entbehrung und Entblößung, mehr erfreut als bei meinem Besuch dieser Anstalten.

Es ist ein großer und wohltuender Vorzug aller solcher Anstalten in Amerika, daß sie entweder ganz oder zum Teil vom Staate unterhalten werden oder (im Fall sie dessen helfender Hand nicht bedürfen) daß sie in Übereinstimmung mit ihm handeln und durchaus dem Volke gehören. Nach meiner Meinung, mit Rücksicht auf das Prinzip und dessen Tendenz, den Charakter der arbeitenden Klassen zu erheben oder herabzudrücken, ist eine öffentliche Wohltätigkeitsanstalt unendlich besser als eine Privatstiftung, mag die letztere auch noch so reichlich dotiert sein. In unserem Vaterlande, wo es bis auf die jüngste Zeit nicht sehr Mode bei den Regierungen war, ungewöhnliche Rücksicht für die große Masse des Volks zu zeigen oder sie der Ausbildung fähig zu halten, sind Privatwohltätigkeitsanstalten – ohne Beispiel in der Geschichte der Welt – entstanden, um unter den Dürftigen und Notleidenden unberechenbar viel Gutes zu stiften. Allein die Regierung, die keinen Teil daran hat, erhält auch keinen Teil der Dankbarkeit, die sie einflößen; und da sie nur sehr wenig Obdach oder Hilfe bietet, außer der, welche das Arbeitshaus und der Kerker gewähren kann, so sieht der Arme in ihr mehr eine strenge Herrin, schnell im Züchtigen und Bestrafen, als eine gütige Beschützerin, die sich in der Stunde der Not barmherzig und wachsam zeigt.

Für die Wahrheit des Satzes, daß Gutes aus Bösem entspringe, spricht am deutlichsten das Dasein dieser Anstalten bei uns. Im Durchschnitt macht jede Woche ein anderer reicher Mann, von armen Verwandten umgeben, sein Testament. Solch ein alter Herr, oder sei es eine alte Dame, in der besten Zeit nie bei sehr guter Laune, ist von Kopf bis Füßen voller Schmerzen und Leiden, voller Kapricen, Spleen, Mißtrauen, Argwohn und Widerwillen. Alte Testamente zu vernichten und neue zu erfinden ist zuletzt das einzige Geschäft eines solchen Menschen; Verwandte und Freunde (von denen manche mit der Aussicht, einen großen Teil des Vermögens zu erben, erzogen und daher von der Wiege an zu jeder nützlichen Beschäftigung unfähig gemacht worden sind) werden so oft, so unerwartet und so summarisch gestrichen, wieder in Gnaden angenommen und wieder gestrichen, daß die ganze Familie bis zum entferntesten Vetter hinab in fortwährendem Fieber erhalten wird. Endlich wird es klar, daß die alte Dame oder der alte Herr nicht mehr lange zu leben hat; und je klarer dies wird, desto deutlicher bemerkt die alte Dame oder der alte Herr, daß alle gegen ihren armen alten Verwandten in Verschwörung sind; daher macht die alte Dame oder der alte Herr ein anderes Testament – diesmal das letzte –, verbirgt es in einer Porzellanteekanne und gibt den nächsten Tag den Geist auf. Jetzt zeigt es sich, daß das ganze Vermögen unter ein halb Dutzend Wohltätigkeitsanstalten verteilt ist und der Erblasser oder die Erblasserin aus purem Trotz dazu beigetragen hat, eine große Menge Gutes zu tun, und zwar auf Kosten vieler bösen Leidenschaften.

Die Bostoner Perkins-Institution und das Massachusetts-Asyl für Blinde werden durch mehrere Vorsteher verwaltet, welche der Korporation jährlichen Bericht ablegen. Die armen Blinden des Staates werden unentgeltlich aufgenommen. Diejenigen aus dem anliegenden Staate Connecticut oder aus den Staaten Maine, Vermont oder New Hampshire werden auf eine Bescheinigung des Staates, zu welchem sie gehören, aufgenommen; wenn diese fehlt, müssen sie sich unter ihren Freunden für die Bezahlung von ungefähr 20 Pfund für Kost und Unterricht während des ersten Jahres und 10 Pfund während des zweiten einen Bürgen suchen. „Nach dem ersten Jahre", sagen die Vorsteher, „wird mit jedem Aufgenommenen eine laufende Rechnung eröffnet; es werden ihm die wirklichen Kosten seiner Verpflegung angerechnet, die wöchentlich nicht über zwei Dollar betragen; so viel, wie vom Staate oder von seinen Freunden für ihn bezahlt wurde, wird ihm gutgeschrieben, so wie auch das, was er über die Kosten des von ihm verarbeiteten Rohstoffs verdient, so daß alles, was er über einen Dollar die Woche gewinnt, sein eigen ist. Nach dem dritten Jahre muß sich zeigen, ob sein Verdienst die wirklichen Kosten seines Unterhalts mehr als bezahlt; ist dies der Fall, steht es ihm frei, zu bleiben und seinen Verdienst selbst zu empfangen oder nicht. Diejenigen, welche sich als unfähig erweisen, ihren Lebensunterhalt zu erwerben, werden nicht behalten, da es nicht zu wünschen ist, die Anstalt in ein Almosenhaus umzuwandeln oder nicht arbeitende Bienen im Stock zu lassen. Die, welche wegen physischer oder geistiger Unfähigkeit zur Arbeit untauglich sind, können nicht Mitglieder einer betriebsamen Gemeinschaft sein; für solche kann besser in einer Anstalt für Kranke und Arbeitsunfähige gesorgt werden."

Ich besuchte die Anstalt an einem sehr schönen Wintermorgen; über mir ein italienischer Himmel, und die Luft so klar und hell, daß selbst meine Augen, keineswegs die besten, die kleinen Linien und Verzierungen an entfernten Gebäuden erkennen konnten. Gleich den meisten andern öffentlichen Anstalten dieser Klasse in Amerika befindet sich auch diese eine oder zwei englische Meilen vor der Stadt, an einem angenehmen, gesunden Plätzchen, und ist ein luftiges, geräumiges, schönes Gebäude. Es ist auf einer Anhöhe erbaut, von welcher aus man den Hafen übersehen kann. Als ich einen Augenblick an der Tür still stand und sah, wie frisch und frei die ganze Landschaft war – wie leichte glänzende Schaumblasen über die Wellen dahintanzten und jeden Augenblick zur Oberfläche emporquollen, als wenn die Welt unten, wie die oben, sich des heitern Tages freue und in dessen Lichtfülle hinüberströmen wolle: wenn ich von Segel zu Segel auf ein Schiff in der offnen See schaute, ein kleines winziges Fleckchen von reinem Weiß, wenn ich auf die einzige Wolke am stillen, tiefen, fernen Blau des Himmels blickte – und mich herumdrehend einem blinden Knaben in das Antlitz sah, das er in derselben Richtung hielt, als ob auch er in sich ein Gefühl der herrlichen Aussicht habe, so fühlte ich eine Art Kummer, daß der Ort so hell und freundlich war, und ein sonderbarer Wunsch kam über mich, daß er um des Blinden willen dunkler sein möchte. Freilich war dies nur für den Augenblick eine bloße Phantasie, allein trotzdem wurde sie mir deutlich bewußt.

Die Kinder waren eben an ihren täglichen Beschäftigungen in den verschiedenen Zimmern, mit Ausnahme einiger weniger, die man schon entlassen hatte und welche spielten. Hier, wie in vielen andern Anstalten trägt keiner Uniform, was mir aus zwei Gründen sehr erfreulich war. Erstens, weil ich überzeugt bin, daß nur sinnlose Gewohnheit und Mangel an Nachdenken uns mit den Livreen und bunten Lappen, die wir zu Hause so gern sehen, versöhnen kann. Zweitens, weil der Mangel solcher Sachen dem Besuchenden jedes Kind in seinem eigenen Charakter zeigt, da sich dessen Individualität hier nicht bei einer häßlichen, einförmigen, steten Wiederholung desselben Anzugs verliert; und dies ist wahrlich ein wichtiger Grund. Die Weisheit, ein wenig harmlosen Stolz auf das Äußere anzuregen, oder die wunderliche Albernheit, Menschenliebe und Lederhosen für unzertrennliche Gefährten zu halten, bedürfen keiner Erörterung.

Ordnung, Reinlichkeit und Bequemlichkeit walteten in jedem Winkel des Gebäudes. Die verschiedenen Klassen, die sich um ihre Lehrer versammelt hatten, beantworteten die ihnen vorgelegten Fragen mit Schnelligkeit, Intelligenz und einem Geiste muntern Wetteifers, der mir sehr gefiel. Die Spielenden waren fröhlich und lärmten wie andere Kinder. Es schienen unter ihnen mehr geistige und zärtliche Freundschaften zu existieren als unter andern jungen Leuten, die nicht unter ähnlicher Trübsal leiden; doch hatte ich das erwartet. Dies ist ein Teil des großen Planes der gnadenvollen Rücksicht Gottes.

In einem Teile des Gebäudes befinden sich Arbeitsgemächer für Blinde, deren Erziehung beendigt ist und die irgendeine gewerbliche Beschäftigung erlernt haben, welche sie jedoch wegen ihres traurigen Schicksales nicht in einer gewöhnlichen Fabrik verrichten können. Hier waren mehrere beschäftigt, Bürsten, Matratzen usw. zu verfertigen; die Heiterkeit, Betriebsamkeit und Ordnung, die in jedem andern Teile des Gebäudes wahrzunehmen war, zeigten sich auch hier.

Auf das Läuten einer Glocke begaben sich die Zöglinge sämtlich, ohne Führer, in einen geräumigen Musiksaal, wo sie auf einem zu diesem Zwecke errichteten Orchester ihre Sitze einnahmen und mit offenbarem Vergnügen dem Präludium auf einer Orgel horchten, das einer von ihnen spielte. Als dies beendigt war, machte der Spieler, ein neunzehn- oder zwanzigjähriger Bursche, einem Mädchen Platz, und zu ihrer Begleitung sangen alle eine Hymne und nachher eine Art Chor. Es erweckte höchst traurige Gefühle, sie so zu sehen und zu hören, so glücklich ihre Lage auch ohne Zweifel war; ich sah, daß ein blindes Mädchen (das gerade durch Krankheit des Gebrauchs seiner Glieder beraubt war) dicht neben mir saß, das Gesicht auf die singende Versammlung gerichtet, und still weinend zuhorchte.

Merkwürdig ist es, die Gesichter der Blinden zu beobachten und zu sehen, wie frei sie von aller Verstellung oder Verheimlichung ihrer Gedanken sind; ein Sehender möchte hierbei erröten, wenn er die Maske betrachtet, die er trägt. Abgerechnet einen leichten Schatten von Ängstlichkeit, der sich stets in ihrem Antlitz ausdrückt und den wir auch in unsrem Gesicht bemerken können, wenn wir im Finstern unseren Weg ausfindig zu machen suchen, drückt sich jede Idee, so wie sie in ihnen entsteht, mit Blitzesschnelle und in ihrer na-

türlichen Wahrheit in ihren Mienen aus. Wenn eine Ballge-
sellschaft oder eine Versammlung bei Hofe nur ein einziges
Mal sich so wenig der Sehkraft bewußt wäre wie Blinde,
welche Geheimnisse würden an den Tag kommen, und als ein
wie großer Beförderer der Heuchelei würde dieselbe Kraft
erscheinen, deren Verlust wir so sehr beklagen!

Dieser Gedanke kam über mich, als ich in einem anderen
Zimmer mich vor einem blinden, tauben und stummen Mädchen niedersetzte, dem der Geruch und fast auch der Geschmack fehlte: vor einem schönen jungen Geschöpf, begabt
mit jeder menschlichen Fähigkeit und Hoffnung, empfäng-
lich für Güte und Liebe, und bloß im Besitz eines einzigen
äußeren Sinnes – des Gefühls. Da sah ich sie vor mir, gleichsam wie in einer Marmorzelle eingemauert, unzugänglich für
den kleinsten Lichtstrahl oder den leisesten Ton, und ihre
arme weiße Hand sah hervor durch einen Riß des Steins, irgendeinem guten Menschen um Hilfe zuwinkend, damit eine
unsterbliche Seele geweckt werde.

Lange schon, ehe ich sie sah, war die Hilfe gekommen. Ihr
Antlitz strahlte von Intelligenz und Vergnügen. Ihr Haar,
von ihren eigenen Händen geflochten, war um einen Kopf
geschlungen, dessen geistige Fähigkeiten in der schönen Kon-
tur und der hohen, freien Stirn desselben sich herrlich aus-
drückten; ihr Kleid, von ihr selbst geordnet, war ein Muster
der Sauberkeit und Einfachheit; die Arbeit, an der sie eben
gestrickt, ruhte neben ihr; ihr Schreibbuch lag auf dem Pulte,
auf das sie sich stützte. – Aus wie kümmerlichen Resten eines Menschenleibes hatte sich langsam dieses sanfte, zarte,
schuldlose, dankbare Wesen erhoben!

Gleich den andern Bewohnern des Hauses hatte sie ein
grünes Band um ihr Augen gebunden. Eine Puppe, die sie
angekleidet hatte, lag neben ihr auf dem Boden. Ich hob dies
Spielwerk auf und sah, daß sie ein grünes Band, wie sie selbst
trug, gemacht und der Puppe um die Augen gebunden hatte.

Sie saß innerhalb eines kleinen Kreises von Schulpulten
und Bänken und schrieb ihr Tagebuch. Bald hatte sie diese
Arbeit beendigt, und nun begann sie eine lebhafte Unterhaltung mit einer Lehrerin, die neben ihr saß. Dies war eine

Lieblingslehrerin der Armen. Hätte sie ihr Gesicht sehen können, sie würde sie sicher nicht weniger geliebt haben.

Aus einer schriftlichen Mitteilung desselben Mannes, der
sie zu dem gebildet hatte, was sie ist, habe ich einige unzusammenhängende Bruchstücke ihrer Geschichte entnommen.
Es ist eine sehr schöne, rührende Erzählung, und ich wünschte, ich könnte sie dem Leser vollständig vorlegen.

Ihr Name ist Laura Bridgman. „Sie wurde in Hanover in
New Hampshire am 21. Dezember 1829 geboren. Sie wird
als ein sehr munteres, hübsches Kind mit hellen, blauen Augen geschildert. Bis zum Alter von anderthalb Jahren war sie
jedoch so klein und schwächlich, daß ihre Eltern kaum
glaubten, sie aufziehen zu können. Sie war harten Krank-
heitsanfällen unterworfen, welche ihren zarten Körper aufs
äußerste mitnahmen; das Leben hing nur noch an einem Faden. Doch im Alter von anderthalb Jahren schien sie sich zu
erholen, die gefährlichen Symptome ließen nach, und zwei
Monat später war sie vollkommen wohl.

Jetzt entfalteten sich ihre Geistesfähigkeiten, bisher in ihrem Wachstum gehemmt, mit reißender Schnelle, und während der viermonatigen Gesundheit, die sie nun genoß,
scheint sie (soweit wir der Erzählung einer liebenden Mutter
glauben dürfen) einen bedeutenden Grad von Intelligenz gezeigt zu haben.

Allein plötzlich wurde sie abermals krank; die Krankheit
wütete fünf Wochen lang mit großer Heftigkeit; dann ent-
zündeten sich Augen und Ohren, und der Inhalt derselben
lief aus. Aber obschon Gesicht und Gehör für immer verloren
waren, hatten doch die Leiden des armen Kindes ihr Ende
noch nicht erreicht. Fünf Monate mußte sie in einem verfin-
sterten Zimmer das Bett hüten; es währte ein Jahr, ehe sie
ohne Hilfe selbst gehen konnte, und zwei Jahre, ehe sie den
ganzen Tag aufrecht sitzen konnte. Man bemerkte jetzt, daß
ihr Geruchssinn fast gänzlich zerstört und ihr Geschmack
ebenfalls sehr abgestumpft war.

Erst als das arme Kind vier Jahr alt war, schien ihm die
körperliche Gesundheit wiedergegeben zu sein, und erst
jetzt konnte es in das Leben und die Welt eintreten.

Allein in welcher Lage befand sich das arme Mädchen! Die Dunkelheit und das Schweigen des Grabes herrschten um sie: keiner Mutter Lächeln rief ihr Lächeln hervor, keines Vaters Stimme lehrte sie, Laute nachahmen – Brüder und Schwestern waren für sie bloße Formen, die ihrem Griffe widerstanden, die jedoch in nichts von den Möbeln im Hause sich unterschieden, außer durch Wärme und durch das Vermögen, sich selbst bewegen zu können; und in diesen Beziehungen unterschieden sie sich nicht einmal von der Katze oder dem Hunde.

Aber der unsterbliche Geist, der ihr eingepflanzt worden war, konnte weder sterben noch verstümmelt werden; und obwohl ihm die meisten Mittel, sich mit der Welt in Verbindung zu setzen, abgeschnitten waren, begann er doch sich durch die noch übrigen zu offenbaren. Sobald sie laufen konnte, fing sie an, das Zimmer und dann das Haus zu untersuchen; sie lernte die Form, die Dichte, das Gewicht und die Wärme jedes Körpers kennen, auf den sie ihre Hände legen konnte. Sie folgte ihrer Mutter und befühlte deren Hände und Arme, wenn sie im Hause beschäftigt war; ihre Neigung zur Nachahmung bewog sie, aus freien Stücken alles zu wiederholen. Sie lernte selbst ein wenig nähen und stricken."

Es wird indes kaum nötig sein zu erwähnen, daß die Mittel und Wege, sich ihr mitzuteilen, sehr beschränkt waren und daß die moralischen Wirkungen ihres elenden Zustandes sich bald zu zeigen begannen. Wer nicht durch die Vernunft gebildet werden kann, der kann bloß durch Gewalt in Schranken gehalten werden; und dies, in Verbindung mit ihrem traurigen Schicksale, würde sie bald in eine schlimmere Lage versetzt haben, als die der Tiere ist, welche ohne rechtzeitige, unverhoffte Hilfe umkommen müssen.

„Um diese Zeit war ich so glücklich, von dem Kinde zu hören, und eilte sogleich nach Hanover, um es zu sehen. Ich fand eine wohlgebildete Gestalt, mit einem stark ausgeprägten, nervös sanguinischen Temperament und einem großen, schöngeformten Kopf; der ganze Körper war in gesunder Tätigkeit. Die Eltern waren leicht zu bewegen, sie nach Boston kommen zu lassen, und am 4. Oktober 1837 brachten sie sie in die Anstalt.

Eine Zeitlang war sie sehr bestürzt; nachdem man ungefähr zwei Monate gewartet hatte, bis sie mit ihrer neuen Umgebung bekannt und mit den Hausbewohnern etwas vertrauter geworden war, wurde der Versuch gemacht, ihr eine Kenntnis von willkürlichen Zeichen beizubringen, wodurch sie andern ihre Gedanken mitteilen konnte.

Zu diesem Ende konnte man zweierlei Wege einschlagen. Man mußte entweder eine Zeichensprache wählen, wobei man die natürlichen Zeichen benutzte, durch die sie sich schon auszudrücken wußte, oder sie die gewöhnlich angewandte, gänzlich willkürliche Sprache zu lehren suchen, das heißt, man mußte ihr für jedes besondere Ding ein Zeichen geben oder ihr eine Kenntnis von Buchstaben beibringen, durch deren Zusammensetzung sie ihren Begriff von dem Dasein und der Art und Weise des Daseins irgendeines Dinges ausdrücken konnte. Das erstere wäre leicht, allein von nur geringem Nutzen gewesen; das letztere schien sehr schwer, aber wenn es erreicht war, mußte es sich als sehr brauchbar erweisen. Daher wählte ich das letztere.

Den ersten Versuch machte ich damit, daß ich auf allgemein gebrauchte Dinge, wie zum Beispiel Messer, Gabeln, Löffel, Schlüssel usw. Zettel kleben ließ, auf welchen der Name des Gerätes in erhabenen Buchstaben gedruckt war. Diese Buchstaben befühlte sie sehr sorgfältig und unterschied natürlich gar bald, daß die gekrümmten Linien des Wortes Löffel ebensosehr von den gekrümmten Linien des Wortes Schlüssel unterschieden waren, wie die Form des Löffels von der des Schlüssels.

Dann wurden kleine besondere Zettel, worauf dieselben Worte gedruckt waren, ihr in die Hände gegeben, und sie bemerkte bald, daß sie den auf die Geräte geklebten ähnlich waren. Sie bezeigte ihre Wahrnehmung dieser Ähnlichkeit dadurch, daß sie den Zettel ‚Schlüssel‘ auf den Schlüssel und den Zettel ‚Löffel‘ auf den Löffel legte. Hierin wurde sie durch das natürliche Zeichen der Billigung, durch Klopfen auf den Kopf, aufgemuntert.

Dasselbe Verfahren befolgte man mit allen Gegenständen, die sie in die Hand nehmen konnte; und bald lernte sie, die richtigen Zettel auf dieselben zu legen. Es versteht sich indessen, daß die einzige Geisteskraft, die sich hier übte, die Kraft der Nachahmung und des Gedächtnisses war. Sie erinnerte sich, daß der Zettel ‚Buch‘ auf ein Buch gelegt war; sie wiederholte das Verfahren erst aus Nachahmung und dann aus dem Gedächtnis; dabei hatte sie bloß den Beweggrund der Liebe zum Beifall, aber, wie es schien, ohne geistige Wahrnehmung irgendeiner Beziehung zwischen den Dingen.

Nach einiger Zeit wurden ihr statt Zettel die einzelnen Buchstaben auf besondern Stücken Papier gegeben: diese wurden so nebeneinandergelegt, daß man das Wort ‚Buch‘, ‚Schlüssel‘ usw. herauslesen konnte; dann wurden sie in einen Haufen gemischt, und man gab ihr ein Zeichen, die Buchstaben selbst so zu legen, daß man die Worte ‚Buch‘, ‚Schlüssel‘ lesen könnte, und dies tat sie auch.

Bis jetzt war das Verfahren mechanisch gewesen und der Erfolg ungefähr ebenso groß, wie wenn man einen recht klugen Hund mehrere Kunststücke lehrt. Das arme Kind hatte in stummem Staunen dagegessen und geduldig alles nachgeahmt, was ihr der Lehrer vormachte. Aber jetzt schien ihr das Licht der Wahrheit aufzugehen; ihr Verstand begann zu arbeiten: sie bemerkte, daß sie jetzt Mittel hatte, sich ein Zeichen von etwas, was vor ihrer Seele stand, zusammenzusetzen und dies einer andern Seele zu zeigen, und sogleich strahlte ihr Antlitz von menschlicher Vernunft; sie war nicht mehr einem Hunde oder Papagei zu vergleichen – der unsterbliche Geist ergriff jetzt begierig das neue Glied der Vereinigung mit andern Geistern! Ich könnte fast den Augenblik angeben, als diese Wahrheit in ihrem Gemüt aufdämmerte und Licht über ihr Antlitz goß. Ich sah, daß das große Hindernis nunmehr beseitigt war und daß von nun an nur Geduld und Ausdauer erforderlich seien, denn das zwar schwer zu erreichende Ziel lag offen und klar vor mir.

Das Resultat ist soweit schnell erzählt und leicht zu begreifen; allein das Verfahren war es nicht, denn viele Wochen scheinbar vergeblicher Arbeit vergingen, ehe man so weit kam.

Wenn ich eben sagte, daß ein Zeichen gemacht wurde, so soll das soviel heißen, daß der Lehrer die Handlung verrichtete; sie befühlte dabei seine Hände und ahmte dessen Bewegungen nach.

Nachher wurde ein Satz Metalltypen angeschafft, auf deren Enden sich die verschiedenen Buchstaben des Alphabets befanden, sowie auch ein Brett, in welches viereckige Löcher geschnitten waren, in die sie die Typen setzen konnte, so daß die Buchstaben bloß auf der Oberfläche gefühlt werden konnten.

Wenn man ihr nun irgendeinen Gegenstand reichte, zum Beispiel einen Bleistift, eine Uhr, so wählte sie die zu dem Worte gehörigen Buchstaben, ordnete sie auf ihrem Brette und schien sie mit Vergnügen zu überlesen.

Auf diese Weise wurde sie mehrere Wochen geübt, bis ihr Wortreichtum ausgedehnter wurde. Dann wurde der wichtige Schritt getan, sie zu lehren, die verschiedenen Buchstaben statt mit der unbehilflichen Vorrichtung des Brettes und der Typen durch die Lage ihrer Finger darzustellen. Sie lernte dies schnell und leicht, denn ihr Verstand hatte begonnen zu arbeiten, und ihre Fortschritte waren bedeutend.

Dies war die Zeit – ungefähr drei Monate nach ihrer Aufnahme –, als der erste Bericht von ihr gemacht wurde, worin angegeben wird, sie habe eben das Fingeralphabet gelernt, wie es die Taubstummen brauchen, und daß es Vergnügen und Verwunderung errege zu sehen, wie schnell, richtig und begierig sie mit ihren Übungen weitergehe. Ihre Lehrerin gibt ihr einen neuen Gegenstand, zum Beispiel einen Bleistift, läßt sie ihn erst untersuchen, um einen Begriff von seinem Gebrauch zu erhalten; dann zeigt sie ihr, wie der Name desselben buchstabiert wird, indem sie ihr die Zeichen der Buchstaben mit ihren eigenen Fingern vormacht. Das Kind ergreift ihre Hand und befühlt ihre Finger, so wie die verschiedenen Buchstaben gebildet werden; es hält den Kopf etwas auf eine Seite, wie jemand, der angestrengt horcht; seine Lippen sind halb geöffnet, es scheint kaum zu atmen; die Spannung seines Antlitzes verändert sich nach und nach in ein Lächeln, sowie es die Lektion begreifen lernt. Es hält dann seine kleinen Finger empor und buchstabiert das Wort in der Fingersprache; dann ergreift es seine Typen und ordnet die Buchstaben, und zuletzt, um ganz sicherzugehen, nimmt es alle Typen, aus denen das Wort besteht, und legt sie auf oder neben den Bleistift, oder was sonst der Gegenstand der Lektüre sein mag.

Das ganze folgende Jahr ward damit verbracht, die begierigen Fragen der armen Schülerin nach den Namen aller Gegenstände, die sie in die Hand nehmen konnte, zu beantworten, sie im Gebrauche des Fingeralphabets zu üben, auf jede mögliche Weise ihre Kenntnis der physischen Beziehungen der Dinge zu erweitern und ihre Gesundheit gehörig zu pflegen.

Am Ende dieses Jahres ward ein Bericht von ihr erstattet, wovon Folgendes ein Auszug ist:

,Es ist jetzt außer allem Zweifel, daß sie nicht den kleinsten Lichtstrahl sehen, nicht den geringsten Ton hören kann, und nie gezeigt hat, daß sie den Sinn des Geruchs besitze. So ruht ihre Seele in Finsternis und Stille, wie in einem verschlossenen Grabe um Mitternacht. Von schönen Aussichten, angenehmen Tönen und gefälligen Farben kann sie sich keinen Begriff machen; trotzdem erscheint sie so glücklich und mutwillig wie ein Vogel oder ein Lamm; die Anwendung ihrer intellektuellen Fähigkeiten oder die Auffassung eines neuen Begriffes machen ihr lebhaftes Vergnügen, das sich in ihren ausdrucksvollen Zügen deutlich widerspiegelt. Sie scheint sich nie zu grämen, sondern zeigt immer die heitere Munterkeit der Jugend. Sie liebt Scherz und Lustigkeit, und wenn sie mit den übrigen Kindern spielt, so übertönt ihr heiteres Lachen alle übrigen.

Wird sie allein gelassen, so scheint sie am glücklichsten, wenn sie ihr Strickzeug oder ihre Näherei bei sich hat; sie beschäftigt sich dann wohl stundenlang. Hat sie keine Beschäftigung, so unterhält sie sich augenscheinlich durch Phantasiegespräche oder damit, daß sie sich vergangene Eindrücke zurückruft. Sie zählt an ihren Fingern oder buchstabiert die

Namen von Dingen, die sie vor kurzem gelernt hat, in der Fingersprache der Stummen. In diesen einsamen Selbstgesprächen scheint sie zu urteilen, zu überlegen und zu folgern; buchstabiert sie mit ihrer rechten Hand ein Wort falsch, so schlägt sie sich sogleich mit ihrer linken darauf, wie der Lehrer, zum Zeichen der Mißbilligung; buchstabiert sie es richtig, so klopft sie sich selbst auf den Kopf und sieht zufrieden aus. Sie buchstabiert zuweilen vorsätzlich mit der linken Hand ein Wort falsch, sieht einen Augenblick lang recht schelmisch aus, lacht dann und schlägt mit der Rechten die Linke, um sie zu korrigieren.

In einem Jahre hat sie eine große Geschicklichkeit in dem Gebrauch des Fingeralphabets der Stummen erlangt und buchstabiert die Worte und Sätze, die sie kennt, so schnell und gewandt, daß nur die, welche sich an diese Sprache gewöhnt haben, den schnellen Bewegungen ihrer Finger folgen können.

So wunderbar aber auch die Schnelligkeit ist, mit welcher sie ihre Gedanken in die Luft schreibt, so ist es noch mehr die Ruhe und Genauigkeit, womit sie die solchergestalt von andern geschriebenen Worte liebt; sie nimmt dabei die Hände der letztern in die ihrigen und folgt jeder Bewegung der Finger, so wie Buchstabe auf Buchstabe deren Bedeutung ihrer Seele zuführt. Auf diese Weise unterhält sie sich mit ihren blinden Gespielen, und nichts kann deutlicher die Kraft der Seele zeigen, alles zu dem erforderlichen Zweck anzuwenden, als eine Zusammenkunft zwischen diesen Blinden. Denn wenn schon große Geschicklichkeit und hohes Talent bei Mimikern dazu erforderlich ist, um Gedanken und Gefühle durch die Bewegungen des Körpers und den Ausdruck des Gesichts zu malen, wieviel größer muß nicht die Schwierigkeit sein, wenn beide von Dunkelheit umgeben sind und der eine noch dazu nicht hören kann!

Wenn Laura mit vor sich hingestreckten Händen durch einen Gang geht, so kennt sie sogleich jeden, dem sie begegnet, und geht mit einem Zeichen, daß sie ihn erkannt, an ihm vorüber: aber wenn die ihr begegnende Person ein Mädchen ihres Alters oder vielleicht ein Liebling von ihr ist, so fliegt augenblicklich ein heiteres Lächeln des Erkennens über ihre Züge; beide umschlingen sich, drücken sich die Hände und tauschen mit schnellen Fingerbewegungen gegenseitig ihre Gedanken aus. Da gibt es Fragen und Antworten, Verkündigungen von Freude oder Sorge, Küsse und Scheidegrüße, just wie zwischen kleinen Kindern, die alle Sinne haben.'

Während dieses Jahres – sechs Monate, nachdem sie das Elternhaus verlassen hatte, kam ihre Mutter, sie zu besuchen; die Szene ihres Wiedersehens war sehr interessant.

Die Mutter blickte eine Weile mit überströmenden Augen auf ihr Kind, das, ganz unwissend über ihre Gegenwart, im Zimmer umherspielte. Jetzt rannte Laura gegen sie an, begann sogleich die Hände ihrer Mutter zu befühlen, ihr Kleid zu untersuchen, um zu sehen, ob sie sie kenne. Doch da ihr dies nicht gelang, wandte sie sich von ihr ab wie von einer Fremden; die gute Frau konnte den Schmerz, den sie fühlte, als sie sah, daß ihr eigenes geliebtes Kind sie nicht mehr kannte, nicht verbergen.

Sie gab hierauf dem Kinde eine Perlenkette, die sie zu Hause zu tragen pflegte, welche Laura sogleich wiedererkannte; sie wand sie mit großer Freude sich um den Hals und suchte mich begierig auf, um mir zu sagen, sie wisse, daß die Kette aus ihrem Vaterhause sei.

Die Mutter versuchte jetzt, sie zu liebkosen, allein die arme Laura stieß sie zurück und zog es vor, bei ihren Gespielinnen zu bleiben.

Jetzt wurde ihr ein anderer Gegenstand aus dem väterlichen Hause gegeben, und sie fing an, sehr aufgeregt zu werden; sie untersuchte die Fremde genauer und gab mir zu verstehen, daß sie wisse, diese Person komme aus Hanover; sie ließ sich sogar ihre Liebkosungen gefallen, verließ sie jedoch bei dem geringsten Zeichen mit Gleichgültigkeit. Jetzt wurde es peinlich, den Kummer der Mutter zu sehen; denn obwohl sie gefürchtet hatte, daß sie nicht erkannt werden würde, so war es doch zu schmerzlich und kränkend für ein Mutterherz, sich wirklich von ihrem geliebten Kinde mit Gleichgültigkeit behandelt zu sehen.

Nach einer Weile, als die Mutter ihr wieder nahte, schien

eine unbestimmte Idee durch Lauras Seele zu schießen, daß dies keine Fremde sein könne; sie betastete daher die Hände derselben sehr eifrig, während ihr Antlitz den Ausdruck gespannten Interesses annahm; sie wurde totenblaß und dann plötzlich rot; die Hoffnung schien mit Zweifel und Ängstlichkeit zu kämpfen, und nie malten sich streitende Leidenschaften stärker auf einem menschlichen Antlitz. In diesem Augenblick peinlicher Ungewißheit zog die Mutter sie zu sich und küßte sie voll Liebe; jetzt leuchtete dem Kinde auf einmal die Wahrheit ein; alles Mißtrauen, alle Ängstlichkeit schwand, als sie sich mit dem Ausdruck der höchsten Freude an den Busen ihrer Mutter warf und sich ihren liebenden Umarmungen überließ.

Jetzt blieben die Perlen und jedes Spielzeug, das ihr angeboten wurde, gänzlich unbeachtet; ihre Gespielen, um deretwillen sie einen Augenblick vorher gern die Fremde verließ, strebten jetzt vergebens, sie von ihrer Mutter hinwegzuzerren; und obschon sie mit ihrem gewöhnlichen augenblicklichen Gehorsam auf mein Zeichen mir nachfolgte, so geschah dies offenbar nur mit schmerzlichem Zaudern. Sie hielt sich fest an mich, wie bestürzt und furchtsam; und als ich sie nach einem Augenblick wieder zu ihrer Mutter nahm, sprang sie in ihre Arme und umschlang sie mit lebhafter Freude. Die nachherige Trennung zwischen beiden zeigte sowohl die Liebe als auch die Intelligenz und Entschlossenheit des Kindes.

Laura begleitete ihre Mutter bis zur Türe, wobei sie sie fest umschlungen hielt; als beide an die Schwelle kamen, blieb sie stehen und fühlte rings umher, um zu wissen, wer in der Nähe sei. Als sie die Lehrerin bemerkte, welche sie sehr liebt, erfaßte sie diese mit der einen Hand, während sie sich mit der andern krampfhaft an ihre Mutter anklammerte. So blieb sie einen Augenblick stehen; dann ließ sie die Hand ihrer Mutter fahren, hielt das Schnupftuch an ihre Augen, wandte sich um und hielt sich schluchzend an die Lehrerin. Indessen entfernte sich die Mutter, nicht weniger bewegt als ihr Kind.

In früheren Berichten ist bemerkt worden, daß sie verschiedene Grade des Verstandes in andern unterscheiden

kann und daß sie bald eine Neuangekommene mit Verachtung behandelte, wenn sie nach ein paar Tagen ihre Geistes-
schwäche bemerkte. Dieser nicht liebenswürdige Zug ihres
Charakters hat sich in dem vergangenen Jahre immer mehr
und mehr entwickelt.

Zu ihren Freundinnen und Gespielinnen wählt sie diejenigen Kinder, die verständig sind und am besten mit ihr reden
können; hingegen ist sie nur höchst ungern in Gesellschaft
derjenigen, denen es an Intelligenz mangelt, wenn sie nicht
etwa ihrer zu ihren Absichten bedarf, was sie offenbar gern
tut. Sie benutzt sie, läßt sich von ihnen bedienen, auf eine
Art, wie sie wohl weiß, daß sie es nicht von andern verlangen kann; überhaupt zeigt sie auf mehrfache Weise ihr säch-
sisches Blut.

Sie hat es gern, wenn andere Kinder, nämlich solche, die
sie leiden mag, von den Lehrern beachtet und geliebkost werden; doch darf dies nicht zu weit getrieben werden, sonst
wird sie eifersüchtig. Sie will ihren Teil auch haben, welcher,
wenn auch nicht der des Löwen, doch immer der größere ist;
und wenn sie ihn nicht erhält, sagt sie: ‚Meine Mutter wird
mich lieben.‘

Ihre Neigung zur Nachahmung geht so weit, daß sie
Handlungen vornimmt, die ihr ganz unbegreiflich sein müssen und die ihr kein anderes Vergnügen gewähren können als
die Befriedigung einer innern Fähigkeit. Man hat sie halbe
Stunden lang sitzen, ein Buch vor ihre gesichtlosen Augen
halten und die Lippen dabei bewegen sehen, wie sie bemerkt,
daß Sehende es machen, wenn sie lesen.

Eines Tages behauptete sie, ihre Puppe sei krank; sie hät-
schelte sie auf alle mögliche Weise und gab ihr Arznei ein;
dann brachte sie sie sorgfältig zu Bett und legte eine Flasche
mit heißem Wasser zu ihren Füßen, wobei sie in einem fort
recht herzlich lachte. Als ich nach Hause kam, bestand sie
darauf, daß ich zur Puppe hinginge und ihr den Puls fühlte;
und als ich ihr sagte, sie solle ihr ein Zugpflaster auf den
Rücken legen, schien sie sich ganz erstaunlich zu freuen und
kreischte fast vor Entzücken.

Ihre geselligen Gefühle und ihre Neigungen sind sehr

stark; wenn sie bei der Arbeit oder beim Lernen neben einer ihrer kleinen Freundinnen sitzt, unterbricht sie sich alle Augenblicke in der Arbeit, um ihre Nachbarin mit großem Eifer und rührender Wärme zu küssen.

Allein gelassen, beschäftigt und unterhält sie sich und scheint ganz zufrieden; ja so stark scheint das natürliche Streben ihrer Gedanken zu sein, sich in das Gewand der Sprache zu kleiden, daß sie in der Fingersprache oft Monologe hält, so langsam und beschwerlich dies auch ist. Jedoch nur wenn sie allein ist, verhält sie sich ruhig; denn wenn sie gewahr wird, daß sich noch jemand im Zimmer befindet, ruht sie nicht eher, als bis sie dicht neben ihm sitzen, seine Hände erfassen und durch Zeichen mit ihm sprechen kann.

Es ist erfreulich, in intellektueller Beziehung bei ihr einen unersättlichen Durst nach Kenntnissen und eine schnelle Auffassung der Beziehungen der Dinge untereinander zu beobachten. Noch mehr Vergnügen macht es, in ihrem moralischen Charakter ihre beständige Fröhlichkeit, ihre hohe Freude über ihr Dasein, ihr rückhaltloses Zutrauen, ihr Mitgefühl mit fremden Leiden, ihr Selbstbewußtsein, ihre Wahrheitsliebe zu bemerken.“

Dies sind einige Fragmente aus der einfachen, aber höchst interessanten Geschichte von Laura Bridgman. Der Name ihres großen Wohltäters, der ihre Geschichte niedergeschrieben hat, ist Dr. Howe. Ich glaube sicherlich, daß es wenig Personen gibt, die, nachdem sie diese Bruchstücke gelesen, den Namen dieses Mannes je mit Gleichgültigkeit werden aussprechen hören.

Außer dem Bericht, aus dem ich einen Auszug entnommen habe, ist noch ein zweiter von Dr. Howe erschienen. Er schildert die schnellen geistigen Forschritte seiner Schülerin während des nächsten Jahres und führt ihre kleine Geschichte bis zu Ende des vorigen Jahres fort. Es ist erstaunlich: Wie wir in Worten träumen und Unterhaltungen mit Luftgestalten fortspinnen, worin wir für uns und die Schatten reden, die uns in diesen nächtlichen Visionen erscheinen, so gebraucht Laura, da sie keine Worte hat, ihre Fingersprache im Schlafe. Und man hat beobachtet, daß, wenn ihr Schlummer unterbrochen oder sehr durch Träume gestört wird, sie ihre Gedanken auf unregelmäßige und verwirrte Weise durch ihre Finger ausdrückt, gerade wie wir unter ähnlichen Umständen undeutlich murmeln würden.

Ich blätterte in ihrem Tagebuch und fand es mit schöner, leserlicher, fester Hand geschrieben und in einem Stil, der ohne weitere Erklärung ganz verständlich war. Als ich sagte, daß ich sie gern selbst schreiben sehen möchte, gebot ihr der Lehrer, der neben ihr saß, in ihrer Sprache, ihren Namen ein paarmal auf einen Streifen Papier zu schreiben. Als sie dies tat, bemerkte ich, daß sie mit ihrer Linken stets der Rechten, in welcher sie die Feder hielt, nachfolgte. Es war durchaus keine Linie angegeben, allein sie schrieb trotzdem grade.

Bis jetzt wußte sie noch nichts von der Gegenwart eines Fremden, doch als sie ihre Hand in die des Herrn legte, der mich begleitete, schrieb sie sogleich dessen Namen in die Handfläche ihres Lehrers. Ihr Tastsinn ist in der Tat jetzt so ausgebildet, daß sie eine Person, mit der sie einmal bekannt geworden ist, fast nach jedem noch so langen Zeitraum wiedererkennt. Dieser Herr war, glaube ich, nur sehr selten in ihrer Gesellschaft gewesen und hatte sie sicher seit mehreren Monaten nicht mehr gesehen. Meine Hand stieß sie sogleich zurück, wie sie dies mit jedem Manne macht, der ihr fremd ist. Allein meine Frau hielt sie mit Vergnügen bei der Hand fest, küßte sie und untersuchte ihr Kleid mit mädchenhafter Neugier.

Sie war munter und fröhlich und zeigte viel unschuldige Schalkhaftigkeit im Umgang mit ihrem Lehrer. Ihr Entzükken, als sie eine ihrer liebsten Spielgenossinnen – selbst ein blindes Mädchen – erkannte, die schweigend und in freudiger Erwartung der kommenden Überraschung einen Sitz neben ihr einnahm, bot eine schöne Szene dar. Dies entlockte ihr, wie einige Male andere unbedeutende Umstände während meines Besuchs, einen häßlichen Laut, der fast peinlich zu hören war. Als ihr aber der Lehrer die Hand auf den Mund legte, enthielt sie sich dessen sogleich und umarmte ihre Gespielin lachend und liebevoll.

Ich war vorher in einem andern Zimmer gewesen, wo eine

Anzahl blinder Knaben sich schwang, kletterte und mit verschiedenen Spielen unterhielt. Als wir eintraten, riefen sie alle dem Hilfslehrer, der uns begleitete, zu: „Sehen Sie einmal mich, Mr. Hart! Bitte, Mr. Hart, sehen Sie einmal! "So bezeigten sie auch hierin den ihrem Zustande eigentümlichen Wunsch, *gesehen* zu werden. Es befand sich ein kleiner lachender Bursche unter ihnen, der fern stand und sich mit gymnastischen Übungen zur Kräftigung der Arme und Brust unterhielt, woran er sich höchlich ergötzte, besonders wenn er etwa beim Ausstrecken seines rechten Armes mit einem anderen Knaben in Berührung kam. So wie Laura Bridgman war dieses Kind taubstumm und blind.

Dr. Howes Beschreibung des ersten Unterrichts dieses Zöglings ist so frappant und so eng mit Laura selbst verknüpft, daß ich mich nicht enthalten kann, einen kurzen Auszug daraus zu geben. Der arme Knabe heißt Oliver Caswell, ist dreizehn Jahre alt und war im vollen Besitz aller seiner Sinne, bis er drei Jahre und vier Monate alt war. In dieser Zeit bekam er das Scharlachfieber; nach vier Wochen wurde er taub, einige Wochen darauf blind und in sechs Monaten stumm. Er bezeigte sein ängstliches Gefühl über diesen letzten Verlust dadurch, daß er oft die Lippen anderer Personen befühlte, wenn sie redeten, und dann seine Hand auf seine eigenen legte, als wollte er sich überzeugen, daß er sie noch in der rechten Lage habe.

„Sein Durst nach Kenntnissen", sagt Dr. Howe, „offenbarte sich, sobald er in die Anstalt kam, durch seine eifrige Untersuchung eines jeden Dinges, das er in seiner neuen Umgebung fühlen oder riechen konnte. Als er zum Beispiel auf das Register eines Ofens trat, bückte er sich sogleich nieder, betastete es und entdeckte bald die Art und Weise, wie sich die obere Platte auf der unteren bewegte; allein dies war ihm nicht genug; er legte sich nieder auf das Gesicht, beleckte erst die eine und dann die andere Platte und schien zu merken, daß sie von verschiedenem Metall waren.

Seine Zeichen waren sehr ausdrucksvoll, und seine Natursprache, Lachen, Schreien, Seufzen, Küssen, Umarmen usw., war vollkommen.

Einige der analogen Zeichen, die er sich (geleitet von seiner Nachahmungsfähigkeit) selbst gemacht hatte, waren sehr deutlich und leicht verständlich, zum Beispiel die wellenförmige Bewegung seiner Hand für die Bewegung eines Kahnes, die kreisförmige für die eines Rades usw.

Das erste, was man tat, war, ihm den Gebrauch dieser Zeichen abzugewöhnen und dafür rein willkürliche zu lehren.

Die Erfahrung benutzend, die ich in andern Fällen gemacht hatte, unterließ ich mehrere Schritte, die ich bei dem früheren Verfahren angewandt hatte, und begann sogleich mit der Fingersprache. Ich nahm daher mehrere Gegenstände, die kurze Namen haben, zum Beispiel Dose, Uhr usw., rief Laura zu meiner Unterstützung herbei, ergriff seine Hand und legte sie auf einen der Gegenstände; dann machte ich mit meiner eigenen die Buchstaben ‚Uhr‘. Er befühlte eifrig meine Hand mit seinen beiden, und als ich die Buchstaben wiederholte, versuchte er augenscheinlich, die Bewegungen meiner Finger nachzuahmen. Nach einigen Minuten gelang es ihm, die Bewegungen meiner Finger mit der einen Hand zu fühlen und mit der andern mir nachzuahmen, wobei er herzlich lachte, wenn ihm dies gelang. Laura zeigte sich dabei sehr gespannt; überhaupt war es interessant, beide zu betrachten. Ihr Gesicht verkündete lebhafte, ängstliche Aufmerksamkeit, und ihre Finger verschlangen sich so eng mit den unsrigen, daß sie jeder Bewegung folgen konnte, ohne uns dabei zu hindern; Oliver stand aufmerksam dabei, hielt den Kopf etwas zur Seite und das Gesicht emporgerichtet, seine Linke erfaßte die meine, und seine Rechte hielt er ausgestreckt; bei jeder Bewegung meiner Finger verkündete sein Gesicht die gespannteste Aufmerksamkeit; man sah eine gewisse Ängstlichkeit in seinen Zügen, wenn er es versuchte, die Bewegungen nachzuahmen; dann stahl sich ein Lächeln auf sein Gesicht, wenn er glaubte, sie nachmachen zu können, welches in ein freudiges Lachen überging, sobald es ihm gelang und wenn er fühlte, daß ich ihm auf den Kopf und Laura ihm herzhaft auf den Rücken pochte und dabei fröhlich emporsprang.

Er lernte mehr als ein halb Dutzend Buchstaben in der

halben Stunde und schien mit seinem guten Erfolg zufrieden, wenigstens damit, daß er Beifall erhielt. Dann begann seine Aufmerksamkeit zu ermatten, und ich fing an mit ihm zu spielen. Es war offenbar, daß er hierbei immer nur die Bewegungen meiner Finger nachgeahmt und seine Hand auf die Dose, Uhr usw. gelegt hatte, ohne weitere Wahrnehmung der Beziehung zwischen dem Zeichen und dem Gegenstand.

Wenn er des Spielens müde war, nahm ich ihn wieder an den Tisch, und er war gern bereit, das Verfahren der Nachahmung von neuem zu beginnen. Er lernte bald die Buchstaben für Dose, Uhr usw. machen, und da ich ihm dabei wiederholt den bezüglichen Gegenstand in die Hand gab, bemerkte er endlich die Beziehung zwischen demselben und dem Worte; denn wenn ich die Buchstaben ‚Dose‘ oder ‚Uhr‘ machte, ergriff er allemal den rechten Gegenstand.

Die Wahrnehmung dieser Beziehung war jedoch bei ihm nicht von dem heitern Strahl der Intelligenz, der glühenden Freude begleitet, welche diesen schönen Moment bei Laura bezeichneten. Ich legte nun die Gegenstände auf die Tafel, ging mit den Kindern einige Schritte weg davon, buchstabierte mit Olivers Fingern das Wort ‚Dose‘, und Laura ging und holte den Gegenstand herbei. Der Kleine schien dadurch sehr unterhalten und sah recht aufmerksam und heiter aus. Ich ließ ihn hierauf die Buchstaben ‚Brot‘ machen; augenblicklich ging Laura und holte ihm ein Stück. Er roch daran, hielt es an seine Lippen, richtete mit listigem Blick den Kopf empor, schien einen Augenblick nachzudenken und lachte dann aus vollem Halse, als wollte er sagen: ‚Aha! jetzt weiß ich, wie daraus was zu machen ist.‘

Es war jetzt klar, daß er Fähigkeit und Neigung zum Lernen hatte und bloß ausdauernder Aufmerksamkeit bedürfe. Ich übergab ihn daher einem verständigen Lehrer und zweifelte gar nicht an seinen schnellen Fortschritten.“

Wohl mag dieser Menschenfreund das einen schönen Augenblick nennen, wo eine ferne Aussicht auf ihren jetzigen Zustand in der umdunkelten Seele Laura Bridgmans zu schimmern begann. Während seines ganzen Lebens wird ihm dieser Augenblick eine Quelle reinen, unverwelklichen Glükkes sein und wird nicht weniger hell am Abende seiner der leidenden Menschheit gewidmeten Tage strahlen.

Die Neigung zwischen beiden – dem Lehrer und der Schülerin – ist ebenso fern von aller gewöhnlichen Aufmerksamkeit und Rücksicht, wie die Umstände, unter welchen sie entstand und gepflegt wurde, fern von den gewöhnlichen Vorfällen des Lebens sind. Er beschäftigt sich jetzt damit, Mittel und Wege zu ersinnen, um ihr höhere Kenntnisse und einen Begriff von dem großen Schöpfer jenes Weltalls beizubringen, in welchem, so dunkel und still es für sie auch ist, sie sich ihres Daseins so innig freut.

Ihr, die ihr Augen habt und nicht seht, die ihr Ohren habt und nicht hört; ihr, die ihr seid wie die Heuchler mit trübseligen Mienen und die ihr euer Antlitz verzerrt, um die Menschen glauben zu machen, daß ihr fastet, lernt reinen Frohsinn und ruhige Genügsamkeit von den Taubstummen und Blinden. Ihr selbstgewählten Heiligen mit finstern Stirnen, dies gesichtslose, gehörlose, sprachlose Kind kann euch Lehren geben, denen zu folgen euch wohl anstünde. Laßt seine arme Hand sanft auf eurem Herzen ruhen; denn vielleicht hat sie eine ähnliche Heilkraft wie die des großen Meisters, dessen Lehren ihr mißdeutet, dessen Lehren ihr verkehrt, von dessen Liebe und Sympathie für die ganze Welt nicht einer unter euch so viel weiß wie viele der Schlechtesten unter jenen Gefallenen, gegen die ihr mit nichts freigebig seid als mit dem Geschrei der Verdammung!

Als ich aufstand, um aus dem Zimmer zu geben, kam ein hübsches kleines Kind hereingerannt, um seinen Vater zu begrüßen. Für den Augenblick machte ein Kind mit sehenden Augen unter dem blinden Haufen fast einen ebenso schmerzlichen Eindruck auf mich wie vor zwei Stunden der blinde Knabe vor dem Hause. Oh, um wieviel heller und heiterer schien mir jetzt die Landschaft draußen, im Vergleich mit der Dunkelheit so vieler jugendlicher Wesen drin!

In Süd-Boston, wie es genannt wird, in einer vortrefflichen Lage, befinden sich mehrere wohltätige Anstalten nebeneinander. Eine derselben ist das Staatshospital für Geistes-

kranke, das auf bewundernswürdige Weise nach jenen aufge-
klärten Grundsätzen der Güte und Aussöhnung geleitet
wird, die vor zwanzig Jahren für die ärgste Ketzerei gegol-
ten hätten und welche mit so vielem Erfolg in unsrem Armen-
asyl zu Hanwell beobachtet werden. „Man muß Vertrauen
selbst gegen Geisteskranke zeigen", sagte der Arzt des Hospi-
tals, als wir in den Galerien umhergingen, während sich seine
Patienten ungezwungen um uns versammelten. Von denen,
die die Weisheit dieses Satzes bezweifeln oder leugnen, wenn
es überhaupt solche gibt, kann ich bloß sagen, daß ich nicht
aufgefordert werden möchte, als Geschworner über sie zu
entscheiden, ob sie geisteskrank sind oder nicht; denn ich
würde sie sicherlich bloß auf dieses Zeugnis hin für sinnlos
halten.

Jede Abteilung in dieser Anstalt ist wie eine lange Galerie
gebaut, nach welcher sich zu beiden Seiten die Schlafgemächer der Patienten öffnen. Hier arbeiten sie, lesen, spielen
Kegel und andere Spiele, und wenn das Wetter ihnen nicht
erlaubt auszugehen, bringen sie den ganzen Tag hier zu. In
einem dieser Säle saßen, als wenn es so sein müßte, unter einer Menge schwarzer und weißer geisteskranker Weiber des
Arztes Gattin und eine andere Dame nebst ein paar Kindern.
Beide waren schön, und man konnte gleich auf den ersten
Blick bemerken, daß ihre Gegenwart hier einen höchst wohltätigen Einfluß auf die Kranken übte, die sich um sie grup-
piert hatten.

Den Kopf an den Kaminsims gelehnt, mit großer Würde
und höchst vornehmer Miene, saß eine ältliche Frau, mit so
vielen Lappen und bunten Schnitzeln behängt wie Madge
Wildfire. Besonders war ihr Kopf ringsum so besteckt mit
Stückchen Gaze, Kattun, Papierstreifen und allerhand zusammengesuchten Läppchen, daß er wie ein Vogelnest aussah. Sie strahlte von falschen Juwelen und trug eine ohne
Zweifel echt goldene Brille; als wir uns ihr näherten, legte sie
mit vielem Anstand eine sehr alte, zerrissene Zeitung in ihren
Schoß, in welcher sie vermutlich eine Schilderung ihrer eigenen Vorstellung an irgendeinem auswärtigen Hofe gelesen
hatte.

Ich habe sie deshalb so genau beschrieben, weil ich sie als Beispiel von der Art und Weise des Arztes, sich das Vertrauen seiner Patienten zu erwerben und zu behalten, anführen will.

„Diese Dame", sagte er laut, indem er mich bei der Hand nahm und mit großer Höflichkeit zu der phantastischen Gestalt hinführte, wobei er auch nicht durch den flüchtigsten Seitenblick oder das leiseste Flüstern ihren Argwohn erregte, „diese Dame ist die Gastgeberin dieses Hauses. Es gehört ihr. Niemand weiter hat was darin zu befehlen. Es ist eine große Anstalt, wie Sie sehen, und erfordert eine große Anzahl von Dienern. Sie lebt, wie Sie bemerken, im vornehmsten Stil. Sie ist so gütig, meine Besuche anzunehmen und meiner Frau und Familie zu erlauben, daß wir hier wohnen. Sie ist äußerst höflich, wie Sie bemerken" – auf diesen Wink verbeugte sie sich sehr herablassend –, „und wird mir das Vergnügen gönnen, Sie ihr vorzustellen: ein Herr aus England, Madame, just von England angekommen, und zwar nach einer sehr stürmischen Überfahrt: Mr. Dickens – die Dame des Hauses!"

Wir tauschten die würdevollsten Grüße aus und benahmen uns überhaupt mit großem Ernst und Respekt. Die übrigen Irrsinnigen schienen den Spaß vollkommen zu verstehen (und nicht bloß in diesem, sondern in jedem andern Falle, ausgenommen in ihrem eigenen) und sich sehr zu amüsieren. Die Art ihrer verschiedenen Arten von Wahnsinn wurde mir auf dieselbe Weise bekannt, und wir verließen diese kranken Frauen in der besten Laune. Durch solche Mittel wird nicht nur ein vollkommenes Vertrauen zwischen Arzt und Patient hergestellt, in bezug auf die Natur und die Ausdehnung ihrer irrigen Ideen, sondern es begreift sich auch leicht, daß sich dadurch Gelegenheiten darbieten, jeden lichten Augenblick zu benutzen, um sie aus ihrem Traume aufzurütteln, indem man ihnen ihre Einbildungen in dem ungereimtesten und abgeschmacktesten Lichte vor Augen stellt.

Jeder Patient dieser Anstalt setzt sich täglich mit Messer und Gabel zu Tische; mitten unter ihnen sitzt der Mann, dessen Umgang mit den ihm Anvertrauten ich soeben beschrieben habe. Bei jeder Mahlzeit hält bloß der moralische Einfluß die heftigeren unter ihnen ab, die übrigen niederzustechen; allein die Wirkung dieses Einflusses ist bis zur absolut sichern Herrschaft gebracht worden, und man hat ihn selbst als Zwangsmittel, geschweige denn als Mittel zur Heilung, hundertmal wirksamer gefunden als alle Zwangsjacken, Fesseln und Handschellen, welche Unwissenheit, Vorurteil und Grausamkeit seit Erschaffung der Welt verfertigt haben.

Bei der Arbeit werden jedem Patienten die zu seinem Gewerbe erforderlichen Werkzeuge so frei anvertraut, als wär er ein vernünftiger Mann. Im Garten und im Hofe arbeiten sie mit Spaten, Rechen und Hacken. Zur Belustigung gehen sie spazieren oder laufen um die Wette, fischen, malen, lesen und fahren in Wagen aus, die zu dem Zwecke angeschafft sind. Sie haben unter sich eine Nähgesellschaft, um Kleider für die Armen zu verfertigen; diese hält Zusammenkünfte, faßt Beschlüsse, und es kommt nie zu Faustschlägen oder Messerstichen, wie es bei verständigen Versammlungen anderswo schon der Fall gewesen ist; sie leitet alle Verhandlungen mit dem größten Anstande. Die Reizbarkeit, die sich außerdem an ihrem eigenen Fleische, ihren Kleidern oder Gerätschaften auslassen würde, wird durch solche Beschäftigungen zerstreut. Sie sind fröhlich, ruhig und gesund.

Wöchentlich geben sie einen Ball, woran der Doktor und seine Familie sowie alle Wärter und Diener tätig teilnehmen. Tänze und Märsche werden abwechselnd nach den muntern Tönen eines Pianofortes ausgeführt; dann und wann erfreut ein Herr oder eine Dame (deren Talent man schon kennt) die Gesellschaft mit einem Gesang, der nie, etwa bei einer leichten Krise, in Heulen oder Schreien ausartet, worin, wie ich anfangs meinte, die ganze Gefahr liegen müßte. Zu diesem Feste versammeln sich alle bei guter Zeit; um acht Uhr werden Erfrischungen herumgereicht, und um neun Uhr trennen sie sich.

Die größte Höflichkeit und Artigkeit werden durchgängig beobachtet. Sie nehmen sich alle das Benehmen des Doktors zum Muster, und dieser bewegt sich auch in der Gesellschaft wie ein wahrer Chesterfield. Gleich andern Zusammenkünften gewähren diese Bälle den Damen einige Tage hindurch fruchtbaren Stoff zur Unterhaltung; und die Herren sind so begierig, bei diesen Gelegenheiten zu glänzen, daß man sie oft für sich die Schritte probieren sieht, um eine desto bessere Figur beim Tanze machen zu können.

Es ist klar, daß ein Hauptvorzug dieses Systems die Anregung und Aufmunterung, selbst unter so Unglücklichen, zu einer gewissen bescheidenen Selbstachtung ist. Ein ähnlicher Geist herrscht in allen Anstalten in Süd-Boston.

Dort befindet sich auch das Arbeitshaus. In derjenigen Abteilung desselben, welche zur Aufnahme alter oder sonst hilfloser Armen bestimmt ist, stehen folgende Worte an der Wand: „Zu beachten: Selbstbeherrschung, Ruhe und Frieden sind Segnungen." Man setzt nicht voraus, daß die, welche hierherkommen, bösen und gottlose Menschen sind, vor deren lasterhaften Augen Drohungen und Verbote aufgestellt werden müßten. Schon an der Schwelle sehen sie dies schöne Motto. Alles im Hause ist sehr einfach, wie es sein muß, aber mit Rücksicht auf Ruhe und Bequemlichkeit eingerichtet. Es kostet nicht mehr, als irgendein anderes Haus gekostet hätte, allein es beweist eine große Rücksichtnahme für alle, die gezwungen sind, ihr Obdach hier zu suchen, welche sie zur Dankbarkeit und zu einem guten Betragen auffordert. Statt in große, lange Säle, worin man sich den ganzen Tag nicht erwärmen kann, ist das Gebäude in besondere Zimmer geteilt, von denen jedes seinen gehörigen Anteil Licht und Luft hat. In diesen wohnt die bessere Klasse der Armen. In dem Wunsche, diese kleinen Gemächer nett und komfortabel zu machen, haben sie einen Beweggrund zur Anstrengung und zu anständigem Stolze. Ich weiß mich keines einzigen zu entsinnen, das nicht sauber und rein gewesen wäre; in jedem sah ich ein paar Blumentöpfe am Fenster oder eine Reihe Teller auf einem Sims oder einige bunte Bilder an der weißen Wand oder etwa eine Wanduhr hinter der Tür.

Die Waisen und kleinen Kinder befinden sich in einem besonderen anstoßenden Gebäude, das jedoch auch mit zur Anstalt gehört. Einige der Kinder sind noch so klein, daß die Treppen nach liliputanischem Maße gebaut sind, um für ihre kleinen Schritte zu passen. Dieselbe Rücksicht auf ihre Jahre und Schwäche zeigt sich sogar in ihren Sitzen, die wahre Kuriositäten sind und wie die Möbel eines Puppenarmenhauses aussehen.

Hier gefielen mir ebenfalls die Inschriften an der Wand außerordentlich; es waren dies kurze leicht zu merkende (und zu verstehende) moralische Denksprüche, wie zum Beispiel „Liebet euch untereinander", „Gott kennt auch die kleinste Kreatur in seiner Schöpfung", und dergleichen mehr. Die Bücher und Aufgaben für diese kleinsten Schüler waren auf ebenso zweckmäßige Weise ihren kindlichen Kräften angepaßt. Als wir die Lektionen durchgesehen hatten, sangen vier winzige Mädchen (von denen eines blind war) ein kleines Lied über den lustigen Maimonat, das, wie ich dachte (denn es klang höchst traurig), besser auf einen englischen November gepaßt hätte. Nachher besahen wir uns die Schlafgemächer eine Treppe höher, wo die Anordnungen nicht weniger vortrefflich und niedlich waren als unten. Und nachdem ich bemerkte, daß die Lehrer ganz für ihre Stellung paßten, nahm ich von den Kindern mit leichterm Herzen Abschied, als ich je von armen Kindern Abschied genommen hatte.

Mit dem Arbeitshaus steht auch ein Hospital in Verbindung, das sich in der besten Ordnung befand und wo ich – ich freue mich, dies sagen zu können – viel unbesetzte Betten sah. Es hatte jedoch einen Fehler, der allen amerikanischen Wohnräumen eigen ist, nämlich den ewigen, fluchwürdigen, erstickenden, glühendroten Teufel von Ofen, dessen Atem die reinste Luft unter dem Himmel vergiften würde.

In der Nähe befinden sich zwei Anstalten für Knaben. In der einen, der Boylston-Schule, werden vernachlässigte, arme Knaben aufgenommen, die noch kein Verbrechen begangen haben, die jedoch nach dem gewöhnlichen Laufe der Dinge sehr bald sich diese Auszeichnung erwerben würden, wenn man sie nicht zeitig genug von den hungrigen Straßen nähme und hierherschickte. Die andre ist das Besserungshaus für jugendliche Verbrecher. Beide befinden sich in demselben

Gebäude, doch kommen die beiden Knabengruppen nie in Berührung miteinander.

Die Knaben der Boylston-Schule haben in betreff des persönlichen Aussehens einen bedeutenden Vorzug vor den andern. Sie waren eben im Schulzimmer, als ich in die Anstalt kam, und beantworteten ohne Buch gewöhnliche leichte Fragen schnell und richtig, beispielsweise wo England liege, wie weit es bis dahin sei, wieviel Einwohner es habe, wie seine Hauptstadt heiße, welche Regierungsform es habe usw. Sie sangen auch ein Lied über einen Landmann, der seine Saat ausstreut, mit entsprechenden Bewegungen bei solchen Stellen, wie „so säet er aus", „er dreht sie herum", „er klatscht mit den Händen", was ihnen die Sache interessanter machte und sie gewöhnte, ordentlich und gleichzeitig sich zu bewegen. Sie schienen sehr gut unterrichtet und nicht weniger gut genährt; denn bausbäckigere, rundere Jungen habe ich in meinem Leben nicht gesehen.

Die jugendlichen Verbrecher hatten größtenteils keine so angenehmen Gesichter; auch gab es unter ihnen viele farbige Knaben. Als ich kam, waren sie eben bei ihrer Arbeit (diese besteht im Flechten von Körben und in der Verfertigung von Palmhüten); nachher sangen sie in der Schule ein Lied zum Lobe der Freiheit: ein sonderbares und, man sollte meinen, ziemlich anstößiges Thema für Gefangene. Die Knaben sind hier in vier Klassen geteilt; jeder trägt seine Klassennummer auf einem Schildchen am Arme. Jeder neue Ankömmling wird in die vierte oder niedrigste Klasse gesetzt; durch gutes Betragen kann er nun durch alle Klassen bis in die erste gelangen. Der Zweck der Anstalt ist, den jugendlichen Verbrecher durch strenge und dabei doch gütige und verständige Behandlung vom Pfade des Lasters abzulenken, ihm sein Gefängnis zu einem Orte der Reinigung und Besserung, nicht der Demoralisation und Verderbnis zu machen, ihm klar zu zeigen, daß nur ein Pfad und nur nüchterne Tätigkeit ihn jemals zum Glück führen können, ihn zu lehren, wie er diesen Pfad einzuschlagen habe, wenn seine Schritte ihn noch nie betreten, ihn dahin zurückzubringen, wenn er davon abgeirrt war – mit einem Worte, ihn dem Verderben zu entreißen und der menschlichen Gesellschaft ein bußfertiges, nützliches Mitglied zurückzugeben. Die Wichtigkeit einer solchen Anstalt, von jedem Standpunkt aus betrachtet, und in bezug auf alle menschlichen und gesellschaftlichen Rücksichten, bedarf keiner weiteren Erörterung.

Jetzt ist hier noch eine Anstalt zu erwähnen. Dies ist das Besserungshaus für den Staat, in welchem das Schweigesystem durchgeführt wird, wo jedoch die Gefangenen den Trost haben, einander zu sehen und miteinander zu arbeiten. Dies ist das verbesserte System der Gefängnisdisziplin, das wir in England eingeführt haben und das seit den letzten Jahren in erfolgreicher Wirksamkeit bei uns bestanden hat.

Amerika, als ein neues nicht allzu bevölkertes Land, hat in allen seinen Gefängnissen den einen großen Vorteil, nützliche und einträgliche Arbeit für die Gefangenen zu finden, wohingegen das Vorurteil gegen die Arbeit von Gefangenen bei uns sehr stark und fast unüberwindlich ist, da rechtschaffene Leute, die nie das Gesetz übertraten, oft vergebens Arbeit suchen. Selbst in den Vereinigten Staaten hat das Prinzip, Gefängnisarbeit und freie Arbeit in Konkurrenz zu bringen, welche offenbar zum Nachteil der letztern ausfallen muß, viele Gegner gefunden, deren Zahl sich mit der Zeit nicht vermindern wird.

Demnach würden also unsre besten Gefängnisse auf den ersten Blick besser geleitet scheinen als die amerikanischen. Die Tretmühle macht wenig oder kein Geräusch; fünfhundert Mann können Werg in demselben immer sortieren, ohne den geringsten Laut; und beide Arten von Arbeit lassen eine so strenge, wachsame Beaufsichtigung zu, daß es den Gefangenen fast unmöglich wird, auch nur ein einziges Wort zu wechseln. Andererseits begünstigen das Geräusch des Webstuhls, des Schmiedehammers, des Zimmerbeiles oder der Steinmetzwerkzeuge sehr die Gelegenheiten zu gegenseitiger Mitteilung – freilich flüchtige und kurze, aber doch immer Gelegenheiten –, welche diese verschiedenen Arbeiten, da die Männer dabei dicht nebeneinander sitzen oder stehen müssen, ohne eine Scheidewand oder irgendeinen trennenden Gegenstand zwischen sich zu haben, notwendig gewäh-

ren müssen. Ein Fremder muß übrigens erst ein wenig nachdenken, ehe der Anblick einer Anzahl mit gewöhnlicher Arbeit beschäftigter Männer, die er außer dem Gefängnisse verrichten zu sehen gewohnt ist, einen nur halb so starken Eindruck auf ihn hervorbringt, als wenn er dieselben Personen
an demselben Orte und in derselben Kleidung mit einer nur
von Gefangenen in Kerkern verrichteten beschäftigt sieht. In
einem amerikanischen Staatsgefängnis oder Besserungshaus
fand ich es am Anfang schwer, mich zu überzeugen, daß ich
mich in einem Gefängnisse – einem Orte schmachvoller Be-
strafung – befand. Und noch bis auf diesen Augenblick be-
zweifle ich sehr, ob der Ruhm der Menschlichkeit, wo dies
der Fall ist, sich auf wahre Weisheit gründet.

Ich hoffe, daß ich über diesen Gegenstand nicht mißver-
standen werde, denn es ist für mich einer von hohem Interesse. Ich neige mich ebensowenig dem krankhaften Gefühle zu,
das jede heuchlerische Lüge oder listige Rede eines notori-
schen Verbrechers zum Gegenstande von Zeitungsnachrich-
ten und der allgemeinen Sympathie macht, wie zu jenen guten alten Bräuchen der guten alten Zeit, welche England sogar nach und unter Georgs des Dritten Regierung im Hin-
blick auf seinen Kriminalkodex und seine Gefängniseinrich-
tungen zu einem der blutdürstigsten und barbarischsten Länder der Erde machten. Wenn ich dächte, daß es für die erste-
hende Generation gut sein würde, so wollte ich gern meine
Einwilligung zur Ausgrabung der Knochen irgendeines anständigen Straßenräubers (je anständiger, um so lieber) und
zu deren Ausstellung auf einer Säule, einem Tore oder Galgen – der für einen zweckmäßigen Platz hierzu gehalten
werden mag – geben. Meine Vernunft ist ebensowohl überzeugt, daß diese Herren ganz niederträchtige, elende Schurken waren, wie, daß die Gesetze und Kerker sie auf ihrer La-
sterbahn verhärteten oder daß ihr wunderbares Entkommen
immer durch die Gefängnisschließer bewerkstelligt wurde,
welche in jener bewundernswerten Zeit stets selbst Spitzbu-
ben gewesen waren und daher bis aufs äußerste zu ihren Bu-
senfreunden und Trinkbrüdern hielten. Zugleich weiß ich
auch, wie alle Menschen wissen oder doch wissen sollten, daß

die Disziplin in den Gefängnissen überall ein Gegenstand von höchster Wichtigkeit ist und daß Amerika in seiner durchgängigen Reform und dem glänzenden Beispiele, das es hierin andern Ländern gegeben hat, hohe Weisheit, großes Wohlwollen und eine erhabene Politik gezeigt hat. Wenn ich daher das amerikanische System mit dem, das wir uns danach gebildet haben, vergleiche, so will ich bloß zeigen, daß das unsre trotz allem doch einige Vorteile hat*.

Das Besserungshaus, das mich zu diesen Bemerkungen führte, ist nicht wie andre Gefängnisse mit Mauern eingeschlossen, sondern ringsum mit langen, rohen Pfählen verpalisadiert, ungefähr nach Art der Einhebungen, worin man Elefanten hält, wie wir dies auf Kupferstichen und Bildern dargestellt sehen. Die Gefangenen tragen einen doppelfarbigen Anzug, und die zu harter Arbeit Verurteilten müssen Nägel machen und Steine hauen. Als ich die Anstalt besuchte, war die letztere Klasse der Arbeiter mit den Steinen für ein neues Zollhaus beschäftigt, das gerade damals in Boston errichtet wurde. Sie schienen dem Stein geschickt und mit Schnelligkeit seine Form zu geben, obwohl wenige oder gar keine unter ihnen waren, die diese Kunst nicht erst im Gefängnisse gelernt hätten.

Die Frauenzimmer, alle in einem großen Saale, waren mit dem Verfertigen leinener und baumwollener Kleidungsstücke für New Orleans und die südlichen Staaten beschäftigt. Wie die Männer verrichteten sie ihre Arbeit schweigend und wurden wie diese von demjenigen, der sich ihre Arbeit ausbedun-

*Abgesehen von dem Vorteil, der aus der Arbeit der Sträflinge gezogen wird – ein Vorteil, den wir nie in größerem Ausmaß erzielen können und vielleicht nicht einmal anstreben dürfen –, gibt es in London zwei Gefängnisse, die sich in allen Beziehungen jedem, das ich in Amerika sah, an die Seite stellen können, in manchem Betracht aber sogar entschiedene Vorzüge haben. Eines davon ist Tothill-Fields-Bridewell unter der Leitung von Lieutnant A. F. Tracey; das andere das Besserungshaus von Middlesex unter Chesterton. Beide sind aufgeklärte und treffliche Männer, und es würde ebenso schwer sein, Direktoren zu finden, die ihren Obliegenheiten mit mehr Eifer, Festigkeit, Umsicht und Humanität nachkämen, wie Anstalten nachzuweisen, welche die unter ihrer Aufsicht stehenden an Ordnung und zweckmäßiger Einrichtung übertreffen.

gen hatte, oder einem Agenten desselben beaufsichtigt. Außerdem müssen sie noch jeden Augenblick erwarten, von den hierzu angestellten Gefängnisbeamten besucht zu werden.

Die Einrichtungen zum Kochen, Waschen der Kleidungsstücke usw. sind fast ganz nach dem Plane ähnlicher Anstalten getroffen, die ich in England gesehen habe. Die allgemein angenommene Methode, die Gefangenen während der Nacht unterzubringen, weicht von der unsrigen ab und ist ebenso einfach wie zweckmäßig. In der Mitte eines hohen Saales, der durch Fenster in allen vier Wänden Licht erhält, stehen fünf Stockwerke von Zellen, eines über dem andern; jedes Stockwerk hat eine leichte eiserne Galerie, zu der man mittels einer Treppe von gleicher Bauart und demselben Material gelangt; nur die unterste von der Erde aus ist massiv gebaut. Hinter diesen, nach der gegenüberliegenden Wand zu, befinden sich fünf gleiche Reihen von Zellen, zu denen man auf ähnliche Weise gelangt, so daß, wenn die Gefangenen in ihren Zellen eingeschlossen sind, ein Beamter, der unten mit dem Rücken an der Wand steht, ihre Zahl zur Hälfte mit einem Blicke übersehen kann; die andere Hälfte steht auf gleiche Weise unter der Aufsicht eines Beamten auf der entgegengesetzten Seite, und dies alles in einem einzigen großen Saale. Wenn einer der Wachhabenden nicht bestochen ist oder auf seinem Posten schläft, kann unmöglich ein Gefangener entwischen; denn selbst falls er die Tür seiner Zelle ohne Geräusch erbräche (was höchst unwahrscheinlich ist), muß er dem unten stehenden Beamten, sobald er in die Galerie vor seiner Zelle tritt, deutlich sichtbar sein. Jede dieser Zellen enthält ein schmales Rollbett, in welchem ein Gefangener – nie mehr als einer – schläft. Natürlich ist es schmal, und da die Türe aus Gitterwerk besteht und keinen Vorhang hat, so ist der in der Zelle befindliche Gefangene zu jeder Zeit der Beobachtung jeder Wache ausgesetzt, die etwa während der Nacht durch die Galerien geht. Täglich erhalten die Gefangenen ihr Mittagessen durch einen Schieber in der Küchenwand; jeder trägt es dann nach seiner Schlafzelle, um es zu essen, wo er zu dem Ende eingeschlossen und eine Stunde allein gelassen wird. Diese ganze Einrichtung schien mir be-

wundernswert, und ich hoffe, daß das nächste neue Gefängnis, das wir in England errichten werden, nach diesem Plane
erbaut wird.

Man sagte mir, daß man in diesem Gefängnisse keine Säbel
oder Feuergewehre oder selbst nur Geißeln hätte; auch ist es
nicht wahrscheinlich, daß, solange die jetzige treffliche Leitung fortbesteht, jemals eine Waffe irgendeiner Art innerhalb seiner Mauern erforderlich sein wird.

So sind die Anstalten von Süd-Boston! In allen werden die
unglücklichen oder entarteten Bürger des Staates in ihren
Pflichten gegen Gott und die Menschen sorgfältig unterrichtet; man gewährt ihnen jedwede Bequemlichkeit, die ihre
Lage zuläßt; man behandelt sie als Mitglieder der großen
menschlichen Familie, wie trübselig und beladen oder tief ge-
sunken sie auch sein mögen; man regiert sie mit dem Herzen
und nicht mit der Hand. Ich habe diese Anstalten etwas
weitläufig beschrieben: erstens, weil ihr Wert es verlangt;
und zweitens, weil ich sie zum Muster ausstellen und, wenn
wir später von ähnlichen Anstalten sprechen werden, bloß
anführen will, in welchen Rücksichten sie mangelhaft sind
oder von jenen erstern abweichen.

Ich wünschte, daß ich durch diese Schilderung der Anstalten Bostons, so unvollkommen in ihrer Ausführung wie red-
lich in ihrer Absicht sie ist, meinen Lesern nur den hundert-
sten Teil der Befriedigung gewähren könnte, welche mir die
Beobachtung derselben verursacht hat.

Für einen Engländer, der an die Trachten der Rechtsge-
lehrten in Westminster Hall gewöhnt ist, muß ein amerikani-
scher Gerichtshof ein ebenso sonderbarer Anblick sein, wie
vermutlich ein englischer Gerichtshof für einen Amerikaner
sein mag. Außer in dem obersten Gerichtshof zu Washington
(wo die Richter einen einfachen schwarzen Talar tragen)
sieht man die Jünger der Gerechtigkeit nie in Perücke oder
Robe. Die Herren im Gerichtshofe sind Barristers und Attor-
neys zugleich, denn man trennt die Funktionen nicht wie in
England. Die Jury macht es sich bei ihren Versammlungen so
bequem, wie es die Umstände nur erlauben. Der Zeuge steht

so wenig höher als die Gerichtsversammlung oder ist überhaupt so wenig von derselben gesondert, daß ein Fremder, der etwa während einer Pause hereintritt, ihn schwerlich aus den übrigen herausfinden wird; und wenn vielleicht gerade ein Kriminalverhör stattfindet, so wird man in neun Fällen unter zehn vergebens nach der Loge blicken, um den Gefangenen zu sehen; denn dieser wird höchstwahrscheinlich ganz ungeniert unter den ausgezeichnetsten Zierden der Rechtsgelehrsamkeit umherspazieren, seinem Verteidiger Ratschläge zuflüstern oder sich aus einem alten Gänsekiele mit seinem Federmesser einen Zahnstocher schnitzen.

Dieser Unterschied mußte mir natürlich auffallen, als ich die Gerichtshöfe in Boston besuchte. Anfangs war ich überdies auch sehr überrascht, als ich sah, daß der Anwalt, der den gerade zu verhörenden Zeugen fragte, dies *sitzend* tat. Doch da ich bemerkte, daß er die Antworten sogleich niederschrieb und daß er keinen Gehilfen zur Seite hatte, so tröstete ich mich schnell mit der Überlegung, daß die Justiz hier kein so teurer Artikel sein könne wie bei uns und daß die Unterlassung verschiedener Formalitäten, die wir für unerläßlich halten, ohne Zweifel einen sehr günstigen Einfluß auf die Kostenrechnung ausüben würde.

In jedem Gerichtshof ist hinreichender und bequemer Platz für die Zuhörer. Dies ist der Fall durch ganz Amerika. In jeder öffentlichen Anstalt wird das Recht des Volks, den Verhandlungen beizuwohnen, vollkommen anerkannt. Da sieht man keine mürrischen Türsteher, die ihre saumselige Höflichkeit sechspenceweise verhandeln; auch findet man sicherlich nirgends die mindeste Beamtengrobheit. Was der Nation gehört, wird nicht für Geld gezeigt, und kein öffentlicher Beamter macht sich zum Schausteller. In jüngster Zeit erst haben wir angefangen, dies gute Beispiel nachzuahmen. Hoffentlich werden wir damit fortfahren, und vielleicht werden in späterer Zeit sogar Dekane und Kirchenkapitel sich solchen Grundsätzen zuwenden.

Beim Zivilgericht wurde gerade eine Klage über einen durch einen Unfall auf einer Eisenbahn verursachten Schaden verhandelt. Die Zeugen waren verhört worden, und der

Anwalt redete die Jury an. Der gelehrte Herr (gleich einigen wenigen seiner englischen Kollegen) holte verzweifelt weit aus und hatte die merkwürdige Fähigkeit, einen und denselben Satz immer wieder vorzubringen. Sein Hauptthema war: „Warren, der Lokomotivführer", das er in jede Sentenz, die er äußerte, einklemmte. Ich hörte ihm eine Viertelstunde zu; und als ich darauf aus dem Gerichtssaal ging, ohne nur im mindesten über den Fall aufgeklärt zu sein, war mir zumute, als ob ich wieder daheim wäre.

In der Gefängniszelle befand sich ein Knabe, der wegen Diebstahls verhört werden sollte. Dieser Knabe, statt in ein gewöhnliches Gefängnis gesteckt zu werden, wurde später wahrscheinlich in das Asyl zu Süd-Boston getan und dort in einem Gewerbe unterwiesen; im Laufe der Zeit wurde er dann Lehrling bei einem achtbaren Meister. Also ließ sich vernünftigerweise hoffen, daß die Entdeckung seines Vergehens, statt die Einleitung zu einem ehrlosen Lebenswandel und einem elenden Tode zu sein, ihn dem Laster entreißen und der bürgerlichen Gesellschaft als brauchbares Mitglied zurückgeben würde.

Ich bin keineswegs über Hals und Kopf ein Bewunderer unserer gerichtlichen Feierlichkeiten, von welchen manche einen höchst lächerlichen Eindruck auf mich machen. So sonderbar es überdies auch scheinen mag, aber ohne Zweifel flößt die Anlegung von Perücke und Talar ein Gefühl ein, als ob man sich von persönlicher Verantwortlichkeit losmachte, und dies ermutigt zu jenem insolenten Benehmen, zu jener anmaßenden Sprache und zu jener plumpen Verkehrung des Amtes eines Anwalts der Wahrheit, die man so häufig in unseren Gerichtshöfen trifft. Indessen kann ich nicht umhin zu bezweifeln, ob Amerika, in dem Wunsche, die Albernheiten und Mißbräuche des alten Systems abzuschütteln, nicht in das entgegengesetzte Extrem verfallen sein mag und ob es nicht wünschenswert sei – zumal bei der kleinen Einwohnerschaft einer Stadt, wie diese, wo einer den andern kennt –, die Verwaltung der Gerechtigkeit mit einer künstlichen Schranke gegen das Alltagsbenehmen der untern Klassen zu umgeben. Alle Unterstützung, die ihr der hohe Charakter und die Geschicklichkeit der Richter geben können, genießt sie und gebührt ihr auch. Allein es möchte wohl etwas mehr erforderlich sein: nicht um Eindruck auf Nachdenkende und Wohlunterrichtete zu machen, sondern auf Unwissende und Achtlose – eine Klasse, zu welcher manche Gefangene und viele Zeugen gehören. Diese Institutionen wurden ohne Zweifel nach dem Grundsatze begründet, daß diejenigen, welche so großen Anteil an der Zusammenstellung der Gesetze haben, sie sicher auch achten würden. Allein die Erfahrung hat die Unzuverlässigkeit dieser Hoffnung gezeigt, denn niemand weiß besser als die amerikanischen Richter, daß bei Gelegenheit einer großen Volksaufregung das Gesetz machtlos ist und, solange sie währt, seine hohe Stelle nicht behaupten kann.

Der Ton der Gesellschaft in Boston ist der feinster Höflichkeit und Bildung. Die Damen sind ohne Frage sehr schön – von Gesicht: doch hier muß ich innehalten. Ihre Erziehung ist fast dieselbe wie bei uns, weder besser noch schlechter. In dieser Beziehung hatte ich einige recht wunderbare Geschichten gehört; allein da ich sie nicht glaubte, sah ich mich auch nicht getäuscht. Es gibt auch gelehrte Damen in Boston, allein gleich den Philosophinnen unter den meisten andern Breitegraden wünschen sie mehr für gelehrt zu gelten, als daß sie es wirklich sind. Fromme Damen gibt es gleichfalls, deren Anhänglichkeit an die Formen der Religion und deren Abscheu vor theatralischen Vergnügungen höchst musterhaft sind. Damen, die gern Vorlesungen beiwohnen, findet man in allen Klassen und Ständen. Bei der Art des provinziellen Lebens, das in Städten wie Boston herrscht, übt die Kanzel einen großen Einfluß aus. Man sollte fast meinen, die vornehmste Pflicht der Prediger in Neuengland (jedoch stets mit Ausnahme der unitarischen Pfarrer) sei, vor allen unschuldigen, vernünftigen Vergnügungen zu warnen. Kirche, Kapelle und Vorlesungszimmer sind die einzigen erlaubten Mittel zur Aufregung; und daher wallfahrten auch die Damen in Scharen nach der Kirche, der Kapelle und dem Vorlesungszimmer.

Wo man zur Religion seine Zuflucht nimmt, um sich zu erregen und der stillen Einförmigkeit auf eine Weile zu entgehen, gefallen die Prediger am meisten, die am ärgsten losdonnern. Die, welche den Pfad zum Himmel mit dem meisten Schwefel bestreuen und die ohne Erbarmen die Blumen und Blätter, die zur Seite des Pfades stehen, niedertreten, nennt man die frömmsten; und die, welche sich am weitschweifigsten über die Schwierigkeiten, in den Himmel zu gelangen, auslassen, müssen nach der Ansicht aller Rechtgläubigen zunächst dahin kommen; freilich läßt sich schwerlich bestimmen, durch welche Logik sie zu diesem Schlusse gelangen. So wie es bei uns zu Hause ist, findet man es überall. Hinsichtlich des andern Mittels der Erregung und Unterhaltung, der Vorlesungen, kann man wenigstens sagen, daß sie stets neu sind. Eine Vorlesung folgt der andern immer so schnell, daß man sich auf keine wieder besinnt, und der Kursus dieses Monats kann recht gut im nächsten wiederholt werden, ohne daß dadurch der Reiz der Neuheit verlorenginge oder das allgemeine Interesse geschmälert würde.

Die Früchte dieser Erde erstehen aus der Verderbnis. Aus der Fäulnis der vergänglichen Dinge ist in Boston eine Sekte von Philosophen, bekannt als Transzendentalisten, entsprungen. Auf meine Frage, was diese Benennung denn zu bedeuten habe, sagte man mir, daß alles, was unverständlich, transzendental sei. Diese Erläuterung war mir nicht sehr tröstlich, doch setzte ich meine Ausforschungen fort und fand, daß die Transzendentalisten Anhänger meines Freundes Mr. Carlyle oder vielmehr eines seiner Anhänger, Mr. Ralph Waldo Emerson, sind. Dieser hat einen Band Abhandlungen geschrieben, worin man unter vielem Träumerischen und Phantastischen (wenn er mir diesen Ausdruck verzeiht) noch viel mehr Männliches und Kühnes findet. Der Transzendentalismus hat zuweilen seine Grillen (welche Schule hat sie nicht?), aber trotzdem hat er gute, kernige Eigenschaften, unter denen eine herzliche Verachtung des Pietismus und das Geschick, diesen aus allen seinen verschiedenen Verkleidungen herauszufinden, nicht die geringste ist. Daher würde ich sicherlich, wenn ich ein Bostoner wäre, Transzendentalist sein.

Der einzige Prediger, den ich in Boston hörte, war Mr. Taylor, welcher vorzüglich Matrosen zu Zuhörern hat und der früher selbst Seemann war. Ich fand seine Kapelle unweit des Hafens in einer der engen, alten Straßen, die nach dem Wasser zu gehen; über ihrem Dache flatterte lustig eine blaue Flagge im Winde. Auf der Galerie der Kanzel gegenüber befand sich ein kleiner Chor von Sängern und Sängerinnen, einem Cello und Violinspieler. Der Prediger saß schon auf der Kanzel, welche auf Pfeilern ruhte und hinter ihm mit einem bunt bemalten Behang verziert war, der sich etwas theatralisch ausnahm. Er schien ein abgehärteter kräftiger Mann von ungefähr sechs- oder achtundfünfzig Jahren zu sein; die Zeit hatte tiefe Furchen in sein Gesicht gegraben; er hatte dunkles Haar und ein strenges, scharfblickendes Auge. Doch war der Ausdruck seines Gesichts im ganzen genommen gefällig und angenehm.

Der Gottesdienst fing mit einer Hymne an, auf welche ein extemporiertes Gebet folgte. Dieses hatte den Fehler häufiger Wiederholung, der allen solchen Gebeten eigen ist; doch war es deutlich und verständlich in seinen Lehren und atmete allgemeine Sympathie und Nächstenliebe, was in dieser Art der Rede zur Gottheit nicht so gewöhnlich der Fall ist, wie er es wohl sein könnte. Hierauf eröffnete er seine Predigt, wozu er den Text aus den Sprüchen Salomonis nahm, welche vor dem Anfang des Gottesdienstes durch irgendeine unbekannte Person aus der Versammlung auf das Pult gelegt worden waren: „Wer ist die, welche aus der Wildnis kommt, gestützt auf den Arm ihres Geliebten?"

Er behandelte seinen Text auf alle nur erdenkliche Weise und flocht ihn in alle mögliche Gestalten, allein stets sehr sinnreich und mit einer rohen Beredsamkeit, die der Fassungskraft seiner Zuhörer ganz angemessen war. Wenn ich mich nicht irre, hatte er mehr das Verständnis derselben als die Darlegung seiner eigenen Fähigkeiten im Auge. Seine Bilder entnahm er alle dem Seemannsleben, und sie waren oft recht gut und treffend. Er sprach zu der Versammlung von dem berühmten Lord Nelson und von Collingwood; er zog nichts mit Gewalt an den Haaren herbei, sondern alles, was er vorbrachte, stand in gehörigem Einklang mit seinem Thema und war auf natürliche und scharfsinnige Weise geordnet. Zuweilen, wenn er durch seinen Gegenstand sehr aufgeregt wurde, hatte er die sonderbare Manier, seine große Quartbibel unter den Arm zu nehmen und so auf der Kanzel hin und her zu schreiten, wobei er immer fest mitten in die Versammlung herabblickte. Als er nun seinen Text auf die erste Zusammenkunft seiner Zuhörer anwandte und die Verwunderung der Kirche schilderte, daß sie sich angemaßt hatten, eine Gemeinde unter sich zu bilden, blieb er auf einmal mit der Bibel unter dem Arme stehen und fuhr in seiner Rede folgendermaßen fort:

„Wer sind diese? – wer sind diese Leute? wo kommen sie her? wo gehen sie hin? – Wo sie herkommen? Wie lautet die Antwort?" (Indem er sich über die Kanzel herauslehnt und mit seiner rechten Hand niederwärts zeigt:) „Von unten!" (Wieder zurückfahrend und die Matrosen vor sich anblikkend:) „Von unten, meine Brüder. Unter den Lukenklappen der Sünde hervor, die der Böse über euch geschlossen hatte. Dorther seid ihr gekommen." (Auf der Kanzel hin und her gehend:) „Und wo geht ihr hin" (plötzlich stehenbleibend), „wo geht ihr hin? Hinauf!" (Ganz leise, und dabei emporzeigend:) „Hinauf!" (lauter:) „hinauf!" (noch lauter:) „Dahin geht ihr – mit günstigem Winde – alles straff und stramm steuert ihr geradezu nach dem Himmel in seiner Glorie, wo es weder Sturm noch Ungewitter gibt, wo die Gottlosen aufhören auf Böses zu sinnen, und die Müden ruhen können." (Wieder auf und abschreitend:) „Das ist der Ort, wo ihr hingehet, meine Freunde. Das ist er. Das ist der Port. Das ist der Hafen. Es ist ein gesegneter Hafen – dort ist stilles Wasser bei allem Wechsel der Winde und der Gezeiten; dort rennt ihr nicht auf die Uferfelsen, dort reißen eure Kabeltaue nicht, und ihr werdet nicht auf die hohe See hinausgetrieben. Dort ist Ruhe und Frieden – tiefer Frieden!" (Abermals auf und abschreitend und auf die Bibel unter seinem linken Arme klopfend:) „Wie! diese Leute kommen aus der Wüste? – aus der Wüste? Ja. Aus der traurigen, jämmerlichen Wüste der Gottlosigkeit, deren einzige Ernte der Tod ist. Aber stützen sie sich auf etwas – stützen sich diese armen Seeleute auf nichts?" (Drei Schläge auf die Bibel.) „Oja. – Ja. – Sie stützen sich auf den Arm ihres Geliebten" (von neuem drei Schläge), „auf den Arm ihres Geliebten." (Wieder drei Schläge und abermaliges Auf- und Abschreiten:) „Lotse, Leitstern und Kompaß, alles zugleich, und für alle und jeden – hier ist er." (Wieder drei Schläge.) „Hier ist er. Ihr könnt männlich eure Pflicht erfüllen, und Ruhe wird in eurer Seele walten, habt ihr nur dies." (Abermals zwei Schläge.) „Ihr könnt kommen, selbst ihr armen Leute könnt kommen aus der Wildnis, gestützt auf den Arm eures Geliebten, und könnt hinauf – hinauf – hinaufsteigen!" – Hier erhob er seine Hand höher und höher, bei jeder Wiederholung des Wortes, so daß er sie endlich über seinen Kopf ausgestreckt hielt, wobei er seine Zuhörer in sonderbarer Verzückung anstarrte und das Buch triumphierend an seine Brust drückte, bis er nach und nach in einen andern Teil seiner Predigt überging.

Ich habe dies angeführt mehr als ein Beispiel der Exzentrizität als der Verdienste des Predigers, obwohl sein Sermon, mit Rücksicht auf seinen Blick, sein Benehmen und den Charakter seiner Zuhörer, wirklich frappant war. Es ist jedoch möglich, daß der günstige Eindruck, den dieser Mann auf mich machte, sehr verstärkt wurde, weil er seinen Zuhörern einzuprägen suchte, daß die wahre Beobachtung der Religion nicht unverträglich sei mit strenger Erfüllung der Pflichten ihres Standes, und weil er sie warnte, sich im Paradiese nicht etwa einen Vorrang oder ein Monopol vorzustellen. Ich hörte nie diese beiden Punkte von irgendeinem Prediger so weise behandeln, wenn überhaupt ich sie jemals behandeln hörte.

Da ich meine Zeit in Boston damit hinbrachte, mich mit diesen Dingen bekannt zu machen, den Weg zu bestimmen, den ich bei meinen künftigen Reisen nehmen wollte, und mich stets in das soziale Leben zu mischen, so wüßte ich nicht, daß ich noch irgendeinen Anlaß hätte, dieses Kapitel zu verlängern. Diejenigen sozialen Gebräuche, die ich noch nicht erwähnte, können mit wenigen Worten geschildert werden.

Die gewöhnliche Zeit des Mittagessens ist zwei Uhr. Diners finden um fünf Uhr statt; bei einem Souper speist man spätestens um elf Uhr, so daß man sicher, auch nach einem Gelage, um Mitternacht zu Hause ist. Ich konnte nie einen Unterschied zwischen einer Gesellschaft in Boston und einer Gesellschaft in London entdecken, außer daß man sich im erstern Orte zu viel besser gewählten Stunden versammelt, daß die Unterhaltung vielleicht ein wenig lauter und fröhlicher geführt wird, daß man von jedem erwartet, daß er bis an den Gipfel des Hauses emporsteige, um seinen Mantel zu holen, daß er mit Sicherheit erwarten kann, bei jedem Diner eine ungewöhnliche Menge Geflügel und bei jedem Souper zwei mächtig große Terrinen – so groß, daß man bequem einen halb erwachsenen Herzog von Clarence darin sieden könnte – voll gedämpfter Austern zu finden.

Es gibt zwei Theater in Boston von ziemlicher Größe und Bauart, denen aber leider sehr die Gunst des Publikums mangelt. Die wenigen Damen, die dieselben besuchen, sitzen gebührendermaßen in den vordersten Logenreihen.

In keinem Hotel gibt es ein Rauchzimmer, mithin war auch keines in dem unsrigen; allein die Schenkstube ist ein großer Raum mit steinernem Fußboden, und hier rauchen die Gäste den ganzen Abend, sitzend, umherschlendernd, auf- und abgehend, wie sie die Laune ankommt. Hier wird auch der Fremde in die Geheimnisse des Gin-sling, Cocktail, Sangaree, Mint Julep, Sherrycobbler, Timber Doodle und anderer seltener Getränke eingeweiht. Das Haus ist gefüllt von Speisenden, sowohl Verheirateten als auch Ledigen, unter denen manche im Hause schlafen und Kost und Logis wöchentlich bezahlen, wofür ihnen, je näher dem Himmel sie wohnen, desto weniger berechnet wird. In einem schönen Saale wird eine öffentliche Tafel zum Frühstück, zum Mittag- und Abendessen gedeckt. Die Gesellschaft, die sich zu diesen Mahlzeiten an der Tafel zusammenfindet, wechselt in der Zahl von ein- bis zweihundert; zuweilen sind es noch mehr. Das Herannahen jeder dieser wichtigen Epochen des Tags wird durch eine furchtbar große Glocke verkündet, welche während ihres Läutens das ganze Haus erschüttert und für nervenschwache Gäste sehr störend ist. Man findet eine Speisetafel für Damen und eine für Herren.

Um keinen Preis in der Welt hätte in unserem Privatzimmer der Tisch zum Mittagsmahle gedeckt werden können, ohne daß eine ungeheure Schüssel voll Maulbeeren in die Mitte gestellt worden wäre; und Frühstück wäre nicht Frühstück gewesen, wenn das Hauptgericht nicht in einem unförmlichen Beefsteak, mit einem großen flachen Knochen in der Mitte und bestreut mit dem schwärzesten allen Pfeffers, bestanden hätte. Unser Schlafzimmer war geräumig und luftig, enthielt aber (gleich jedem Schlafzimmer jenseits des Atlantischen Ozeans) nur sehr wenig Möbelstücke; denn man sah weder am Bett noch am Fenster Vorhänge. Es hatte jedoch einen ungewöhnlichen Luxusartikel, nämlich einen angestrichenen hölzernen Kleiderschrank, etwas kleiner als ein englisches Schilderhaus, oder wenn man sich aus diesem Vergleich vielleicht noch keine richtige Idee von seinen Dimensionen machen kann, so braucht der Leser nur zu bedenken, daß ich vierzehn Tage und Nächte in dem festen Glauben stand, daß dieser Schrank ein Duschbad sei.

4. KAPITEL

Eine amerikanische Eisenbahn
Lowell und sein Fabriksystem

Ehe ich Boston verließ, verwandte ich einen Tag zu einem Ausflug nach Lowell. Ich gebe diesem Besuch ein eigenes Kapitel, nicht weil ich ihn des breiteren beschreiben will, sondern weil ich mich seiner als etwas an und für sich erinnere und weil ich wünsche, daß dies auch bei meinen Lesern der Fall sein möchte.

Bei dieser Gelegenheit machte ich zum ersten Male mit einer amerikanischen Eisenbahn Bekanntschaft. Da diese Anlagen in allen Vereinigten Staaten einander ziemlich gleich sind, so lassen sich ihre allgemeinen charakteristischen Eigenheiten leicht beschreiben.

Man findet auf denselben keine Wagen erster und zweiter Klasse wie bei uns, sondern einen Herrenwagen und einen Damenwagen; der Hauptunterschied zwischen diesen beiden besteht darin, daß in dem ersten jedermann raucht, in dem letztern aber niemand. Da ein Schwarzer nie mit einem Weißen reist, gibt es auch einen Negerwagen, einen unbehilflichen, plumpen Kasten, ungefähr wie der, in welchem Gulliver, aus dem Reiche Brobdignag entführt, ins Meer fiel. Man wird tüchtig hin und her gestoßen, es wird ungewöhnlich gelärmt, man sieht viel Wand und wenig Fenster an den Wagen, vorn eine Lokomotive, beim Abfahren hört man einen kreischenden Pfiff und Glockengeläute.

Die Wagen sehen aus wie armselige Omnibusse, sind aber größer, denn sie fassen dreißig, vierzig, fünfzig Personen. Die Sitzbänke sind nicht längs, sondern quer angeordnet, jede faßt zwei Personen. Auf jeder Seite des Wagens befindet sich eine Reihe dieser Sitze, durch die Mitte geht ein schmaler Weg, und oben und unten öffnet sich eine Türe. In der Mitte steht gewöhnlich ein Ofen, der mit Kohlen geheizt wird und fast immer glühend rot ist. Die Luft ist ungemein drückend, und man sieht zwischen sich und einem andern Gegenstande, den man etwa anblickt, die Luft zittern, als wäre sie vom Feuer verdünnt.

In dem Damenwagen sitzen eine Menge Herren, welche Damen bei sich haben. Auch gibt es da eine Menge Damen, die ohne Beschützer sind; denn jede Dame darf kühn von einem Ende der Vereinigten Staaten bis zum andern reisen und sich darauf verlassen, daß sie überall die höflichste, rücksichtsvollste Behandlung finden wird. Der Kondukteur oder Schaffner oder Inspektor, oder was er sonst sein mag, trägt keine Uniform. Er geht im Wagen auf und ab, ein und aus, wie es ihm gerade einfällt; oder er lehnt an der Türe, mit den Händen in den Taschen, und starrt Fremde, die etwa da sind, mit stummer Neugier an; oder er läßt sich vielleicht auch in eine Unterhaltung mit den Passagieren in seiner Nähe ein. Eine große Menge Zeitungen wird herbeigebracht, aber nur wenige werden gelesen. Jeder spricht mit seinem Nachbarn oder irgend jemandem, der ihm gefällt. Ist man ein Engländer, so äußert er, daß diese Eisenbahn den englischen doch gewiß ganz ähnlich sei. Sagt man: „Nein", so sagt er „Ja?" (in fragendem Tone) und verlangt zu wissen, in welcher Beziehung sie voneinander abwichen. Man zählt die verschiedenen Punkte der Verschiedenheit nacheinander her, und zu jedem sagt er: „Ja?" (wieder in fragendem Ton). Dann vermutet er, daß man in England nicht schneller reist; behauptet man das Gegenteil, so sagt er wieder „Ja?" (immer noch fragend) und glaubt es offenbar nicht. Nach einer langen Pause bemerkt er, teils gegen euch, teils gegen seinen Stockknopf, daß „die Yankees für Leute gehalten werden, die bedeutend vorwärts schritten"; darauf antwortet ihr „Ja", und dann sagt er wieder „Ja" (diesmal in bejahendem Tone). Guckt ihr zum Fenster hinaus, so sagt er euch, daß hinter jenem Berge, etwa drei Meilen von der nächsten Station, eine hübsche Stadt liege, wo ihr, wie er erwartet, euch aufhalten werdet. Antwortet ihr hierauf verneinend, so führt das natürlich zu weiteren Fragen über eure beabsichtigte Reiseroute; ihr mögt nun hinreisen, wohin ihr wollt, so werdet ihr immer erfahren, daß ihr ohne unermeßliche Schwierigkeiten und Gefahren nicht dahin gelangen könnt und daß die großartigen Ansichten sich ganz wo anders befinden.

Wenn eine Dame Verlangen nach dem Sitzplatz eines andern männlichen Passagieres trägt, so gibt dies der die Dame begleitende Herr dem Inhaber des glücklichen Platzes zu verstehen, und dieser räumt ihn sogleich mit großer Höflichkeit! Politik, Banken und Baumwolle sind die gangbarsten Gegenstände der Unterhaltung. Ruhige Leute vermeiden die Frage über die Präsidentschaft, denn in dreieinhalb Jahren wird ja eine neue Wahl stattfinden, und der Parteigeist bringt die Menschen leicht in Hitze; denn der große konstitutionelle Vorzug dieser Institution besteht darin, daß, sobald die Erbitterung von der letzten Wahl her vorüber ist, auch schon die Erbitterung wegen der nächsten beginnt, was allen eifrigen Politikern und allen echten Patrioten unaussprechlichen Trost gewährt, das heißt allemal neunundneunzig Männern und Knaben unter je neunundneunzig und ein Viertel.

Außer wo eine Zweigbahn in die Hauptbahn mündet, sieht man selten mehr als ein Gleis, so daß die Bahn sehr schmal und bei einem tiefen Ausschnitt die Aussicht keineswegs ausgedehnt ist. Wenn man nicht durch einen solchen Ausstich fährt, so ist die Landschaft überall dieselbe; Meile auf Meile sieht man nichts als verkrüppelte Bäume; manche sind von der Axt gefällt, andere vom Sturme umgestürzt, manche sind halb umgesunken und stützen sich auf ihre Nachbarn, andere liegen halb versunken in Morästen, und wieder andere sind zu schwammigen Stückchen verfault – selbst der Boden besteht aus ihren Überresten. Jeder Teich hat einen Überzug verfaulter Vegetabilien. Auf jeder Seite erblickt man Zweige, Stämme und Baumstümpfe in jedem möglichen Stadium des Verfalls und der Fäulnis. Jetzt gelangt man endlich auf einige Minuten in ein offenes, freies Land, auf dem den Fahrenden vielleicht ein klarer See entgegenglitzert, so groß wie mancher englische Fluß, allein hier gilt er für so klein, daß er kaum einen Namen hat; dann wieder hat man den flüchtigen Anblick einer fernen Stadt mit ihren reinen weißen Häusern und kühlen Piazzas, mit ihrer schmucken neuenglischen Kirche und ihrem netten Schulhaus; und herrrr! geht's wieder durch die düstern Waldwände dahin: dieselben verkrüppelten Bäume, Sümpfe, dieselben stehenden Pfuhle – alles genauso wie vorhin, daß man sich durch Zauberei zurückversetzt glaubt.

Der Zug hält auf gewissen Stationen in den Wäldern, wo es ebensowenig möglich ist, daß jemand einen Grund haben könnte, hier auszusteigen, wie man erwarten kann, jemand einsteigen zu sehen. Der Zug stürmt über die Chaussee dahin, wo man weder Schlagbaum noch Polizeibeamte noch Signale sieht: nichts als einen rohen hölzernen Torbogen, auf dem man die Worte liest: „Wenn die Glocke läutet, kommt die Lokomotive." Immer weiter fliegt der Zug, taucht abermals durch finstere Wälder, kommt wieder ans Licht, klappert über leichtgebaute Viadukte dahin, rumpelt über den harten Boden hin, schießt unter einer hölzernen Brücke fort, welche das Tageslicht eine Sekunde lang unterbricht, und plötzlich weckt er alle schlummernden Echos in der Hauptstraße einer großen Stadt, durch die er mit Windeseile dahinbraust. Hier arbeiten Handwerker, dort stehen Leute in der Tür oder sehen zu dem Fenster heraus, hier lassen Knaben Drachen steigen oder spielen Schusser, dort rauchen Männer, hier schwatzen Weiber, hier kriechen Kinder umher, dort wälzen sich Schweine oder bäumen sich unbändige Pferde, und alles dicht neben den Bahnschienen – aber immer weiter und weiter stürmt der ungestüme Drache fort, den Wagenzug hinter sich, nach allen Richtungen einen Regen feuriger Funken ausspeiend, zischend, pfeifend, ächzend, brausend, bis das durstige Ungeheuer endlich unter einem bedeckten Gange stehenbleibt, um sich tränken zu lassen, und ringsum versammeln sich nun die Leute, und man hat Zeit, sich zu erholen.

Auf der Station Lowell traf ich einen Mann, der mit der Leitung der dortigen Manufakturen in enger Verbindung stand. Mit Vergnügen unterwarf ich mich seiner Führung und fuhr mit ihm sogleich nach demjenigen Teile der Stadt, wo sich die Fabriken, der Gegenstand meines Ausflugs, befanden. Obwohl kaum mündig – denn wenn ich mich recht

erinnere, ist es erst seit einundzwanzig Jahren eine Fabrik-
stadt –, ist Lowell dennoch ein großer volkreicher, gedeihli-
cher Ort. Die Anzeichen seiner Jugend, welche das Auge zunächst anziehen, haben für einen Besucher aus dem Mutterlande ein eigentümliches, sonderbares Ansehen. Es war gerade ein sehr schmutziger Wintertag, und in der ganzen Stadt
sah mir nichts alt aus, den Kot ausgenommen, der an manchen Stellen fast knietief und vielleicht beim Verlaufen der
Sintflut dort sitzengeblieben war. Ich sah an einer Straße
eine neue hölzerne Kirche, welche, da sie keinen Turm hatte
und noch nicht angestrichen war, wie eine außerordentlich
große Packkiste ohne Signatur aussah. Anderswo befand sich
ein großes Hotel, dessen Wände und Kolonnaden so dünn
und leicht aussahen, daß man fast meinte, sie seien aus Kar-
tenblättern gebaut. Als wir daran vorbeikamen, nahm ich
mich in acht, nicht zu stark Atem zu holen, und zitterte vor
Angst, als ich einen Maurer auf das Dach heraussteigen sah,
denn ich befürchtete, es möchte unter seinem unbedachten
Fußtritte der ganze Aufbau zusammenbrechen. Selbst der
Fluß, der die Maschinen in den Fabriken treibt (denn sie bedienen sich alle der Wasserkraft), scheint von den neuen Gebäuden aus hellroten Ziegeln und frischbemaltem Holze,
zwischen welchen er sich hinzieht, einen neuen Charakter anzunehmen und so leicht, gedankenlos und munter dahinzu-
fließen, wie man nur wünschen mag. Man möchte fast darauf
schwören, jede Bäckerei, jede Gewürzkrämerei, jede Buch-
binderei und derlei Anstalten seien erst gestern ins Leben getreten. Die goldenen Stößel und Mörser, die als Aushänge-
schilde auf der Außenseite der Sonnenblenden befestigt sind,
scheinen eben erst aus der Münze der Vereinigten Staaten
hervorgegangen zu sein; und als ich an einer Straßenecke
eine Frau mit einem Wochenkinde auf dem Arme stehen sah,
wunderte ich mich, wo sie das Kleine herhaben könne; denn
ich konnte mir durchaus nicht denken, daß es in einer so jungen Stadt geboren sein könnte.

In Lowell gibt es mehrere Manufakturen, von denen jede
einer Kompanie von Eigentümern, wie wir es nennen würden,
angehört, welche aber in Amerika eine Korporation genannt

wird. Ich besuchte mehrere dieser Betriebe, zum Beispiel eine Wollfabrik, eine Teppichfabrik und eine Baumwollfabrik, untersuchte sie in allen Teilen und sah sie an einem gewöhnlichen Arbeitstage, ohne daß man irgendeine Vorbereitung getroffen hätte oder von dem gewöhnlichen Alltagsverfahren abgewichen wäre. Ich darf wohl hier beifügen, daß ich mit den englischen Fabrikstädten und vielen Betrieben Manchesters auf gleiche Weise bekannt geworden bin.

Zufällig kam ich gerade in die erste Fabrik, als die Stunde des Mittagessens vorüber war und die Mädchen wieder an ihre Arbeit gingen; sie drängten sich auch gerade in Menge auf den Treppen, als ich hinaufstieg. Alle waren wohlgekleidet, aber nach meiner Ansicht nicht etwa zu fein für ihre Stellung; denn ich sehe es gern, wenn die unteren Klassen etwas auf ihren Anzug halten und sich mit Kleinigkeiten schmücken, soweit es ihre Umstände erlauben. Solange diese Art Stolz innerhalb vernünftiger Schranken bleibt, würde ich ihn stets bei Personen, die ich anzustellen hätte, aufmuntern; und ich würde mich dadurch, daß vielleicht eine Elende ihren Fall der Kleiderliebe Schuld gäbe, ebensowenig davon abhalten lassen, wie ich meine Ansicht von der wahren Bedeutung des Sabbats falsch finden würde, weil irgendein Übeltäter in Newgate die Ruhe desselben zu allerhand Ränken und Schlichen genutzt hat.

Die Mädchen waren, wie gesagt, alle wohlgekleidet; darunter muß natürlich die höchste Sauberkeit verstanden werden. Sie trugen anständige Hüte, warme Mäntel und Umschlagetücher und hielten sich nicht für zu gut, um Holzgaloschen anzuziehn. Überdies waren bestimmte Orte in der Fabrik, wo sie diese Sachen sicher aufheben konnten; auch war für Zubehör zum Waschen gesorgt. Die Mädchen, besonders manche, sahen sehr gesund aus und benahmen sich wie junge Frauenzimmer und nicht wie herabgewürdigte Lasttiere. Wenn ich in einer dieser Fabriken das gezierte, affektierteste und lächerlichste junge Geschöpf (aber trotz meines scharf forschenden Auges konnte ich nichts derartiges entdecken), das ich mir nur denken konnte, erblickt hätte, so würde ich an das leichtsinnige, unachtsame, schlampige und alberne Gegenteil (was ich auch schon vor Augen hatte) gedacht und jene doch hübscher gefunden haben.

Die Räume, in welchen sie arbeiteten, waren in ebenso gutem Zustande wie sie selbst. In den Fenstern einiger derselben standen grüne Pflanzen, damit ein schattigeres Licht hereinfiele, und in allen fand man so viel frische Luft, Reinlichkeit und Bequemlichkeit, wie die Natur der Beschäftigung nur zulassen wollte. Unter einer so großen Menge von Frauenzimmern, von denen manche in das reifere Alter übergingen, gab es natürlich manche von schwächlichem, hinfälligem Aussehn. Allein ich erkläre feierlichst, daß unter allen, die ich an diesem Tage in den verschiedenen Manufakturen sah, ich mich nicht eines einzigen jungen Gesichts erinnern kann, das einen peinlichen Eindruck auf mich gemacht hätte, auch nicht eines einzigen jungen Mädchens, welches ich, vorausgesetzt, daß sie nicht gezwungen war, auf diese Weise ihr Brot zu verdienen, von der Arbeit entfernt zu sehen gewünscht hätte.

Sie wohnen in mehreren naheliegenden Pensionshäusern. Die Besitzer der Fabriken bekümmern sich sehr darum, daß keine Person, deren Charakter nicht der genauesten Prüfung unterlegen hat, in den Besitz dieser Pensionen komme. Jede Klage, welche die Kostgänger oder sonst jemand gegen sie erheben, wird gründlich untersucht, und zeigt sich der geringste Grund gegen sie, so werden sie ihrer Beschäftigung enthoben, und diese wird einem andern übertragen. Es werden auch einige Kinder in diesen Fabriken beschäftigt, jedoch nicht viele. Die Gesetze des Staats verbieten, daß diese länger als neun Monate im Jahre arbeiten, und verlangen, daß die Kinder während der andern drei unterrichtet werden. Zu dem Ende sind in Lowell Schulen errichtet worden; auch gibt es Kirchen und Kapellen für verschiedene Konfessionen hier, worin die jungen Frauenzimmer demjenigen Gottesdienste beiwohnen können, in welchem sie erzogen wurden.

In einiger Entfernung von den Fabrikgebäuden, in der höchsten, angenehmsten Lage der Umgegend, steht das Hospital oder Krankenhaus. Es ist das schönste Haus in der Gegend und wurde von einem reichen Kaufmann zu dessen eignem Wohnsitz erbaut. Gleich jener Anstalt in Boston ist es nicht in große Säle, sondern in bequeme Zimmer geteilt, von denen jedes sehr komfortabel eingerichtet ist. Der Oberarzt wohnt in der Anstalt selbst; und wären die Kranken Glieder seiner eigenen Familie, sie könnten nicht mit größerer Sorgfalt und Rücksicht gepflegt werden. Jede Patientin hat drei Dollar oder zwölf Schilling englisches Geld zu bezahlen; doch wird nie ein Mädchen, das von einer der Korporationen beschäftigt wird, wegen Mangels an Zahlungsmitteln abgewiesen. Daß ihnen diese Mittel nicht sehr oft mangeln, kann man aus der Tatsache schließen, daß im Juli 1841 nicht weniger als 978 dieser Mädchen Geld in die Loweller Sparkassen einlegten; der Betrag dieser Einlagen wurde auf 100,000 Dollar oder 20,000 englische Pfund geschätzt.

Ich will jetzt drei Tatsachen anführen, welche eine große Klasse von Lesern diesseits des Atlantischen Ozeans sehr stutzig machen werden.

Erstlich gibt es in vielen Pensionen ein allen Kostgängern gemeinschaftlich gehörendes Klavier. Zweitens sind fast alle diese jungen Frauenzimmer in Leihbibliotheken abonniert. Drittens geben sie unter sich eine periodische Zeitschrift heraus, genannt *The Lowell Offering*, „worin alle von Frauenzimmern, die in den Fabriken wirklich beschäftigt sind, verfaßte Originalartikel aufgenommen werden". Diese Zeitschrift wird, wie jede andere, gehörig gedruckt, ausgegeben und verkauft. Ich nahm von derselben vierhundert enggedruckte Seiten mit, die ich von Anfang bis zum Ende durchgelesen habe.

Die große Mehrzahl meiner Leser wird, erschreckt von dieser Tatsache, einstimmig ausrufen: „Oh, wie verkehrt!" Wenn ich ehrerbietig fragen darf: „Wieso?" würden sie antworten: „Derlei Sachen gehen über den Stand dieser Leute!" Als Antwort auf diesen Einwurf möchte ich wieder fragen, was denn eigentlich ihr Stand sei.

Ihrem Stande nach müssen sie arbeiten. Und sie arbeiten auch. Sie arbeiten in dieser Fabrik im Durchschnitt zwölf Stunden täglich, was ohne Frage Arbeit, und zwar eine recht tüchtige Arbeit genannt werden kann. Vielleicht geht es überhaupt über ihren Stand, sich in solche Vergnügungen einzulassen. Sind wir denn so ganz gewiß, daß wir in England unsere Idee von dem „Stand" der arbeitenden Klasse uns nicht nach dem einmal vorhandenen Zustand derselben gebildet haben, statt nach jenem Zustand, wie er sein könnte? Ich denke, wenn wir uns ernstlich prüfen, so werden wir finden, daß die Pianos, die Leihbibliothek und selbst das *Lowell Offering* uns nur durch ihre Neuheit stutzig machen, daß sie aber in keinem Zusammenhang mit dem abstrakten Begriff von Recht oder Unrecht, Gut oder Böse stehen. – Was mich betrifft, so weiß ich keine Stellung im bürgerlichen Leben, in der, nach heiter vollbrachtem Tagewerk und bei heiterer Erwartung eines gleichen Morgens, jede Beschäftigung dieser Art nicht höchst lobenswert und von höchst veredelndem Einfluß wäre. Ich weiß keine Stellung im Leben, die für den in ihr erträglicher und für den außer ihr unschädlicher dadurch würde, daß die Unwissenheit mit ihr verbunden ist. Ich weiß auch keinen Stand, der das Recht hätte, aus der wechselseitigen Belehrung, dem geistigen Fortschritt und der geistigen Unterhaltung ein Monopol zu machen, und ebensowenig hat ein Stand, der es jemals versuchte, sich lange als solcher erhalten können.

Ganz abgesehen von dem Umstand, daß diese Mädchen ihre Artikel nach der mühseligen Arbeit des Tages niederschrieben, will ich nur bemerken, daß das *Lowell Offering* als literarisches Produkt sich mit sehr vielen englischen Taschenbüchern zu seinem Vorteil messen darf. Mit Vergnügen sieht man, daß der Schauplatz so vieler Erzählungen darin die Fabriken und auch die Helden der Novelle Arbeiter aus den Fabriken sind; ihre Tendenz ist, den Geist der Selbstverleugnung und Zufriedenheit zu verbreiten, Wohltätigkeit und allgemeine Menschenliebe zu lehren. Lebendiges Gefühl und ein tiefer Sinn für die Naturschönheiten, an denen die verlassenen heimatlichen Einöden der Autorinnen so reich sind, weht einem wie balsamische, gesunde Landluft aus diesem Büchlein entgegen; man könnte glauben, daß eine Leihbibliothek vielleicht die glückliche Schule für das Studium dieser Stoffe sei, aber es spielen weder schöne Kleider noch vornehme Heiraten, weder elegante Häuser noch ein nobles Leben eine große Rolle darin. Mancher wird mir vielleicht den Einwurf machen, daß einige Arbeiten mit etwas romantischen Namen unterzeichnet sind, doch das ist so Gebrauch in Amerika. Zu den Funktionen der Staatsgesetzgebung von Massachusetts gehört auch die, häßliche Namen in schöner klingende zu verwandeln, sobald die Kinder den Geschmack ihrer Eltern ein wenig verfeinert haben. Da diese Namensänderungen wenig oder gar nichts kosten, so werden in jeder Sessionszeit Dutzende von Mary Annes feierlich in Bevelinas umgetauft.

General Jackson oder General Harrison (ich weiß nicht mehr, welcher von beiden es war, doch es liegt nichts daran) soll bei einem Besuch in dieser Stadt dreieinhalb Meilen weit zwischen lauter solchen Fräulein defiliert sein; alle waren mit Sonnenschirmen und seidenen Strümpfen bewaffnet. Ich habe nicht erfahren, daß es irgend schlimme Folgen gehabt hätte, außer daß vielleicht alle Sonnenschirme und Seidenstrümpfe im Marktpreise aufgeschlagen sind oder daß ein spekulativer Neuengländer, der alle um jeden Preis aufkaufte, in Erwartung großer Nachfrage, vielleicht Bankrott gemacht hat. Ich lege daher kein besonderes Gewicht darauf.

Ich habe Lowell nur mit wenig Worten bedacht und nur unvollkommen die Freude ausgedrückt, die es mir gemacht hat und jedem Fremden machen muß, dessen Neugierde und Teilnahme die Lebensweise dieser Menschenklasse erregen muß; allein ich habe mich wohl gehütet, zwischen diesen Manufakturen und denen meiner Heimat einen Vergleich anzustellen. Viele Umstände, deren großer und langjähriger Einfluß in unseren Fabrikstädten zu verspüren ist, sind hier gar nicht vorhanden; es gibt eigentlich in Lowell keine Fabrikbevölkerung; denn diese Mädchen (welche oft die Kinder von kleinen Gutsbesitzern sind) kommen aus andern Staaten hierher, bleiben ein paar Jahre in den Fabriken und kehren dann für immer in ihre Heimat zurück.

Wollte ich einen solchen Vergleich anstellen, so wäre der Kontrast gar zu grell; es wäre wie der Gegensatz zwischen Gut und Böse, zwischen Tag und Nacht. Ich unterlasse es daher und glaube recht zu tun. Aber um so dringender beschwöre ich alle, deren Blick vielleicht auf diese Blätter fällt, innezuhalten und über den Unterschied zwischen dieser Stadt und jenen großen Wohnstätten des Elends und der Verzweiflung nachzudenken: sich, wenn es ihnen mitten im Streit und Gezänk der Parteien möglich ist, ins Gedächtnis zu rufen, was für Anstrengungen nötig sind, um jenes gefähliche Leiden zu mildern und zu heilen: und endlich und vor allem ersuche ich sie, nicht zu vergessen, wie rasch die kostbare Zeit enteilt.

Ich kehrte bei Nacht zurück, mit derselben Eisenbahn und in derselben Art Wagen. Da einer der Passagiere sich außerordentliche Mühe gab, meiner Gefährtin (mir selbst natürlich nicht) weitläufig die richtigen Prinzipien vorzudemonstrieren, nach welchen die Engländer ihre Reisen in Amerika beschreiben sollten, schlief ich wohlweislich ein. Dies hinderte mich aber nicht, den ganzen Weg hindurch seitwärts zum Fenster hinauszugucken, so daß ich mich während der übrigen Fahrt sehr gut unterhielt; ich beobachtete nämlich die letzten Spuren des Waldbrandes, die am Morgen nicht mehr sichtbar waren, jetzt aber von der Finsternis in vollem Glanz hervorgehoben wurden; denn wir fuhren in einem Wirbelwind heller Funken, die gleich feurigen Schneeflocken rings um uns niederstoben.

5. KAPITEL

Worcester. Der Connecticut River. Hartford. New Haven.
Nach New York

Wir verließen Boston am Sonnabendnachmittag, am fünf-
ten Februar, und fuhren mit einer andern Eisenbahn nach
Worcester, einer hübschen neuenglischen Stadt, wo wir unter
dem gastlichen Dach des Staatsgouverneurs bis zum Montagmorgen verweilen wollten.

Diese Haupt- und Landstädte Neuenglands (manche darunter würden in Altengland Dörfer heißen) geben ein ebenso
vorteilhaftes Bild vom ländlichen Amerika wie ihre Bewohner von den amerikanischen Landleuten. Die zierlich umheg-
ten grünen Wiesen und Stege Altenglands sucht man vergebens, und das Gras ist, verglichen mit unseren Anlagen und
Weideplätzen, grob und wildwuchernd: aber allerliebste Ab-
hänge, sanft anschwellende Hügel, bewaldete Täler und
kleine Flüsse sind in üppiger Fülle vorhanden. Jede kleine
Häuserkolonie hat ihre Kirche und ihre Schule, die zwischen
den weißen Dächern und den schattigen Bäumen hervorguk-
ken; ein Haus ist weißer als das andere; eine Jalousie grüner
als die andere, und ein himmelblauer Tag hat einen blauern
Himmel als der andere. Ein scharfer, trockener Wind und
ein leichter Frost hatten die Wege so hart gefroren, daß
die Furchen wie in Granit gehauene Gleise waren. Natürlich
wirkte wieder alles funkelnagelneu. Jedes Häuschen sah aus,
als wäre es denselben Morgen erst aufgebaut und angestrichen worden und als könnte man es am Montag ohne weiteres wieder wegnehmen. In der hellen Abendluft sahen die
scharfen Umrisse der Gebäude noch hundertmal schärfer aus.
Die saubern Kolonnaden hatten nicht mehr Perspektive als
ein chinesisches Brückchen auf einer Teetasse und schienen
ebensowenig für den Gebrauch berechnet. Die haarscharfen
Kanten der einzeln stehenden Landhäuser schienen selbst den

Wind zu schneiden, daß er mit schrillerem Pfeifen wie vor Schmerz zurückflog. Jene leicht und luftig gebauten Wohnungen, hinter denen die Sonne mit strahlendem Glanz unterging, waren so durchsichtig, daß nicht einen Augenblick daran zu denken war, es könne einer von ihren Insassen sich darin verbergen oder vor dem Zuschauer auf der Straße das geringste Geheimnis haben. Selbst wenn irgendwo ein lebendig flackerndes Feuer durch die gardinenlosen Fenster eines fernen Hauses leuchtete, sah es aus, als wäre es eben erst angezündet worden und habe nicht die Kraft zu wärmen; und statt den Gedanken an ein trauliches Gemach zu erwecken, mit warmen Tapeten ausstaffiert und voll heiterer Gesichter, die auf diesem selben Herd das erste Feuer gesehen, überkam es einen wie der Geruch von frischem Mörtel und feuchten Wänden.

So kam es mir vor, an jenem Abend wenigstens. Als jedoch den Morgen darauf die Sonne glänzend am Himmel stand und die hellen Kirchenglocken läuteten und stille, ernste Leute in ihren Sonntagskleidern den nahen Fußpfad belebten und wie zahllose Punkte auf der fernen, fadengleichen Straße anzuschauen waren, da ruhte wieder auf allem ein lieblicher, wohltuender Sabbatfrieden. Es fehlte eigentlich noch eine alte Kirche in der Umgegend; einige alte Gräber wären vielleicht noch besser gewesen, aber auch so, wie es war, beseelte eine heilsame Ruhe und Stille das Schauspiel, die nach dem stürmischen Ozean und dem rastlosen Treiben in der Stadt einen doppelt wohltätigen Einfluß auf Geist und Gemüt ausübte.

Am folgenden Morgen fuhren wir, wieder mit der Eisenbahn, nach Springfield. Von da bis Hartford, wohin wir reisen mußten, sind es nur fünfundzwanzig Meilen, aber um diese Jahreszeit waren die Wege so schlecht, daß die Fahrt wahrscheinlich zehn oder zwölf Stunden gedauert hätte. Glücklicherweise jedoch war der Winter ungewöhnlich gelinde und daher der Connecticut River „offen" oder, mit andern Worten, nicht zugefroren. Der Kapitän eines kleinen Dampfbootes wollte an diesem Tage (am zweiten Februar, wenn ich nicht irre) seinen ersten Ausflug der Saison machen und wartete nur, bis wir an Bord kämen. Wir ließen's uns natürlich nicht zweimal sagen und gingen an Bord. Der Kapitän hielt auch Wort und fuhr sogleich mit uns ab.

Das Schiff war gewiß nicht ohne Grund das „kleine Dampfboot" getauft worden. Ich fragte zwar nicht, glaube aber, es muß ungefähr eine halbe Pony-Kraft gehabt haben. Mr. Paap, der berühmte Zwerg, hätte in der Kajüte, die wie ein gewöhnliches Wohnhaus mit gewöhnlichen Schiebefenstern versehen war, ganz lustig leben und ganz selig sterben können. Diese Fenster hatten auch hellrote Gardinen, die an lockeren Schnüren über die unteren Scheiben niederhingen; man glaubte im Gastzimmer eines liliputanischen Hotels zu sein, welches bei einer Überschwemmung plötzlich flott geworden und nun auf den Wellen forttreibe, ohne zu wissen, wohin. Aber selbst in diesem Kämmerchen befand sich ein Schaukelstuhl. Ohne Schaukelstuhl, glaub ich, kommt man in Amerika nirgendwo aus.

Ich fürchte mich beinahe anzugeben, wieviel Fuß kurz und wieviel Fuß eng dieses Fahrzeug war: die Worte Länge und Breite bei einer solchen Vermessung zu gebrauchen, wäre eine *contradictio in adjectis*. Aber das kann ich berichten: wir hielten uns alle in der Mitte des Decks, damit das Boot nicht unerwartet umschlage, und die Maschine arbeitete, weiß Gott, durch welchen Verdichtungsprozeß, zwischen Deck und Kiel, so daß das Ganze ein warmes Sandwich von ungefähr drei Fuß Dicke bildete.

Es regnete den ganzen Tag so, wie ich sonst glaubte, daß es, außer im schottischen Hochland, nirgendwo auf Gottes Erdboden regnen könne. Der Fluß war voll von schwimmenden Eisschollen, die fortwährend unter uns krachten und barsten; und um den größern Eismassen, welche die Strömung in der Mitte des Flusses abwärts wälzte, auszuweichen, ging unser Schifflein nicht mehr als einige Zoll tief im Wasser. Nichtsdestoweniger kamen wir hurtig vorwärts, und da wir uns gut eingemummt hatten, boten wir dem Wetter Trotz und freuten uns der Fahrt. Der Connecticut ist ein schöner Fluß, und seine Ufer sind im Sommer gewiß sehr schön; wenigstens ließ ich mir's von einer jungen Dame in der Kajüte sagen, der ein Urteil über das, was schön ist, zustehen müßte, wenn der Besitz einer Eigenschaft auch die Fähigkeit, dieselbe zu würdigen, einschließt; denn ein schöneres Geschöpf habe ich nie gesehen.

Zweieinhalb Stunden dauerte diese kuriose Wasserfahrt, wobei wir auch noch an einem Städtchen haltmachten, das uns zu Ehren einen Böller abfeuerte, der um ein beträchtliches größer als unser Schornstein war. So erreichten wir Hartford und begaben uns geradenwegs in ein Hotel, welches sehr behaglich eingerichtet war, die Schlafzimmer abgerechnet, welche fast überall, wo wir hinkamen, uns zum Frühaufstehen antrieben.

Wir verweilten daselbst vier Tage. Die Stadt hat eine schöne Lage in einem von grünen Hügeln gebildeten Kessel; der Boden ist fruchtbar, waldreich und sorgfältig kultiviert. Hier haben die lokalen legislativen Behörden von Connecticut ihren Sitz, welche hochweise Körperschaft in vergangenen Tagen die berühmten *Blue Laws* erlassen hatte. Kraft dieser „blauen Gesetze" war – von andern erleuchteten Verfügungen gar nicht zu reden –jeder Bürger, dem man beweisen konnte, daß er am Sonntag sein Weib geküßt, straffällig und wurde, glaube ich, in den Block gelegt. Bis auf diese Stunde herrscht noch gar zu viel altpuritanischer Geist in diesen Gegenden; soviel ich aber weiß, hat er keineswegs dazu gedient, die Leute gerechter im Handel und Wandel und weniger zäh und geizig in ihren Geschäften zu machen. Da ich noch nie etwas von dergleichen Wirkungen des Puritanismus anderswo hörte, so glaube ich, daß er sie auch hier nie mehr haben wird. In der Tat pflege ich, was die frommen Mienen und salbungsvollen Worte mancher Leute betrifft, die Waren aus der andern Welt beinahe so wie die Waren dieser Erde zu beurteilen; und sooft ich einen, der mit solchen Artikeln handelt, so viel von seiner Ware am Fenster auskramen sehe, so zweifle ich ein wenig an der soliden Qualität dessen, was er drinnen hat.

In Hartford steht auch noch die berühmte Eiche, in welcher der Freibrief von König Karl verborgen war. Sie steht jetzt im Garten eines Privatmanns. Im Staatshaus befindet sich der Freibrief selbst. Die Gerichtshöfe fand ich hier wie in Boston; die öffentlichen Anstalten sind fast ebenso vortrefflich. Das Irrenhaus hat eine bewundernswerte Verwaltung, ebenso das Taubstummeninstitut.

Als ich im Irrenhaus hin und her ging, fragte ich sehr oft mich selbst, ob ich die Wärter von den Kranken hätte unterscheiden können, wenn sie nicht ein paar Worte mit dem Doktor über die ihrer Aufsicht anvertrauten Personen gewechselt hätten. Diese Bemerkung beschränkt sich natürlich nur auf ihre Blicke; denn die Gespräche der Verrückten waren wirklich verrückt.

Eine kleine alte gezierte Dame kam vom Ende einer langen Galerie auf mich zugewackelt und richtete mit einem unaussprechlich herablassenden Knix diese seltsame Frage an mich: „Blüht Pontefract noch auf englischem Boden, Sir?"

„Jawohl, Madame", entgegnete ich.

„Als Sie ihn zuletzt sahen, war er –"

„Wohlauf, Madame", fiel ich ein, „ganz wohlauf. Er bat mich, Ihnen sein Kompliment zu machen. Ich habe ihn nie muntrer gefunden."

Hierüber war die alte Dame höchst erfreut. Nachdem sie mich einen Augenblick angesehen, um zu prüfen, ob es mir mit meinem ernsten Gesicht ernst sei, trat sie einige Schritte zurück, kam dann wieder vorwärts, machte einen plötzlichen Sprung (wobei ich mich eiligst ein paar Schritte zurückzog) und sagte: „Ich bin eine Antediluvianerin, Sir."

Ich hielt es für das beste zu sagen, daß ich dies gleich von Anfang an geahnt hätte.

„Es ist etwas äußerst Erhebendes und Angenehmes, Sir, eine Antediluvianerin zu sein", sagte die alte Dame.

„Das wollt ich meinen, Madame", entgegnete ich.

Die alte Dame warf mir einen Handkuß zu, sprang wieder empor, lächelte, hüpfte auf die merkwürdigste Weise in der Galerie umher und spazierte mit Grazie in ihr Schlafzimmer.

In einem andern Teile des Gebäudes lag ein Patient im Bett; er war sehr aufgeregt und erhitzt. „Wohlan!" rief er, sich aufrichtend und seine Nachtmütze abnehmend. „Es ist endlich abgemacht. Ich hab's mit der Königin Victoria arrangiert."

„Was denn?" fragte der Doktor.

„Nun, jenes Geschäft", erwiderte er, sich wie ermattet mit der Hand über das Gesicht fahrend, „das Geschäft wegen der Belagerung von New York."

„Ah so!" sagte ich, wie einer, dem plötzlich ein Licht aufgeht; denn er sah mich fragend an.

„Ja. Auf jedes Haus, das kein Signal führt, wird von den britischen Truppen gefeuert. Den andern geschieht nichts; gar nichts. Diejenigen, welche sicher sein wollen, müssen Flaggen hissen. Das ist alles, was sie zu tun haben. Sie müssen Flaggen hissen."

Indem er so sprach, schien er, wie ich glaube, doch eine dunkle Ahnung zu haben, daß sein Geschwätz unzusammenhängend sei. Sobald er ausgeredet hatte, legte er sich wieder hin, stöhnte und wickelte seinen brennenden Kopf in die Betttücher.

Ich sah noch einen andern jungen Mann, an dessen Irrsinn Liebe und Musik schuld waren. Nachdem dieser auf dem Akkordion einen Marsch von eigener Komposition gespielt hatte, ersuchte er mich recht dringend, in sein Zimmer zu treten, was ich denn auch sogleich tat.

Um recht gleichgültig zu scheinen und ihn in die bestmögliche Laune zu bringen, ging ich ans Fenster, von welchem aus man eine herrliche Aussicht genoß, und bemerkte mit einer Gewandtheit, auf welche ich mir viel zugute tat: „Was für eine prächtige Gegend Sie doch rings um Ihre Wohnung haben."

„Pah!" entgegnete er, mit den Fingern nachlässig über die Tasten seines Instrumentes gleitend. „*Gut genug für eine Anstalt wie diese!*"

Ich glaube nicht, daß ich in meinem Leben jemals so verblüfft war.

„Ich komme nur aus Laune hierher", fuhr er kaltblütig fort. „'s ist eine Grille von mir. Das ist alles."

„Ah so, das ist alles!" erwiderte ich.

„Ja, das ist alles. Der Doktor ist ein lustiger Patron. Er geht ganz auf meine Grille ein; 's ist nur ein Spaß von mir. Eine Zeitlang gefällt es mir. Ich denke, ich werde nächsten

Dienstag ausgehen; doch davon brauchen Sie gegen niemand etwas zu erwähnen!"

Ich versicherte ihm, daß ich unser Gespräch als vertraulich betrachten wolle, und ging wieder zum Doktor. Als wir uns durch die Galerie entfernen wollten, kam eine wohlgekleidete Dame von stillem, gesetztem Wesen uns entgegen, zog einen Streifen Papier und eine Feder hervor und bat mich um die Gefälligkeit, ihr mein Autogramm zu geben. Ich willfahrte ihr, und wir gingen weiter.

„Ich glaube, ich habe schon ähnliche Bitten von andern Damen außer diesem Hause erfüllt. Hoffentlich ist diese da nicht irrsinnig?"

„Doch."

„Wie? Ist sie auf Autogramme versessen?"

„Nein; sie behauptet, Stimmen in der Luft zu hören."

Nun! dachte ich; es wäre nicht übel, wenn wir einige falsche Propheten der neuern Zeit, die dasselbe behaupteten, so einsperren könnten; ich würde das Experiment mit einem oder ein paar Mormonen zuerst beginnen.

In Hartford steht das beste Gefängnis für noch nicht verhörte Verbrecher. Auch ist hier ein sehr gut eingerichtetes Staatsgefängnis, das nach denselben Prinzipien verwaltet wird wie das in Boston, nur daß hier stets eine Schildwache mit geladenem Gewehr an der Tür steht. Es waren zur Zeit ungefähr zweihundert Gefangene hier. In der Abteilung für die Schlafzimmer wurde mir eine Stelle gezeigt, wo vor einigen Jahren ein Wächter in der Stille der Nacht ermordet worden war, und zwar durch einen Gefangenen, der einen verzweifelten Versuch zur Flucht gemacht hatte. Auch wies man mir eine Frau, die der Ermordung ihres Mannes wegen bereits sechzehn Jahre gefangensaß.

„Glauben Sie", fragte ich meinen Führer, „daß diese Frau nach so langer Gefangenschaft noch den geringsten Gedanken daran hat, ihre Freiheit wiederzuerlangen?"

„O ja, sicherlich!" lautete die Antwort.

„Vermutlich darf sie sich aber keine Hoffnung machen?"

„Nun, das weiß ich nicht." (Dies ist, beiläufig gesagt, eine nationale Antwort.) „Ihre Freunde mißtrauen ihr."

„Was haben ihre Freunde damit zu tun?" fragte ich natürlicherweise.

„Nun, sie wollen nicht für sie petitionieren."

„Aber wenn sie dies auch täten, so würden sie sie, denke
ich, doch nicht losbekommen?"

„Nun, das erste Mal gerade nicht, vielleicht auch das zweite
Mal nicht; wenn sie aber ein paar Jahre damit fortführen,
könnte es ihnen wohl gelingen."

„Gelingt dies jemals in solchen Fällen?"

„O ja, zuweilen. Manchmal helfen auch politische Be-
kanntschaften dabei. Kurz auf die eine oder die andere Weise gelingt es gar oft."

Hartford wird mir immer in angenehmer und dankbarer
Erinnerung bleiben. Es ist ein freundlicher Ort, und ich hatte
viele Freunde da, deren Andenken ich mir nie mit Gleichgültigkeit zurückrufen werde. Wir verließen es mit nicht geringem Bedauern am Freitag, dem 11., und gelangten noch denselben Abend mit der Eisenbahn nach New Haven. Unterwegs knüpfte ich mit dem Zugführer (wie dies bei solchen
Gelegenheiten gewöhnlich der Fall war) eine förmliche Bekanntschaft an, und wir unterhielten uns über eine Menge
Gegenstände von geringerer Wichtigkeit. Wir erreichten
New Haven ungefähr um acht Uhr, nach einer Reise von
drei Stunden, und logierten uns für die Nacht im besten
Gasthaus ein.

New Haven, auch unter dem Namen „Ulmenstadt" bekannt, ist ein schöner Ort. Viele seiner Straßen, wie schon
der letztere Name dartut, sind mit Reihen großer alter Ul-
men bepflanzt; und dieselbe Zierde umgibt auch das Yale
College, eine Anstalt von bedeutendem Rufe. Die verschiedenen Abteilungen derselben sind auf einer Art Park oder All-
mende in der Mitte der Stadt errichtet, wo sie hinter den
schattigen Bäumen kaum wahrzunehmen sind. Der Anblick
des Ganzen gleicht fast dem des Kirchhofs einer alten Kathedrale in England und muß, wenn die Bäume völlig entlaubt
sind, sich sehr malerisch ausnehmen. Selbst im Winter geben
diese alten Bäume den belebten Straßen ein sehr eigentümliches Aussehen, indem sie eine Art Verbrüderung zwischen

Stadt und Land zu bilden scheinen, als ob diese einander auf halbem Wege getroffen und gegenseitige Freundschaft geschlossen hätten.

Am andern Morgen standen wir zeitig auf und gingen zum Kai und an Bord des Paketbootes „New York", nach New York. Dies war das erste amerikanische Dampfboot, das ich bis jetzt gesehen hatte, und für das Auge eines Engländers sah es sicher auch weniger wie ein Dampfschiff als wie ein ungemein großes schwimmendes Bad aus. Es kam mir beinahe vor, als ob die Badeanstalt an der Westminsterbrücke, die ich als kleines Kind verlassen hatte, plötzlich zu enormer Größe angewachsen, von zu Hause fortgeschwommen wäre und sich im fremden Weltteil als Dampfschiff etabliert hätte. Zumal in Amerika, welches unsre Abenteurer und Ausreißer so sehr lieben, schien es mir besonders wahrscheinlich.

Der Hauptunterschied zwischen den amerikanischen und englischen Paketbooten besteht darin, daß bei den erstern sehr viel über dem Wasser hervorragt; das Hauptdeck ist auf allen Seiten umschlossen und mit Fässern und Warenballen angefüllt, und die Promenade oder das Sturmdeck befindet sich wieder über diesem. Ein Teil der Maschine befindet sich stets über diesem Deck, wo man die Verbindungsstange wie einen eisernen Säger in ununterbrochener Arbeit sieht. Selten findet man Mast oder Takelwerk; nichts befindet sich über dem Ganzen als zwei große schwarze Schornsteine. Der Mann am Steuerruder ist in einem kleinen Hause im Vorderteil des Schiffs eingeschlossen (das Rad ist mit dem Ruder durch eiserne Ketten verbunden, die sich das ganze Deck entlang hinziehen), und die Passagiere, wenn das Wetter nicht ganz schön ist, versammeln sich gewöhnlich unten. Sowie man den Kai verläßt, hört alles Leben und Regen, alle Tätigkeit des Paketbootes auf. Man wundert sich lange, wie es sich nur fortbewegen kann, denn es scheint niemand Aufsicht darüber zu führen, und wenn eine andere dieser kuriosen Maschinen vorbeiplätschert, so wird man über das plumpe, unbeholfen, unschiffartige Aussehen dieses Leviathans ordentlich unwillig und vergißt gänzlich, daß man sich an Bord des Gegenstückes dazu befindet.

Auf dem unteren Deck befinden sich stets eine Expedition, wo man das Fahrgeld bezahlt, eine Damenkajüte, Gepäckräume, das Zimmer des Maschinenmeisters, kurz so verschiedenerlei Räumlichkeiten, daß die Auffindung der Herrenkajüte ordentlich schwierig wird. Diese letztere Kajüte zieht sich oft (wie es gerade bei uns der Fall war) durch die ganze Länge des Schiffs hin und hat drei oder vier übereinander befindliche Reihen von Schlafstellen auf jeder Seite. Als ich das erste Mal in die Kajüte der „New York" hinabstieg, däuchte sie meinen ungewohnten Augen ungefähr ebenso lang wie die Burlington Arcade.

Der Sund, den man auf diesem Wege zu passieren hat, bietet nicht immer eine sehr sichere oder angenehme Schiffahrt, und es ist daselbst schon mancher Unfall vorgekommen. Es war ein feuchter und sehr nebliger Morgen, und wir verloren gar bald das Land aus der Sicht. Der Tag war jedoch ruhig und klärte sich gegen Mittag auf. Nachdem ich (mit Hilfe eines guten Freundes) meinen Speisevorrat und einige Flaschen Bier genossen hatte, legte ich mich nieder, um zu schlafen, denn ich war von den Strapazen des Vortages noch sehr ermüdet. Ich erwachte jedoch noch zeitig genug von meinem Schläfchen, um hinaufeilen und das „Höllentor", den „Schweinsrücken", die „Bratpfanne" und andere berühmte Örtlichkeiten, die für alle Leser der Geschichte des bekannten Diedrich Knickerbocker* anziehend sein mögen, betrachten zu können. Wir waren jetzt in einem engen Kanal, dessen Ufer zu beiden Seiten sanft emporstiegen; hie und da zeigten sich einzelne liebliche Villen, und das Auge wurde durch den Anblick von Rasen und Bäumen erquickt. Bald schossen wir schnell nacheinander vor einem Leuchtturm, einer Irrenanstalt (oh, wie da die Wahnsinnigen ihre Mützen in die Höhe warfen und in Sympathie mit der dahinbrausenden Maschine und der treibenden Flut laut aufbrüllten!), einem Gefängnis und einigen andern Gebäuden vorüber und langten endlich in einer prächtigen Bucht an, deren Wasser in dem jetzt klaren Sonnenscheine wie die zum Himmel aufleuchtenden Augen der Natur blitzten.

* Washington Irving (Anmerkung des Übersetzers).

Zu unsrer Rechten dehnten sich kunterbunt durcheinander eine Menge Häuser aus, aus denen an manchen Stellen ein Turm emporstieg und mit Verachtung auf die andern Gebäude herabzublicken schien; hie und da stieg eine träge Rauchwolke gen Himmel, und im Vordergrunde drängte sich ein Wald von Masten mit klatschenden Segeln und wehenden Flaggen. Aus diesem Mastenwald hervor fuhren ununterbrochen kleine Dampfboote, beladen mit Menschen, Kutschen, Pferden, Wagen, Körben, Kisten, zum gegenüberliegenden Ufer hinüber. Unter diesen ruhelosen Insekten ragten stattlich einige große Schiffe hervor, die sich als Geschöpfe einer höheren Klasse mit stolzem majestätischem Schritt zwischen jenen hindurchbewegten, um in die offene See hinauszufahren. Weiterhin sah man heitere freundliche Anhöhen und Flußinseln und eine Fernsicht, kaum weniger blau und klar als der Himmel, in welchen sie überzufließen schien. Das summende Treiben der Stadt, das Tönen der Gangspille, das Rasseln von Rädern, das Gebell von Hunden schlug an unser lauschendes Ohr. Und all dies lebendige Treiben, über die regsamen Gewässer herüberklingend, schien durch seinen freien Verkehr mit diesen neues Leben zu gewinnen, und über ihre Oberfläche wie im Spiel dahingleitend, schloß es das Schiff ringsum ein, warf plätschernd das Wasser an seinen Seiten hoch empor, geleitete es freundlich in das Dock und flog dann fort, um andere Ankömmlinge zu begrüßen und ihnen voraus nach dem geschäftvollen Hafen zu eilen.

6. KAPITEL

New York

Die schöne Metropole Amerikas ist keineswegs eine so saubere Stadt wie Boston, doch haben manche ihrer Straßen dieselben Eigentümlichkeiten, ausgenommen, daß die Häuser nicht ganz so frisch angestrichen, die Firmenschilder nicht ganz so bunt, die vergoldeten Buchstaben nicht ganz so goldig, die Ziegel nicht ganz so rot, die Steine nicht ganz so weiß, die Jalousien und Hausgeländer nicht ganz so grün, die Knöpfe und Schilder an den Haustüren nicht ganz so hell und glänzend sind. Man sieht hier viele Nebenstraßen, die fast ebensowenig reine Farben und ebensoviel schmutzige haben wie die Seitengassen in London; und es gibt einen Stadtteil, gewöhnlich die Five Points genannt, der sich in bezug auf Schmutz und Unsauberkeit getrost neben Seven Dials oder einen andern Teil des berüchtigten St. Giles's stellen kann.

Die große Promenade und Hauptstraße, wie die meisten Leute wissen, ist der Broadway, eine breite, geräuschvolle Straße, die von den Battery Gardens bis zu ihrem entgegengesetzten Ausgang auf eine Landstraße vier englische Meilen lang sein mag. Wollen wir uns, lieber Leser, in einer oberen Etage des Carlton House Hotel (welches im besten Teile dieser Hauptschlagader von New York liegt) niedersetzen und, wenn wir es müde sind, auf das Leben und Treiben unten hinabzublicken, Arm in Arm hinausgehen und uns unter die Menschenmenge mischen?

Es ist heiß! Die Sonne sticht uns an diesem offenen Fenster auf die Köpfe, als ob ihre Strahlen durch ein Brennglas fielen; allein der Tag ist in seinem Zenit und die Jahreszeit ungewöhnlich schön. Kann es wohl eine sonnigere Straße geben als diesen Broadway? Die Pflastersteine sind von den ewigen

Fußtritten glänzend poliert, die roten Ziegel der Häuser sehen aus, als wären sie noch auf der Darre, und die Dächer der Omnibusse sehen aus, daß man glaubt, sie müßten zischen, rauchen und wie halb gelöschtes Feuer riechen, wenn man sie mit Wasser begösse. Die Omnibusse nehmen gar kein Ende! In ein paar Minuten sind wenigstens ein halbes Dutzend vorbeigefahren. Auch eine Masse Mietkabriolets und Kutschen, Gigs, Phaetons, großrädrige Tilburys und Privatequipagen, die etwas plump gebaut sind und sich nicht sehr von Diligencen unterscheiden, aber auch für die schwierigeren Wege außerhalb des Straßenpflasters berechnet sind. Weiße sowohl wie Negerkutscher, in Strohhüten, schwarzen und weißen Hüten, in Lederkappen und Pelzmützen, in hellgrauen, schwarzen, braunen, grünen, blauen Röcken, in Anzügen aus Nanking oder gestreiftem Barchent und Leinen; und da, das einzige Beispiel – seht ihn euch an, ehe er vorübergeht –, ein Livreebedienter. Es muß ein Republikaner aus dem Süden sein, der seine Schwarzen in Uniform steckt und sich mit sultanischem Pomp aufbläht. Dort, wo jener Phaeton hält, bei den wohlgestutzten Grauen – den Zügel in der Hand – steht ein Yorkshirer Stallknecht, der sich eben nicht lang in diesem Weltteil zu befinden scheint und mit ängstlicher Sehnsucht sich umsieht, ob er nicht irgendwo einen Genossen erblicke, der auch Stulpenstiefel trägt. Ach, er mag ein halbes Jahr die Stadt durchwandern, und seine Sehnsucht wird nicht erfüllt. Und wie die Damen gekleidet gehn, der Himmel sei ihnen gnädig! Wir haben seit zehn Minuten mehr bunte Farben gesehen als sonst irgendwo in ebenso vielen Tagen. Was für verschiedenartige Parasols! was für regenbogenfarbige Seiden- und Atlaskleider! Was für dünne, geschweifte und gezackte kleine Schuhe und Strümpfe, was für flatternde Bänder und Troddeln, was für reiche Mäntel mit prunkendem Futter und Kragen! Die jungen Herren, seht ihr, schlagen gern ihre Hemdkragen um und kultivieren den Bart, besonders unter dem Kinn. Ihr Byrons vom Kontor und Zähltisch, vorbei! Laßt sehen, was für Leute die hinter euch sind! Zwei Arbeiter in ihren Sonntagskleidern, von denen der eine ein zerknittertes Papier in der Hand hält und einen schweren Namen darauf zu entziffern bemüht ist, den der andere an allen Türen und Fenstern sucht.

Beide Iren! Man würde sie erkennen, auch wenn sie ihr Gesicht maskierten, an ihren langschößigen blauen Röcken mit den hellen Knöpfen und an ihren hellgrauen Beinkleidern, die sie wie Menschen tragen, welche nur an Arbeitskleider gewöhnt sind und in andern sich nicht wohl befinden. Eure Musterrepubliken könnten gar nicht bestehen ohne die Landsleute und Landsmänninnen dieser beiden Arbeiter. Denn wer sonst würde graben und schaufeln, sich placken mit Hausarbeit, mit Kanal- und Landstraßenbau und alle Unternehmungen zum Besten des materiellen Fortschritts im Innern ausführen? Beide sind Iren und in großer Verlegenheit, das zu finden, was sie suchen. Wir wollen hinabgehen und ihnen helfen, um der Liebe zur Heimat und um jenes Geists der Freiheit willen, der es für keine Schande hält, ehrlichen Leuten einen ehrbaren Dienst zu erweisen sowie für seine ehrliche Arbeit, sei sie welcher Art sie wolle, sein Brot in Ehren zu essen.

So ist's recht! Wir haben endlich die Adresse richtig gefunden, obgleich es wahrhaft rätselhafte Schriftzüge waren, die ebensogut mit dem stumpfen Spatenstiel geschrieben sein konnten, den der Schreiber vermutlich besser zu handhaben wußte als die Feder. Ihr Weg geht nach der andern Seite dort. Aber was führt sie dahin? Sie tragen erspartes Geld, um es anzulegen und zu sammeln? Nein. Es sind Brüder, diese beiden Leute. Der eine war allein übers Meer herübergekommen und arbeitete ein halbes Jahr mit angestrengtem Fleiß und lebte noch sparsamer dabei, bis er so viel erspart hatte, daß er auch seinen Bruder kommen lassen konnte. Dann arbeiteten sie zusammen, einer an der Seite des andern, und teilten mit zufriedenem Sinn harte Arbeit und dürftiges Leben miteinander, bis sie auch ihre Schwestern, dann noch einen dritten Bruder und endlich ihre alte Mutter zu sich kommen lassen konnten. Und nun? Die arme Alte hat keine Ruh im fremden Land und sehnt sich danach, wie sie sagt, unter ihrem Volk auf dem alten Friedhof ihrer Heimat ihr Gebein in die Erde zu legen; und nun gehen sie, um die Rückfahrt für sie zu bezahlen: und so helfe Gott ihr und ihnen und jedem Herzen voll Einfalt und allen, die nach dem Jerusalem ihrer Jugendtage zurückkehren und denen auf dem kalten Herd ihrer Väter noch ein Altarfeuer brennt.

Dieser enge Durchgang, glühend und brennend im Sonnenschein, ist die Wall Street: die Lombard-Street und Börse von New York. Mancher hat in dieser Straße rasend schnell sein Glück gemacht, mancher hat sich da nicht minder schnell ruiniert. Manche von diesen Kaufleuten, die ihr da umherlungern seht, hatten ihr Geld in eiserne Kisten geschlossen, wie der Mann in Tausendundeiner Nacht, und als sie die verschlossene Truhe wieder öffneten, fanden sie welkes Laub darin. Hier unten an der Wasserseite, wo die Bugspriete der Schiffe über das Trottoir hinwegragen und beinahe die Fenster einstoßen, da liegen die edlen amerikanischen Fahrzeuge, die ihren Paketbootdienst zum schönsten in der Welt gemacht haben. Sie haben die Fremden hierhergebracht, von denen alle Straßen voll sind: nicht etwa, daß hier mehr wären als in andern Handelsstädten; aber anderswo haben sie ihre besondern Sammelplätze, und man muß sie erst aufsuchen; hier durchströmen sie fortwährend die ganze Stadt.

Wir müssen noch einmal über den Broadway; wie erfrischend wirkt bei der Hitze der Anblick der großen, sauberen Eisstücke, die in die Kaufläden und Schenken getragen werden, und die Ananas und Wassermelonen, die in reicher Fülle zum Verkauf ausgelegt sind. Schöne Straßen mit geräumigen Häusern sind das – die Wall Street hat manche davon oft aufgebaut und dann noch einmal niedergerissen –, und da liegt ein Square, reich an dunkelgrüner Belaubung. Gewiß, dies muß ein recht gastfreundliches Haus sein, mit Bewohnern, deren sich jeder, der sie kennt, stets liebend erinnern wird; dort, wo die Haustür offensteht und die schönen Blumenstöcke drinnen zu sehen sind und wo das Kind mit den lachenden Äuglein auf den kleinen Hund unten zum Fenster herausguckt. Ihr wundert euch wohl, was dieser hohe Flaggenstock in der Seitengasse bedeuten mag, auf dessen Spitze so etwas wie eine Freiheitsmütze ragt? Ich auch. Indessen, es scheint hier eine besondere Manie für diese Flaggenstöcke zu herrschen, und wenn ihr wollt, so könnt ihr in fünf Minuten einen Zwillingsbruder des vorigen sehen.

Gehen wir noch einmal über den Broadway, und so – an der buntfarbigen Menge und den glitzernden Kramläden vorbei – kommen wir in eine andere lange Hauptstraße, die Bowery. Seht dort, eine Eisenbahn, auf der ein Paar stämmige Pferde zwanzig oder vierzig Personen und einen großen hölzernen Kasten spielend fortziehen. Die Kaufläden sehen hier ärmlicher aus, die Spaziergänger weniger fröhlich. Hier sind fertige Kleider und gekochtes Fleisch zu kaufen, und statt des lebhaften Equipagengerassels hören wir das dumpfe Rollen und Rumpeln von Karren und beladenen Wagen. Jene Aushängeschilder, die in solcher Menge wie runde Bojen oder Luftballons, mit Stricken an Stangen befestigt, in der Luft baumeln, kündigen, wie ihr selbst sehen könnt, „Austern von jeder Sorte!" an. Sie führen den Hungrigen am meisten bei Nacht in Versuchung; denn dann brennen inwendig trübe Kerzen, welche die leckern Worte beleuchten, daß dem Müßigen, der davor stehenbleibt und liest, der Mund danach wässert.

Was soll aber dieses Gebäude im ägyptischen Bastardstil mit der unheilvoll aussehenden Fassade, das dem Palast eines Zauberers in einem Melodram gleicht? – ein berüchtigtes Gefängnis, „die Gräber" genannt. Wollen wir hineingehen?

Ein langes, schmales, hohes Gebäude, wieder wie überall mit Öfen geheizt, mit vier Galerien, die, eine über der andern, rundum gehen und durch Treppen miteinander zusammenhängen. In der Mitte sind beide Seiten jeder Galerie, zur größeren Bequemlichkeit beim Hinüber- und Herübergehn, durch eine Brücke miteinander verbunden. Auf jeder dieser Brücken sitzt ein Gefangenenwärter: träumend, lesend oder mit einem müßigen Kameraden plaudernd. Auf jeder Galerieseite befinden sich, einander gegenüber, zwei Reihen kleiner eiserner Türen. Sie sehen wie Ofentüren aus, nur daß sie kalt und dunkel sind, als wäre das Feuer darin ganz erloschen. Zwei oder drei davon stehen auf, und einige Weiber, mit auf die Brust gesenkten Köpfen, reden mit den Gefangenen. Das Ganze wird durch ein Gewölbefenster von oben her beleuchtet; es ist aber fest geschlossen, und vom Dach hängen, schlaff und matt, zwei nutzlose Luftsegel herunter.

Ein Kerl erscheint mit dem Schlüsselbund, um uns herumzuführen. Er hat ein gutmütiges Gesicht und ist in seiner Art höflich und gefällig.

„Jene schwarzen Türen, das sind die Zellen?"

„Ja."

„Sind sie alle besetzt?"

„I nu, es sind so ziemlich alle besetzt, das ist eine Tatsache und nichts anderes."

„Die Zellen unten sind wohl sehr ungesund, wie?"

„Ja wir stecken auch nur Farbige hinein. Das ist die Sache."

„Wann werden die Gefangenen herausgelassen, um sich Bewegung zu machen?"

„Das brauchen sie gar nicht; sie halten's schon aus."

„Dürfen sie nie in den Hof heraus?"

„Sehr selten."

„Aber doch manchmal?"

„Na, das kommt wenig vor. Sie fühlen sich recht wohl dabei."

„Aber gesetzt, daß einer hier ein ganzes Jahr lang bleibt. Ich weiß, dies Gefängnis ist nur für schwere Verbrecher bestimmt, die auf ihr Verhör warten, aber die Gesetze machen es dem Verbrecher hier leicht, Aufschub und Fristen zu erlangen, so daß ein Gefangener, wenn er auf ein neues Verhör oder auf sein Urteil wartet, wohl sein volles Jahr hier sitzen kann. Oder meint Ihr nicht?"

„O ja, das kann schon sein."

„Und wie, wollt Ihr behaupten, daß er in dieser ganzen Zeit nicht zu dieser kleinen eisernen Tür herauskommen soll, um frische Luft zu schöpfen und sich Bewegung zu machen?"

„Ja, ein bißchen vielleicht – nicht viel."

„Wollt Ihr nicht eine dieser Türen aufmachen?"

„Alle, wenn Sie wollen."

Die Riegel knarren, und eine jener Türen dreht sich langsam in den Angeln. Laßt uns hineinsehen. Eine kleine Zelle mit nackten Wänden; das Licht dringt nur durch eine Spalte hoch in der Mauer ein. Ein Tisch, eine Bettstatt und dürftiges Waschgerät. Auf der Bettstelle sitzt ein sechzigjähriger Mann und liest. Er schaut einen Augenblick auf; schüttelt ungeduldig und trotzig den Kopf und sieht wieder starr in sein Buch. Als wir wieder den Kopf zurückzogen, ging die Türe hinter ihm zu und ward fest verschlossen. Dieser Mann hat sein Weib ermordet und wird vermutlich gehängt werden.

„Wie lange sitzt er schon?"

„Einen Monat."

„Wann kommt er zum Verhör?"

„Beim nächsten Gerichtstermin."

„Wann ist das?"

„Kommenden Monat."

„In England hat ein Verbrecher, selbst wenn er zum Tode verurteilt ist, zu gewissen Tagesstunden den Genuß der freien Luft."

„Ist es möglich?"

Mit welch erstaunlicher und unübersetzlicher Gleichgültigkeit er dies sagt, und wie behaglich er mit uns nach der Frauenabteilung hinschlendert; und im Gehen macht er mit dem Schlüssel auf dem Treppengeländer eine Art von eherner Kastagnettenmusik!

Jede Zellentür auf dieser Seite hat eine viereckige Öffnung. Einige von den Verbrecherinnen gucken beim Schall unserer Fußtritte neugierig heraus; andere ziehen sich mit einem Gefühl von Scham zurück. – Was mag jenes Kind von zehn oder zwölf Jahren verbrochen haben, daß es hier eingeschlossen ist? Oh! Der Junge? Er ist der Sohn des Verbrechers, den wir eben gesehen haben; ist ein Zeuge gegen seinen Vater und wird bis zum Verhör hier festgehalten; das ist alles.

Aber dies ist ein entsetzlicher Aufenthalt für ein Kind, das da seine langen Tage und Nächte zubringen soll. Das ist eine etwas harte Behandlung für einen jungen Zeugen, wie? – Was sagt unser Führer dazu?

„Na, ein liederliches Leben ist's freilich nicht, das ist eine Tatsache!"

Wieder rasselt er mit seinen ehernen Kastagnetten und führt uns lässig weiter. Ich muß ihn noch etwas fragen.

„Bitte, warum nennt Ihr dies Gefängnis ‚Die Gräber‘?"

„Oh, so heißt's im Cant."

„Das weiß ich. Aber warum?"

„Es haben sich einige das Leben genommen, wie es fertig war. Ich meine, es wird wohl daher kommen."

„Da seh ich eben, daß der eine seine Kleider auf dem Fußboden seiner Zelle herumliegen hat. Haltet Ihr denn die Gefangenen nicht an, ein wenig ordentlich zu sein und ihre Kleider wegzulegen?"

„Wo sollten sie sie hintun?"

„Doch gewiß nicht auf die Erde. Was meint Ihr, wenn man die Kleider aufhängen ließe?"

Er bleibt stehen, sieht sich um und antwortet mit Nachdruck: „Ja, das ist's gerade. Wie sie noch Haken in der Mauer hatten, da haben sie *sich* daran gehängt, darum hat man sie aus allen Zellen weggenommen und nur die Löcher in der Wand gelassen, worin sie früher gesteckt haben!"

Der Gefängnishof, in welchem er jetzt stehen bleibt, ist der Schauplatz schrecklicher Tragödien gewesen. In diesen engen, gruftähnlichen Raum werden die Verurteilten herausgeführt. Der arme Sünder steht auf der Erde, mit dem Strick um den Hals, unter dem Galgen; auf ein gegebenes Zeichen rollt mit dem andern Ende des Seiles ein schweres Gewicht herab und schwingt ihn in die Luft empor – als Leiche.

Diesem grauenhaften Schauspiel müssen nach dem Gesetz der Richter, die Geschworenen und fünfundzwanzig Bürger als Zeugen beiwohnen. Vor der Genossenschaft des Verbrechers bleibt es verborgen. Für die Bösen und Verworfenen ist es ein furchtbares Geheimnis; die Gefängnismauer ist der dikke, finstere Schleier, der den Verurteilten vor ihren Blicken verbirgt. Sie ist der Vorhang an seinem Totenbett, sein Leichenhemd und Grab. Sie sondert ihn von allen Lebendigen ab und entfernt allen jenen Reiz zur reuelosen Verstocktheit in der Todesstunde, den oft der bloße Anblick und die Gegenwart des Volkes geben. Da sind keine kühnen Augen, um ihn kühn zu machen; keine trotzigen Bösewichter, vor denen er sich des Namens Bösewicht würdig zu bezeigen streben könnte. Außer der mitleidslosen steinernen Mauer ist alle Welt für ihn unsichtbar.

Gehen wir wieder hinaus in die heiteren Straßen. Noch einmal auf den Broadway! Wieder dieselben Damen in buntfarbigen Kleidern gehen paarweise oder einzeln hin und her; dort schwebt derselbe hellblaue Sonnenschirm, der schon zwanzigmal am Hotelfenster vorüberspazierte, während wir da saßen. Hier wollen wir auf die andere Seite der Straße hinübergehen. Aber nehmt euch in acht vor den Schweinen. Zwei stattliche Säue treiben hinter dieser Kutsche her, und eine feine Gesellschaft von einem halb Dutzend Gentlemenschweinen ist soeben dort um die Ecke gebogen.

Siehe, da wandelt ein einsames Schwein nach Hause. Es hat nur ein Ohr, das andere hat es auf seinen Stadtspaziergängen den umherstreifenden Hunden überlassen. Aber es behilft sich auch mit einem Ohre und führt ein gentlemännisches, flanierendes freies Leben, nach Art unserer englischen Klubmänner. Jeden Morgen geht es zu einer bestimmten Stunde aus, stürzt sich in das Gewühl der Stadt, verbringt seinen Tag auf eine ihm selbst gewissermaßen recht angenehme Weise und erscheint regelmäßig jeden Abend wieder vor seiner Haustüre, wie der mysteriöse Herr des Gil Blas. Es ist ein recht ungeniertes, sorg- und harmloses Schwein, welches zwar unter den andern Schweinen von demselben Kaliber sehr viele Bekannte zählt, dieselben aber mehr vom Sehen als aus genauerem Umgang kennt; denn nur selten nimmt es sich die Mühe, stehenzubleiben und Komplimente zu wechseln; vielmehr geht es grunzend seiner Wege den Rinnstein hinab, stöbert ein wenig Neuigkeiten und Stadtklatsch in Gestalt von Kohlstengeln und Abfall auf und führt keinen andern „Schweif" mit sich herum als den eigenen; und selbst dieser Schweif ist sehr kurz, denn seine alten Feinde, die Hunde, waren stets darüber her und haben ihm kaum mehr als ein kleines Endchen gelassen, welches gerade groß genug ist, um dabei zu schwören. Es ist in jeder Beziehung ein republikanisches Schwein, geht, wohin es ihm beliebt, und steht mit der besten Gesellschaft auf gleichem, wo nicht höherem Fuß, denn alles macht ihm Platz, wo es sich zeigt, und die stolzesten Herren und Damen räumen ihm gern den Bürgersteig ein. Es ist auch ein großer Philosoph und läßt sich selten durch etwas außer Fassung bringen, es müßten denn die obenerwähnten Hunde sein. Zuweilen kann man es wohl mit den kleinen Augen zwinkern sehen, wenn es einen geschlachteten Freund erblickt, dessen Leichnam dem Türpfosten eines Fleischers zur Verzierung dient; dann grunzt es: „Das ist der Lauf der Welt: alles Fleisch ist Schweinefleisch!" steckt seine Nase wieder in den Kot und watschelt die Gosse hinab, indem es sich mit dem Gedanken tröstet, daß wenigstens eine Schnauze weniger auf der Welt ist, die ihm einen Kohlstengel vor der Nase wegkapern könnte.

Diese Schweine sind die Gassenkehrer der Stadt. Es sind häßliche Tiere; sie haben größtenteils einen magern, braunen Rücken, der dem Deckel eines alten, mit Roßhaaren überzogenen Koffers gleicht, und abscheuliche schwarze Finnen. Sie haben lange, dürre Beine und so gespitzte Schnauzen, daß, wenn man sie dahin bringen könnte, sich im Profil zeichnen zu lassen, niemand ein anderes Porträt als das eines Schweines erkennen würde. Sie werden nie gepflegt oder gefüttert oder getrieben, sondern sind von frühester Jugend an auf sich selbst angewiesen und werden daher unnatürlich gescheit. Jedes Schwein weiß, wo es logiert, besser, als es ihm jemand sagen könnte. Um diese Zeit – es wird gerade Abend – könnt ihr sie zu zwanzigen nach Hause ins Bett eilen sehen, auf dem ganzen Weg bis zum letzten Schritt essend. Dann und wann hat ein unerfahrener Jüngling unter ihnen sich überfressen oder ist von den Hunden sehr gequält worden und geht daher etwas zögernd heim, wie ein verlorener Sohn; doch ist dies ein seltener Fall, denn Selbstbeherrschung, Selbstvertrauen und unerschütterliche Ruhe sind ihre Haupttugenden.

Jetzt sind die Gassen und Kaufläden erleuchtet; und wenn man das Auge über die lange Straße hinabschweifen läßt, die mit hellen Gaslichtern besät ist, wird man an Oxford Street oder Piccadilly erinnert. Hier und da sieht man eine breite, steinerne Kellertreppe, und ein farbiges Lampenlicht zeigt den Weg zu einem Billardzimmer oder einer Ten-Pins-Kegel-bahn: Zehn-Kegel, ein Spiel, bei welchem es sowohl auf Glück wie auf Geschick ankommt, wurde erfunden, als die Nine-Pins gesetzlich verboten wurden. Andere Treppen sind mit Lampen versehen, welche zu Austernkellern den Weg zeigen – freundlichen Asylen, nicht bloß weil es daselbst wunderbare, große Austern gibt, sondern weil unter allen Sorten von Essern, Fisch-, Fleisch- oder Geflügelessern, die Austernschlinger allein nicht herdenweise zusammenkommen, sondern sich gleichsam der zarten, spröden Natur dessen, was sie in sich aufnehmen, anschmiegen und in besondern, mit Gardinen versehenen Abteilungen allein oder höchstens zu zweien sitzen.

Aber wie still ist es auf den Straßen! Sind denn keine umherziehenden Musikkapellen zu sehen, hört man keine Blas- oder Saiteninstrumente? Nein, nicht ein einziges. Gibt es hier keine Hanswurste, tanzenden Hunde, Gaukler, Wahrsager, Taschenspieler, Dudelsäcke oder auch nur Drehorgeln? Nein, nichts von alledem. Doch ich entsinne mich – eine Drehorgel und einen tanzenden Affen sah ich, der zwar von Natur spaßig genug war, aber immer mehr den Charakter eines einfältigen, unbehilflichen Affen von der utilitarischen Schule annahm. Außer dem nicht das geringste Leben; nein, nicht einmal ein weißes Mäuschen in einem Drehkäfig.

Gibt es denn gar keine Unterhaltungen da? O ja. Quer über der Straße befindet sich eine Predigerstube, aus welcher just das Licht dort hervorscheint; und da wird für die Damen dreimal wöchentlich oder noch öfter abendlicher Gottesdienst gehalten. Die jungen Herren finden Unterhaltung genug im Kontor, in der Warenniederlage oder in der Schenkstube: die letztere ist ziemlich voll, wie man durch diese Fenster da sehen kann. Horcht auf den Schall der Hämmer, mit denen man das Eis zerschlägt, und auf das kühle Rieseln der zermalmten Stücke, wenn sie bei der Mischung aus einem Glas ins andere gegossen werden! – Keine Belustigungen, keine Unterhaltungen? Was tun denn jene Herren mit den Zigarren im Munde und den starken Getränken neben sich anders als sich belustigen? Was sollen jene fünfzig Zeitungen, die der naseweise Junge da durch die Straßen ausruft und die in den Gaststuben haufenweise herumliegen, was sollen sie anders als unterhalten? Und dies sind nicht etwa schale, wässerige Unterhaltungen, sondern tüchtiger, drastischer Stoff, da werden Schmähungen und Schimpfnamen ausgeteilt und die Dächer von den Häusern gerissen, wie es der hinkende Teufel in Spanien machte; jede Art von verkehrtem Geschmack wird gekitzelt und der gefräßigste Magen mit frisch geschmiedeten Lügen vollgepfropft; jedem öffentlichen Charakter werden die gemeinsten und niedrigsten Beweggründe unterschoben, jeder mitleidige Samariter wird mit seinem guten Gewissen von der herabgewürdigten Politik abgeschreckt und unter seinem Schreien, Pfeifen und Händeklatschen das niedrigste Gezücht und die schlechtesten Raubvögel aufgehetzt. – Das sollten keine Unterhaltungen sein!

Gehen wir weiter. Wir gehen in dieser Wildnis an einem Hotel vorbei, in dessen Erdgeschoß sich, wie bei manchem Theater auf dem europäischen Kontinent, Warenniederlagen befinden, und gelangen in die Five Points. Allein es wird erst nötig sein, daß wir zu unsrer Escorte jene zwei Herren von der Polizei mit uns nehmen, die man als scharfsichtige, ausgebildete Beamte erkennen würde, und wenn man ihnen in der Wüste Sahara begegnete. So wahr ist es, daß gewisse Beschäftigungen überall den Menschen dasselbe Gepräge aufdrücken. Diese beiden könnten recht gut in der Bow Street gezeugt, geboren und erzogen sein.

Weder bei Nacht noch bei Tage haben wir Bettler in den Straßen getroffen, aber andere Strolche in Menge. Armut, Elend und Laster gedeihen üppig genug, wo wir uns jetzt hinwenden.

Jetzt sind wir an Ort und Stelle: sieh da zur Rechten und Linken die engen Gäßchen; sie stinken alle von Schmutz und Unflat. Das Leben, welches hier geführt wird, trägt hier dieselben Früchte wie anderswo. Die groben aufgedunsenen Gesichter an den Türen und Fenstern finden ihre Seitenstücke in England und in der ganzen Welt. Vor lauter Ausschweifung scheinen sogar die Häuser vor der Zeit veraltet. Seht,

wie die verfaulten Balken einzustürzen drohen, wie die zerbrochenen und beklebten Fensterscheiben uns finster anschie-
len, gleich Augen, die in einer Prügelei braun und blau geschlagen worden sind. Viele jener Schweine residieren hier.
Wundern sie sich denn niemals, daß ihre Herren aufrecht gehen, statt auf allen vieren zu kriechen? Und daß sie reden,
statt zu grunzen?

Bis hierher ist fast jedes Haus eine elende Kneipe; an den
Wänden der Gaststuben sieht man buntgemalte Bilder von
Washington, der Königin Victoria von England und dem
amerikanischen Adler. Zwischen den Fächern, worin die Fla-
schen stecken, erblickt man Stücke Fensterglas und buntes
Papier, denn selbst hier ist ein gewisser Sinn für Putz und
Dekoration zu finden. Und da die Matrosen diese Orte besuchen, gibt es daselbst Seebilder zu Dutzenden, zum Beispiel
Trennungsszenen zwischen Matrosen und ihren Liebchen;
Porträts von William und seiner schwarzäugigen Susanne,
nach der Ballade gezeichnet, von Will Watch, dem kühnen
Schmuggler, von Paul Jones, dem Seeräuber usw., auf welche
die gemalten Augen der Königin Victoria und Washingtons
obendrein mit ebenso großer Befremdung zu blicken scheinen
wie auf die Szenen, die in ihrer Gegenwart vorgehen.

Was ist das für ein Ort, zu dem diese schmutzige Straße
führt? Eine Art Square von aussätzigen Häusern, von denen
einige nur durch außen befindliche verfallene, hölzerne
Treppen zugänglich sind. Wohin gelangen wir über diese
wankende Treppe, die unter unserem Fußtritt knarrt? In eine
nur von einem einzigen düstern Lichte erhellte Stube, entblößt von allen Bequemlichkeiten, außer der, die ein elendes
Bett gewähren kann. Daneben sitzt ein Mann, die Ellbogen
auf die Knie gestützt, das Gesicht mit den Händen bedeckt.
„Was fehlt diesem Mann?" fragte der erste Polizeibeamte.
„Das Fieber", erwiderte er mürrisch, ohne aufzublicken.
Nun mache man sich einen Begriff von den Phantasien eines
fiebernden Hirns an einem solchen Orte.

Jetzt steige diese pechfinstern Treppen hinauf, aber nimm
dich in acht, daß du keinen falschen Tritt auf den wankenden Brettern tust, und suche dich in diese Wolfshöhle zu fin-

den, wohin weder Licht noch Luft dringen zu können scheint. Ein Negerjunge, durch des Beamten Stimme – die er wohl kennt – vom Schlafe aufgeschreckt, allein beruhigt durch die Versicherung des letztern, daß er nicht in Geschäften komme, springt dienstfertig auf, um ein Licht anzuzünden. Das Schwefelhölzchen flackert einen Augenblick hell auf und läßt große Haufen schmutziger, schwarzer Lumpen auf dem Boden sehen; dann verlischt es wieder und läßt eine noch dichtere Finsternis zurück als vorher. Der Junge stolpert die Treppe hinab und kommt sogleich mit einer flakkernden Kerze wieder, die er mit der Hand verdeckt, damit sie nicht ausgehe. Jetzt sehen wir, wie sich die Lumpen regen und langsam erheben: der ganze Fußboden ist mit Negerweibern bedeckt, die von ihrem Schlaf erwachen. Ihre weißen Zähne klappern hörbar, und ringsum glänzen und blinken ihre funkelnden Augen wie die unzählige Vervielfachung eines erstaunten afrikanischen Gesichts in einem Zauberspiegel.

Nun steige die nächste Treppe mit nicht geringerer Vorsicht wie die vorige (denn für die, welche keine so gute Eskorte wie wir haben, gibt es da Schlingen und Fallgruben) zu der obersten Dachkammer hinauf, wo sich über uns die obersten Dachbalken und Sparren zusammenfügen und durch die Spalten im Dache die ruhige Nacht hereinblickt. Öffne die Tür eines dieser Löcher voll schlafender Neger. Sieh da, sie haben ein Kohlenfeuer angezündet; es riecht nach verbrannten Kleidern oder versengter Haut, so dicht drängen sie sich an die Kohlenpfanne; und Dünste steigen aus diesen Höhlen, die fast blenden und ersticken. Aus jedem Winkel siehst du eine halb erwachte Gestalt hervorkriechen, als wenn die Stunde des Jüngsten Gerichts geschlagen hätte und jedes scheußliche Grab seine Toten ausspie. Hunde würden heulen, müßten sie hier über Nacht liegen, und doch legen sich Weiber, Männer und Kinder hier zum Schlafen nieder und zwingen die vertriebenen Ratten, sich ein besseres Quartier zu suchen.

Auch in diesem Stadtteil gibt es Gassen und Gäßchen mit knietiefem Kot; unterirdische Räume, wo getanzt und gespielt wird; Wände, bedeckt mit unzähligen rohen Zeichnungen von Schiffen, Festungen, Flaggen und amerikanischen Adlern; eingestürzte Häuser, nach der Straße zu offen, durch deren weite Mauerspalten uns wieder andere Ruinen entgegendüstern, als ob die Welt des Lasters und Elendes nichts andres zu zeigen hätte; scheußliche Wohnungen, die ihre Namen von Raub und Mord herleiten – kurz alles, was ekelhaft, widrig und verworfen ist, hier siehst du es.

Unser Führer hat die Hand auf der Türklinke zu „Almack's" und ruft uns aus der Tiefe entgegen; denn das Versammlungszimmer der Honoratioren von Five Points liegt unter der Erde. Wollen wir hinab? Es ist ja nur ein Augenblick.

Heda! wie ist die Wirtin von Almack's gut beieinander! Eine hübsche, dicke Mulattin mit hellen Augen, die ein buntfarbiges Tuch zierlich um ihren Kopf gewunden hat. Der Wirt steht ihr in seinem Putz durchaus nicht nach; er trägt eine hellblaue Jacke wie ein Schiffssteward, einen dicken goldenen Ring um den kleinen Finger und eine glänzende goldene Uhrkette um den Hals. Wie er sich freut, uns bei sich zu sehen! „Was ist Ihnen gefällig, meine Herren? Ein Tänzchen? Augenblicklich, Sir, gleich sollen Sie was erleben!"

Der korpulente schwarze Geiger und sein Freund, der das Tambourin spielt, stampfen mit den Füßen auf den Fußboden ihres kleinen Orchesters, auf dem sie sitzen, und spielen ein lustiges Stückchen auf. Fünf oder sechs Paare kommen heran, von einem lebhaften jungen Neger, dem Witzbold der Versammlung und dem besten Tänzer unter ihnen, angeführt. Er schneidet in einem fort Grimassen und ist das Ergötzen aller übrigen, die unaufhörlich von einem Ohr bis zum andern grinsen. Unter den Tänzerinnen befinden sich zwei junge Mulattinnen mit großen schwarzen, zu Boden gesenkten Augen und einem Kopfputze gleich dem der Wirtin; sie sind so schüchtern oder tun wenigstens so, als wenn sie in ihrem Leben noch nicht getanzt hätten, und blicken zur Erde, daß man nichts als ihre langen Augenwimpern sehen kann.

Doch der Tanz beginnt; jeder Tänzer springt so lange, wie es ihm gefällt, auf seine Dame los, und die Dame auf ihn, und dies geht so lange fort, bis sie matt werden; und dann stürmt der lebhafte Held in ihre Mitte. Der Geiger beginnt zu grinsen und geigt mit neuem Mute; in das Tambourin kommt neue Kraft, neues Gelächter unter die Tänzer, neues Lächeln auf das Gesicht der Wirtin, neues Vertrauen in den Wirt, neue Heiterkeit selbst in die Lichter. Der junge Neger vollführt mehrere Sprünge und Schneller, schnalzt mit den Fingern, verdreht die Augen, wendet seine Knie herum und zeigt die Hinterseite seiner Beine nach vorn, dreht sich wie ein Kreisel auf Zehen und Hacken, tanzt mit zwei linken Beinen, zwei rechten Beinen, zwei hölzernen Beinen, zwei Drahtbeinen – allen Sorten von Beinen und keinen Beinen – 's ist ihm alles eins. Endlich, nachdem er seine Tänzerin und sich obendrein ganz erschöpft hat, springt er großartig an den Schenktisch und verlangt, schnatternd wie Millionen unechte Jim Crows, mit unnachahmlichen Lauten etwas zu trinken!

Nach der erstickenden Atmosphäre jener Häuser bedünkt uns die Luft frisch, selbst in diesem unsauberen Kellerloch; und jetzt, da wir in eine breitere Straße kommen, bläst sie uns reiner und wohltuender entgegen, und die Sterne blicken wieder freundlich hernieder. Hier sind wir wieder an den „Gräbern"; das Stadtwachthaus ist ein Teil des Gebäudes. Es ist die natürlichste Fortsetzung der Schauspiele, denen wir eben beigewohnt haben. Dies wollen wir noch ansehen und dann zu Bett!

Wie? wirft man hier die Leute wegen leichter Polizeivergehen in solche Löcher? Müssen denn Männer und Weiber, gegen die noch kein Verbrechen erwiesen ist, wirklich hier die ganze Nacht zubringen, in den widrigen Dünsten, welche die düstere Lampe, womit uns geleuchtet wird, umgeben? So ekelhafte, scheußliche Kerker wie diese Zellen würden dem despotischsten Lande in der Welt Schande machen! Betrachte sie, Mann, der du die Schlüssel dazu hast und sie alle Nächte siehst. Siehst du, was das ist? Weißt du, wie die Abzugskanäle unter den Straßen gebaut sind und worin sie sich von den Menschenkloaken hier unterscheiden?

Gut, er weiß es nicht. Er sagt, er habe schon fünfundzwanzig junge Frauenzimmer auf einmal hier eingeschlossen und man könne sich kaum denken, was für schöne Gesichter darunter gewesen wären.

So schließ denn in Gottes Namen die Tür hinter dem elenden Geschöpf, das jetzt darin ist, und verbirg ja das Dasein eines Ortes, der von allem Laster, von aller jämmerlichen Teufelei der schlechtesten alten Stadt in Europa nicht übertroffen werden kann.

Werden die Leute denn wirklich die ganze Nacht unverhört in diesen schwarzen Sauställen gelassen? – Jede Nacht. Die Wache stellt sich um sieben Uhr abends ein. Der Magistrat öffnet den Gerichtshof um fünf Uhr morgens. Dies ist die früheste Stunde, zu welcher der Gefangene erlöst werden kann, und wenn ein Beamter gegen ihn zeugt, so kommt er erst um neun oder zehn Uhr heraus. – Aber wenn nun einer inzwischen, wie es jüngst der Fall war, stirbt? – Dann wird er, wie es in jenem Falle geschah, innerhalb von einer Stunde von den Ratten halb aufgefressen, und damit basta!

Was soll denn das unerträgliche Glockengeläut, das Rädergerassel und das Schreien in der Ferne bedeuten? Eine Feuersbrunst. Und was ist das für ein roter Schein in der entgegengesetzten Richtung? Eine andere Feuersbrunst. Und was sind das hier für halbverkohlte, schwarze Wände? Das ist ein Haus, worin eine Feuersbrunst gewütet hat. Vor kurzem wurde in einem amtlichen Bericht mehr als bloß angedeutet, daß diese Feuersbrünste nicht ganz zufällig seien und daß der Spekulations- und Unternehmungsgeist selbst im Feuer einen Spielraum sucht. Doch dem sei, wie ihm wolle; in der letzten Nacht war Feuer, diese Nacht ist zweimal Feuer, und ich will wetten, daß es morgen wenigstens einmal irgendwo brennen wird. So wollen wir denn uns dies zu unserm Troste dienen lassen, gute Nacht sagen und zu Bett gehen.

Während meines Aufenthalts in New York besuchte ich auch eines Tages die verschiedenen öffentlichen Einrichtungen auf Long Island. Eine derselben ist ein Irrenhaus. Das Gebäude ist hübsch und wegen seiner breiten, eleganten

Treppe bemerkenswert. Obgleich noch nicht vollendet, ist es schon von beträchtlichem Umfange und kann eine sehr große Anzahl von Patienten aufnehmen.

Ich kann nicht sagen, daß die Besichtigung dieser Anstalt mir viel Tröstliches zeigte. Die verschiedenen Abteilungen hätten reinlicher und besser geordnet sein können; ich sah nichts von dem zweckmäßigen System, das schon an andern ähnlichen Orten einen so günstigen Eindruck auf mich gemacht hatte; alles hatte ein peinliches, unordentliches, echt tollhäuslerisches Aussehen. Den träumenden, in sich zusammenkauernden Irrsinnigen mit langem, wirrem Haar; den Unsinn schnatternden Tollen mit seinem scheußlichen Gelächter und seinem ausgestreckten Finger; das wilde Gesicht, den nichtssagenden Blick, das düstere Herumnagen an Lippen und Händen, das Beknabbern der Fingernägel – alles sah ich hier in seiner nackten Schrecklichkeit. Im Speisesaale, einem kahlen, traurigen Raum, wo das Auge nur auf nackte Wände blicken konnte, war eine Frau allein eingesperrt. Sie hatte sich, wie man mir sagte, in den Kopf gesetzt, sich ums Leben zu bringen. Wenn irgend etwas sie in ihrem Entschlusse bestärken konnte, so war es gewiß die traurige Eintönigkeit eines solchen Aufenthalts.

Der scheußliche Anblick, den der in diesen Hallen und Sälen sich umherdrängende Haufe bot, schreckte mich so zurück, daß ich meinen Aufenthalt so viel als möglich abkürzte und von dem Anerbieten, mich in diejenige Abteilung des Gebäudes zu führen, wo die Widerspenstigen und Rasenden unter schärferer Aufsicht gehalten wurden, keinen Gebrauch machte. Ich zweifle gar nicht, daß der Mann, der zu der Zeit, da ich dies niederschreibe, die Oberaufsicht über diese Anstalt führt, zu ihrer Leitung befähigt war und alles, was in seiner Macht stand, getan hat, um ihre Nützlichkeit zu erhöhen; allein wird man es glauben, daß der elende Parteistreit selbst bis in diesen traurigen Zufluchtsort der entwürdigten Menschheit hinabgeführt wird? Wird man es glauben, daß das Auge, welches über die Verirrung der Seelen – die schrecklichste Heimsuchung, welche die menschliche Natur treffen kann – wachen und sie heilen soll, daß dieses Auge die Brille einer oder der andern politischen Partei tragen muß? Wird man es glauben, daß der Direktor einer solchen Anstalt ernannt, abgesetzt und fortwährend gewechselt wird, je nachdem die eine oder die andere Partei die mächtigere ist? Hundertmal in jeder Woche kam eine neue unwürdige Äußerung dieses engherzigen, schadenbringenden Parteigeistes – des Samums von Amerika, der alles gesunde Leben in seinem Bereiche unterdrückt und verletzt – mir zu Ohren; doch nie wandte ich ihm mit so tiefem Abscheu und so unbegrenzter Verachtung den Rücken wie damals, als ich die Schwelle des Irrenhauses auf Long Island verließ.

In geringer Entfernung von diesem Gebäude steht ein anderes, das Almosenhaus, das heißt Arbeitshaus von New York genannt. Auch dieses ist eine weitläufige Anstalt und gewährte, glaube ich, zur Zeit, als ich dort war, fast tausend Armen Obdach. Sie war indes schlecht gelüftet, hatte nur wenig Licht, war nicht allzu reinlich und machte im ganzen einen sehr ungünstigen Eindruck auf mich. Man darf jedoch nicht vergessen, daß New York als ein großes Handelsemporium und als ein Ort, wohin sich nicht nur aus allen Staaten, sondern aus den meisten Teilen der Welt eine große Menge Menschen flüchten, immer für eine beträchtliche Anzahl Arme zu sorgen hat und daher in dieser Hinsicht unter eigentümlichen Schwierigkeiten leidet. Ebensowohl muß man auch bedenken, daß New York eine große Stadt ist und daß in allen großen Städten Gutes und Böses auf die großartigste Weise einander aufwiegen.

In der Nähe befindet sich auch die „Long Island Farm", wo Waisenkinder verpflegt und erzogen werden. Ich sah zwar diese Anstalt nicht, doch glaube ich, sie wird gut verwaltet, um so mehr als ich weiß, wie sehr man in Amerika gewöhnlich jene schöne Stelle in der Litanei vor Augen hat, die aller Kranken und Kinder gedenkt.

Ich fuhr nach diesen Anstalten zu Wasser, in einem Boot, das dem Gefängnis von Long Island gehörte und mit Gefangenen bemannt war, die eine schwarz und gelb gestreifte Uniform trugen, in der sie wie Tiger aussahen. Sie ruderten mich in demselben Boot nach dem Gefängnis selbst.

Es ist ein altes Gefängnis, eine Gründung der Pionierzeit, nach dem schon beschriebenen Plan errichtet. Ich freute mich, als ich dies hörte, denn es ist ohne Frage ziemlich schlecht. Jedoch wird das meiste aus seinen eigenen Mitteln bestritten, und es ist so gut eingerichtet, wie solch ein Ort es nur sein kann.

Die Frauen arbeiten in gedeckten Schuppen, die zu diesem Zweck eigens errichtet sind. Wenn ich mich recht entsinne, sind für die Männer keine Schuppen vorhanden; der größere Teil von ihnen arbeitet in gewissen Steinbrüchen, die sich in der Nähe befinden. Da es jedoch sehr nasses Wetter war, hatte man die Arbeit eingestellt, und die Verbrecher blieben in ihren Zellen. Man denke sich diese Zellen, etwa zwei- oder dreihundert an der Zahl, und in jeder einen Mann eingeschlossen: da steht einer an der Türe, um Luft zu schöpfen, und steckt die Hände durchs Gitter; dort liegt einer im Bett (um Mittag nämlich); und jener liegt der Länge nach auf dem Boden, mit dem Kopf gegen die geschlossene Tür wie eine wilde Bestie. Dabei gießt draußen der Regen in Strömen nieder. Denkt euch in die Mitte den ewigen Ofen, heiß zum Ersticken und dampfend wie ein Hexenkessel: und dann eine Fülle zarter Gerüche, wie sie aus tausend modrigen, ganz durchnäßten Regenschirmen und eintausend Waschkörben voll halb gewaschener schmutziger Wäsche aufsteigen würden – und da habt ihr das Gefängnis, wie es an jenem Tage war.

Das Staatsgefängnis zu Sing Sing hingegen ist ein wahres Mustergefängnis. Dieses und das von Mount Auburn sind die größten und besten Beispiele von Gefängnissen, in denen das Schweigesystem herrscht.

In einem andern Stadtteil befindet sich das Asyl für die Hilflosen, eine Anstalt, welche jugendliche Übeltäter, männliche und weibliche, schwarze und weiße, ohne Unterschied aufnimmt, um sie ein nützliches Gewerbe oder Handwerk zu lehren, bei ehrbaren Meistern in die Lehre zu geben und so allmählich zu würdigen Gliedern der bürgerlichen Gesellschaft zu machen. Die Tendenz dieser Anstalt ist, wie man sieht, der der Bostoner Anstalt ähnlich und nicht weniger bewundernswert und verdienstlich. Während ich diese wahrhaft christliche Anstalt besichtigte, konnte ich mich nicht des Verdachts erwehren, daß der Direktor vielleicht nicht die gehörige Welt- und Menschenkenntnis besitze; ich fragte mich, ob er nicht einen großen Mißgriff machte, indem er mehrere junge Mädchen, die ihren Jahren und Erlebnissen nach in jeder Beziehung schon richtige Frauen waren, wie kleine Kinder behandelte, was auf mich und, wenn ich nicht sehr irre, auch auf die Mädchen selbst einen komischen Eindruck machte. Da jedoch die Anstalt stets unter der wachsamen Oberaufsicht eines Komitees von sehr verständigen und erfahrenen Männern steht, so muß sie wohl gut geleitet werden; und ob ich in dieser speziellen Kleinigkeit recht oder unrecht habe, ist am Ende für die Verdienste und den Charakter dieser nicht genug zu schätzenden Anstalt ohne Bedeutung.

Außer diesen Instituten sind in New York auch ausgezeichnete Spitäler und Schulen, literarische Anstalten und Bibliotheken; eine bewundernswerte Feuerwehr (sie muß allerdings vortrefflich sein, da sie fortwährend Übung hat) und wohltätige Anstalten jeder Art noch außerdem. In den Vorstädten ist ein sehr geräumiger Friedhof, der zwar noch nicht fertig ist, aber täglich Fortschritte macht. Die traurigste Gruft, die ich sah, hieß „Fremdengruft – gewidmet den verschiedenen Hotels dieser Stadt".

In New York gibt es drei Theater. Zwei, das Park- und das Bowery-Theater, sind große, elegante und schöne Gebäude, aber leider großenteils leer. Das dritte, das Olympic, ist ein winziger Guckkasten für Vaudevilles und burleske Possen. Es wird ausgezeichnet geleitet von Mr. Mitchell, einem Komiker von großer Originalität und viel stillem Humor; Londoner Theaterliebhaber werden sich seiner noch mit Liebe und Achtung erinnern. Es freut mich, von diesem verdienstvollen Künstler melden zu können, daß seine Vorstellungen stets ein volles Haus machen und daß sein Theater allabendlich von lautem Frohsinn widerhallt. Ich hätte beinahe vergessen, ein kleines Sommertheater zu erwähnen, welches Niblo's genannt wird und Gärten hat, worin man im

Freien Unterhaltungen gibt; allein ich glaube, es leidet auch an der allgemeinen Gedrücktheit des ganzen Theaterwesens.

Die Gegenden um New York sind ausnehmend malerisch. Das Klima gehört, wie ich schon angedeutet, zu den wärmsten. Wer weiß, wie glühend es wäre, würde es nicht durch die sanften Seewinde gemildert, die um die Abendzeit aus der schönen Bucht herüberwehen.

In der guten Gesellschaft herrscht hier ungefähr derselbe Ton wie in Boston; mag sein, daß er hie und da schon mehr den Einfluß des merkantilen Geistes verrät, doch im allgemeinen herrscht ein höflicher, feiner und stets sehr gastfreundlicher Ton. Es wird großes Haus und guter Tisch geführt; die Gesellschaftsstunden sind später und etwas weniger solid; und in bezug auf äußern Schein und Pomp, auf das Prunken mit Vermögen und Aufwand herrscht mehr Rangstreit und Wetteifer. Die Frauen sind ausnehmend schön.

Ehe ich New York verließ, traf ich meine Vorkehrungen, um mir für die Heimfahrt einen Platz auf dem Paketschiff „George Washington" zu sichern, welches, wie die Ankündigung besagte, im Juni abgehen sollte: und dies war gerade der Monat, in dem ich mir vorgenommen hatte, Amerika zu verlassen, falls mich kein Zufall auf meinen Streifzügen daran verhindern sollte.

Ich hätte nie gedacht, daß die Heimkehr nach England, die Rückkehr zu allem, was mir teuer ist, und zu Beschäftigungen und Bestrebungen, die mir unmerklich zur zweiten Natur geworden sind, mir je so viel Kummer verursachen würde, wie ich später erfahren mußte, als ich endlich an Bord jenes Schiffes von meinen Freunden aus New York, die mich begleitet hatten, Abschied nahm. Ich hätte nie gedacht, daß der Name eines so weit entlegenen und jüngst zum ersten Male besuchten Ortes je in meinem Herzen einen Platz neben der Masse teuerer Erinnerungen, die es erfüllen, einnehmen würde. Aber in New York leben jetzt Freunde von mir, und sie gehören zu jenen Seelen, die mir selbst den dunkelsten Wintertag, der je in Lappland auf- und unterging, erhellen könnten; Freunde, vor denen mir selbst der Gedanke an die Heimat verdämmerte und schwächer ward, als wir jenes schmerzvolle Wort uns zuriefen, welches sich mit all unserem Tun und Denken vermischt, welches unsere Häupter schon in frühester Kindheit grüßt und im Greisenalter die letzte Aussicht unseres Lebens schließt.

7. KAPITEL

Philadelphia und sein einsames Gefängnis

Man macht die Reise von New York nach Philadelphia mit der Eisenbahn und mittels zweier Fähren; sie dauert gewöhnlich fünf oder sechs Stunden. Es war ein schöner Abend, als wir im Zug saßen; ich sah zum Wagenfensterchen nah an der Türe hinaus auf den glänzenden Sonnenuntergang, als mir eine seltsame Erscheinung auffiel, die aus den Fenstern des unmittelbar vor uns fahrenden Herrenwagens hervorging; ich dachte, es müßten sehr betriebsame Passagiere sein, die selbst auf der Reise sich damit beschäftigten, Federbetten aufzuschlitzen und die Federn in den Wind zu streuen. Endlich fiel mir ein, daß sie bloß spien, und ich hatte richtig geraten; aber ich begreife heute noch nicht, wie eine solche Menge Passagiere, als jener Wagen faßte, einen so komischen Regenschauer von Expektorationen in einem fort unterhalten konnte, obwohl ich später in allen amerikanischen Spei- und Spuck-Phänomenen Erfahrungen genug sammelte.

Ich machte während der Fahrt die Bekanntschaft eines sanften und sittsamen jungen Quäkers, der das Gespräch damit eröffnete, daß er mir, feierlich flüsternd, mitteilte, sein Großvater sei der Erfinder des kalt destillierten Ricinusöls. Ich erwähne den Umstand nur, weil dies wahrscheinlich zum erstenmal der Fall war, daß jene wertvolle Medizin als Gesprächs-Eröffnungsmittel sich bewährt hat.

Spätabends trafen wir in der Stadt ein. Ehe ich zu Bett ging, sah ich zum Fenster hinaus und gewahrte gegenüber ein schönes Gebäude aus weißem Marmor, das einen trauervollen, geisterhaften Anblick gewährte; es war unheimlich anzusehen. Ich schrieb dies dem verdüsternden Einfluß der Nacht zu, und als ich am Morgen aufstand, sah ich wieder zum Fenster hinaus, in der Erwartung, die Säulengänge und Treppen des Palastes von aus- und einströmenden Menschen belebt zu sehen. Allein das Tor war noch immer fest geschlossen, und das kalte, tote Gebäude sah aus, als könnte in seinen düstern Hallen nur die steinerne Statue Don Guzmans etwas zu schaffen haben. Ich erkundigte mich sogleich nach dem Namen und Zweck des Gebäudes, und da freilich schwand mein Erstaunen bald. Es war das Grab so manchen Vermögens, die große Katakombe zahlloser angelegter Kapitalien, es war die denkwürdige United-States-Bank.

Die Insolvenzerklärung dieser Bank mit allen ihren verderblichen Folgen hatte (wie man mir von allen Seiten erzählte) über Philadelphia einen düstern Schatten geworfen, unter dessen niederdrückendem Einfluß es noch jetzt litt. Die Stadt sah auch tatsächlich etwas übellaunig und trübsinnig aus.

Die Stadt ist hübsch, aber verzweifelt regelmäßig. Nachdem ich eine oder zwei Stunden darin umherspaziert war, hätte ich weiß Gott was für eine krumme Straße gegeben. Mein Rockkragen schien steifer zu werden und meine Hutkrempe sich auszudehnen in dieser Quäkeratmosphäre. Meine Locken schrumpften zu einem weichen kurzen Haarbüschel ein, meine Hände falteten sich von selbst still und ruhig über der Brust, und unwillkürlich kam mir die Idee, in der Mark Lane gegenüber vom Marktplatz mir eine Wohnung zu mieten, ein wenig in Getreide zu spekulieren und ein reicher Mann zu werden.

Philadelphia ist reichlich mit frischem Wasser versorgt, welches von allen Seiten hervorsprudelt, gießt und herabquillt. Das Wasserwerk, auf einer Anhöhe in der Nähe der Stadt gelegen, ist nicht nur von großem Nutzen, sondern auch ein schönes Bauwerk; ringsum ist ein geschmackvoller öffentlicher Garten angelegt, der in der schönsten Ordnung und im besten Zustand gehalten wird. Der Fluß ist hier eingedämmt und wird durch seine eigene Gewalt in gewisse hohe Becken oder Behälter getrieben, von wo aus die Stadt, bis in die obersten Stockwerke der Häuser, für eine Kleinigkeit frisches Wasser erhält.

Unter den verschiedenen öffentlichen Anstalten ist ein

höchst ausgezeichnetes Spital, eine Quäkerstiftung, die aber in den Wohltaten, die sie spendet, durchaus sich von keinem Sektengeist bestimmen läßt; eine stille, merkwürdige alte Bibliothek, die Franklins Namen führt; eine hübsche Börse und Post, und so weiter. Zum Besten der Fonds des Quäkerspitals ist ein Gemälde von West ausgestellt; es zeigt unsern Herrn und Heiland, die Kranken heilend, und gehört vielleicht zu den besten Stücken, die man von diesem Meister nur irgend sehen kann. Ob dies ein großes Lob ist oder nicht, hängt vom Geschmack des Lesers ab.

In demselben Saale hängt auch ein sehr charakteristisches und lebensgroßes Porträt, von Mr. Sully, einem ausgezeichneten amerikanischen Künstler, gemalt.

Mein Aufenthalt in Philadelphia währte nur kurze Zeit, aber was ich dort von dem geselligen Leben sah, behagte mir ungemein. Im allgemeinen möchte ich behaupten, daß es einen provinzielleren Anstrich als Boston oder New York hat und daß die schöne Stadt von einem ästhetischen Geist und Geschmack beseelt ist, der ein wenig nach jenen anmutigen Gesprächen über Shakespeare und die Glasharmonika schmeckt, von denen wir im „Landpfarrer von Wakefield" lesen. In der Nähe der Stadt befindet sich ein prachtvolles, aber unvollendetes Marmorgebäude, das Girard College, welches ein verstorbener steinreicher Mann dieses Namens gegründet hat; würde es nur nach dem ursprünglichen Plan ausgebaut, so wäre es vielleicht das reichste Gebäude, das man in neuerer Zeit kennt. Allein über die Hinterlassenschaft des Herrn Girard sind Prozesse entstanden, und solange diese schweben, stockt der Bau, so daß es, wie von so vielen großen Unternehmungen in Amerika, auch von dieser immer heißt: Nächstens wird's fertig.

Wo die letzten Häuser stehen, befindet sich ein großes Gefängnis, das *Eastern Penitentiary* (das östliche Bußhaus) genannt, welches eine den Pennsylvaniern eigentümliche Einrichtung hat. Das hier angewendete System ist strenge, scharfe und hoffnungslose Einzelhaft. Ich glaube, es ist in seinen Wirkungen grausam und ungerecht.

Die Absicht, davon bin ich überzeugt, ist gut, human,

wohlmeinend und Besserung bezweckend; allein ich bin auch überzeugt, daß jene Herren, welche diese Gefängnisdisziplin erfunden haben, und jene Wohlwollenden, die sie handhaben, nicht wissen, was sie tun. Ich glaube, nur wenige haben einen Begriff von der Tortur und der Seelenangst, welche diese entsetzliche Strafe, wenn sie einige Jahre dauert, über die Duldenden verhängt; nach meinem Ermessen, nach dem, was ich in ihren Zügen geschrieben sah, und nach dem, was in ihrem Innern, wie ich überzeugt bin, vorgehen muß, liegt in dieser Strafe eine Hölle, deren ganze schreckliche Tiefe nur die Unglücklichen selbst ergründen können; eine Qual, die kein Mensch das Recht hat seinem Nächsten anzutun. Diese langsame tägliche Peinigung des geheimnisvollen Menschenhirns halte ich für unendlich schlimmer als alle leibliche Folter, und weil ihre schauerlichen Symptome und Spuren nicht so handgreiflich vor unsern Sinnen liegen wie die Narben in der Haut, weil diese Wundmale nicht auf der Oberfläche liegen und nur selten einen hörbaren Schrei auspressen, deshalb gerade klage ich sie um so mehr als eine heimliche Strafe an, welche das schlummernde Gefühl der Menschlichkeit, wenn es einmal erwacht, nicht dulden darf. Ich kämpfte einst mit mir selbst, ob ich, falls es in meiner Macht stünde, ja oder nein zu sagen, diese Strafe in gewissen Fällen anzuwenden erlaubte, wo die Gefängniszeit zu kurz wäre; aber jetzt muß ich feierlich erklären, ich könnte nun und nimmermehr froh unter dem blauen Himmel spazierengehen oder ruhig mein Haupt aufs Kissen legen, wenn ich das Bewußtsein hätte, daß ein einziges menschliches Geschöpf durch mich oder mit meiner noch so leisen Zustimmung nur die kürzeste Zeit in seiner schweigsamen Zelle liegen und diese unerhörte Strafe erdulden müßte.

Zwei Herren, die amtlich damit vertraut sind, begleiteten mich zu dem Gefängnis; ich verbrachte den Tag damit, aus einer Zelle in die andere zu gehen und mit ihren Bewohnern zu sprechen. Man erwies mir jede mögliche Gefälligkeit. Nichts wurde mir verborgen gehalten, und über alles, wonach ich mich erkundigte, erhielt ich offenen und freimütigen Bescheid. Die vollkommene Ordnung, die in dem ganzen

Gebäude herrscht, kann nicht genug gerühmt werden, und über die redlichen Motive aller, die an der Durchführung dieses Systems unmittelbar beteiligt sind, kann keine Frage sein.

Zwischen dem Hauptteil des Gefängnisses und der äußern Mauer liegt ein geräumiger Garten. Wir traten durch ein in dem massiven Tore befindliches Pförtchen ein und folgten dem vor uns liegenden Fußweg bis ans Ende, worauf wir in ein großes Zimmer gelangten, in welches sieben lange Gänge münden. Jeder hat zu beiden Seiten eine sehr lange Reihe niedriger Zellentüren, über deren jeder eine bestimmte Nummer steht. Darüber ist eine Galerie von Zellen, ähnlich den unten befindlichen, außer daß kein schmaler Hof (wie bei den unteren) dazugehört und daß sie etwas kleiner sind. Zwei solche Zellen auf den Mann sollen den Mangel der freien Luft und Bewegung ausgleichen, welche den Bewohnern der untern Zellen in dem elenden schmalen Gange eine Stunde täglich gestattet ist; daher bewohnt jeder Gefangene in diesem obern Stockwerk zwei aneinanderstoßende und miteinander verbundene Zellen.

Steht man im Mittelpunkt und blickt durch die öden Gänge hin, so macht die überall waltende Ruhe und Stille einen wirklich schauerlichen Eindruck. Zuweilen hört man den dumpfen Schall eines einsamen Weberschiffchens oder eines Schuhmacherleistens; allein er wird durch die dicken Wände und die schwere Kerkertür erstickt und dient bloß dazu, die allgemeine Stille noch auffallender zu machen. Über Kopf und Gesicht jedes Gefangenen, der in dies traurige Haus kommt, wird eine schwarze Kapuze gezogen, und in dieser dunklen Maske, dem Symbol des Vorhangs, der zwischen ihm und der Welt niederfällt, wird er in seine Zelle geführt, aus welcher er nicht wieder herauskommt, bis die ganze Zeit seiner Haft abgelaufen ist. Er erfährt nichts von Weib oder Kind, von seiner Heimat oder seinen Freunden, von Leben oder Tod eines einzigen Geschöpfs. Er sieht die Gefängnisbeamten, doch außerdem erblickt er kein menschliches Gesicht, hört er keine menschliche Stimme. Er ist ein lebendig Begrabener, der mit dem langsamen Kreislaufe der Jahre wieder ausgegraben wird; inzwischen ist er tot für alles, nur nicht für seine folternde Seelenqual und die schrecklichste Verzweiflung.

Sein Name, sein Verbrechen und die Zeit seines Leidens sind sogar dem Wärter unbekannt, der ihm seine tägliche Speise reicht. Über der Tür zu seiner Zelle steht eine Nummer, welche in einem Buch eingetragen ist, von dem der Direktor des Gefängnisses und der Geistliche jeder eine Kopie haben, und dies ist der Index zur Geschichte seines Lebens. Außerdem führt das Gefängnis keine Akten über sein Dasein; und wenn er gleich zehn lange Jahre in einer und derselben Zelle leben muß, so kann er doch nie erfahren, bis zur letzten Stunde nicht, in welchem Teile des Gefängnisses sie liegt, was für Leute um ihn sind, ob in den langen Winternächten lebende Menschen in der Nähe wohnen oder ob er allein in einem einsamen Winkel des großen Gefängnisses liegt und zahllose Wände, Gänge und eiserne Türen zwischen sich und seinem nächsten Mitgefangenen hat.

Jede Zelle hat doppelte Türen; die äußere ist aus festem Eichenholz, die andere aus einem eisernen Gitter, worin sich eine Klappe befindet, durch welche dem Gefangenen seine Nahrung gereicht wird. Er hat eine Bibel, eine Schiefertafel mit einem Stift und bekommt unter gewissen Beschränkungen auch noch andere zu dem Zwecke angeschaffte Bücher, Feder, Tinte und Papier. Sein Rasiermesser, sein Eßgeschirr, sein Trinkgefäß und sein Waschbecken hängen an der Wand oder stehen auf einem kleinen Sims. Jeder Zelle wird durch Röhren frisches Wasser zugeführt, und der Gefangene kann so viel davon verbrauchen, wie er will. Während des Tags klappt er seine Bettstelle an die Wand hinauf, damit er mehr Platz zum Arbeiten gewinne. Sein Weberstuhl, seine Bank, sein Rad, oder was er sonst zu seiner Arbeit bedarf, stehen hier, und hier arbeitet, schläft und erwacht er, zählt den Wechsel der Jahreszeiten, wird er alt.

Der erste Gefangene, den ich sah, saß arbeitend an seinem Webstuhle. Er war schon sechs Jahre da und mußte, glaube ich, noch drei aushalten. Er war als Hehler gestohlener Sachen überführt; doch leugnete er selbst nach so langer

Gefangenschaft noch immer seine Schuld und sagte, man sei zu hart mit ihm verfahren. Es war sein zweites Vergehen.

Er hielt mit seiner Arbeit inne, als wir eintraten, nahm seine Brille ab und antwortete frei auf jede ihm vorgelegte Frage, aber stets nach einer sonderbaren Pause und mit gedämpfter, nachdenklicher Stimme. Er trug einen selbstverfertigten Papierhut und freute sich, als wir es bemerkten und lobten. Aus einigen unbeachteten zusammengesuchten Stücken hatte er auf sehr sinnreiche Weise eine Art Wanduhr verfertigt, zu deren Pendel seine Weinessigflasche diente. Als er sah, daß ich mich für dieses Kunstwerk interessierte, blickte er mit Stolz darauf und meinte, er habe schon daran gedacht, es zu verbessern, und er hoffe, der Hammer und ein kleines Stück zerbrochenes Glas daneben würden in kurzem ein bißchen Musik machen. Aus dem Garn, womit er arbeitete, hatte er sich einige Farben ausgezogen und damit ein paar armselige Figuren auf die Wand gemalt. Die eine, eine weibliche, über der Tür nannte er das „Fräulein vom See".

Er lächelte, als ich zum Zeitvertreib diese Kunstsachen betrachtete; aber als ich davon weg und auf ihn blickte, sah ich, wie seine Lippen zitterten; ich hätte die Schläge seines Herzens zählen können. Ich weiß nicht mehr, wie es kam, daß von seiner Frau gesprochen wurde. Er schüttelte den Kopf, als er das Wort hörte, wandte sich ab und bedeckte sein Gesicht mit beiden Händen.

„Ihr habt Euch aber jetzt darein ergeben?" fragte einer der Herren nach einer kurzen Pause, während deren der Gefangene sich wieder gesammelt hatte. Er antwortete mit einem Seufzer in seiner Hoffnungslosigkeit: „O ja, ja! ich habe mich drein ergeben." – „Und Ihr glaubt, ein besserer Mensch geworden zu sein?" – „Ich hoffe es, gewiß, ich hoffe es." – „Und die Zeit vergeht Euch ziemlich schnell?" – „Die Zeit wird einem sehr lang, meine Herren, innerhalb dieser vier Wände."

Er sah sich um – Gott allein weiß, wie lebenssatt! –, als er diese Worte sagte, und verfiel dabei in einen sonderbaren Starrblick, als wenn er irgend etwas vergessen hätte. Einen

Augenblick darauf stieß er einen schweren Seufzer aus, setzte seine Brille auf und ging wieder an seine Arbeit.

In einer andern Zelle war ein Deutscher, Diebstahls wegen zu fünfjähriger Gefangenschaft verurteilt, wovon gerade zwei Jahre verflossen waren. Mit Farben, die er sich auf dieselbe Weise wie der vorige verschafft, hatte er jeden Zoll an den Wänden und der Decke ganz hübsch bemalt. Im Hintergrunde hatte er die paar Ellen Fußboden mit der zierlichsten Nettigkeit ausgelegt und in der Mitte ein kleines Bett gebaut, welches beinahe wie ein Grab aussah. In allem zeigte er einen außerordentlichen Geschmack und großen Scharfsinn, und doch kann man sich kaum ein gedrückteres, unglücklicheres Wesen denken. Ich sah nie ein solches Gemälde so tiefer Seelenbetrübnis und stiller Verzweiflung. Das Herz blutete mir bei seinem Anblick, und es war wirklich schmerzlich zu sehen, wie die Tränen von seinen Wangen herabbrannten und er einen der Anwesenden beiseite nahm, dessen Rock mit zitternden Händem krampfhaft faßte, um ihn zurückzuhalten und zu fragen, ob er nicht auf eine Milderung seines traurigen Urteils hoffen dürfe. Ich sah und hörte nie von einem Elend, das einen so tiefen Eindruck auf mich gemacht hätte wie die Verzweiflung dieses Mannes.

In einer dritten Zelle befand sich ein langer, starker Schwarzer, ein Einbrecher, und war in seinem Metier beschäftigt, indem er Schrauben und dergleichen verfertigte. Seine Strafzeit war fast abgelaufen. Er war nicht nur ein sehr listiger Dieb, sondern auch bekannt wegen seiner Kühnheit und seines Mutes, und war schon früher oft überführt worden. Er unterhielt uns mit einer langen Beschreibung seiner Taten, die er mit so unendlichem Vergnügen schilderte, daß ihm ordentlich der Mund wässerte bei den pikanten Anekdoten von gestohlenem Silberzeug und alten Frauen, die er, wenn sie mit silbernen Brillen auf der Nase an ihren Fenstern saßen (er mußte ein scharfes Auge für das Metall haben, um es von der andern Seite der Straße aus zu erkennen), belauert und dann beraubt hatte. Dieser Kerl würde bei der geringsten Aufmunterung seine Diebserinnerungen mit dem greulichen Cant gespickt haben; aber ich müßte mich sehr irren, wenn ich sagen wollte, daß etwas über die verstockte Heuchelei hätte gehen können, mit der er erklärte, daß er den Tag segne, an welchem er in dies Gefängnis gekommen, und daß er in seinem Leben keinen Diebstahl mehr begehen wolle.

Es befand sich auch ein Mann hier, dem als besondere Vergünstigung erlaubt war, Kaninchen zu halten. Da in seinem Gemach daher eine sehr übelriechende Luft war, wurde ihm an der Tür zugerufen, auf den Gang herauszukommen. Er gehorchte natürlich. Mit der Hand sein hageres Gesicht vor den durch das große Fenster hereinfallenden, ungewohnten Sonnenstrahlen beschattend, stand er vor uns und sah so abgezehrt und geisterhaft aus, als ob er eben aus dem Grabe heraufbeschworen wäre. Er hatte ein weißes Kaninchen an seiner Brust, und als das Tierchen, auf den Boden fallend, sich wieder in die Zelle zurückstahl und er selbst, nachdem er entlassen worden, schüchtern demselben nachkroch, kam es mir schwer zu bestimmen vor, worin eigentlich der Mensch das edlere von den beiden Tieren sei.

Auch ein englischer Dieb war da, der auf sieben Jahre verurteilt worden, von denen erst einige Tage verflossen waren: ein schurkischer Kerl mit niederer Stirn, dünnen Lippen und weißem Gesicht, der bis jetzt noch keine Lust zeigte, sich von Fremden besuchen zu lassen, und der, wäre es ihm nicht um die verschärfte Strafe gewesen, mich gern mit seinem Schuhmachermesser erstochen hätte. Auch sah ich noch einen andern Deutschen, der das Gefängnis erst gestern betreten hatte; als wir in seine Zelle traten, fuhr er von seinem Bett auf und bat in seinem gebrochenen Englisch recht inständig um Arbeit. Ein anderer war ein Poet, der alle vierundzwanzig Stunden doppelte Tagesarbeit verrichtete, für sich und für das Gefängnis, und dann Seelieder (er war ein Seemann) und Gedichte auf „den berauschenden Rebensaft" und seine Freunde zu Hause schrieb! Überhaupt waren die Gefangenen sehr zahlreich. Manche erröteten beim Anblick von Fremden, andere wurden blaß. Zwei oder drei hatten Gefangene als Wärter bei sich, weil sie sehr krank waren; und einer, ein fetter alter Neger, dem im Gefängnis das Bein abgenommen worden, hatte einen gelehrten und ausgebildeten Chirurgen, der selbst auf Strafe sich hier befand, zum Wärter. Auf der Treppe saß, mit einer leichten Arbeit beschäftigt, ein hübscher farbiger Junge. „In Philadelphia gibt es also kein Asyl für jugendliche Verbrecher?" fragte ich. „O ja, aber bloß für weiße Kinder." O edle Aristokratie des Verbrechens!

Ich interessierte mich sehr für einen Matrosen, der über elf Jahre hier war und in einigen Monaten frei werden sollte. Elf Jahre einsamer Einkerkerung!

„Es freut mich sehr zu hören, daß Eure Zeit bald abgelaufen ist." Was antwortet er? Nichts. Warum starrt er auf seine Hände, warum zerrt er an seinen Fingern und hebt dann und wann den Blick zu den kahlen Wänden empor, die sein Haupt ergrauen sahen? Das ist so seine Gewohnheit, zuweilen.

Sieht er nie einem Menschen ins Gesicht, und kaut er immer so an seinen Händen, als wollte er die Haut von den Knochen trennen? Das ist so eine Grille von ihm, weiter nichts.

Es ist auch eine Grille von ihm, zu sagen, daß er nie ans Freiwerden denke, daß er sich nicht freue, weil die Zeit seiner Entlassung heranrückt, daß er wohl einst daran gedacht habe, aber das sei lange her; und daß er sich um nichts in der Welt mehr kümmere. Es ist ein Eigensinn von ihm, ein hilfloser, gebeugter, herabgewürdigter Mensch sein zu wollen. Und der Himmel ist sein Zeuge, daß ihm vollkommen nach seinem Wunsch geschieht.

In den anstoßenden Zellen befanden sich drei junge Frauen, alle zu gleicher Zeit überführt, sich zur Beraubung ihres Anklägers verschworen zu haben. In der Stille und Einsamkeit ihres Lebens waren sie wirklich schön geworden. Ihr Blick war sehr traurig und würde auch den Strengsten zu Tränen gerührt haben, allein nicht zu jener Art von Rührung, welche der Anblick der Männer erweckt. Die eine war, wie ich mich entsinne, ein junges Mädchen von noch nicht zwanzig Jahren, in deren schneeweißem Gemach die Arbeit eines frühern Gefangenen hing und auf deren zu Boden gesenktem Antlitz die Sonne in all ihrem Glanz durch die hohe

Spalte in der Mauer schien, durch welche man einen schmalen Streifen heitern blauen Himmels erblickte. Sie war sehr
bußfertig und ruhig und hatte sich in ihr Schicksal ergeben,
wie sie sagte (und ich glaube ihr). „Mit einem Worte", sagte
einer meiner Begleiter, „Ihr befindet Euch also hier wohl?"
Sie kämpfte lange mit sich selbst, um „Ja" zu sagen; allein als
sie ihre Augen erhob und jenen Streifen freien Himmels sah,
da brach sie in Tränen aus und sagte, sie bemühe sich, zufrieden zu sein; sie äußere keine Klage; allein es wäre doch natürlich, daß sie zuweilen wünsche, aus dieser einen Zelle her-
ausgehen zu dürfen, sie könne sich nicht helfen; und dabei
schluchzte sie, das arme Geschöpf!

Ich ging an diesem Tage von Zelle zu Zelle, und jedes Gesicht, das ich sah, jedes Wort, das ich hörte, jeder geringfügi-
ge Umstand, den ich bemerkte, steht noch immer vor meiner
Seele in all seiner Schmerzlichkeit. Doch man lasse mich sie
übergehen, um einen angenehmern Blick auf ein nach demselben Plane eingerichtetes Gefängnis zu werfen, das ich später
in Pittsburgh besuchte.

Als ich es in derselben Weise besichtigt hatte, fragte ich
den Direktor, ob er keinen Gefangenen habe, der bald entlassen werde. Einer, antwortete er, wird den nächsten Tag frei;
allein er hat bloß zwei Jahre hier zugebracht.

Zwei Jahre! Ich blickte auf zwei Jahre meines eigenen Lebens zurück – die ich frei, glücklich, umgeben von Segnungen, Bequemlichkeiten und Wohlstand zugebracht –, und ich
bedachte, welch langer Zeitraum dies war und wie lang diese
zwei Jahre mir erst hätten werden müssen, hätte ich sie in einsamer Gefangenschaft durchgelebt. Das Gesicht des Mannes,
der den nächsten Tag erlöst werden sollte, steht noch immer
vor mir. Es ist beinahe merkwürdiger in seinem Glück als die
andern Gesichter in ihrem Elend. Wie leicht wurde es ihm, zu
sagen, daß das System recht gut sei und daß die Zeit ziemlich
geschwind vergehe – verhältnismäßig nämlich.

„Warum rief er Sie zurück, was sagte er Ihnen in so ver-
wirrter Eile?" fragte ich meinen Führer, nachdem er die Tür
wieder verschlossen hatte und mit mir weiterging.

„Nun, er fürchtet, seine Stiefelsohlen paßten nicht zum

Ausgehen, da sie sehr abgetragen gewesen wären, als er hereingekommen, und daß er mir es sehr danken würde, wenn ich sie ihm ausbessern lassen wollte."

Diese Stiefel waren vor zwei Jahren von seinen Füßen genommen und mit seinen übrigen Kleidungsstücken beiseite gelegt worden!

Ich ergriff diese Gelegenheit, um mich zu erkundigen, wie sich die Freigelassenen vor ihrem Abschied benähmen, wobei ich hinzufügte, daß sie wohl sehr zitterten.

„Nun", war die Antwort, „sie zittern wohl dabei, aber es tritt dann bei ihnen mehr eine vollständige Zerrüttung des Nervensystems ein. Sie können ihre Namen in dem Buch nicht unterzeichnen, oft können sie nicht einmal die Feder halten; sie sehen sich um, ohne daß sie zu wissen scheinen, warum oder wo sie sind, und zuweilen stehen sie eine Minute zwanzigmal auf und setzen sich ebenso oft wieder nieder. Dies geschieht im Büro, wohin sie noch mit der Kapuze über dem Kopf geführt werden, so wie sie hereingebracht worden sind. Wenn sie aber vor das Haus kommen, bleiben sie stehen, blicken bald da-, bald dorthin und wissen nicht, welchen Weg sie einschlagen sollen. Zuweilen wanken sie wie betrunken, und manchmal müssen sie sich ans Geländer lehnen, so schlimm ist ihnen; allein nach und nach vergeht das schon."

Während ich diese einsamen Zellen durchwanderte und die Gesichter der Gefangenen darin betrachtete, versuchte ich, mir die ihrer Lage natürlichen Gedanken und Gefühle auszumalen. Ich stellte mir vor, wie ihnen eben die Kapuze abgenommen worden und sie nun den Ort ihrer Gefangenschaft in all seiner traurigen Einförmigkeit vor sich sehen.

Anfangs ist der Gefangene betäubt. Seine Einkerkerung dünkt ihm ein schauerliches Traumbild und nur sein früheres Leben Wirklichkeit. Er wirft sich auf sein Bett und liegt da, eine Beute der Verzweiflung. Nach und nach rütteln ihn die unerträgliche Stille und Öde des Orts aus seiner Erstarrung auf; die Klappe in seiner Gittertür wird geöffnet, und er bittet demütig um Arbeit. „Geben Sie mir zu arbeiten, oder ich werde rasend!"

Er bekommt Arbeit, und dann und wann, ruckweise, tut er was; allein oft erfaßt ihn der Gedanke an die Jahre, die er in diesem steinernen Sarge noch zuzubringen hat, und eine marternde Angst befällt ihn, wenn er an diejenigen denkt, die er nicht mehr sehen kann und über die er nichts mehr erfährt; er springt von seinem Sitz auf, läuft in dem engen Gemach hin und her, mit beiden Händen sich den Kopf haltend, und hört, wie böse Geister ihm zuraunen und ihn in die Versuchung führen, mit dem Kopfe wider die Wand zu rennen.

Er wirft sich abermals auf sein Bett und bleibt da ächzend und stöhnend liegen. Plötzlich springt er auf, er fragt sich, ob noch irgendein Mensch nahe sei, ob auf jeder Seite auch so eine Zelle sein möge wie die seinige, und jetzt horcht er mit gespannter Aufmerksamkeit.

Kein Laut ist zu hören, aber trotzdem können andere Gefangene in der Nähe sein. Er entsinnt sich, einst, als er nicht daran dachte, selbst hierherzukommen, gehört zu haben, die Zellen wären so gebaut, daß die Gefangenen einander nicht hören könnten, obgleich jeder Wärter sie höre. Wo mag sein nächster Nachbar sein? Zur Rechten oder zur Linken? oder ist auf beiden Seiten einer? Wo mag er jetzt sitzen? Mit dem Gesicht dem Licht zugekehrt? oder geht er auf und ab? Wie mag er gekleidet sein? Ist er schon lange hier? Ist er sehr abgezehrt? Sieht er recht blaß und geisterhaft aus? Denkt auch *er* an seinen Nachbarn?

Indem er kaum zu atmen wagt und begierig lauscht, malt er sich bei diesem Gedanken eine Gestalt aus, die ihm den Rücken zukehrt, und stellt sich vor, daß sie in dieser nächsten Zelle auf und ab gehe. Er kann sich keinen Begriff von ihrem Gesicht machen, allein er weiß gewiß, es ist die dunkle Gestalt eines Mannes mit gekrümmtem Rücken. In die Zelle auf der andern Seite denkt er sich eine andere Gestalt, deren Gesicht gleichfalls vor ihm verborgen ist. Tag für Tag, und oft wenn er mitten in der Nacht aufwacht, denkt er an diese beiden Männer, bis er beinahe von Sinnen ist. Seine Einbildungskraft verwandelt diese Gestalten nie mehr. Wie er sich sie anfangs dachte, so stehen sie noch vor ihm – ein Alter zur Rechten, ein Jüngerer zur Linken –; ihre verhüllten Gesichter quälen ihn zu Tode, es umgibt sie etwas Geheimnisvolles, das ihn beben macht.

Die öden Tage gehen hin mit feierlichem Schritt, wie Leidtragende bei einem Begräbnis; und allmählich fängt er an zu fühlen, daß die vier weißen Wände seiner Zelle etwas Entsetzliches für ihn haben: ihre weiße Farbe ist schauervoll, ihr glattes Äußere macht ihm das Blut in den Adern gerinnen, und jener Winkel dort hat etwas Gehässiges, das ihn quält. Jeden Morgen beim Erwachen zieht er das Bettuch über sein Haupt und schaudert, da er sieht, daß noch immer dieselbe grauenhafte Decke auf ihn herabblickt. Das segenvolle Licht des Tages selbst blickt als ein häßliches gespenstisches Gesicht durch den unwandelbaren Mauerspalt, der sein Kerkerfenster ist.

Langsam, aber unaufhaltsam wächst in ihm das Grausen vor jenem verhaßten Winkel, bis es ihm nie mehr Ruhe läßt, seine Träume vergiftet und seine Nächte ihm zum Schrecken macht. Anfangs empfand er bloß ein seltsames Mißbehagen, wenn er hinsah, als erwachte dabei in seinem Hirn ein Etwas von entsprechender Gestalt, das nicht darin sein sollte und seinen armen Kopf mit Pein erfüllte. Dann fing er an, sich vor jenem Winkel zu fürchten, davon zu träumen, als sähe er dort Leute stehen, die seinen Namen flüsterten und auf ihn mit Fingern wiesen. Dann vermochte er weder hinzusehen noch ihm den Rücken zuzukehren. Jetzt ist dort allnächtlich der Schlupfwinkel eines Gespenstes, eines Schattens – eines schweigsamen Etwas, fürchterlich anzusehen; und doch kann er nicht sagen, ob es ein Vogel, eine Bestie oder eine vermummte Menschengestalt ist.

Am Tage, wenn er in seiner Zelle ist, fürchtet er sich vor dem kleinen Hof draußen. Ist er im Hofe, so fürchtet er sich, wieder in die Zelle zu gehen. Kommt die Nacht, so steht wieder das Phantom im Winkel. Wenn er den Mut gewinnt, sich selbst hinzustellen und es aus dem Winkel zu treiben (einmal hatte er den Mut dazu, in der Verzweiflung), so lagert es sich über sein Bett. Im Zwielicht und stets um dieselbe Stunde ruft ihn eine Stimme beim Namen; wie die Finsternis dichter wird, fängt sein Webstuhl an lebendig zu werden; und selbst dieser sein einziger Trost verwandelt sich in eine abscheuliche Gestalt, die ihn anglotzt, bis der Morgen graut.

Allmählich verlieren sich diese grauenhaften Phantasien eine nach der andern; sie kehren zuweilen unvermutet zurück, aber in längern Zwischenräumen und in minder schrecklicher Gestalt. Mit dem Herrn, der ihn besucht, hat er über religiöse Dinge gesprochen; er hat in seiner Bibel gelesen und sich auf seine Schiefertafel ein Gebet aufgeschrieben und an die Wand gehängt, als eine Art von Amulett, das ihn der Gegenwart Gottes und des himmlischen Schutzes versichert. Jetzt träumt er zuweilen von seinen Kindern oder seinem Weib, aber stets mit der Überzeugung, daß sie gestorben sind oder ihn verlassen haben. Er wird leicht zu Tränen gerührt, ist sanft, fügsam und unterwürfig, gebrochen an Geist und Mut. Dann und wann kehrt die alte Angst zurück; die geringste Kleinigkeit, ein bekannter Laut oder ein Blumengeruch in der Luft, ruft sie zurück; aber sie hält nicht mehr lang an, denn die Welt draußen ist jetzt das Traumbild geworden und dieses sein einsames Leben die traurige Wirklichkeit.

Wenn seine Gefängniszeit kurz ist – verhältnismäßig meine ich, denn wirklich kurz kann sie nie sein –, so ist das letzte halbe Jahr beinahe schlimmer als alles; denn da glaubt er, es werde Feuer ausbrechen und er unter den Ruinen des Kerkers verbrennen; oder er fürchtet, daß er hier zu sterben verdammt ist oder daß er auf irgendeine falsche Anklage hin festgehalten und noch auf eine gewisse Zeit verurteilt werden wird, kurz, daß irgend etwas vorfallen müsse, um seine Erlösung zu hintertreiben. Und diese Furcht ist so natürlich, daß sich mit Gründen gegen sie gar nicht kämpfen läßt; denn nach einer so langen Abgeschiedenheit, nach einem solchen Verschwinden aus der Welt und so großen Leiden ist ihm der Einsturz des Himmels glaublicher als die Möglichkeit, wieder der Freiheit und seinen Mitmenschen zurückgegeben zu werden.

Wenn seine Gefängniszeit sehr lang war, so macht ihn die Aussicht auf seine Erlösung verwirrt und bestürzt. Sein gebrochenes Herz schlägt vielleicht einen Augenblick höher, wenn er an die Welt draußen denkt und was sie ihm hätte sein können in all jenen einsam verbrachten Jahren, aber das ist auch alles. Die Kerkertüre war zu lang geschlossen hinter all seinen Hoffnungen, Sorgen und Interessen. Besser, ihr hättet ihn gleich aufgehängt, als ihn dahin zu bringen – und ihn dann fortzuschicken unter die Menschen, die seinesgleichen nicht mehr sind.

Auf dem hagern eingefallenen Antlitz eines jeden dieser Gefangenen lag derselbe Ausdruck. Ich weiß nicht, womit ich ihn vergleichen soll. Er hatte etwas von jener gespannten Aufmerksamkeit, die wir auf den Gesichtern der Blinden und der Tauben sehen, gemischt mit einer Art von Entsetzen, als hätte man sie im geheimen erschreckt. In jeder kleinen Kammer, die ich betrat, und an jedem Gitter, durch das ich sah, glaubte ich dasselbe grausende Antlitz zu schauen. Es lebt in meiner Erinnerung wie mit der Zauberkraft eines merkwürdigen Bildes. Führt mir hundert Menschen vor, und wenn nur einer darunter ist, der nicht lang aus einer solchen einsamen Zelle befreit ist – ich will ihn augenblicklich erkennen.

Die Physiognomien der weiblichen Gefangenen werden, wie ich schon angedeutet, dadurch eher veredelt und milder gemacht. Mag dies von ihrer besseren Natur herrühren, die sich in der Einsamkeit geltend macht, oder davon, daß sie an sich sanftere Wesen sind, von größerer Geduld und ausdauernderer Dulderkraft, ich weiß es nicht; aber es ist so. Daß die Strafe, nach meiner Ansicht, nichtsdestoweniger ebenso grausam und ungerecht bei den Frauen ist wie bei den Männern, brauche ich kaum noch hinzuzufügen.

Es ist meine feste Überzeugung, daß diese Strafe, abgesehen von der Seelenangst, die sie hervorbringt – einer Angst, die so heftig und fürchterlich ist, daß keine Einbildungskraft sich sie denken kann –, den Geist in einen krankhaften Zustand versetzt und für die rauhe Berührung der Außenwelt und ihre geschäftige Tätigkeit für immer untauglich macht. Ich bin überzeugt, daß, wer diese Strafe ausgehalten hat, nicht anders als innerlich zerstört und moralisch krank in die

Gesellschaft zurückkehren kann. Man hat viele Beispiele von Menschen, die gezwungen oder aus freier Wahl ein vollkommen einsames Leben führten; aber ich weiß keinen einzigen, selbst unter den Weisen von starkem Geist und durchdringendem Verstand keinen, bei dem die Folgen sich nicht durch eine gestörte Gedankentätigkeit oder irgendeine Art von Vision und verdüsterter Phantasie offenbart hätten. Was für ungeheuerliche Phantome, Kinder des Zweifels und der Verzweiflung, geboren und großgezogen in der Einsamkeit, sind nicht schon über die Erde geschritten, vor denen die Schöpfung häßlich und das Antlitz des Himmels selbst verfinstert ward!

Der Selbstmord ist unter diesen Gefangenen selten, ja beinahe ganz unbekannt. Aber zugunsten des Systems kann man billigerweise diesen Umstand durchaus nicht anführen, obgleich es sehr häufig geschieht. Jeder, der die Seelenkrankheiten zu einem Gegenstand seines Studiums gemacht hat, wird sehr wohl wissen, daß es einen Grad äußerster Verzweiflung und Niedergeschlagenheit gibt, der den ganzen Charakter eines Menschen untergräbt und alle Spannkraft seines Geistes zerstört, alle Selbständigkeit seines Willens bricht, ohne doch gerade zum Selbstmord zu führen. Dies ist ein Fall, der sehr häufig vorkommt.

Daß es die Sinne abstumpft und allmählich alle körperlichen Kräfte lähmt, davon bin ich völlig überzeugt. Ich bemerkte gegen die Herren, welche mit mir zu Philadelphia in diesem Gefängnis waren, daß die Verbrecher, welche lange gesessen hätten, taub sein müßten. Sie, die daran gewöhnt waren, diese einsamen Menschen beständig vor sich zu sehen, waren ganz erstaunt über meine Idee und hielten sie für grundlos, für eine bloße Einbildung. Und doch bestätigte der allererste Gefangene, den sie befragten – und den sie selbst gewählt hatten –, meine Vermutung (von der er nichts wußte) augenblicklich und sagte mit der aufrichtigsten Miene von der Welt, die gar keinen Zweifel zuließ, er wisse nicht, wie es komme, aber er werde wirklich schwerhörig.

Daß die Strafe außerordentlich ungleichmäßig ist und den schlimmsten Verbrecher am wenigsten berührt, ist außer allem Zweifel. Und ich glaube nicht im mindesten, daß sie als Besserungsmittel wirksamer sein soll als jenes andere Strafsystem, welches den Gefangenen erlaubt, in Gesellschaft zu arbeiten, ohne miteinander zu reden. Alle Beispiele von einer Besserung, die mir aufgezählt wurden, waren der Art, daß ich glaube, sie wäre ebensogut, wo nicht noch gründlicher, durch das Schweigesystem erreicht worden. Was solche Individuen wie den oben geschilderten Neger und den englischen Dieb betrifft, so werden wohl auch die größten Enthusiasten sich nicht mit der Hoffnung schmeicheln, sie zu bekehren.

Mich dünkt, schon der Einwurf, daß nie etwas Gutes oder Heilsames aus solcher unnatürlichen Einsamkeit entsprungen ist und daß selbst ein Hund oder überhaupt jedes verständigere Tier unter ihrem Einfluß hinwelken, verdummen und verrosten würde, müßte an und für sich ein völlig hinreichender Grund gegen dieses System sein. Aber wenn man dazu noch bedenkt, wie hart und grausam es ist und daß ein einsames Leben hier stets ganz besonders beklagenswerte und eigentümliche schlimme Folgen gehabt hat, und wenn man überdem noch erwägt, daß man nicht etwa zwischen diesem System und einem schlechten, sondern zwischen ihm und einem andern zu wählen hat, welches in seiner ganzen Theorie und Praxis anerkannt vortrefflich ist und bereits seine gute Wirksamkeit bewährt hat, so sollte man doch mehr als hinreichenden Grund haben, eine Strafweise aufzugeben, die so wenig verspricht und unstreitig eine solche Unzahl von Übeln in ihrem Gefolge hat.

Zur Erholung von diesen traurigen Betrachtungen will ich das Kapitel mit einer seltsamen Geschichte schließen, die mit demselben Thema zusammenhängt und mir von den dabei beteiligten Herren während unseres Besuchs im Gefängnis mitgeteilt wurde.

Bei einer der periodischen Zusammenkünfte der Inspektoren dieses Gefängnisses trat ein Arbeiter aus Philadelphia vor die Schranken und verlangte in allem Ernst, einsam eingesperrt zu werden. Auf die Frage, was ihn zu diesem seltsamen Begehren bewegen könne, erwiderte er, er habe einen unwiderstehlichen Hang zum Trunk; er gebe sich ihm beständig hin, zu seinem größten Ruin und Verderben; er habe nicht die Kraft, sich selbst zu widerstehen, wünsche daher, gewaltsam aller Versuchung entrückt zu werden, und könne dazu kein besseres Mittel finden als ebendieses. Man machte ihm begreiflich, daß das Gefängnis nur für Verbrecher bestimmt sei, die verhört und gesetzlich verurteilt worden seien, aber keineswegs solchen grillenhaften Wünschen dienen könne; man ermahnte ihn, sich aller berauschenden Getränke zu enthalten, wozu er, wenn er ernstlich wollte, sehr gut imstande sein würde, und entließ ihn mit noch manchem andern guten Rat. Außerordentlich unzufrieden mit dem Erfolg seiner Bittstellung, entfernte er sich.

Allein er kam noch einmal, er kam zum zweiten und zum dritten Male wieder und wurde so ungestüm und zudringlich, daß sie endlich miteinander beratschlagten und sagten: „Wenn wir ihn noch länger abweisen, wird er sich gewiß eines Vergehens schuldig machen und die Strafe wirklich verdienen. Sperren wir ihn ein. Er wird bald froh sein, wenn er nur wieder gehen kann, und dann sind wir ihn los." Sie ließen ihn demnach ein Aktenstück unterzeichnen, damit er nie wegen unrechtmäßiger Einsperrung Beschwerde erheben könne, des Inhalts, daß er seine Haft für eine freiwillige und selbstgewünschte erkläre; dann ersuchten sie ihn, wohl zu merken, daß der Gefangenenwärter den Befehl habe, ihn zu jeder beliebigen Stunde bei Tag oder bei Nacht freizulassen, sobald er zu diesem Zweck an die Tür seiner Zelle klopfen würde, gaben ihm aber auch zu verstehen, daß er, einmal fort, nicht wieder aufgenommen werde. Da er auf diese Bedingungen einging und noch immer auf seinem Wunsch bestand, wurde er zum Gefängnis geführt und in eine der Zelle eingeschlossen.

Und dieser Mensch, der nicht so viel Festigkeit besaß, um ein Glas Branntwein auf dem Tisch unberührt stehen zu lassen, lebte in dieser Zelle, einsam eingekerkert, freiwillig an die zwei Jahre und arbeitete täglich in seinem Gewerbe als Schuhmacher. Da nach diesem Zeitraum seine Gesundheit zu wanken anfing, empfahl ihm der Arzt, dann und wann im Garten zu arbeiten. Das behagte ihm denn gar sehr, und er machte sich denn auch recht munter an seine neue Beschäftigung.

An einem Sommertage grub er da recht fleißig, als zufällig das Pförtchen des äußeren Tores offenstand und ihm draußen die wohlbekannte Landstraße und die sonnverbrannten Felder zeigte. Der Weg stand ihm jeden Augenblick offen wie nur irgendeinem freien Mann auf der Welt, allein kaum hob er den Kopf in die Höhe und sah die Gegend draußen, im Licht der Sonne strahlend, als er mit dem unwillkürlichen Instinkt eines Gefangenen den Spaten wegwarf und, ohne sich einmal umzusehen, so schnell ihn seine Beine nur tragen mochten, auf und davon rannte.

8. KAPITEL

Washington. Die Gesetzgebung. Das Haus des Präsidenten

Wir verließen Philadelphia mit dem Dampfboot um sechs Uhr an einem sehr kalten Morgen und wandten uns nach Washington.

Diesen Tag unserer Reise, wie auch bei spätern Gelegenheiten, trafen wir einige Engländer (in der Heimat kleine Pächter vielleicht oder Gastwirte vom Lande), die sich in Amerika angesiedelt hatten und in ihren Geschäften eine kleine Reise machten. Unter allen Gattungen und Klassen von Menschen, die in den öffentlichen Diligencen der Vereinigten Staaten mit einem zusammenstoßen, sind dies oft die unleidlichsten und unausstehlichsten Reisegefährten. Mit den unangenehmsten Eigenschaften, durch die sich die schlimmste Sorte von amerikanischen Reisenden auszeichnet, verbinden diese unsere Landsleute eine Unverschämtheit und kalte Anmaßung, die ganz abscheulich ist. In der groben, zudringlichen Vertraulichkeit und ausforschenden Neugierde, deren sie sich eifrig befleißen – als ob sie sich nicht genug an den alten Schranken des Anstandes und der Sitte in ihrer Heimat rächen könnten –, überbieten sie alles, was ich in der Art von Eingeborenen selbst gesehen habe; und oft, wenn ich diese Leute sah, wurde mein Patriotismus so stark, daß ich gern eine kleine Geldbuße gezahlt hätte, wenn ich irgendeinem andern Land in der Welt hätte die Ehre zuschanzen können, ihr Vaterland zu sein.

Da man Washington als das Hauptquartier der Tabaksspukker betrachten kann, muß ich endlich offenherzig gestehen, daß die verhaßte Sitte, Tabak zu kauen und zu spucken, uns jetzt nichts weniger als angenehm wurde; es war beinahe zum Krankwerden. An allen öffentlichen Orten in Amerika ist diese Schweinerei eine sanktionierte Mode. In den Gerichtshöfen hat der Richter seinen Spucknapf, der Ausrufer, der Zeuge und der Angeklagte ebenfalls, und auch für die Geschworenen und die Zuschauer ist gesorgt, als für Leute, die natürlich in einem fort ausspeien müssen. In den Hospitälern werden die Studenten der Medizin durch Anschläge an den Wänden ersucht, ihren Tabakssaft in die dazu aufgestellten Näpfe zu speien und nicht die Treppen zu verunreinigen. In öffentlichen Gebäuden werden Fremde auf dieselbe Weise ersucht, die Essenz ihrer Tabakspriemchen in die National-Spucknäpfe und nicht an die Piedestals oder marmornen Säulen zu speien. Aber in manchen Gegenden findet man diesen Gebrauch bei jeder Mahlzeit, bei jedem Morgenbesuch und überhaupt überall im geselligen Verkehr. Der Fremde, der das gesellschaftliche Leben in derselben Weise beobachtet wie ich, wird in Washington das Speien in voller Blüte, im höchsten Glanze und in all seiner beunruhigenden Rücksichtslosigkeit finden; er glaube ja nicht (wie ich einst tat, zu meiner Schande muß ich es gestehen), daß frühere Touristen in ihren Schilderungen es übertrieben haben. Die Sache an sich selbst ist eine Übertreibung der Unflätigkeit, die nicht übertroffen werden kann.

An Bord dieses Dampfbootes befanden sich zwei junge Gentlemen mit, wie es einmal Mode ist, umgeschlagenen Hemdkragen und sehr dicken Spazierstöcken; sie stellten zwei Stühle in die Mitte des Verdecks ungefähr vier Schritte voneinander auf, nahmen ihre Tabaksdosen hervor und setzten sich einander gegenüber, um das edle Kraut zu kauen. In weniger als einer Viertelstunde hatten diese hoffnungsvollen Jünglinge eine tüchtige Menge gelben Saftes um sich niederregnen lassen, wodurch sie eine Art magischen Kreis bildeten, innerhalb dessen sich niemand wagte und den sie ununterbrochen wieder auffrischten, sobald ein Fleckchen trokken war. Da dies gerade vor dem Frühstück geschah, so verursachte es mir, ich muß gestehen, beinahe Übelkeit; allein da ich aufmerksam einen der Ausspeienden beobachtete, sah ich deutlich, daß er noch ungeübt im Tabakkauen und ihm selbst nicht wohl zumute war. Ich fühlte ein inniges Vergnügen bei dieser Entdeckung, und als ich bemerkte, wie sein Gesicht immer blasser wurde und wie infolge der unterdrückten Übelkeit der Tabaksknäuel hinter seiner linken Wange zitterte, wobei er jedoch im Wetteifer mit seinem älteren Freunde immer ausspie und kaute und wieder ausspie, da hätte ich ihm um den Hals fallen und ihn bitten mögen, noch stundenlang so fortzufahren.

Wir setzten uns alle zu einem behaglichen Frühstück unten in der Kajüte nieder, bei welchem es nicht mehr Eile und Verwirrung gab als bei einer solchen Mahlzeit in England und wo sicherlich die Höflichkeit besser beobachtet wurde als bei den meisten unserer Landkutschenbankette. Ungefähr um neun Uhr kamen wir an der Eisenbahnstation an und fuhren mit dem Wagen weiter. Zu Mittag stiegen wir aus, um wieder auf einem Dampfschiff über einen breiten Fluß zu setzen; wir landeten an einer Fortsetzung der Eisenbahn am andern Ufer und fuhren wieder mit dem Zug weiter, mit dem wir im Laufe der nächsten Stunde über mehr als viertelstundenlange hölzerne Brücken, über zwei Buchten wegfuhren, welche Great und Little Gunpowder hießen. Die Wasserfläche beider war fast ganz überdeckt von schwarzen Enten, die ein delikates Gericht abgeben und in dieser Jahreszeit sich in großer Menge hier aufhalten.

Diese Brücken sind von Holz, haben kein Geländer und just hinreichende Breite für die Überfahrt der Züge, welche beim geringsten Unfall unvermeidlich hinunterstürzen würden. Es sind schreckenerregende Kunstwerke und nehmen sich am besten aus, wenn man sie passiert hat.

Wir blieben in Baltimore, und da wir uns jetzt in Maryland befanden, wurden wir zum erstenmal von Sklaven bedient. Das Gefühl, Dienste von menschlichen Geschöpfen verlangen zu müssen, die gekauft und verkauft werden, war nicht beneidenswert. Die Sklaverei besteht vielleicht in ihrer am wenigsten abstoßenden und gemildertsten Form in einer Stadt wie dieser; aber sie bleibt doch immer Sklaverei; und obwohl ich dabei völlig unschuldig war, erfüllte mich doch ihr Anblick mit einer Art von Scham.

Nach Tische gingen wir wieder zur Eisenbahn, um mit derselben nach Washington zu fahren. Da es noch ziemlich zeitig war, kamen alle Männer und Knaben, die gerade nichts Besseres zu tun hatten und neugierig auf Fremde waren, an den Wagen, in dem ich saß, ließen alle Fenster nieder, steckten Kopf und Schultern herein, stemmten sich dabei ganz bequem auf ihre Ellbogen und stellten mit einer Gleichgültigkeit, als ob ich eine ausgestopfte Figur wäre, Betrachtungen und Vergleiche über mein Äußeres an. Ich bekam nie so ungenierte Aufschlüsse wie bei dieser Gelegenheit über meine Nase und Augen, über den verschiedenen Eindruck, den mein Mund und Kinn auf verschiedene Gemüter mache, und wie mein Kopf von hinten betrachtet aussähe. Einige Gentlemen beruhigten sich nicht eher, als bis sie ihren Tastsinn mit zu Hilfe genommen hatten, und einige der Jungen (die in Amerika erstaunlich frühreif und naseweis sind) waren nicht einmal damit zufrieden, sondern wiederholten ihren Angriff immer wieder von neuem. Wie mancher kleine Präsident in spe kam mit der Mütze auf dem Kopfe und den Händen in den Taschen in mein Zimmer und starrte mich zwei ganze Stunden unaufhörlich an, wobei er sich zur Erholung zuweilen an der Nase zwickte oder einen Schluck aus dem Wasserkrug tat oder an das Fenster ging und andere Knaben auf der Straße unten einlud, heraufzukommen und es ebenso wie er zu machen, indem er rief: „Hier ist er!“ – „Kommt herauf!“ – „Bringt alle eure Kameraden mit!“ und dergleichen gastfreundliche Bitten mehr.

Wir erreichten Washington ungefähr halb sieben Uhr und hatten unterwegs eine reizende Ansicht des Kapitols, eines schönen Gebäudes in korinthischem Stil auf einer weithin herrschenden Anhöhe. Am Hotel angekommen, sah ich an diesem Abend weiter nichts vom ganzen Ort, denn ich war sehr müde und freute mich, ins Bett zu kommen.

Am andern Morgen nach dem Frühstück gehe ich ein paar Stunden durch die Straßen; wieder zu Hause angekommen, mache ich ein Fenster auf und gucke hinaus. Da liegt Washington frisch vor meiner Seele und meinen Blicken.

Man nehme die schlechtesten Teile von City Road und Pentonville* mit all ihren sonderbaren Eigentümlichkeiten,

* Stadtteile Londons (Anmerkung des Übersetzers).

148

aber besonders mit den kleinen Läden und Wohnungen, welche Möbelhändler, Wirte schäbiger Speisehäuser und Vogelliebhaber daselbst (aber nicht in Washington) bewohnen. Man brenne dies alles nieder, baue es wieder aus Holz und Kalk auf, erweitere es ein wenig, tue einen Teil von St. John's Wood dazu; man hänge an jedes Privathaus grüne Jalousien und in jedes Fenster einen weißen und roten Vorhang; man pflüge alle Straßen auf, pflanze eine Menge groben Rasen überall, wo er nicht hingehört, errichte drei schöne Gebäude aus Stein und Marmor an irgendeiner Stelle, aber je abgelegener, desto besser; das eine nenne man das Postamt, das andere das Patentamt, und das dritte die Schatzkämmerei, man denke sich die Luft des Morgens sengend heiß und des Abends eisig kalt und errege zuweilen einen Tornado von Wind und Staub; man lasse einen Ziegelplatz, jedoch ohne Ziegel, an allen Zentralpunkten stehen, wo man natürlicherweise eine Straße erwartet – und man hat Washington.

Das Hotel, in dem wir wohnen, besteht aus einer langen Reihe kleiner Häuser mit der Front nach der Straße, die hinten einen großen Hof haben, in welchem eine große Triangel hängt. Wird ein Diener verlangt, so tut man einen bis sieben Schläge; je nach der Nummer des Hauses, in welchem er gebraucht wird, auf diese Triangel; und da immer alle Diener verlangt werden, keiner von ihnen aber sich sehen läßt, so ertönt diese erheiternde Maschine den ganzen Tag hindurch. In demselben Hofe wird auch Wäsche getrocknet; Sklavinnen, mit wollenen Tüchern um den Kopf, rennen geschäftig hin und wider, schwarze Aufwärter kommen und gehen, mit Tellern in der Hand; zwei große Hunde spielen auf einem Haufen loser Ziegelsteine in der Mitte des Hofes; ein Schwein liegt nicht weit davon, sonnt sich und grunzt vor Wollust – und weder die Sklavinnen noch die Aufwärter, noch die Hunde, noch das Schwein, noch irgendeine geschaffene Kreatur nimmt die geringste Notiz von der Triangel, welche die ganze Zeit über läutet, daß man toll werden möchte.

Ich gehe ans Vorderfenster und blicke über die Straße auf

eine lange, unzusammenhängende Reihe von einstöckigen Häusern; diese endet fast gegenüber, aber ein wenig zur Linken, in einem trübseligen, mit dürftigem Gras bewachsenen Plätzchen, welches einem Stück Land gleicht, das sich dem Trunk ergeben und sein früheres Ansehen verloren hat. In einer Stelle dieses offnen Raumes, aber ganz verkehrt steht gleich einem Meteor, der vom Monde gefallen ist, ein einseitiges, einäugiges Ding von hölzernem Gebäude, das wie eine Kirche aussieht, mit einem Flaggenstock, der so lang wie er selbst, aus einem Turme, etwas größer als eine Teekiste, hervorragt. Unter dem Fenster befindet sich ein kleiner Standplatz von Kutschen, deren Sklavenkutscher sich auf den Stufen zu unsrer Tür sonnen und müßig zusammen schwatzen. Die drei aufdringlichsten Häuser in der Nähe sind die drei schlechtesten. Auf dem einen, einem Laden, der nie etwas im Fenster stehen hat und dessen Tür sich niemals öffnet, steht mit großen Buchstaben geschrieben: *The City Lunch.* In dem andern, das wie der hintere Eingang zu einem Hause aussieht, aber ein besonderes Gebäude für sich ist, kann man Austern jeder Sorte bekommen. In dem dritten, einem ganz kleinen Schneiderladen, werden Hosen nach dem Maß gemacht. Das ist unsere Straße in Washington.

Washington wird zuweilen die „Stadt der großartigen Entfernungen" genannt, doch könnte sie passender die „Stadt der großartigen Absichten" heißen; denn nur wenn man sie von der Spitze des Kapitols in der Vogelperspektive betrachtet, kann man die hohen Ideen ihres Gründers, eines hochstrebenden Franzosen, verstehen. Breite Avenuen, die im Nichts beginnen und nirgends hinführen, meilenlange Straßen, denen bloß die Häuser, Fahrwege und Einwohner fehlen, öffentliche Gebäude, denen, um vollkommen zu sein, bloß ein Publikum mangelt, und Verzierungen großer Straßen, denen bloß eine große Straße zur Zierde fehlt, sind die Haupteigentümlichkeiten der Stadt. Man möchte fast denken, die Saison sei vorüber und die Häuser samt ihren Bewohnern hätten die Stadt verlassen. Bewunderern von Städten bietet diese Stadt einen schönen Tummelplatz für ihre Phantasie: ein Monument, das einem dahingeschiedenen Pro-

jekt errichtet wurde und nicht einmal eine leserliche Inschrift hat, die verschwundene Größe desselben der Nach-
welt zu melden.

So wie die Stadt jetzt ist, wird sie wahrscheinlich auch
bleiben. Ursprünglich wurde sie zum Sitz der Regierung gewählt, um dadurch die widerstreitenden Interessen und die
Eifersucht der verschiedenen Staaten abzuwenden, und sehr
wahrscheinlich auch deshalb, weil sie keinen Pöbel hat – ein
selbst in Amerika nicht geringzuachtender Gesichtspunkt. Sie
hat weder Gewerbe noch eignen Handel, denn außer dem
Präsidenten und seiner Haushaltung, den während der Sitzung hier wohnenden Mitgliedern der gesetzgebenden Körperschaft, den in den verschiedenen Departments angestellten Beamten, den Hotel- und Gastwirten und den Händlern,
die deren Tafeln versorgen, hat sie wenig oder keine Einwohner. Auch ist die Luft hier sehr ungesund. Sicher werden sich
nur wenige in Washington niederlassen, die nicht dazu gezwungen sind; und die Fluten der Auswanderung und Spe-
kulation, diese reißenden, rücksichtslosen Ströme, werden
wahrscheinlich niemals einem so stillstehenden unreinen Gewässer zufließen.

Die Hauptvorzüge des Kapitols sind natürlich die zwei
Versammlungshäuser. Aber außerdem befindet sich im Mit-
telpunkt des Gebäudes eine schöne Rotunde von 96 Fuß im
Durchmesser und ebensoviel Fuß Höhe, deren kreisförmige
Wand in mit historischen Gemälden geschmückte Felder abgeteilt ist. Vier dieser Gemälde haben Hauptbegebnisse des
Revolutionskampfes zum Gegenstand. Sie sind vom Oberst
Trumbull gemalt, der zu jener Zeit selbst Mitglied von
Washingtons Stab war, durch welchen Umstand sie ein besonderes Interesse erhalten. Hier ist auch jüngst Mr. Greenoughs
große Statue von Washington aufgestellt worden. Sie hat natürlich sehr viel Vorzügliches, doch kam sie mir etwas zu gezwungen und unnatürlich vor. Ich hätte indessen gewünscht,
sie in einer bessern Beleuchtung betrachten zu können, denn
so wie sie jetzt steht, wird sie sich nie vorteilhaft ausnehmen.

Es befindet sich auch eine sehr schöne und bequeme Bibliothek im Kapitol, und von einem Balkon an der Vorderseite

bietet sich dem Auge eine prächtige Aussicht auf die Stadt und ihre Umgegend dar. In einem der verzierten Teile des Gebäudes steht eine Statue der Gerechtigkeit, von welcher der Führer sagt: „Der Künstler hatte anfangs die Idee, mehr Nacktheit zu geben, allein man sagte ihm, daß das öffentliche Gefühl hier zu Lande dadurch verletzt werden würde, und in seiner Vorsicht ist er vielleicht in das entgegengesetzte Extrem verfallen." Die arme Gerechtigkeit! man läßt sie in Amerika ganz andere Kleider tragen als die, in welchen sie im Kapitol schmachtet. Wir wollen hoffen, daß sie, seit jene gemacht wurden, ihren Schneider gewechselt und daß das öffentliche Gefühl des Landes nicht gerade jetzt die Kleider ausgeschnitten hat, in die sie ihre liebliche Gestalt hüllt.

Die Repräsentantenkammer ist ein schöner, großer halbkreisförmiger, von Pfeilern gestützter Saal. Ein Teil der Galerie ist für Damen bestimmt; dort sitzen sie auf den Vorderbänken, kommen und gehen wie im Theater oder Konzert. Der Stuhl des Vorsitzenden hat einen Baldachin und ist bedeutend über den Fußboden erhöht. Jedes Mitglied hat einen Lehnstuhl und vor sich ein Schreibpult, was manche Leute für eine höchst unglückselige, unkluge Einrichtung halten, weil sie zu langen Sitzungen und prosaischen Reden veranlaßt. Der Saal nimmt sich für das Auge sehr elegant aus, ist aber ganz besonders schlecht zum Hören eingerichtet. Dem kleineren Senatsaal kann dieser Vorwurf nicht gemacht werden, vielmehr ist dieser dem Gebrauche, zu dem er bestimmt ist, ganz gut angemessen. Die Sitzungen finden, wie ich zu bemerken wohl kaum nötig habe, während des Tags statt, und die parlamentarischen Formen sind dieselben wie im Mutterlande.

Als ich später durch andere Orte kam, wurde ich zuweilen gefragt, ob die Häupter der Gesetzgeber in Washington nicht einen tiefen Eindruck auf mich gemacht hätten, und man meinte mit dem Worte Häupter nicht etwa ihre vorzüglichsten Redner, sondern buchstäblich ihre individuellen, persönlichen Köpfe, auf denen ihr Haar wuchs und durch welche der phrenologische Charakter jedes Legislators sich ausdrückte. Aber ebensooft erstarrte der mich Fragende vor unwilliger Bestürzung, wenn ich antwortete: „Nein, ich kann mich nicht entsinnen, daß ich hingerissen worden wäre." Da ich, komme, was da wolle, dieses Geständnis hier wiederholen muß, so will ich auch meine Ansicht hierüber mit so wenig Worten als möglich darlegen.

Erstlich – und dies mag von einer unvollkommenen Entwicklung meines Ehrfurchtsorganes herrühren – entsinne ich mich nicht, beim Anblick einer gesetzgebenden Körperschaft nur einmal ohnmächtig oder zu Tränen freudigen Stolzes gerührt worden zu sein. Ich habe das Unterhaus ertragen wie ein Mann und habe im Oberhaus keiner Schwäche nachgegeben, außer der Schläfrigkeit. Ich habe Wahlen für Städte und Bezirke gesehen und nie den Antrieb gefühlt (gleichviel, welche Partei gewann), meinen Hut zu verderben, indem ich ihn im Triumph in die Luft geworfen, oder mich heiser zu schreien, indem ich irgendein Wort über unsere rühmliche Verfassung, die edle Reinheit unserer unabhängigen Wähler oder die untadelige Rechtschaffenheit unserer unabhängigen Abgeordneten hervorgebrüllt hätte. Da ich so starken Angriffen auf meine Festigkeit widerstanden habe, ist es möglich, daß ich in solchen Sachen von kaltem, fühllosem, eiskaltem Temperament bin; und daher müssen auch die Eindrücke, welche die lebendigen Säulen des Kapitols zu Washington auf mich machten, mit so viel Nachsicht aufgenommen werden, wie dieses freie Bekenntnis zu verlangen scheinen mag.

Sah ich in dieser öffentlichen Vereinigung eine Versammlung von Männern, verbunden im heiligen Namen der Freiheit, welche die keusche Würde dieser Gottheit in allen ihren Diskussionen dergestalt bewahrten und festhielten, daß sie zugleich die ewigen Prinzipien, welchen sie ihren Namen gegeben, und ihren Charakter und den Charakter ihrer Landsleute, vor den bewundernden Augen der ganzen Welt erhöhten?

Nur erst vor einer Woche stand ein silberhaariger Greis, eine dauernde Ehre für das Land, das ihn geboren, der seinem Vaterlande sowie seine Vorfahren gute Dienste geleistet hatte und an den noch lange Jahre, nachdem die Würmer ihn verzehrt haben werden, sich alle erinnern werden – nur vor einer Woche noch stand dieser Greis tagelang zum Verhör vor dieser Versammlung, weil er angeklagt war, die Schändlichkeit jenes fluchwürdigen Handels behauptet zu haben, der mit Männern und Frauen und deren noch ungeborenen Kindern getrieben wird. Ja, und in derselben Stadt sieht man in vergoldetem Rahmen und Glas, überall zur allgemeinen Bewunderung ausgehängt, Fremden nicht mit Scham, sondern mit Stolz gezeigt, mit der Frontseite nicht nach der Wand zugekehrt, auch nicht herabgenommen und verbrannt, die einmütige Erklärung der Dreizehn Vereinigten Staaten von Amerika, welche feierlich bekennt, daß alle Menschen gleich geschaffen und von ihrem Schöpfer mit den unveräußerlichen Rechten des Lebens, der Freiheit und des Strebens nach Glück begabt seien!

Vor weniger als einem Monat hatte dieselbe Versammlung ruhig dagesessen und zugehört, wie ein Mitglied, einer von ihnen, mit Flüchen, deren sich das gemeinste Lumpenvolk in der Besoffenheit schämen würde, einem Gegner drohte, ihm den Hals abzuschneiden. Und da saß er, in ihrer Mitte, und keine allgemeine Stimme der Entrüstung erhob sich, ihn niederzuschmettern, nein, er blieb ein ehrenwerter Mann wie die andern.

Eine Woche später wurde ein anderes Mitglied dieser Versammlung vor Gericht gestellt, schuldig befunden und von den übrigen verurteilt, weil er seine Pflicht erfüllt gegen diejenigen, die in ihrem Namen und zu ihrer Vertretung ihn hierhergesandt hatten, weil er in einer Republik ihr Recht und ihre Freiheit verfochten hatte, zu sagen, was ihre Meinung war, und ihre Bitten offenkundig zu machen. Seine Schuld war allerdings gar groß; er hatte sich erhoben und gesagt: „In diesem Augenblick zieht eine Kette von Sklaven und Sklavinnen, die zu verkaufen sind und, wie der Verkäufer bürgt, sich wie das liebe Vieh vermehren, durch die offenen Straßen unter den Fenstern eures Tempels der Gleichheit hin! Seht!" Aber das Glück der Menschheit zu erjagen gehen allerhand Jäger aus, und sie sind mit allerhand gar verschiedenen Waffen gerüstet. Manche von ihnen besitzen das unveräußerliche Recht, ihr eigenes Glück sich zum Ziel zu stellen, bewehrt mit der Sklavenpeitsche, dem Block und dem eisernen Halsband, und ihr Hallo (alles zum Lob und Preis der Freiheit) mit der Musik der klirrenden Kette und dem Schall blutiger Hiebe zu begleiten.

Und auf welcher Seite saßen denn die Gesetzgeber mit den gemeinen Drohungen, mit den Schimpfworten und Schlägen, wie sie die Kohlenträger gegenseitig austeilen, wenn sie die Lehren ihrer guten Erziehung vergessen? Auf beiden Seiten. Jede Sitzung veranlaßt Anekdoten dieser Art, und die Akteure, die darin figurierten, waren alle da zu finden.

War es möglich, in dieser Versammlung die Männer wiederzuerkennen, die den Auftrag haben, in einer neuen Welt einige von den Falschheiten und Lastern der alten gutzumachen, welche die Zugänge zur Öffentlichkeit reinigten, die schmutzigen Wege zu Macht und Stellung pflasterten, für das Gemeinwohl Gesetze berieten und erließen und keine Partei kannten als die ihres Vaterlandes?

Ich sah in ihnen das Räderwerk, welches dazu dient, das Gebäude einer tugendhaften Politik auf die schmählichste Weise zu untergraben und umzukehren. Verächtliche Wahlintrigen; verstecktes Gaunerspiel mit bestochenen Beamten; feige Angriffe auf jeden Gegner, bei denen aberwitzige Zeitungen als Schild und gemietete Federn als Dolche dienen; schmachvolle Kriecherei vor feigen Schurken, deren einziges Recht auf Anerkennung sich darauf gründet, daß sie täglich und wöchentlich neuen Samen der Verderbnis aussäen mit ihren käuflichen Typen, die den Drachenzähnen der alten Sage gleichen, nur daß sie nicht so scharf sind; ein Hegen und Pflegen aller bösartigen Gelüste der öffentlichen Meinung, während deren gute Einflüsse durch Gewalt und Hinterlist unterdrückt werden: solche und ähnliche Dinge oder, mit einem Wort, die ehrlose Parteilichkeit in ihrer verderbtesten und schamlosesten Gestalt glotzte aus allen Winkeln der überfüllten Halle hervor.

Sah ich unter ihnen den Verstand und die Bildung, das treue, ehrliche, patriotische Herz Amerikas? Hie und da war ein Tropfen seines Blutes zu sehen, aber der reichte kaum hin,

den Strom von verzweifelten Abenteurern zu färben, der
nach Gewinn und Sold dahinstürmt. Es ist ein Kunstgriff
dieser Leute und ihrer verworfenen Organe, den politischen
Streit so roh und bestialisch zu machen, so zerstörend für alles höhere Selbstgefühl, daß alle gemütvollen und edler den-
kenden Charaktere sich von ihm fernhalten und ihnen und
ihresgleichen das Schlachtfeld überlassen, auf dem sie dann
ungehindert ihre selbstsüchtigen Zwecke verfolgen. Und so
entsteht diese niedrigste aller Katzbalgereien, und jene, die
in andern Ländern, ihrer Stellung und Einsicht gemäß, sich
am meisten bemühen würden, ihrem Beruf zur Gesetzgebung
zu folgen, ziehen sich hier so weit als möglich von diesem er-
niedrigenden Geschäft zurück.

Daß es trotzdem unter den Volksvertretern in beiden
Häusern und unter allen Parteien einige Männer von edlem
Charakter und großen Fähigkeiten gibt, brauche ich nicht
erst zu sagen. Die hervorragendsten unter diesen Staatsmän-
nern, die man in Europa kennt, sind schon geschildert worden, und ich finde daher keinen Grund, von meinem Vor-
satz, keine Persönlichkeit zu berühren, gerade hier abzugehen. Genug, wenn ich hinzufüge, daß ich die günstigsten je
über sie gefällten Urteile von ganzem Herzen gern unter-
schreibe und daß die persönliche Bekanntschaft und der freie
geistige Verkehr mit ihnen meine Bewunderung und Ehr-
furcht vor ihrem Charakter sehr gesteigert haben. Es sind
Männer, deren Anblick imponiert; sie sind schwer zu täuschen, rasch im Handeln, tatkräftig wie die Löwen, Indianer
in der Glut ihres Auges und Gebärdenspiels, Crichtons in der
Mannigfaltigkeit ihrer Kenntnisse, Amerikaner in der Kraft
und Hochherzigkeit ihrer Triebfedern; und sie vertreten die
Ehre und Weisheit ihres Vaterlandes zu Hause ebenso gut
wie der ausgezeichnete Mann, der jetzt ihr Botschafter am
britischen Hofe ist, im Auslande.

Ich habe beide Häuser während meines Aufenthaltes in
Washington beinahe täglich besucht. Bei meinem ersten Be-
such im Haus der Repräsentanten kämpften sie gegen einen
Beschluß des Präsidenten, allein dieser gewann. Das zweite
Mal wurde der Gentleman, der eben sprach, durch ein Ge-

lächter unterbrochen; er äffte es nach, wie ein kleiner Junge im Streit mit einem andern tun würde, und meinte noch, er werde die ehrenwerten Herren von der Gegenseite gleich lehren, andere Gesichter zu machen. Unterbrechungen fallen aber selten vor, da man den Sprecher gewöhnlich in Ruhe anhört. Zänkereien sind häufiger als bei uns, und Drohungen werden ausgestoßen, wie sie sonst in keiner gebildeten Gesellschaft unseres Wissens üblich sind; dagegen sind die künstlichen Hühnerhofkonzerte, die man im Parlament des Vereinigten Königreichs von Großbritannien hört, in Amerika noch nicht eingeführt worden. Die beliebteste und gebräuchlichste Redefigur ist die hartnäckige Wiederholung desselben Gedankens oder Schattens von einem Gedanken in andern Worten; und die Nachfrage vor der Türe lautet nicht: „Was hat er gesprochen?", sondern: „Wie lang hat er gesprochen?" Dies ist jedoch nur eine gründlichere Befolgung eines Grundsatzes, der auch anderswo vorherrscht.

Der Senat ist eine ehrenhafte und würdevolle Körperschaft, und die Verhandlungen werden in großer Ordnung und mit feierlichem Ernst gepflogen. Beide Häuser sind mit hübschen Teppichen belegt; allein der Zustand, in den diese Teppiche durch die allgemeine Ignorierung des Spucknapfes geraten, der jedem der ehrenwerten Mitglieder zur Verfügung gestellt ist, und die außerordentlichen Verschönerungen, die auf dem gewirkten Muster dadurch angebracht werden, daß es von allen Seiten bespritzt und bespien wird, lassen sich gar nicht beschreiben. Ich muß nur bemerken, daß ich jedem Fremden raten will, nicht auf den Fußboden zu sehen; und wenn er vielleicht etwas fallen gelassen hat, sei es auch seine Geldbörse, es um keinen Preis aufzuheben, ohne erst seine Handschuhe anzuziehen.

Es ist, gelinde gesagt, ein merkwürdiges Schauspiel, so viele ehrenwerte Herren mit geschwollenen Backen zu sehen, und es kommt einem nicht minder seltsam vor, wenn man entdeckt, daß diese Geschwulst von der Masse Tabak herrührt, welche sie sehr geschickt in die hohle Backe zu stopfen verstehen. Es ist auch ein seltsamer Anblick, einen ehrenwerten Herrn zu sehen, der mit dem Rücken an der Lehne sich im Sessel wiegt, die Beine auf den Schreibtisch streckt, mit dem Federmesser sich ein passendes Priemchen schneidet und, wenn es fertig ist, das alte aus dem Munde schießt wie aus einer Knallbüchse, um das neue an seiner Statt hineinzupfropfen.

Es überraschte mich zu bemerken, daß selbst alte, erfahrene Tabakkauer nicht immer gute Schützen sind, was mir beinahe an der allgemeinen Geschicklichkeit der Amerikaner im Büchsenschießen, wovon wir in England so viel gehört haben, einen Zweifel einflößen könnte. Mehrere Herren besuchten mich, die im Laufe des Gesprächs den Spucknapf oft auf fünf Schritte verfehlten, und einer (doch der war gewiß kurzsichtig) traf auf drei Schritt die geschlossene Fensterscheibe statt der offenen. Bei einer andern Gelegenheit, als ich außer Hause zu Tische war, saß ich vor dem Diner mit zwei Damen und mehreren Herren ums Feuer, und einer aus der Gesellschaft verfehlte das Feuer sechs unterschiedliche Male. Ich möchte jedoch annehmen, es rührte daher, daß er nicht gezielt hatte, da sich vor dem Feuereisen ein weißer marmorner Herd befand, der ihm bequemer gelegen war und wohl auch seinem Zweck besser diente.

Das Patentamt in Washington gibt ein außerordentliches Bild von amerikanischem Unternehmungs- und Erfindungsgeist; denn die unermeßliche Anzahl von Modellen, die es enthält, sind das Resultat einer bloß fünfjährigen Sammlung: der ganze, früher angehäufte Reichtum ist durch eine Feuersbrunst zugrunde gegangen. Die Post ist ein sehr solides und schönes Gebäude. In einer ihrer Abteilungen sind unter andern Seltenheiten und Merkwürdigkeiten die Geschenke niedergelegt, die von Zeit zu Zeit den amerikanischen Gesandten an fremden Höfen von den verschiedenen Potentaten, bei denen sie von seiten der Republik beglaubigt waren, gemacht worden sind; das Gesetz erlaubt ihnen nämlich nicht, dergleichen Präsente zu behalten. Ich muß gestehen, daß mir dies eine peinliche Ausstellung war, die nach meiner Ansicht für den Nationalbegriff von dem, was Ehre und Ehrbarkeit sind, nichts weniger als schmeichelhaft vorkommt. Das kann kaum ein hoher Grad sittlicher Bildung sein, wo man einen Mann von Ruf und Stellung für fähig hält, sich in der Ausübung seiner Pflicht durch eine geschenkte Schnupftabaksdose oder einen reich besetzten Degen oder einen türkischen Schal bestechen zu lassen; und gewiß wird eine Nation, die zu ihren Dienern Vertrauen hat, besser bedient werden als eine, welche ihre Beamten zum Gegenstand eines so niedrigen und kleinlichen Verdachtes macht.

Zu Georgetown, in der Vorstadt, ist ein Jesuitenkollegium, welches köstlich gelegen ist und, soweit ich es beobachten konnte, gut geleitet wird. Viele, die der römisch-katholischen Kirche nicht angehören, benützen, glaube ich, diese Anstalt und die vorteilhafte Gelegenheit, die sie ihnen zur Erziehung ihrer Kinder bietet. Die Anhöhen in der Umgegend, über dem Potomac River, sind sehr pittoresk und auch frei, wie ich denke, von einigen der ungesunden Verhältnisse Washingtons. Die Luft in dieser hohen Region war ganz kühl und erfrischend, während sie in der Stadt brennend heiß war.

Das Palais des Präsidenten wüßte ich, sowohl nach dem Innern wie nach dem Äußern, mit nichts anderem zu vergleichen als mit einem englischen Klubhaus. Ringsum sind hübsche und fürs Auge recht gefällige Gartenwege angelegt; doch haben sie das Unangenehme, daß sie aussehen, als ob sie erst gestern entstanden wären, was der Wirkung von solchen Schönheiten großen Eintrag tut.

Zum erstenmal sah ich dies Haus am Morgen nach meiner Ankunft. Ein Beamter, der die Güte haben sollte, mich dem Präsidenten vorzustellen, führte mich hin.

Wir traten in eine große Vorhalle, und nachdem wir zwei- oder dreimal die Glocke gezogen, ohne daß uns jemand öffnete, gingen wir ohne weitere Umstände durch die Zimmer im Erdgeschoß, gleich mehreren anderen Gentlemen, die meist den Hut auf dem Kopf und die Hände in der Tasche hatten. Manche dieser Herren hatten ihre Frauen mit und führten sie im Hause herum, ihnen die Wirtschaftsgebäude zu zeigen; andere lungerten auf Stühlen und Sofas umher; wieder andere, matt und müde vor Langeweile, gähnten fürchterlich. Der größere Teil der Gesellschaft zeigte bloß seine souveräne Oberherrlichkeit und hatte im Grunde nichts da zu tun. Einige wenige besahen sich sehr genau die Möbel, wie um sich zu überzeugen, ob der (nichts weniger als populäre) Präsident nicht etwas vom Hausgerät, welches als öffentliches Gut am Hause haftet, beiseite geschafft oder zum Besten seiner Privatkasse verkauft habe.

Wir warfen nur einen flüchtigen Blick auf diese Herren und Damen, die teils in einem größern Staatsgemach, der orientalische Salon genannt, teils in einem auf eine Terrasse gehenden Saal sich umhertrieben, wo man einer schönen Aussicht auf den Strom und die Umgegend genoß, und gingen die Treppen hinauf nach einem Zimmer, wo sich die auf Audienz wartenden Gäste befanden. Ein Schwarzer in gewöhnlicher Kleidung und gelben Pantoffeln schlurfte geräuschlos hin und her und flüsterte den Ungeduldigeren seinen Bescheid ins Ohr; als er jedoch meinen Führer erblickte, gab er ihm ein Erkennungszeichen und schlüpfte fort, um uns zu melden.

Wir hatten vorher in einen anderen Raum hineingeblickt, der ringsum ganz mit einem großen, leeren hölzernen Pult oder Schreibtisch möbliert war, worauf Stöße von Zeitungen lagen, mit denen sich mehrere Herren unterhielten. Solchen Zeitvertreib gab es aber in diesem Zimmer nicht, welches so langweilig und trostlos war, wie nur irgendein Vorzimmer in einem unserer öffentlichen Amtsgebäude oder das Gesellschaftszimmer eines Doktors der Medizin in einer seiner Ordinationsstunden sein kann.

Es befanden sich etwa fünfzehn oder zwanzig Personen im Zimmer. Der eine war ein hoher, drahtfester, muskulöser alter Mann aus dem Westen, sonnverbrannt und schwarz, mit einem braunweißen Hut auf und einem riesengroßen Sonnenschirm zwischen den Knien; er saß kerzengerade auf seinem Stuhl, blickte fortwährend finster auf den Teppich und verzog die harten Linien um seinen Mund, als nähme er sich vor, dem Präsidenten tüchtig die Wahrheit zu sagen. Ein Landmann aus Kentucky, sechs Fuß sechs Zoll hoch, lehnte mit dem Hut auf dem Kopf und den Händen hinter den

Rockschößen an der Wand und stampfte mit dem Stiefelab-
satz auf den Fußboden, als hätte er die Zeit unter seinem
Fuß und wollte sie buchstäblich totschlagen. Der dritte war
ein gallig aussehender Mann mit ovalem Gesicht, schlicht anliegenden schwarzen Haaren und glatt rasiert, bis auf die
bläuliche Bartspur; er hatte einen dicken Stock im Mund,
den er zuweilen herausnahm, um den Knopf anzusehen. Ein
vierter pfiff, und ein fünfter spuckte in einem fort. In letzterem Punkte waren übrigens sämtliche Gentlemen so ausdau-
ernd fleißig und so rücksichtsvoll für den Teppich, daß ich
glaube, die Mägde des Präsidenten müssen einen hohen Wo-
chenlohn oder, vornehmer zu reden, eine große „Entschädi-
gung" bekommen; denn dies ist der amerikanische Ausdruck
für Gold und Lohn bei allen Staatsbediensteten.

Wir hatten kaum einige Minuten in diesem Zimmer zugebracht, da kam der schwarze Bote wieder und führte uns in
ein zweites kleineres Gemach, wo an einem mit Papieren
überdeckten Arbeitstisch der Präsident selbst saß. Er sah etwas abgemattet und sorgenvoll aus, und er hatte wohl
Grund dazu, da er sich mit aller Welt herumschlagen muß –
doch war der Ausdruck seines Gesichtes mild und freundlich
und sein Benehmen außerordentlich natürlich, angenehm
und kultiviert. Seine ganze Art und Haltung schien seiner
Stellung durchaus angemessen.

Die Etikette, welche an einem republikanischen Hofe
herrscht, ist, sagte man mir, so vernünftig, daß sie einem
Fremden, wie ich bin, eine Einladung zum Diner abzulehnen
gestattet, ohne daß er damit eine Unschicklichkeit begeht.
Da ich überdies zu meiner Abreise bereits alle Vorkehrungen
getroffen hatte, konnte ich die Einladung zum Diner, die ich
auf einen Tag erhielt, wo ich schon fort sein wollte, um so
weniger annehmen und kam daher nur einmal noch in das
Haus des Präsidenten. Es war bei Gelegenheit einer jener
großen Gesellschaften, die zu bestimmten Perioden zwischen
neun und zwölf Uhr abends gegeben werden und seltsamer-
weise Levers heißen.

Ich kam mit meiner Frau ungefähr um zehn Uhr. Im Hofe
stand eine ziemlich dichte Masse Equipagen und Menschen,

und soviel ich erkennen konnte, hatte man für das Aus- und Einsteigen, das Vorfahren und Abfahren usw. durchaus keine bestimmte Ordnung vorgeschrieben. Es waren keine Polizisten da, um scheue Pferde zu beruhigen, entweder sie am Zügel hin und her zerrend oder mit den Stöcken ihnen um den Kopf sausend, wie es bei uns Mode ist; und doch kann ich darauf schwören, daß kein Unschuldiger durch einen heftigen Schlag auf den Kopf oder etwa durch einen derben Stoß in die Herzgrube und den Rücken oder durch sonst ein sanftes Mittel zum Stehen gebracht und dann, weil er sich nicht vom Fleck rühren wollte, arretiert wurde. Jedenfalls herrschte nicht die geringste Verwirrung oder Unordnung. Unser Wagen fuhr vor, als die Reihe an ihm war, ohne Lärm, ohne Fluchen, Schreien und Zurückstoßen von irgendeiner Seite, und wir stiegen so bequem und in Ruhe aus, als ob wir die ganze Polizeimacht der Hauptstadt von A bis Z zu unserer Bedeckung mitgehabt hätten.

Alle Räume zu ebener Erde waren erleuchtet, und in der Vorhalle spielte eine Militärkapelle. In dem kleinern Salon, im Mittelpunkt des gesellschaftlichen Kreises, befanden sich der Präsident und seine Schwiegertochter, eine sehr anmutige und interessante Dame, die als Dame des Hauses die Honneurs machte. Ein Gentleman, der zu dieser Gruppe gehörte, schien das Amt des Zeremonienmeisters übernommen zu haben. Andere Salon- und Hausoffizianten waren nicht zu sehen und auch nicht nötig.

Der große Salon, den ich schon einmal erwähnte, und die übrigen Zimmer im Erdgeschoß waren zum Erdrücken vollgestopft. Die Gesellschaft war nicht gewählt in unserem Sinn des Wortes, denn es gab darunter Leute von jedem Stand und jeder Sorte; auch sah man wenig Putz und Aufwand; manche Gäste waren sogar in einem ziemlich grotesken Kostüm erschienen. Allein das anständige und würdige Benehmen, welches allgemein beobachtet wurde, störte kein unangenehmer oder roher Zwischenfall, und jedermann, selbst unter dem gemischten Zuschauerhaufen, der ohne Billetts oder besondere Erlaubnis in die Halle gelassen wurde, schien zu fühlen, daß er zum Ganzen gehöre und mit dafür verantwortlich sei, daß es den ihm geziemenden Charakter behalte und im vorteilhaftesten Licht erscheine.

Diese Gäste aber, welchem Stande sie auch angehören mochten, waren durchaus nicht ohne einen gewissen feineren Geschmack und wußten sehr wohl und mit großer Dankbarkeit die Talente jener Männer zu schätzen, die auf dem friedlichen Wege des Geistes neue Reize ihrem Vaterland verleihen und den Charakter ihres Volkes in fremden Ländern zu Ehren bringen. Dies sah ich deutlich an der Aufnahme, die meinem teuern Freund Washington Irving zuteil wurde, der, jüngst zum Gesandten am spanischen Hof ernannt, sich an jenem Abend in seiner neuen Eigenschaft hier zum ersten und letzten Male zeigte, ehe er nach Spanien ging. Ich glaube gewiß, bei aller politischen Raserei der Amerikaner, würden doch nur wenige öffentliche Charaktere mit so aufrichtiger, so ehrfurchtsvoller und liebevoller Teilnahme empfangen worden sein wie dieser anziehende und graziöse Schriftsteller; und ich fühlte selten eine größere Hochachtung vor einer öffentlichen Gesellschaft als vor diesem gedrängten Haufen, da ich sah, wie sie einmütig sich von geräuschvollen Rednern und Staatsbeamten wegwandten, um sich mit großherziger und edler Begeisterung um den Mann des ruhigen Strebens zu scharen: stolz auf seine Erhebung, die, wie sie fühlten, einen Glanz auf sie selbst zurückwirft, und von ganzem Herzen dankbar für den Schatz von reizenden Erfindungen und Phantasiebildern, die er über sie ausgestreut. Möge er solche Kleinode noch lang mit vollen Händen ausstreuen, und mögen sie auch noch lang so würdig seiner gedenken!

Die Frist, die wir für unsern Aufenthalt in Washington festgelegt hatten, war nun abgelaufen, und wir sollten anfangen zu reisen; denn die Strecken, die wir bisher auf der Eisenbahn zurückgelegt, werden auf diesem großen Kontinent für so viel wie nichts angesehen.

Anfangs hatte ich beabsichtigt, gegen Süden zu reisen – nach Charleston. Doch wenn ich die lange Zeit bedachte, die uns diese Reise kosten würde, die vorzeitige Hitze der Jahreszeit, welche schon zu Washington oft sehr lästig geworden war, und wenn ich das peinliche Gefühl erwog, beständig das Schauspiel der Negersklaverei vor Augen zu haben: da fing ich lieber an, den alten Sagen zu lauschen, die in England, als ich noch nicht daran dachte, jemals hierherzukommen, mir in die Seele flüsterten, und von den Städten zu träumen, die, gleich den Palästen im Feenmärchen, mitten unter den Wildnissen und Wäldern des Westens emporwachsen.

Freilich erhielt ich fast überall, wo ich mich dieser neuen Reise wegen erkundigte, den trostlosesten Bescheid und die entmutigendsten Ratschläge; meiner Gefährtin prophezeite man mehr Gefahren und Unannehmlichkeiten, als ich mir merken konnte oder mochte; genug, das geringste, was uns drohte, war, daß wir mit jedem Dampfboot in die Luft gesprengt werden und mit jeder Kutsche den Hals brechen würden. Da mir jedoch die beste und gütigste Autorität, an die ich mich hätte wenden können, meine Route nach Westen aufzeichnete, so schenkte ich jenen Entmutigungen keinen zu großen Glauben und beschloß die baldige Ausführung meines Planes.

Dieser Plan war, gegen Süden bloß bis Richmond in Virginia zu reisen und von da uns nach dem fernen Westen zu wenden, wohin ich den freundlichen Leser mich zu begleiten bitte.

9. KAPITEL

Ein Nacht-Dampfschiff auf dem Potomac. Eine virginische Landstraße und ein schwarzer Kutscher. Richmond. Baltimore. Die Harrisburgher Mail und ein Blick auf die Stadt. Ein Kanalboot

Zunächst mußten wir per Dampfschiff reisen, und da es gebräuchlich ist, an Bord zu schlafen, weil es des Morgens um vier Uhr abgeht, fuhren wir zum Anlegeplatz zu jener für derlei Expeditionen ungeeigneten Stunde, in der Schlafrock und Pantoffeln am schätzbarsten sind und das vertraute Bett, das uns in ein paar Stunden erwartet, sich gar angenehm ausnimmt.

Es ist zehn Uhr abends, vielleicht halb elf; mondhell, warm und still. Das Dampfschiff (einer Arche Noah für Kinder nicht unähnlich, mit der Maschinerie auf dem Dache) schwankt träge hin und her und stößt mit dumpfem Schall gegen den hölzernen Landungssteg, wie der leichte Wellenschlag des Flusses mit seinem unbeholfenen Rumpfe spielt. Der Kai befindet sich in einiger Entfernung von der Stadt. Es ist niemand zu sehen, und ein paar düstre Lampen auf dem Deck des Dampfschiffes sind, nachdem unsre Kutsche wieder abgefahren ist, die einzigen Zeichen von menschlichem Leben in der Nähe. Sobald sich unsre Schritte auf den Brettern hören lassen, taucht eine fette Negerin aus dem Winkel einer dunklen Treppe empor und geleitet meine Frau in die Damenkajüte, wohin ihr ein mächtiger Ballen von Mänteln und Überröcken nachgetragen wird. Ich meinerseits fasse den tapfern Entschluß, gar nicht zu Bett, sondern auf dem Landungssteg bis zum Morgen auf und ab zu gehen.

Ich beginne meine Promenade, indem ich an lauter entfernte Dinge und Personen denke; Naheliegendes berührt mich nicht. Dann geh ich wieder an Bord, und da ich in die Nähe einer der Lampen komme, seh ich nach meiner Uhr, denke, sie muß stehengeblieben sein, und wundere mich, wo mein brauner Sekretär bleibt, den ich von Boston mitgenommen habe. Er soupiert mit unserem letzten Wirte (der ohne Zweifel wenigstens ein Feldmarschall ist) zur Feier unserer Abreise und kann noch zwei Stunden ausbleiben. Ich gehe wieder umher, aber es wird immer langweiliger und eintöniger; der Mond geht unter; der nächste Junimonat scheint mir in der Finsternis nur um so ferner, und das Echo meiner Schritte erschreckt mich selbst. Es ist überdem kalt geworden, und unter solchen Umständen allein hin und her zu gehen, ist eine armselige Unterhaltung. Drum gebe ich meinen tapfern Entschluß auf und denke, es dürfte vielleicht ebenso gut sein, wenn ich zu Bett ginge.

Ich gehe wieder an Bord, öffne die Tür zur Herrenkajüte und trete hinein. Ich weiß nicht, wie es kam – wahrscheinlich, weil es darin so still war, hatte ich mir in den Kopf gesetzt, daß niemand in der Kajüte sei. Zu meinem Schrecken und Staunen liegt sie voll von Schläfern in jedem Stadium, von jeder Gestalt, Stellung und Verschiedenartigkeit des Schlafs, in den Kojen, auf den Stühlen, auf dem Fußboden, auf den Tischen und vorzüglich rings um meinen geschworenen abscheulichen Feind, den Ofen. Ich gehe einen Schritt weiter und stolpere über das glänzende Gesicht eines schwarzen Stewards, der in ein Bettuch gewickelt am Boden liegt. Er springt auf, grinst halb schmerzlich, halb gastfreundlich, flüstert mir meinen eigenen Namen ins Ohr und führt mich, sich zwischen den Schlafenden durchtappend, zu meinem Schiffbett. Während ich daneben stehe, überzähle ich die schlafenden Passagiere und komme bis über vierzig. Weiter zu zählen könnte mir den Kuckuck nützen, daher fang ich an mich auszukleiden. Da die Stühle alle besetzt sind und ich keinen andern Platz sehe, wohin ich meine Kleider tun könnte, lege ich sie auf den Fußboden; dabei besudele ich mir die Hände, denn der Boden ist in demselben Zustande wie die Fußteppiche auf dem Kapitol und auch aus demselben Grunde. Nachdem ich mich nur halb entkleidet habe, klimme ich in mein Fach hinein und halte den Vorhang noch einige Minuten auf, um meine Mitreisenden noch einmal zu betrachten. Dann lasse ich ihn vor ihnen, mir und der Welt wieder fallen, drehe mich um und fange an zu schlafen.

Bei der Abfahrt wache ich natürlich wieder auf, denn dabei geht es nicht ohne beträchtlichen Lärm ab. Der Tag bricht eben an. Alle erwachen zugleich. Manche sind gleich gesammelt, andre aber sind ganz konfus und wissen nicht eher, wo sie sind, als bis sie sich die Augen gerieben und, auf den Ellbogen gestützt, sich rings umgesehen haben. Manche gähnen, andre stöhnen, fast alle speien aus, und nur wenige stehen auf. Zu diesen letzteren gehöre ich, denn es läßt sich leicht bemerken, ohne erst in frischer Luft gewesen zu sein, daß die Atmosphäre der Kajüte im höchsten Grade verdorben ist. Ich springe rasch in meine Kleider, gehe in die Vorkajüte, lasse mich rasieren und wasche mich. Die Wasch- und Reinigungsapparate zum allgemeinen Gebrauch der Passagiere bestehen in zwei Handtüchern, drei kleinen hölzernen Becken, einem Fäßchen Wasser mit einem Löffel, um es herauszuschöpfen, sechs Quadratzoll Spiegel, zwei dito gelber Seife, einem Kamme und einer Bürste für die Haare und keiner für die Zähne. Jedermann benutzt den Kamm und die Bürste. Alles glotzt mich an, weil ich meinen eigenen habe, und zwei oder drei Herren haben große Lust, mich wegen meiner Vorurteile aufzuziehen, was sie jedoch bleiben lassen. Nachdem ich meine Toilette beendigt habe, gehe ich auf das oberste Deck und spaziere zwei Stunden lang emsig hin und her. Die Sonne geht in vollem Glanze auf; wir kommen beim Mount Vernon vorbei, wo Washington begraben liegt; der Fluß ist breit und reißend und seine Ufer anmutig. Alle Schönheit, aller Glanz des Tages ist im Steigen und wird mit jeder Minute prachtvoller.

Um acht Uhr frühstücken wir alle in der Kajüte, wo ich die Nacht zubrachte; aber jetzt stehen alle Türen und Fenster offen, und da allerdings ist die Luft frisch. Weder Eile noch Eßbegierde zeigt sich bei diesem Mahle. Es dauert länger als ein Reisefrühstück bei uns, so wie es auch ordentlicher und artiger dabei zugeht.

Bald nach neun Uhr gelangen wir nach Potomac Creek, wo wir anlegen; und hier kommt der lustigste Teil der Reise.

Sieben Landkutschen machen Anstalt, uns weiterzubefördern. Einige davon sind schon bereit, andere noch nicht. Einige von den Kutschern sind Schwarze, andere Weiße. Zu jeder Kutsche gehören vier Pferde, und sämtliche Pferde stehen geschirrt oder ungeschirrt dabei. Die Passagiere steigen aus dem Dampfschiff in die Kutschen; das Gepäck wird auf lärmenden Schubkarren herübergeschafft; die Pferde scheuen und harren ungeduldig der Abfahrt; die schwarzen Kutscher schnattern sich in ihrem Affendialekte an, und die weißen schreien wie Ochsentreiber; denn hier ist bei der ganzen Kutscherei die Hauptsache, so viel Lärm wie möglich zu machen. Die Kutschen ähneln etwas den französischen, sind aber nicht ganz so gut. Statt in Federn hängen sie in Bändern vom stärksten Leder. Man hat nicht viel zu wählen, und es ist auch kein großer Unterschied zwischen ihnen; man könnte sie dem Kutschkasten einer Schaukel, wie man sie auf einem englischen Jahrmarkt sieht, vergleichen, der überdacht, auf Achsen und Räder gesetzt und mit Vorhängen von bemalter Leinwand versehen ist. Von der Decke bis zur untersten Radfelge sind sie mit Kot bedeckt, denn seit sie gebaut worden sind, hat man sie nie gereinigt.

Die Billetts, die wir an Bord des Dampfschiffs erhielten, sind mit Nr. 1 bezeichnet, mithin gehören wir zur Kutsche Nr. 1. Ich werfe meinen Mantel auf den Bock und hebe meine Frau und ihr Mädchen in das Innere derselben. Die Kutsche hat bloß einen Tritt, und da dieser fast eine Elle über der Erde schwebt, gelangt man mittels eines Stuhles darauf; ist kein Stuhl da, so müssen die Damen sich der göttlichen Vorsehung empfehlen. Die Kutsche faßt neun Personen, indem sie von einer Tür zur andern querüber noch einen dritten Sitz hat, worauf wir in England die Füße stellen, so daß das Aussteigen eine noch größere Heldentat ist als das Einsteigen. Außen sitzt bloß ein Passagier, und zwar auf dem Bock. Da ich dieser eine bin, klettere ich hinauf; und während das Gepäck auf dem Kutschendach festgeschnallt und hinten in eine Art Mulde gestopft wird, habe ich die beste Gelegenheit, mir den Kutscher zu betrachten.

Es ist ein in der Tat recht schwarzer Neger. Seine Klei-

dung besteht in einem (vorzüglich an den Knien) vielfach ge-
flickten und gestopften pfeffer- und salzfarbigen Anzug,
grauen Strümpfen, außerordentlich großen und ungewichs-
ten Schuhen und sehr kurzen Hosen. Er hat zwei Handschuhe von verschiedenen Paaren, einen von buntfarbiger Wolle
und den andern von Leder, eine sehr kurze Peitsche, die in
der Mitte zerbrochen und mit Bindfaden zusammengeflickt
ist. Und doch trägt er einen niedrigen, breitrandigen schwarzen Hut: das nachgeäffte, blasse Schattenbild eines englischen Kutschers! Allein während ich diese Beobachtungen
mache, ruft eine unsichtbare Autorität: „Vorwärts!" Die
Post, in einem von vier Pferden gezogenen Wagen, fährt voraus, und alle Kutschen folgen in der Reihe nach, angeführt
von Nr. 1.

Beiläufig will ich hier bemerken, daß, wo ein Engländer
„Alles in Ordnung!" ruft, der Amerikaner allemal „Vorwärts!" ruft, was gewissermaßen auch den Nationalcharakter der beiden Länder bezeichnet.

Während der ersten Viertelstunde führt die Straße über
Brücken, die aus lose über zwei parallele Balken gelegten
Brettern bestehn; diese Bretter springen, sowie die Räder
über sie hinrollen, in die Höhe und in den Fluß hinab. Der
Fluß hat ein lehmiges Bett und ist voller Löcher, so daß immer eine Pferdehälfte plötzlich verschwindet und lange
nicht wiedergefunden werden kann.

Doch wir überstehen auch das und kommen auf die wirkliche Landstraße, die aus einer Reihe abwechselnder Sümpfe
und Sandgruben besteht. Eine fürchterliche Passage liegt
jetzt dicht vor uns; der schwarze Kutscher rollt mit den Augen, verzieht das Maul und blickt grade zwischen den beiden
Vorderpferden hindurch, als wenn er zu sich selbst sagte:
„Wir sind schon oft drüber gefahren, aber diesmal wird es
krachen." Er nimmt einen Zügel in jede Hand, ruckt, zieht
beide an und trampelt mit beiden Füßen auf dem Tritte herum (natürlich ohne aus dem Sitz zu fallen) wie der selige,
viel beklagte Ducrow auf seinen beiden feurigen Rennern.
Wir kommen jetzt zur Stelle, sinken fast bis an die Kutschen-
fenster, in einem Winkel von fünfundvierzig Grad, in den

Schlamm und bleiben so stecken. Die Innensitzenden kreischen angsterfüllt, die Kutsche hält an, die Pferde zappeln und schlagen aus; die andern sechs Kutschen halten gleichfalls, und ihre vierundzwanzig Pferde schlagen gleichfalls aus, doch bloß zur Gesellschaft und aus Sympathie mit den unsern. Jetzt spielt sich folgende Szene ab:

DER SCHWARZE KUTSCHER *zu den Pferden*: „Hi!" Nutzt nichts. Innen abermaliges Kreischen.

DER SCHWARZE KUTSCHER *zu den Pferden*: „Ho!"
Die Pferde stürzen und bespritzen den schwarzen Kutscher mit Kot.

EIN HERR IN DER KUTSCHE *herausguckend*: „Aber was in aller Welt –"
Der Herr erhält verschiedene Kleckse auf die Nase und zieht den Kopf wieder zurück, ohne seine Frage zu beendigen oder auf eine Antwort zu warten.

DER SCHWARZE KUTSCHER *immer noch zu den Pferden*: „Jiddy, Jiddy!"

Die Pferde ziehen heftig an und zerren die Kutsche aus dem Loch eine so steile Anhöhe hinauf, daß die Beine des Kutschers in die Luft emporfliegen und er selbst unter das Gepäck auf dem Kutschendach rutscht. Er sammelt sich jedoch sogleich wieder und ruft (immer noch zu den Pferden): „Pill!"*

Es hilft aber nichts. Im Gegenteil, die Kutsche rollt auf Nr. 2 zurück, Nr. 2 auf 3, diese auf Nr. 4 und so fort, bis man Nr. 7 fast eine englische Viertelmeile hinter uns fluchen und schimpfen hört.

DER SCHWARZE KUTSCHER *lauter als vorher*: „Pill!"
Die Pferde kämpfen von neuem, um auf die Anhöhe zu gelangen, und abermals rollt die Kutsche rückwärts.

DER SCHWARZE KUTSCHER *lauter als vorher*: „Pi-i-i-l!"
Die Pferde kämpfen wieder ganz verzweifelt.

DER SCHWARZE KUTSCHER *sich erhebend*: „Hi, Jiddy, Jiddy, pill!"
Die Pferde machen noch eine Anstrengung.

* Statt *pull* (zieht!) (Anmerkung des Übersetzers).

DER SCHWARZE KUTSCHER *aus allen Kräften*: „Ally Loo! Hi!
Jiddy, Jiddy! Pill! Ally Loo!"
Fast gelingt es den Pferden jetzt.
DER SCHWARZE KUTSCHER *indem ihm die Augen aus dem
Kopfe treten*: „Zu da! zu da! Hi! Jiddy, Jiddy! Pill! Ally
Loo! Hi-i-i-i!"
Die Pferde erreichen jetzt die Anhöhe, und mit fürchterli-
cher Schnelligkeit rennen sie auf der andern Seite wieder hin-
unter. Es ist nicht möglich, sie aufzuhalten, und unten am
Fuß der Anhöhe ist ein tiefer Wasserpfuhl. Die Kutsche rollt
mit furchtbarer Schnelligkeit dahin. Die Insassen kreischen.
Kot und Wasser spritzen hoch um uns empor. Der schwarze
Kutscher strampelt mit den Beinen wie ein Verrückter.
Plötzlich, durch irgendein Wunder, sind wir an der gefährli-
chen Stelle vorbei und schöpfen wieder Atem.

Ein schwarzer Freund des schwarzen Kutschers sitzt auf
einem Geländer. Der schwarze Kutscher zeigt, daß er ihn erkennt, indem er den Kopf wie ein Harlekin schüttelt, die
Augen verdreht, mit den Achseln zuckt und von einem Ohr
zum andern grinst. Er hält auf einmal an, wendet sich zu mir
und sagt: „Wollen Sie schon durchbringen, Sir, wie geschmiert, und hoffen, Ihnen gefallen, wenn wir Sie hier
durchbringen. Altes Weib zu Hause" (indem er herzlich
lacht), „der Gentleman auf dem Bock oft an das alte Weib
zu Hause denkt"; hier grinst er wieder.

„Ja, ja, wir wollen schon Sorge tragen für die Alte. Fürchtet nichts."

Der schwarze Kutscher grinst noch einmal; doch da ist
schon wieder ein Loch und drüben schon wieder eine Anhöhe
vor uns. Er hält auf einmal an, ruft den Pferden zu: „Ruhig,
ruhig! Nur ruhig! Hi! Jiddy, Pill! Ally, Loo!" bis wir wieder
in die schrecklichste Not geraten, so daß es rein unmöglich
scheint, sich da herauszufinden.

Auf diese Weise legen wir die zehn oder elf englischen
Meilen in zweieinhalb Stunden zurück; zwar ohne ein Bein
zu brechen, aber mit mannigfachen Quetschungen; und endlich hat er uns durchgebracht, „wie geschmiert".

Diese merkwürdige Fahrt endigt in Fredericksburgh, von

wo eine Eisenbahn nach Richmond führt. Der Landstrich, welchen wir passierten, war früher ergiebig, aber der Boden ist dadurch erschöpft worden, daß man durch eine übertriebene Masse Sklavenarbeit Ernten erpreßte, ohne das Land wieder zu kräftigen, und es ist jetzt wenig besser denn eine sandige, mit Bäumen bewachsene Wüste. So traurig und uninteressant auch der Anblick dieser Landstrecke ist, so freute ich mich doch herzlich, etwas zu finden, was der Fluch jener scheußlichen Einrichtung, des Sklavenhandels, getroffen hat, und es machte mir mehr Vergnügen, den ausgedörrten Boden zu betrachten, als die reichste, üppigste Kultur an derselben Stelle mir hätte gewähren können.

In dieser Gegend, so wie in allen andern, über welchen der Fluch der Sklaverei schwebt (und ich habe dies häufig selbst von ihren eifrigsten Verteidigern zugestehen hören), erblickt man nichts als Ruin und Verfall, was von dem System unzertrennlich ist. Die Scheunen und Nebengebäude verfallen; die Schuppen sind schlecht ausgebessert und halb ohne Dach; die Blockhütten (in Virginia befinden sich die Essen von Lehm oder Holz an der Außenseite derselben) sind im höchsten Grade unsauber. Nirgends sieht man Bequemlichkeit und Anstand. Die elenden Stationen neben der Eisenbahn, die großen, verwilderten Holzhöfe, von wo die Maschine mit Brennmaterial versehen wird, die Negerkinder, die sich vor den elenden Hütten mit den Hunden und Schweinen im Kot umherwälzen, die vorüberschleichenden zweifüßigen Lasttiere, alles zeigt düstre Niedergeschlagenheit und Entwürdigung.

In dem zu unserem Zuge gehörigen Negerwagen saß eine Mutter mit ihren Kindern, die eben verkauft worden waren; der Gatte und Vater war bei dem vorigen Besitzer zurückgeblieben. Die Kinder schrien während der ganzen Fahrt, und die Mutter war ein Bild des Elends. Der Streiter für Freiheit und allgemeine Glückseligkeit, der sie gekauft hatte, fuhr mit demselben Wagenzug, und jedesmal, wenn angehalten wurde, stieg er aus, um zu sehen, ob sie noch da waren. Der Schwarze in Sindbads Reisen mit einem Auge in der Mitte der Stirn, das wie eine glühende Kohle brannte, war ein Aristokrat der Natur in Vergleich mit diesem weißen Gentleman.

Es war zwischen sechs und sieben Uhr abends, als wir zum Hotel fuhren; auf dem Vorplatze und Altan desselben wiegten sich zwei oder drei „Bürger" auf Schaukelstühlen und rauchten ihre Zigarren dazu. Das Hotel war sehr groß und elegant eingerichtet, und wir wurden so gut bedient, wie es Reisende nur wünschen können. Da das Klima ein gar durstiges ist, fehlte es zu keiner Stunde des Tages an Gästen in dem geräumigen Schenkzimmer; auch waren hier die Leute viel lustiger und fröhlicher, und bei Nacht gab es Musik auf allerhand Instrumenten, was dem Ohre wieder einmal recht wohl tat.

An den beiden folgenden Tagen fuhren und gingen wir in der Stadt umher, die auf acht Hügeln am James River eine entzückende Lage hat; aus dem Flusse tauchen hie und da frische grüne Inseln hervor. Obwohl wir kaum Mitte März hatten, war das Wetter dennoch äußerst warm; die Pfirsiche und Magnolien standen in voller Blüte, und alle Bäume waren grün. In den nahen Bergen liegt ein Tal, das von einem furchtbaren Kampfe mit den Indianern „Bloody Run" (Blutbach) heißt. Es ist für einen solchen Kampf ganz geeignet und hatte, wie jede andere Stätte, an die sich eine Sage von jenem wilden Volke knüpft, das jetzt so schnell von der Erde verschwindet, sehr großes Interesse für mich.

Die Stadt ist der Sitz des regionalen Parlaments von Virginia; in seinen schattigen Gesetzgeberhallen hielten einige Redner schläfrige Deklamationen über die Hitze des Tages. Durch die öftere Wiederholung hatten indes diese konstitutionellen Schauspiele ebensowenig Reiz mehr für mich, als wenn es Parochialversammlungen gewesen wären; daher freute ich mich der Abwechslung, die mir die Besichtigung einer wohlgeordneten öffentlichen Bibliothek und der Besuch einer Tabakfabrik gewährte, in welcher alle Arbeiter Sklaven sind.

In dieser Fabrik sah ich, wie der Tabak sortiert, gerollt, gepreßt, getrocknet, in Fässer verpackt und beschriftet wurde. Der ganze so behandelte Tabak wurde zum Kauen zugerichtet; und man hätte glauben sollen, daß in diesem einzigen Hause genug Vorrat war, um selbst die weiten Backen Amerikas damit zu füllen. In dieser Gestalt sieht der Tabak wie die Ölkuchen aus, mit denen wir das Rindvieh mästen, und ist, selbst wenn man nicht an seinen späteren Gebrauch denkt, durchaus nicht einladend.

Viele Arbeiter schienen starke Leute zu sein, und es ist kaum nötig hinzuzusetzen, daß sie alle ruhig und still arbeiteten. Nach zwei Uhr täglich ist ihnen zu singen erlaubt, und zwar darf eine bestimmte Anzahl im Chor singen. Als ich gerade da war, schlug die Stunde, und ungefähr zwanzig Mann sangen eine Hymne gar nicht übel, wobei sie immerfort ihre Arbeit verrichteten. Wie ich fortgehen wollte, läutete eine Glocke, und alle stürmten in ein Haus auf der entgegengesetzten Seite der Straße, um ihr Mittagsbrot zu genießen. Ich erwähnte verschiedene Male, daß ich sie gern beim Essen sehen möchte; aber da der Mann, gegen den ich diesen Wunsch äußerte, plötzlich taub geworden zu sein schien, wiederholte ich meine Bitte nicht weiter. Über das Aussehen der Arbeiter werde ich gleich einige Bemerkungen zu machen haben.

Am folgenden Tage besuchte ich eine Pflanzung von ungefähr zwölfhundert Morgen Landes auf der andern Seite des Flusses. Obwohl ich mit dem Besitzer der Pflanzung zu dem „Quartier" ging, wie der Teil, wo die Sklaven wohnen, genannt wird, so wurde ich doch keineswegs eingeladen, in eine der Hütten zu treten. Ich sah bloß, daß sie sehr elend und gebrechlich gebaut waren und daß in der Nähe halb nackte Kinder sich sonnten oder im Staube wälzten. Doch glaube ich, der Besitzer dieser Pflanzung ist ein sehr gerechter, vortrefflicher Herr, der seine fünfzig Sklaven erbte und mit Menschenfleisch keinen Handel treibt; auch überzeugte ich mich durch eigne Beobachtung, daß er ein gutmütiger, würdiger Mann ist.

Das Wohnhaus des Pflanzers war eine luftige ländliche Wohnung, welche Defoes Schilderung solcher Orte mir deutlich ins Gedächtnis rief. Das Wetter war sehr warm, doch da die Jalousien alle geschlossen waren und Fenster und Türen weit offenstanden, herrschte eine schattige Kühle in den

Zimmern, die nach der Hitze und dem blendenden Licht im Freien sehr wohl tat. Vor den Fenstern befand sich eine offene Piazza, wo man bei heißer Witterung – was sie hier selbst heiß nennen – sich in Hängematten wiegt und dabei trinkt oder schlummert. Ich weiß nicht, wie die dort bereiteten kühlen Erquickungen in den Hängematten schmecken mögen, doch nach meiner Erfahrung kann ich bestätigen, daß das Eis und der Julep und der Sherry-Punsch, den man unter diesem Breitengrade macht, Erfrischungen sind, an die man nachmals zur Sommerzeit nicht denken darf, wenn man sich seine Seelenruhe bewahren will.

Über den Fluß führen zwei Brücken; die eine gehört zur Eisenbahn, und die andere, ein sehr altes, wackliges Ding, ist das Privatbesitztum einer in der Nähe wohnenden alten Dame, die von den diese Brücke passierenden Stadtbewohnern einen Zoll erhebt. Als ich auf meinem Rückweg über diese Brücke ging, sah ich einen Anschlag am Tore, wodurch jedermann gewarnt wurde, langsam zu fahren, bei einer Strafe von fünf Dollar, wenn der Übertreter ein Weißer, und von fünfzehn Peitschenhieben, wenn er ein Neger wäre.

Derselbe Verfall, dieselbe Düsterkeit, die man auf dem Wege dahin überall erblickt, schwebt auch über der Stadt Richmond. Es gibt hübsche Villen und heitere Häuser in ihren Straßen, und die Natur lächelt über die Gegend ringsum; aber dicht neben den schönen Wohnhäusern, so wie die Sklaverei mit manchen hohen Tugenden Hand in Hand geht, stehen jämmerliche Hütten, unausgebesserte Gehege und verfallene Mauern. Diese und viele andere traurige Anzeichen der Art, die noch größeres heimliches Unheil erraten lassen, drängen sich der Betrachtung auf, und man denkt mit drückenden Gefühlen an sie zurück, wenn heitere Erinnerungen längst vergessen sind.

Auf diejenigen, die glücklicherweise nicht daran gewöhnt sind, machen die Gesichter auf den Straßen und Arbeitsplätzen einen höchst unangenehmen Eindruck. Wer da weiß, daß es gegen die Unterrichtung der Sklaven Gesetze gibt und Strafen, die den Betrag der Geldbußen, der auf das Verkrüppeln und Martern der Sklaven steht, noch übersteigen, wird

natürlich auf den Gesichtern dieser entwürdigten Menschenklasse keinen intellektuellen Ausdruck erwarten. Allein die
Dunkelheit – nicht der Haut, sondern der Seele –, die bei
jedem Schritt dem Auge des Fremden begegnet; das Tierische
oder der gänzliche Mangel aller von der Hand der Natur ge-
zeichneten bessern Züge im Gesicht übertreffen bei weitem
seine schlimmste Erwartung. Als Gulliver, nachdem er unter
den Pferden gelebt, plötzlich aus einem hohen Fenster auf
seinesgleichen zitternd niedersah, konnte er kaum mehr zu-
sammenschaudern als ich beim ersten Anblick dieser Skla-
vengesichter.

Den letzten dieser Unglücklichen sah ich in der Gestalt eines elenden Arbeitstiers, das, nachdem es den ganzen Tag
von früh bis Mitternacht herumgelaufen war und zuweilen
in den Zwischenzeiten verstohlenerweise auf den Treppen geschlafen hatte, die finstern Gänge früh um vier Uhr scheuer-
te. Ich setzte meine Reise mit dankbarem Herzen fort, daß
ich nicht verdammt bin, da zu leben, wo die Sklaverei
herrscht, und daß meine Sinne, mein Gefühl nicht gegen die
Abscheulichkeiten derselben schon in einer von Sklaven ge-
schaukelten Wiege abgestumpft worden sind.

Es war meine Absicht gewesen, auf dem James River und
der Chesapeake Bay nach Baltimore zu fahren; doch da eins
der Dampfschiffe infolge irgendeines Unfalles nicht auf seiner Station war und man sich also nicht mit Gewißheit auf
die Mittel zum Fortkommen verlassen konnte, kehrten wir
auf dem Wege, den wir gekommen waren, nach Washington
zurück (an Bord des Dampfschiffs befanden sich zwei Kon-
stabler, die entlaufenen Sklaven nachsetzten), und nachdem
wir da übernachtet hatten, reisten wir am andern Nachmittag nach Baltimore.

Das komfortabelste aller Gasthäuser, die ich in den Vereinigten Staaten kennenlernte – und deren sind nicht wenige
–, ist Barnum's Hotel in dieser Stadt, wo der englische Reisende das erste und wahrscheinlich auch das letzte Mal in
Amerika Vorhänge an seinem Bett findet und wo er genug
Wasser zum Waschen erhalten kann, was sich nicht immer
trifft.

Die Hauptstadt von Maryland ist voller geschäftigen, emsigen Lebens und treibt beträchtlichen Handel, besonders zu Wasser. Derjenige Teil, der sich am besten dazu eignet, ist freilich keiner der saubersten; allein der obere Teil trägt einen ganz andern Charakter und hat viel schöne Straßen und öffentliche Gebäude. Unter den letztern sind vorzüglich zu erwähnen das Washington Monument, eine schöne Säule mit einer Statue, das medizinische Kollegium und das Schlachtdenkmal zum Andenken an ein Treffen mit den Briten bei North Point.

In Baltimore ist ein sehr gutes Gefängnis, so wie sich auch das Staatszuchthaus hier befindet. In diesem letzern kamen zwei merkwürdige Fälle vor.

Der eine betraf einen jungen Mann, der als Mörder seines Vaters vor Gericht stand. Die Beweise wider ihn waren sehr umständlicher Art und höchst zweifelhaft; auch war es nicht möglich, einen Beweggrund anzugeben, der ihn zu einem so schauderhaften Verbrechen hätte verführen können. Er war zweimal verhört worden; beim zweiten Verhör entließ die Jury, weil sie ihn nicht für überwiesen halten konnte, ein Verdikt auf Totschlag oder Mord zweiten Grades, was jedoch nicht wohl der Fall sein konnte, da kein Zank oder Streit dabei stattgefunden hatte und da er, wenn er überhaupt schuldig war, des Mordes in der ärgsten Bedeutung des Wortes schuldig sein mußte.

Das Merkwürdige bei dem Falle war, daß, wenn der unglückliche Erschlagene wirklich nicht von seinem Sohne gemordet worden war, ihn sein Bruder getötet haben mußte. Die Aussagen waren, höchst merkwürdigerweise, gegen beide. In allen verdächtigen Punkten war des Toten Bruder Zeuge; alle Erklärungen, die für den Angeklagten lauteten (und darunter einige sehr plausible), ließen folgen, daß jener die Schuld von sich auf seinen Neffen zu wälzen suche. Einer von beiden war jedenfalls der Verbrecher, und die Jury hatte zwischen zwei Arten von Verdacht zu entscheiden, beide gleich unnatürlich, unerklärlich und sonderbar.

Der zweite Fall betraf einen Mann, der vor zwei Jahren zu einem Destillateur gegangen war und ein kupfernes Maß, das eine Quantität Branntwein enthielt, gestohlen hatte. Man hatte ihn verfolgt und das Gestohlene bei ihm gefunden; sein Urteil lautete auf zwei Jahre Gefängnis. Als er nach Verlauf dieser Zeit aus dem Kerker kam, ging er wieder zu demselben Destillateur und stahl abermals dasselbe kupferne Maß mit derselben Quantität Branntwein. Es war auch nicht der geringste Grund zur Vermutung da, daß der Mann wieder in das Gefängnis zu kommen wünschte; vielmehr ließ, außer dem Verbrechen selbst, alles auf das Gegenteil schließen. Nun kann dieses sonderbare Benehmen nur auf zweierlei Weise erklärt werden. Erstlich mochte er glauben, daß er nach so vielen Leiden um dieses kupferne Maß sich eine Art von Recht auf dasselbe erworben habe. Oder es war vielleicht durch die ewige Erinnerung daran zur Monomanie bei ihm geworden und hatte in seinen Augen einen Zauber gewonnen, dem er nicht mehr zu widerstehen vermochte, indem das Maß in seiner Phantasie vielleicht aus einem irdischen Kupfergeschirr sich zu einem ätherischen goldenen Faß erhob.

Nachdem ich ein paar Tage hiergeblieben, nahm ich mir vor, dem Plane, den ich mir erst vor kurzem entworfen, streng zu folgen, und beschloß, unsre Reise nach dem Westen ohne ferneren Verzug zu beginnen. Nachdem ich daher unser Gepäck (indem ich alles, was uns nicht durchaus nötig war, nach New York zurücksandte, damit es uns von da nach Kanada geschickt werden könne) so weit wie möglich vermindert und mir die nötigen Kreditbriefe an die Bankhäuser, die wir etwa auf unserer Reise treffen würden, besorgt hatte, verließen wir Baltimore wieder mit einer andern Eisenbahn um halb neun Uhr morgens und erreichten die sechzig und einige englische Meilen entfernte Stadt York gerade zu der frühen Dinerzeit des Hotels, von wo aus die vierspännige Kutsche abfuhr, mit welcher wir nach Harrisburgh fahren sollten.

Diese Kutsche, auf der ich mir glücklicherweise einen Sitz im Coupé verschaffte, hatte uns vom Bahnhof abgeholt und war so schmutzig und schwerfällig wie gewöhnlich. Da an der Tür des Gasthauses noch mehr Passagiere auf uns warte-

ten, bemerkte der Kutscher, indem er sein altes Pferdege-
schirr anglotzte, als ob er zu diesem redete, in seinem gewöhnlichen halblauten Selbstgespräch: „Ich denke, wir werden die *große* Kutsche brauchen."

Ich war neugierig, wie groß diese Kutsche sein mochte und
wieviel Passagiere sie werde einnehmen müssen; denn das
Fuhrwerk, das nach des Kutschers Meinung für uns zu klein
sein sollte, war etwas größer als zwei schwere englische
Nachtkutschen. Meine Neugier war jedoch bald gestillt;
denn sobald wir gespeist hatten, kam gleich einem korpulen-
ten Riesen eine Barke auf Rädern die Straße hergerumpelt.
Nach vielem Stolpern und Rückwärtsfahren hielt sie endlich
an unsrer Tür, wobei sie schwerfällig hinüber- und herüber-
schwankte, als wenn sie sich in ihrem kalten Schuppen erkäl-
tet hätte und nach der zu raschen Bewegung in ihrem wasser-
süchtigen Alter nicht wieder zu Atem kommen könnte.

„Wenn das nicht endlich die Harrisburgher Mail ist und
wenn sie nicht noch dazu verteufelt munter und nett aussieht", rief ein ältlicher Gentleman mit einiger Lebhaftigkeit,
„so soll mich doch gleich der Teufel holen!"

Wenn es wirklich von der Richtigkeit seiner Bemerkung
über das nette Aussehen der Harrisburgher Mail abhing, so
hätte den ältlichen Herrn jedenfalls der Teufel holen müssen.
Indessen man packte zwölf Personen in das Innere, und
nachdem das Gepäck (das aus allerhand Trödel bestand, wie
zum Beispiel aus einem großen Schaukelstuhl und einer ziemlich langen Speisetafel) endlich auf dem Dach befestigt worden war, fuhren wir in großer Parade ab.

An der Tür eines andern Gasthauses stand wieder ein Passagier, der auf uns wartete.

„Platz frei, Sir?" fragt der neue Passagier den Kutscher.

„Oh, Platz genug!" erwidert der Kutscher, ohne jedoch
abzusteigen oder nach dem Fragenden zu blicken.

„Es ist gar kein Platz mehr, Sir", ruft ein Gentleman aus
dem Innern der Kutsche, was ein anderer Gentleman, auch
im Innern, bestätigt, indem er voraussagt, daß ein Versuch,
noch mehr Passagiere einsteigen zu lassen, nicht angehen
werde.

Der neue Passagier, ohne die geringste Verlegenheit zu verraten, guckt in die Kutsche und dann zum Kutscher hinauf. „Nun, wie wollt Ihr's denn machen?" fragt er nach einer Pause, „denn ich *muß* fort."

Der Kutscher beschäftigt sich damit, einen Knoten in seine Peitschenschnur zu knüpfen, und nimmt keine weitere Notiz von der Frage, was deutlich beweist, daß er sich um nichts zu bekümmern hat und daß die Passagiere gut daran tun werden, die Sache untereinander selbst auszumachen. Bei diesem Stand der Dinge scheint das Ganze eine andere Wendung nehmen zu wollen, als auf einmal ein anderer Passagier, in einer Ecke, der fast erstickt, mit matter Stimme ruft: „Ich will hinaus."

Das ist jedoch für den Kutscher kein Grund, sich zu beruhigen oder zu freuen, denn in seiner unerschütterlichen Philosophie läßt er sich durch nichts, was in der Kutsche vorgeht, stören. Von allen Dingen in der Welt scheint die Kutsche das letzte zu sein, um das er sich kümmert. Der Platzwechsel wird indes vorgenommen, und dann kommt der Passagier, der seinen Sitz aufgegeben hat, auf den Bock geklettert und setzt sich nach seinem Ausdruck in die Mitte, das heißt mit der Hälfte seiner werten Person auf meine Beine und mit der andern auf die des Kutschers.

„Vorwärts, Kap'tän", ruft der kommandierende Oberkutscher.

„Vorwärts!" ruft der Kap'tän seiner Kompanie, den Pferden, zu, und fort geht es.

Nachdem wir etwa eine Stunde gefahren waren, nahmen wir an einer Dorfschenke einen betrunkenen Gentleman mit, der auf das Dach unter das Gepäck kletterte, jedoch wieder herunterrutschte, ohne sich zu beschädigen, und, wie wir von weitem sahen, nach der Grogschenke zurücktaumelte, an welcher wir ihn getroffen hatten. Nach und nach wurden wir immer mehr von unsrer Ladung los, so daß ich beim nächsten Pferdewechsel wieder allein auf dem Bock saß.

Die Kutscher wechseln stets die Pferde und sind gewöhnlich ebenso schmutzig wie die Kutsche selbst. Der erste war wie ein schäbiger englischer Bäcker gekleidet, der zweite wie ein russischer Bauer; denn er trug einen faltigen roten Kamelotrock mit Pelzkragen, um den Leib von einer bunten wollenen Schärpe zusammengehalten, graue Hosen, hellblaue Handschuhe und eine Mütze aus Bärenfell. Inzwischen hatte es tüchtig zu regnen angefangen, und ein kalter feuchter Nebel hatte sich erhoben, der bis auf die Haut drang. Ich freute mich, beim nächsten Anhalten einmal absteigen zu können, um das Wasser von meinem Mantel zu schütteln und die gewöhnliche Anti-Mäßigkeitsmedizin gegen die Kälte einzunehmen.

Als ich wieder zu meinem Sitz emporkletterte, sah ich ein neues Paket auf dem Kutschendach liegen, was ich für eine ziemlich große Geige in einem braunen Sack hielt. Nachdem wir jedoch einige Meilen zurückgelegt hatten, entdeckte ich, daß dieses Bündel an dem einen Ende eine Glanzledermütze und am andern ein Paar schmutzige Schuhe hatte; fernere Beobachtungen zeigten mir, daß es ein kleiner Junge in einem schnupftabakfarbigen Rock war, der die Hände tief in seine Taschen gesteckt hatte. Er war vermutlich ein Verwandter oder Freund des Kutschers, da er mit dem Gesicht dem Regen zugewandt lag und, außer wenn eine Veränderung der Lage seine Schuhe mit meinem Hute in Berührung brachte, zu schlafen schien. Endlich, als wir einmal anhielten, richtete sich dieses Ding zu einer Höhe von drei Fuß sechs Zoll auf; es heftete seinen Blick auf mich und bemerkte mit einem selbstgefälligen Gähnen, das sich halb in eine verbindliche Gönnermiene verlor, und mit fistulierender Stimme: „Nun, Fremder, ich vermute, Sie finden dies Wetter fast wie in England an einem Nachmittag, he?"

Die Gegend, die anfangs ziemlich zahm gewesen war, wurde während der letzten zehn oder zwölf Meilen wirklich schön. Unser Weg wand sich durch das angenehme Susquehannah-Tal; der Fluß mit seinen zahllosen grünen Inseln lag uns zur Rechten und ein steiler Felsenhang mit dunklen Fichten zur Linken. Der Nebel, der hundert phantastische Bilder formte, schwebte feierlich über dem Wasser dahin, und die Abenddämmerung verlieh dem Ganzen etwas Geheimnisvolles, Schweigsames, was den natürlichen Reiz des Schauspiels noch erhöhte.

Wir fuhren auf einer überdachten, von beiden Seiten verschlagenen und fast meilenlangen hölzernen Brücke über den Fluß. Auf dieser Brücke war es natürlich stockfinster, überall kreuzten sich Balken in allen möglichen Winkeln, und durch die breiten Spalten am Boden schimmerte der reißende Strom gleich einer Legion Augen herauf. Wir hatten keine Lampen, und das ferne, bleiche Lichtfleckchen, dem die Pferde entgegenstolperten, schien sich immer weiter zu entfernen. Dabei erfüllte der schwerfällig dahinrollende Wagen die ganze Brücke mit dumpfem Dröhnen; ich bückte mich beständig mit dem Kopf, um mich nicht etwa an Querbalken zu stoßen, und mir war, als ob ich in einem schweren Traum läge; denn ich habe oft geträumt, ich müsse mir mühsam einen Weg durch solche Gegenden bahnen, und ebensooft habe ich mir gleichzeitig gesagt: „Das kann nicht Wirklichkeit sein."

Endlich gelangten wir in die Straßen von Harrisburgh, deren matte Lampenlichter, sich unheimlich auf dem nassen Boden spiegelnd, keine sehr heitere Stadt beschienen. Wir befanden uns bald in einem behaglichen Gasthause, welches, obwohl kleiner und nicht so glänzend eingerichtet wie andere, in denen wir eingekehrt waren, dennoch in meiner Erinnerung hoch über allen steht, weil der Wirt der verbindlichste, artigste und rücksichtsvollste Mann war, mit dem ich jemals zu tun hatte.

Da wir erst nach Mittag unsere Reise fortsetzen wollten, ging ich am nächsten Morgen aus, um mich umzusehen. Man zeigte mir ein nach dem Einzelhaftsystem erbautes Mustergefängnis, das jedoch noch keine Bewohner hatte; den Stumpf eines alten Baumes, an welchen Harris, der erste Ansiedler hier (den man auch später darunter begrub) von den feindlichen Indianern gebunden wurde, die schon den Scheiterhaufen um ihn aufschichteten, als er noch zur rechten Zeit durch das Erscheinen einer befreundeten Abteilung Indianer am entgegengesetzten Ufer gerettet wurde, und noch andere Merkwürdigkeiten der Stadt.

Es war mir sehr interessant, eine Anzahl der mit den Indianern abgeschlossenen Verträge durchzusehen, die die verschiedenen Häuptlinge zur Zeit ihrer Ratifikation unterzeichnet hatten und die im Sekretariat der Republik aufbewahrt wurden. Die Unterschriften dieser Häuptlinge, die natürlich von ihrer eignen Hand herrührten, sind rohe Zeichnungen der Waffen oder Lebewesen, nach denen sie genannt wurden. So zeichnet die Große Schildkröte mit der Feder eine Schildkröte, der Büffel skizziert einen Büffel, das Kriegsbeil malt ein rohes Bild dieser Waffe als Unterschrift; und so ist es mit dem Pfeil, dem Fisch, dem Skalpiermesser, dem großen Kanu usw.

Als ich auf diese plumpen, unsichern Zeichnungen von Händen blickte, welche den härtesten Bogen vom Horn des Wapitihirsches spannten oder mit einer Flintenkugel eine Feder trafen, konnte ich nicht umhin, an Crabbes Betrachtungen über die Kirchspielregister und die unregelmäßigen Krähenfüße zu denken, von Männerhänden, die die längste Furche schnurgerade von einem Ende zum andern zu pflügen verstanden. Kummer erfüllte mich bei dem Gedanken an die einfältigen Krieger, deren Herzen und Hände in aller Aufrichtigkeit unterschrieben hatten und die erst von weißen Männern ihr Wort zu brechen und Verträge zu verdrehen lernten; und ich hätte gern wissen mögen, wie oft die leichtgläubige Große Schildkröte oder das vertrauensvolle Kleine Beil ihren Namen unter Abmachungen gesetzt hatten, die ihnen falsch vorgelesen worden waren, und wie oft sie Sachen unterzeichnet hatten, die ihnen unbekannt blieben, bis sie sich in ihrem eigenen Vaterlande in der Tat als Wilde behandelt sahen.

Unser Wirt verkündigte uns vor unserem zeitigen Mittagsmahle, daß einige Mitglieder der gesetzgebenden Körperschaft uns die Ehre ihres Besuches erweisen wollten. Er hatte uns gütigst das Zimmer seiner Frau überlassen, und als ich ihn bat, jene Mitglieder nur einzulassen, sah ich, daß er mit schmerzlicher Ahnung auf den schönen Teppich blickte, obschon mir im Augenblick, da ich andere Dinge im Kopf hatte, seine Unruhe nicht auffiel.

Es würde wahrscheinlich allen betreffenden Teilen angenehmer gewesen sein und die Unabhängigkeit der Amerikaner durchaus nicht verletzt haben, wenn einige jener Herren dem Vorurteile zugunsten der Spucknäpfe nachgegeben oder wenn sie sich für den Augenblick in den konventionellen Unsinn, Schnupftücher zu führen, gefügt hätten.

Es fuhr noch immer fort, tüchtig zu regnen, und als wir nach Tische zu dem Kanalboot (denn mit diesem Fahrzeug wollten wir weiter) hingingen, war das Wetter fortwährend so naß, wie man es nur wünschen konnte. Auch war der Anblick dieses Kanalbootes, auf dem wir drei oder vier Tage zubringen sollten, keineswegs erheiternd, da er einige beunruhigende Gedanken hinsichtlich des nächtlichen Unterkommens der Passagiere erweckte und über die andern innern Einrichtungen des Schiffes unserer Forschung ein weites Gebiet eröffnete.

Doch dort lag das Kanalboot – eine Barke mit einem kleinen Hause, wenn man es von außen betrachtete, und eine Jahrmarktsbude von innen. Die Herren waren, wie dies die Zuschauer gewöhnlich sind, in einem jener lokomotiven Museen, Pfennig-Wunder genannt, untergebracht, und die Damen durch einen roten Vorhang abgesondert, wie es in denselben Schaustellungen die Riesen und Zwerge sind, welche ihr Privatleben in gar strenger Exklusivität verbringen.

Hier saßen wir, indem wir schweigend über die zu beiden Seiten der Kajüte befindlichen Reihen kleiner Tische hinblickten und auf den auf das Boot klatschenden und mit kläglicher Fröhlichkeit im Wasser plätschernden Regen horchten, und harrten der Ankunft des Dampfwagenzugs, der unsere Passagiere vollzählig machen sollte. Mit diesem Zuge erhielten wir eine große Menge Koffer, die mit schrecklichem Gepolter auf das Dach geworfen wurden, daß man Kopfweh bekam, und mehrere durchnäßte Gentlemen, die sich um den Ofen pflanzten und deren Kleider wieder zu dampfen anfingen. Es würde ohne Zweifel etwas tröstlicher gewesen sein, wenn der Regen, der jetzt toller als je herabströmte, ein Fenster zu öffnen erlaubt hätte oder wenn wir Passagiere etwas weniger als dreißig an der Zahl gewesen wären. Doch es war kaum so viel Zeit, um daran zu denken, als auch schon drei Pferde an das Schlepptau gespannt wurden; der auf dem vordersten sitzende Junge klatschte mit seiner Peitsche, das Ruder knarrte und stöhnte in Klagetönen, und wir hatten unsere Fahrt begonnen.

10. KAPITEL

Fernere Schilderung des Kanalboots, seine innere Einrich-
tung und seine Passagiere. Reise nach Pittsburgh über das Al-
leghany-Gebirge. Pittsburgh

Da es hartnäckig zu regnen fortfuhr, blieben wir alle unten. Die nassen Gentlemen um den Ofen tauten nach und
nach auf, und die trockenen Gentlemen lagen entweder der
Länge nach ausgestreckt auf ihren Plätzen oder schlummer-
ten unruhig, mit dem Gesicht auf dem Tisch, oder sie gingen
in der Kajüte auf und ab, was jedoch nur für Leute von
mittlerer Statur gut möglich war, denn jeder Größere mußte
sich unfehlbar an der Decke eine Glatze scheuern. Ungefähr um sechs Uhr wurden alle die kleinen Tische zusammen-
gestellt, so daß sie eine lange Tafel bildeten, und jeder setzte
sich nieder, um Tee, Kaffee, Brot und Butter, Lachs, Leber,
Beefsteaks, Kartoffeln, Pökelfleisch, Schinken, Koteletts,
schwarzen Pudding und Wurst zu genießen.

„Wollen Sie sich", sagte mein Nachbar gegenüber, indem
er mir eine Schüssel mit Kartoffeln in Milch und Butter
reichte, „wollen Sie sich da nicht fixieren?"

Es gibt wohl wenig Worte von so vielfacher und verschiedener Bedeutung wie dies Wort „fixieren". Es ist das Caleb
Quotem des amerikanischen Wörterbuchs. Ihr besucht einen
Gentleman in einer Landstadt, und seine Dienerin benach-
richtigt euch, daß er „sich just fixiert", aber gleich wieder da
sein wird, worunter zu verstehen, daß er im Ankleiden begriffen ist. Ihr fragt an Bord eines Dampfschiffes einen Mitreisenden, ob das Frühstück bald fertig sein wird, und dieser
antwortet euch, daß er glaube ja, denn als er vorhin unten
gewesen, sei eben „der Tisch fixiert worden"; mit andern
Worten, man habe den Tisch gedeckt. Ihr bittet einen Kof-
ferträger, euer Gepäck zusammenzusuchen, und er sagt, ihr
möchtet euch keine Sorge darüber machen, er wolle es

„gleich fixieren"; und beklagt ihr euch über Unwohlsein, so rät man euch, zu dem und dem Doktor zu schicken, der euch im Nu „fixieren" werde.

In einem Gasthause bestellte ich eines Abends eine Flasche Glühwein und mußte lange darauf warten; endlich wurde er jedoch auf den Tisch gestellt, und zugleich ließ der Wirt um Entschuldigung bitten, denn er fürchte, der Wein sei nicht „gehörig fixiert". Und bei einem Landkutschen-Diner erinnere ich mich gehört zu haben, wie ein sehr finsterer Gentleman den Aufwärter, der ihm ein nicht gehörig zubereitetes Beefsteak brachte, mit der Frage anfuhr, ob er das Gott des Allmächtigen Gaben „fixieren" nenne?

Die Mahlzeit im Kanalboot, bei welcher mir die freundliche Einladung widerfuhr, die mich zu dieser Abschweifung verleitet hat, ward ohne Zweifel etwas gierig verschlungen; die Gentlemen steckten ihre breiten Messer und zweizinkigen Gabeln tiefer in ihren Schlund, als ich es bisher, außer von einem geschickten Taschenspieler, mit diesen Waffen hatte ausführen sehen; doch setzte sich keiner nieder, bevor die Damen ihre Plätze eingenommen hatten, und keine der kleinen Höflichkeiten, die den letzteren angenehm sein konnten, wurde vergessen. Überhaupt sah ich auf meinen Streifzügen durch Amerika niemals eine Frau der geringsten Roheit, Unhöflichkeit oder nur Unaufmerksamkeit ausgesetzt.

Als die Mahlzeit vorüber war, hatte der Regen, der sich durch das schnelle Herabströmen erschöpft zu haben schien, gleichfalls ein Ende, und nun durfte man sich getrauen, aufs Deck zu gehen. Dies gewährte eine recht wohltuende Erholung, obwohl das sehr schmale Deck durch das in der Mitte aufgehäufte Gepäck noch schmäler wurde; der gangbare Pfad zu beiden Seiten war in der Tat so eng, daß es ein Kunststück war, beim Hinundhergehen nicht über Bord zu stürzen. Es war übrigens etwas störend, sich alle fünf Minuten ducken zu müssen, jedesmal wenn der Mann am Steuer „Brücke!" rief, oder sich fast ganz platt niederzulegen, wenn es hieß „niedrige Brücke!" Allein die Gewohnheit wird ja zur andern Natur, und es gab so viele Brücken hier, daß man in kurzer Zeit daran gewöhnt sein mußte.

Als der Abend heranrückte und wir die ersten Hügelrei-
hen, die Vorposten des Alleghany-Gebirges, zu Gesicht bekamen, wurde die bisher so uninteressante Landschaft kühner
und frappanter. Der feuchte Erdboden dampfte und rauchte
nach dem heftigen Regen, und das Gequake der Frösche
(welche in diesen Gegenden einen beinahe unglaublichen
Lärm machen) klang, als ob eine Million Feenwagen, mit
Glocken behangen, in gleichem Schritt mit uns durch die
Luft segelten. Die Nacht war noch wolkig, aber wir hatten
auch Mondschein: und als wir den Susquehannah River passierten – über den eine merkwürdige hölzerne Brücke mit
zwei Galerien, eine über der andern, geht, so daß selbst zwei
einander begegnende Bootsmannschaften ohne Schwierigkeit
und Verwirrung hinüber können –, war das Schauspiel großartig und wild.

Ich habe schon erwähnt, daß ich anfangs in bezug auf das
Schlafen an Bord dieses Bootes in einiger Ungewißheit
schwebte. In diesem unruhigen Zustand blieb ich bis ungefähr um zehn Uhr, als ich hinunterging und auf beiden Seiten der Kajüte drei lange Reihen hängender Bücherschränke
entdeckte, die offenbar für Kleinoktavbände eingerichtet
waren. Als ich mir die Sache etwas genauer ansah (denn ich
wunderte mich nicht wenig, dergleichen literarische Möbelstücke an einem solchen Ort zu finden), bemerkte ich auf jedem der Bretter ein mikroskopisch kleines Bett; nun erst fing
ich zu begreifen an, daß die Passagiere die Bibliothek bilden
und wie die Bücher auf diese Bretter bis zum Morgen einge-
schachtelt werden sollten.

In dieser Meinung wurde ich bestärkt, als ich mehrere Passagiere an einem der Tische um den Kapitän des Bootes sitzen und, mit all der Leidenschaft und Spannung von Spie-
lern im Gesichte, Lose ziehen sah, während andere, mit kleinen Stücken Kartenpapier in der Hand, unter den Fächern
nach den Nummern herumsuchten, die den von ihnen gezogenen entsprachen. Sobald ein Gentleman seine Nummer gefunden hatte, nahm er augenblicklich Besitz von ihr, indem
er sich auskleidete und zu Bette kroch. Die Schnelligkeit, mit
der aus einem unruhigen Spieler ein schnarchender Schläfer

wurde, gehört zu den überraschendsten Effektszenen, die mir je vorgekommen sind. Die Damen hatten sich bereits zu Bett gelegt, hinter der roten Gardine, die sorgfältig zugezogen und in der Mitte mit Stecknadeln verschlossen worden war; obwohl uns jedes Husten, Niesen oder Flüstern hinter dieser Gardine, welches deutlich zu hören war, ihrer angenehmen Nähe und Gesellschaft versicherte.

Die Artigkeit unseres Schlafkammerkommandanten hatte mir ein Bett in einem Winkel nah an der roten Gardine verschafft, wo ich von dem großen Haufen der Schläfer einigermaßen entfernt war; dahin begab ich mich nun, nachdem ich meinem Wohltäter für seine Aufmerksamkeit meinen Dank gesagt hatte. Als ich meine Schlafstätte noch einmal maß, fand ich, daß sie gerade so breit und lang war wie ein gewöhnlicher Briefbogen von Bath-Postpapier; und ich war anfangs in großer Verlegenheit, wie ich da hineinkommen sollte. Doch da mein Bett das unterste war, beschloß ich endlich, mich flach auf den Fußboden zu legen, dann mich sachte hineinzurollen, sobald ich auf der Matratze wäre, haltzumachen und so die Nacht über liegen zu bleiben, und zwar auf der Seite meines Leibes, die gerade nach oben zu liegen käme. Glücklicherweise kam ich noch zur rechten Zeit auf den Rücken. Wie ich aber aufblickte – man denke sich meinen Schrecken –, sah ich, an der Gestalt eines Bettlakens (welches nur eine halbe Elle groß war und durch das Gewicht seines Inhalts sich zu einem ganz engen und festgespannten Sack abgerundet hatte), daß über mir ein sehr schwerer, korpulenter Gentleman lag, den die schwachen Bettschnüre gar nicht tragen zu können schienen. Ich konnte nicht umhin, an den Schmerz und die Betrübnis meiner Frau und meiner ganzen Familie zu denken, falls dieser Herr in der Nacht herunterfiele und mich, wie natürlich, erdrückte. Da es jedoch unmöglich war, ohne die fürchterlichsten und lautesten Anstrengungen mich wieder emporzuarbeiten, was jedenfalls die Damen in Alarm gesetzt hätte; und da ich auch nicht gewußt hätte, wohin ich mich sonst legen sollte, schloß ich meine Augen vor der Gefahr und blieb liegen.

Was die Menschen betrifft, die gewöhnlich in diesen Booten fahren, so ist eins von beiden eine unbestreitbare Tatsache: entweder sie sind so unruhig und rastlos, daß sie gar nicht schlafen, oder sie müssen ihrer Unruhe in Träumen Luft machen, die aber dann freilich ein seltsames Gemisch von Wahrheit und Dichtung sind. Denn jede Nacht und die ganze Nacht raste auf diesem Kanal ein vollkommener Spei- und Spucksturm; und einmal befand sich mein Rock gerade im Mittelpunkt eines von fünf Gentlemen hervorgebrachten Orkans (der sich vertikal bewegte und sich somit genau nach Reids Theorie über die Gesetze des Sturms richtete), so daß ich ihn am andern Morgen aufs Deck hängen und mit reinem Wasser auswaschen lassen mußte, ehe ich ihn wieder anziehen konnte.

Zwischen fünf und sechs Uhr morgens standen wir auf, und manche von uns stiegen auf das Deck, um den Leuten Gelegenheit zum Wegräumen der „Bücherschränke" zu geben; während andere, weil es so kalt war, sich um den alten Ofen setzten, das eben angezündete Feuer schürend und den Rost mit jenen freiwilligen Kontributionen begrüßend, mit denen sie die ganze Nacht so freigebig gewesen waren. Der Waschapparat war von patriarchalischer Einfachheit. Ein blecherner Löffel war an der Decke angekettet, mit welchem jeder Gentleman, der es für gut befand, sich zu reinigen (einige waren über diese Schwachheit erhaben), das schmutzige Wasser aus dem Kanal fischte und in eine ebenfalls angekettete Blechschüssel goß. Auch ein Rollhandtuch war vorhanden. Vor einem Spiegel in der Bar, in der unmittelbaren Nachbarschaft von Schiffszwieback, Butter und Käse, hingen der allgemeine Kamm und die Haarbürste.

Um acht Uhr, nachdem die Schlafbretter weggeräumt und die Tische zusammengerückt waren, setzte sich jeder wieder zu Tee, Kaffee, Brot, Butter, Lachs, Alse, Leber, Beefsteak, Kartoffeln, Pökelfleisch, Schinken, Koteletts, schwarzem Pudding und Wurst zu Tische. Manche fanden ein Vergnügen daran, alle diese verschiedenen Speisen untereinander zu mengen und auf einmal auf ihren Teller zu schütten. Nachdem alle Gentlemen ihre Portion Tee, Kaffee, Brot, Butter usw. zu sich genommen hatten, standen sie auf und gingen fort. Als nun endlich alle fertig waren, wurden die Überreste von der Tafel geräumt, und einer von den Aufwärtern erschien wieder, als Barbier, um die Herren, die es wünschten, zu rasieren, während die übrigen zusahen oder über ihren Zeitungen saßen und gähnten. Das Diner war wie das Frühstück, nur ohne Tee und Kaffee; Souper und Frühstück waren ebenfalls identisch.

An Bord dieses Bootes war ein Kerl mit einem hellen, rotbackigen Gesicht und einem pfeffer- und salzfarbigen Rock, der neugierigste Frager, den man sich denken kann. Er sprach nie anders als fragend. Er war ein personifiziertes Fragezeichen. Man mochte sitzen oder stehen, auf dem Deck spazieren oder essen, man mochte machen, was man wollte, gleich war er bei der Hand, mit einem großen Fragezeichen in jedem Auge, zweien in seinen gespitzten Ohren, zweien in seiner aufgestülpten Nase und seinem vorgeschobenen Kinn, einem halben Dutzend wenigstens in den Mundwinkeln und dem größten Fragezeichen unter allen in seinen Haaren, die recht vorwitzig von der Stirn wie ein Flachsbüschel in die Höhe gebürstet waren. Jeder Knopf an seinem Rock schien zu fragen: „He? Was gibt's da! Haben Sie was gesagt? Wollen Sie mir das noch einmal sagen, ja?" Er war stets gespannt, wie die verzauberte Braut, die mit ihren immer offenen Augen ihren Mann zum Wahnsinn trieb; stets unruhig, nach Antwort dürstend; stets suchend und niemals findend. Solch einen neugierigen Menschen hat es noch nie gegeben.

Ich trug damals einen Pelzrock, und ehe wir noch vom Kai los waren, fragte er mich schon aus, was der Rock koste und wo ich ihn gekauft hätte und wann, und was es für ein Pelz sei und was er wiege. Dann bemerkte er meine Uhr und fragte, was die koste und ob es eine französische Uhr sei und wo ich sie gekriegt und wie ich sie gekriegt und ob ich sie gekauft oder zum Geschenk bekommen hätte und wie sie gehe und wo das Schlüsselloch sei und wann ich sie aufzöge, ob jeden Abend oder jeden Morgen, und ob ich es nie vergäße, sie aufzuziehen und wenn, wenn ich es vergäße, was dann? Wo ich zuletzt gewesen sei und wo ich zunächst hinginge und wohin nachher und ob ich den Präsidenten gesehen und was er gesagt und was ich gesagt hätte und was er wieder auf das gesagt habe, was ich gesagt hatte? He? Um Gottes willen! Sagen Sie!

Da ich sah, daß ihm keine Antwort genügte, wich ich nach den ersten zwanzig oder vierzig Fragen aus und schützte besonders vor, den Namen des Pelzes, aus dem mein Rock war, nicht zu wissen. Ich weiß nicht, was der Grund eigentlich war, aber dieser Rock wirkte auf ihn mit wahrer Zauberkraft, die ganze Fahrt hindurch; er hielt sich gewöhnlich dicht hinter mir, wenn ich ging, und richtete sich genau nach jeder meiner Bewegungen, um den Pelz besser ansehen zu können; und häufig sprang er mir unter Lebensgefahr in die schmalsten Winkel nach, nur um das Vergnügen zu haben, mir mit der Hand sachte über den Rücken zu fahren und dann auch wider das Haar streichen zu können.

Wir hatten noch eine Kuriosität an Bord, aber von anderer Art. Es war ein schmalwangiges, dünnes Männchen von mittlern Jahren und mittlerer Statur und mit einem staubigen, graufarbigen Anzug, wie ich noch nie einen gesehen habe. Während des ersten Teils der Fahrt verhielt er sich ganz still; in der Tat kann ich mich nicht erinnern, ihn nur gesehen zu haben, bis ihn gewisse Umstände, wie das gewöhnlich bei großen Männern der Fall ist, ans Licht der Öffentlichkeit zogen. Die Ereignisse, welche ihn berühmt machten, waren in kurzem folgende:

Der Kanal geht bis zum Fuß des Gebirges, und da natürlich hört er auf; die Passagiere werden zu Lande über das Gebirge geschafft und dann von einem anderen Kanalboot aufgenommen, dem Gegenstück des vorigen, welches sie an der anderen Seite erwartete. Es sind zwei Kanalzüge mit Passagierbooten da; der eine heißt der „Expreß" und der andere (der wohlfeilere) der „Pionier". Der „Pionier" kommt früher an den Berg und wartet, bis die Leute vom „Expreß" angelangt sind, weil beide Passagiergesellschaften auf einmal über das Gebirge gefahren werden. Wir waren vom „Expreß"; aber als wir auf der andern Seite des Berges und beim zweiten Boot angekommen waren, setzten sich die Eigentümer in den Kopf, auch alle Pionierpassagiere in ihr Boot zu stopfen, so daß wir wenigstens fünfundvierzig Mann ausmachten. Dieser Zuwachs war gar nicht geeignet, unsere Aussichten auf ein bequemes Nachtlager zu verbessern. Unsere Leute brummten darüber, wie natürlich, duldeten aber nichtsdestoweniger, daß das Boot mit seiner ganzen Ladung vom Lande stieß; und so ging's den Kanal hinab. Zu Hause hätte ich laut dagegen protestiert; hier, wo ich ein Fremder war, blieb ich still. Nicht so jener Passagier. Er brach sich einen Weg durch die Leute auf dem Deck (und wir waren fast alle oben) und hielt, ohne jemand anzureden, folgenden Monolog: „Das mag *euch* recht sein, ja, meinetwegen, aber nicht *mir*. So mag man umspringen mit Leuten aus dem Osten und aus Boston, bei *mir* geht das nicht so, das sag ich euch. Na! ich bin aus den braunen Wäldern am Mississippi, ich, und wenn die Sonne auf mich scheint, so scheint sie – ein klein wenig. Bei mir blinzelt sie nicht nur so. Nein. Ich bin ein brauner Waldbewohner, jawohl. Ich bin kein Hansnarr. Nein. Bei mir gibt's keine Glattgesichter. Nein. Wir sind rauhe Kerle, ja. Ich wollt's meinen. Wenn das denen aus dem Osten und aus Boston recht ist, meinetwegen, aber ich bin keiner von daher. Nein. Diese Gesellschaft muß ein bißchen fixiert werden, ja. Bei mir sind sie an den Rechten gekommen, mit mir werden sie nicht anbinden, nein. Das heißt, die Sache ein bißchen gar zu weit treiben, ja." Sooft er mit einem dieser kurzen Sätze fertig war, drehte er sich um und ging ein paar Schritte; nach dem nächsten kurzen Satz drehte er sich wieder um und ging nach der andern Seite.

Ich kann wirklich nicht sagen, was für ein schrecklicher Sinn in den Worten des braunen Waldbewohners versteckt lag; ich weiß nur, daß die übrigen Passagiere mit Bewunderung und Entsetzen dreinsahen, daß das Boot sogleich nach dem Kai zurückfuhr und daß wir so viel Passagiere, als sich wegschmeicheln oder wegdrohen ließen, loswurden.

Als wir wieder vom Lande abstießen, wagten es einige der Kühnsten an Bord, zu dem offenbaren Gründer unseres Glückes zu sagen: „Wir sind Ihnen sehr verbunden, Sir", worauf der braune Waldbewohner (mit der Hand winkend und noch immer auf und ab spazierend) erwiderte: „Ihr

seid's nicht, nein. Ihr seid nicht von meiner Sorte. Ihr könnt
für euch selbst handeln, ja. Ich hab ihnen den Weg gezeigt.
Die Leute aus dem Osten und die Hansnarren können nun
nachgehn, wenn's ihnen beliebt. Ich bin kein Hansnarr, nein.
Ich bin aus den braunen Wäldern am Mississippi, ich –"
und so weiter wie vorher. Einstimmig erkannte man ihm einen
von den Tischen zu, um darauf zu schlafen bei Nacht –
um die Tische reißt man sich auf diesen Booten –, in Anbe-
tracht seiner öffentlichen Dienste; auch räumte man ihm auf
der ganzen übrigen Fahrt den wärmsten Platz am Ofen ein.
Aber ich sah ihn nie etwas anderes tun als eben dasitzen;
noch hörte ich ihn wieder sprechen, bis ich mitten im Getüm-
mel beim Landen des Gepäcks in Pittsburgh im Finstern über
ihn stolperte, während er, seine Zigarre rauchend, auf der Ka-
jütentreppe saß; da hörte ich, wie er, mit einem kurzen, höh-
nischen Gelächter in seinen Bart brummte: „Ich bin kein
Hansnarr, nein. Ich bin aus den braunen Wäldern am Mississippi, ich, verdamm mich –". Ich bin daher fast geneigt,
daraus zu schließen, daß er bis dahin gar nicht aufgehört
hatte, jene Worte zu murmeln, obgleich ich auf diesen Teil
der Geschichte auch nicht schwören möchte.

Da wir jedoch, in der Erzählung, noch nicht bis Pittsburgh
gekommen sind, so will ich ferner bemerken, daß das Frühstück nicht zu den appetitlichsten Mahlzeiten des Tages gehörte, da außer den mannigfachen würzigen Gerüchen, welche die schon erwähnten Speisen verbreiteten, aus der benachbarten kleinen Bar die Düfte von Gin, Whisky, Branntwein und Rum, nebst einem übernächtigen Tabaksqualm sich
deutlich verspüren ließen. Viele von den Gentlemen waren
auch nichts weniger als übertrieben fein in ihrer Leibwäsche,
die in manchen Fällen so gelb war wie die Bächlein, die von
ihren Mundwinkeln beim Kauen niedertröpfelten und da
trockneten. Auch war die Atmosphäre nicht ganz frei von
gewissen Zephyrhauchen, welche aus den eben weggeräumten
schmutzigen Betten kommen mochten und an die wir später
noch eindringlicher erinnert wurden, als zufällig auf dem
Tischtuch eine Sorte Wildbret erschien, die auf dem Speise-
zettel gar nicht erwähnt war.

Und doch, trotz dieser Kuriositäten – und auch diese hatten, wenigstens für mich, etwas Humoristisches – machte mir diese Art zu reisen viel Spaß, so daß ich jetzt mit Vergnügen daran zurückdenke. Früh um fünf Uhr mit bloßer Brust aus der schmutzigen Kajüte auf das schmutzige Deck zu laufen, das eisige Wasser sich selbst zu schöpfen, den Kopf drein zu tauchen und wieder herauszuziehen, glühend und frisch vor Kälte – wie gut bekam einem das! Der schnelle, erfrischende Spaziergang auf dem Treidelpfad vor dem Frühstück, wenn einem alle Adern vor Lust und Gesundheit zu pochen scheinen; der wunderschöne Tagesanbruch, wenn das Licht von allem widerstrahlte; die langsame Bewegung des Bootes, während man müßig auf dem Deck lag und mehr durch als auf den tiefblauen Himmel lugte; dann bei Nacht das geräuschlose Vorübergleiten an düsteren, mit dunklen Bäumen besetzten Hügeln, die zuweilen hoch oben rotglühend aussahen, wo Männer, die man nicht sehen konnte, um ein Feuer gelagert waren; das Hervortreten der glänzenden Sterne in der Stille, die kein Rädergerassel und kein Dampfmaschinenpochen, höchstens das sanfte Rieseln und Plätschern des Wassers unterbricht: das waren alles reine Genüsse.

Dann sah man neue Ansiedlungen und einzeln stehende Blockhütten und gezimmerte Häuser, die höchst interessant für den Fremdling aus einem alten Lande sind: Hütten mit einfachen Lehmöfen, die draußen vor der Wohnung standen; und Schweineställe, die beinahe so gut wie die Behausung der Menschen waren; zerbrochene Fenster, mit Hutfetzen, alten Kleidern, Brettern, Papier und Leinwandstücken verklebt; und selbstfabrizierte Tische, die im Freien vor der Türe standen und auf denen der leicht zu zählende Vorrat an Hausgeräten und Geschirren, irdenen Töpfen und Krügen aufgestellt war. Dem Auge tat es beinahe weh, die Stümpfe von großen Bäumen in jedem Weizenfeld dick gesät und die ewigen Sümpfe und Moräste zu sehen, mit hundert verfaulten Baumstämmen und Ästen, die sich in das faulige Wasser tauchten. Traurig und drückend aber war der Anblick großer Landstrecken, wo die Ansiedler die Bäume niedergebrannt hatten und die versengten Leiber derselben umherlagen wie gemordete Kreaturen, während hie und da ein verkohlter und geschwärzter Riese zwei verbrannte Arme in die Luft streckte, als wollte er den Fluch des Himmels auf seine Feinde herabrufen. Zuweilen, bei Nacht, wand sich der Weg durch eine einsame Schlucht, die einem schottischen Gebirgspaß glich und, im Mondlicht glitzernd, ringsum von steilen Abhängen so eingeschlossen war, daß kein anderer Ausgang möglich schien als auf dem engeren Pfad, auf dem wir gekommen waren, bis plötzlich ein rauher Berghang sich zu spalten schien und, den Mondschein auslöschend, während wir in seinen dunklen Schlund hineinfuhren, unsern neuen Weg in Nacht und Schatten hüllte.

Wir hatten Harrisburgh am Freitag verlassen. Am Sonntagmorgen kamen wir am Fuß des Gebirges an, über welches die Eisenbahn führt. Es hat zehn schiefe Flächen, fünf aufund fünf absteigende; auf den erstern werden die Wagen hinaufgezogen, auf den letzteren durch feststehende Maschinen sachte hinabgelassen; die dazwischenliegenden verhältnismäßig ebenen Strecken legt man teils mit Pferdekraft, teils per Dampf zurück, wie es eben nötig ist. Zuweilen sind die Schienen am äußersten Rand eines schwindligen Abgrundes verlegt, und der Reisende, wenn er zum Wagenfenster hinausschaut, sieht, durch keinen Stein oder nur ein Stückchen Geländer geschützt, gerade hinab in die tiefen Schluchten des Gebirges. Doch reist man mit großer Vorsicht; nur zwei Wagen fahren zugleich ab; und da auch sonst alle nötigen Sicherheitsvorkehrungen getroffen sind, so hat man keine Gefahr zu fürchten.

Es war sehr hübsch, über die Gebirgshöhen bei scharfem Wind in raschem Lauf dahinzubrausen und in die lichten, sanften Täler hinabzuschauen; zwischen den Baumwipfeln durch im Fluge die zerstreuten Hütten zu sehen; Kinder, die vor die Türe liefen; Hunde, die bellend heraussprangen und die wir sehen, aber nicht hören konnten; aufgeschreckte Schweine, die nach Hause trabten; ganze Familien, in ihren kunstlosen Gärten sitzend; Kühe, die stumm und gleichgültig emporsahen; Männer in Hemdsärmeln, in Betrachtung ihrer

halb fertigen Häuser und in Gedanken an ihr morgiges Tagewerk vertieft; und dabei fuhren wir, hoch über ihnen, wie
der Wirbelwind hin. Und wenn wir nach dem Essen einen
steilen Paß hinabrasselten, ohne andere bewegende Kraft als
das Gewicht der Wagen selbst, wie ergötzlich war es da, die
losgemachte Maschine, lange nach uns, summend und allein
herabfahren zu sehen, wie ein großes Insekt, dessen Rücken
im Sonnenschein goldgrün glänzt, so daß, wenn sie plötzlich
ein Paar Flügel bekommen hätte und in die Luft emporgeflo-
gen wäre, niemand sich hätte wundern können. Aber ehe wir
den Kanal erreichten, machte sie nicht weit von uns halt;
und ehe wir den Kai verließen, fuhr sie schon wieder schnau-
bend und keuchend dieselbe Anhöhe hinauf, mit den Passagieren, die nur auf unsere Ankunft gewartet hatten, um ih-
rerseits die Gebirgsstraße zu passieren.

Am Montagabend verkündeten uns dröhnende Hammer-
schläge und glühende Öfen an den Ufern des Kanals, daß
wir uns dem Ende dieses Teils unserer Reise näherten. Nachdem wir wieder einen träumerischen Ort passiert hatten –
eine lange Wasserleitung über den Alleghany River, die noch
seltsamer als die Harrisburgher Brücke war, da sie aus einem
niedrigen, aber ungeheuer großen hölzernen und mit Wasser
angefüllten Raum bestand –, kamen wir bei jenen häßlichen
Haufen von Hintergebäuden, morschen Galerien und Treppen heraus, den man an jedem Wasser, sei es ein Strom, See,
Kanal oder Graben, findet: wir waren in Pittsburgh.

Pittsburgh ist das amerikanische Birmingham; wenigstens
sagen es seine Einwohner. Die Straßen, die Kaufläden, die
Häuser, die Wagen, die Fabriken, die öffentlichen Gebäude
und die Bevölkerung ausgenommen, sieht vielleicht wirklich
alles wie in Birmingham aus. Jedenfalls hängen ungeheure
Rauchwolken über der Stadt, und sie ist berühmt wegen ihrer Eisenwerke. Außer dem Gefängnis, das ich schon einmal
erwähnte, hat Pittsburgh ein hübsches Arsenal und noch andere öffentliche Anstalten. Es liegt sehr schön am Alleghany
River, über welchen zwei Brücken führen, und die Villen der
reicheren Bürger, die auf den Anhöhen der Umgegend ver-
streut sind, nehmen sich recht anmutig aus. Wir kehrten in

einem ausgezeichneten Hotel ein, wo man uns vortrefflich
bediente; wie gewöhnlich war es voll von Dauergästen, war
daher sehr groß, und jedes Stockwerk hatte eine breite Kolonnade.

Wir verweilten drei Tage hier. Unser nächstes Ziel war
Cincinnati; da wir aber dahin per Dampf reisen mußten und
im Westen gewöhnlich ein- oder zweimal die Woche ein
Dampfschiff in die Luft fliegt, hielten wir es für geraten, erst
über die vergleichsweise Sicherheit der Dampfschiffe, die
eben im Strom lagen und nach Cincinnati gingen, einige Er-
kundigungen einzuziehen. Eines, „The Messenger" genannt,
wurde uns als das beste empfohlen. Nach der Annonce sollte
es seit vierzehn Tagen jeden Tag bestimmt abgehen, trotzdem
lag es noch immer da, und der Kapitän schien auch über die
Abfahrt noch immer keinen bestimmten Entschluß gefaßt zu
haben. Doch das ist so die allgemeine Manier, denn wenn das
Gesetz einen freien und unabhängigen Bürger zwingen dürfte, dem Publikum sein Wort zu halten, was sollte da aus der
Freiheit werden? Außerdem ist das eine geschäftliche Ange-
legenheit. Und wenn die Passagiere auf Geschäftsmanier ge-
ködert und die Leute dem Geschäft zulieb kujoniert werden,
wer, wenn er selbst ein pfiffiger Geschäftsmann ist, wird
dann sagen: „Wir müssen der Wirtschaft ein Ende machen?"

Angefeuert durch den feierlichen und zuversichtlichen
Ton der Annonce, wollte ich (der ich diesen Stil nicht kannte) sogleich außer Atem an Bord eilen; da man mir jedoch im
Vertrauen mitteilte, daß das Boot gewiß nicht vor Freitag,
dem ersten April, abgehen werde, so machten wir's uns in
der Zwischenzeit bequem und gingen erst am Freitagmittag
an Bord.

11. KAPITEL

Von Pittsburgh nach Cincinnati auf einem Dampfboot aus dem Westen. Cincinnati

Die „Messenger" lag unter einem Haufen von Hochdruck-Dampfbooten am Kai, die von dem aufsteigenden Landungs-platz oder vom hohen Ufer auf der andern Seite des Stromes aus gesehen, nicht größer zu sein schienen als Schiffsmodelle. Sie selbst hatte gegen vierzig Passagiere an Bord, ohne die är-mern Leute auf dem unteren Deck; und nach einer halben Stunde oder noch früher machte sie sich auf den Weg.

Wir hatten eine winzige Kabine mit zwei Kojen darin, in die man aus der Damenkajüte trat. Diese „Lokation" hatte ohne Zweifel etwas Angenehmes und Beruhigendes, da sie im Heck lag und man uns mehr wie einmal dringend empfohlen hatte, uns so weit wie möglich hinten zu halten, „weil die Dampfschiffe gewöhnlich nach vorn in die Luft fliegen". Diese Vorsicht war auch keineswegs überflüssig, wie mehr als ein Unglück der Art während unseres Aufenthaltes uns be-wies. Davon abgesehen, war es ein unaussprechlicher Trost, einen, wenn auch noch so beschränkten Raum zu besitzen, wo man allein sein konnte; alle diese Kammern, zu denen auch unsere gehörte, hatten jede eine zweite Glastüre außer der in der Damenkajüte, die auf eine schmale Galerie auf der Außenseite des Fahrzeuges führte, wo die anderen Passagiere selten hinkamen, so daß man da in Ruhe sitzen und die vor-überfliegenden Ansichten betrachten konnte. Wir nahmen daher mit großem Vergnügen Besitz von unserer neuen Woh-nung.

Wenn die amerikanischen Paketboote, die ich schon be-schrieben habe, keinem Fahrzeug, das wir auf dem Wasser zu sehen gewohnt sind, ähnlich sehen, so entsprechen diese Schiffe im Westen noch weit weniger allen unseren Begriffen von einem Boot oder Schiff überhaupt.

Vor allem haben sie keinen Mast, kein Tau- und Takelwerk oder sonstiges Schiffsgerät; ihr ganzer Bau hat nichts, was an Bug, Heck, Kiel oder Seitenwand eines Bootes erinnern könnte. Wenn sie nicht im Wasser wären und ein Paar Radkästen hätten, könnte man ebensogut glauben, sie seien zu irgendeiner unbekannten Arbeit hoch auf einem trockenen Berggipfel bestimmt. Sie haben nicht einmal ein sichtbares Deck: nichts als ein langes, schwarzes, häßliches Dach, welches mit ausgebrannten Kohlenstäubchen bedeckt ist; darüber ragen zwei eiserne Schornsteine hervor, ein heiseres Sicherheitsventil und ein gläsernes Steuerhaus. Dann sieht man, abwärts nach dem Wasser zu blickend, die Seiten, Türen und Fenster der Kabinen, so kunterbunt durcheinandergeworfen, als bildeten sie eine kleine Gasse, die nach dem verschiedenen Geschmack von einem Dutzend Menschen aufgebaut worden; das Ganze aber wird von Balken und Säulen getragen, die auf einer schmutzigen Barke, nur ein paar Zoll über dem Wasser, stehen, und in dem schmalen Raum zwischen diesem oberen Gebäude und dem Deck der Barke befinden sich Maschine und brennende Öfen, von allen Seiten gegen Wind und Regen frei und offen.

Wenn man bei Nacht ein solches Boot sieht und die große Feuermasse, die in freier Luft, wie ich eben sagte, unter dem schwachen Gebäude von übertünchtem und bemaltem Holz emporbraust und knistert; wenn man die Maschine sieht, die, durch nichts geschützt oder abgesondert, mitten unter einem Haufen von Müßiggängern, Auswanderern und Kindern, die sich auf dem untern Verdeck zusammendrängen, ihre Arbeit verrichtet und unter der Leitung von verwegenen und unachtsamen Menschen steht, die vielleicht nicht länger als ein halbes Jahr mit ihren Geheimnissen vertraut sind: dann muß man sagen, das Wunder ist nicht, daß so viele Unfälle passieren, sondern daß nicht jede Fahrt unglücklich verläuft.

Drin, der ganzen Länge des Bootes entlang, befindet sich eine lange, schmale Kajüte, von wo auf beiden Seiten die Eingänge zu den verschiedenen Kabinen führen. Ein kleiner Teil derselben, am Heck des Schiffes, ist für die Damen abgeteilt; am entgegengesetzten Ende derselben befindet sich die Bar. Durch die Mitte hin geht ein langer Tisch, und an jedem Ende steht ein Ofen. Der Waschapparat ist auf dem Deck. Er ist etwas, aber nicht viel besser als auf dem Kanalboot. Man reise in Amerika, wie man will, zu Land oder zu Wasser, so wird man finden, daß für die körperliche Reinlichkeit und Sauberkeit der Passagiere auf die nachlässigste Weise gesorgt ist; und ich bin sehr geneigt, diesem Umstand viele Krankheiten der Amerikaner zuzuschreiben.

An Bord der „Messenger" sollen wir drei Tage zubringen und in Cincinnati (wenn alles gut abläuft) Montag früh ankommen. Wir haben täglich drei Mahlzeiten. Um sieben Uhr Frühstück, um halb eins Diner und um sechs Uhr etwas Souper. Jedesmal stehen unzählige kleine Teller und Schüsseln auf dem Tisch, aber es ist sehr wenig drin, außer für solche Gourmands, die eine Vorliebe für gelbe Rüben, getrocknete Rindfleischschnitten, komplizierte Knäuel von spanischen Pfefferschoten, Mais, Apfelsoße und Kürbisse haben.

Manche Leute mischen alle diese kleinen Leckerbissen (mit süßem Kompott außerdem) durcheinander und nehmen sie zu ihrem Schweinebraten. Das sind gewöhnlich jene dyspeptischen Herren und Damen, die das heiße Maisbrot (welches ebenso leicht verdaulich ist wie ein geknetetes Nadelkissen) zum Frühstück und zum Abendessen in unerhörten Massen hinunterschlingen. Wer dazu nicht imstande ist und statt dessen mehrmals etwas genießt, der sitzt dann freilich da und saugt nachdenklich an seiner Gabel oder seinem Messer, bis er sich entschieden hat, was er zunächst nehmen will; dann zieht er die Gabel aus dem Maul, stößt zweifelnd in eine oder die andere kleine Schüssel und fängt wieder zu essen an. Beim Diner steht nichts zum Trinken auf dem Tisch, einige Krüge mit kaltem Wasser ausgenommen. Bei keiner Mahlzeit wird eine Silbe gesprochen. Die Reisenden machen alle finstere und trübe Gesichter, als hätten sie fürchterliche Geheimnisse auf dem Herzen. Kein Gespräch, kein heiteres Lachen, keine Geselligkeit; nur ausgespien wird in Gesellschaft, in schweigender Gemeinsamkeit, rings um den Ofen, wenn das Essen vorüber ist. Jeder setzt sich mürrisch und verdrossen nieder, schlingt seine Portion hinunter, als ob

Frühstück, Diner und Souper Naturnotwendigkeiten wären, mit denen sich weder ein Genuß noch ein Gefühl der Befriedigung jemals verbände; und wenn er sein Futter in düsterem Schweigen hinabgewürgt hat, setzt er sich ebenso schweigsam wieder hin. Wäre nicht wenigstens jene rein tierische Tätigkeit bei Tische, so könnte man die Männer der Gesellschaft für die traurigen Schatten abgeschiedener Buchhalter ansehen, die vor ihrem Schreibpult der Tod überraschte: so langweilig ist ihr still kalkulierendes, in Geschäfte versunkenes Wesen. Leichenbesorger, in ihrer Amtstätigkeit, würden sich neben ihnen wie lustige Lebemenschen ausnehmen; und der Abhub von einem Leichenschmaus wäre, im Vergleich mit diesen Mahlzeiten, ein glänzendes Festessen.

Auch sind die Leute einer wie der andere. Da ist keine Verschiedenheit des Charakters. Sie reisen in denselben Geschäften, sie reden und tun dieselben Worte und Dinge ganz auf dieselbe Weise und treiben sich ganz in demselben langweiligen, ungemütlichen Einerlei im Kreise herum. An der ganzen Tafel ist kaum ein einziger, der sich im geringsten von seinem Nachbarn unterscheidet. Es ist noch ein wahrer Trost, daß mir gegenüber jenes kleine fünfzehnjährige Mädchen mit dem gesprächigen Kinn sitzt: ich muß ihr Gerechtigkeit widerfahren lassen und gestehen, daß sie die Handschrift der Natur auf ihrem Gesicht durchaus nicht Lügen straft, denn sie ist die erste und ausgezeichnetste aller kleinen Plaudertaschen, die jemals die Ruhe einer schläfrigen Damenkajüte störten. Das schöne Kind, welches ein wenig weiter unten an der Tafel sitzt, hat jenen jungen Mann mit dem braunen Schnurrbart, der noch weiter unten neben ihr sitzt, vor einem Monat erst geheiratet. Sie wollen sich weit hinten im freien Westen niederlassen, wo er vier Jahre gelebt hat, sie aber noch nie gewesen ist. Vor kurzem sind beide in einer Landkutsche umgeworfen worden (was in jedem andern Lande, wo das nicht so häufig der Fall ist, ein böses Omen wäre), er trägt den Kopf, an dem noch die Spuren der Verwundung zu sehen sind, umbunden. Auch sie wurde dabei verletzt und lag einige Tage fast besinnungslos danieder, so hell auch ihre Augen jetzt wieder glänzen.

Noch weiter unten am Tische sitzt ein Mann, der einige Meilen weiter als diese beiden reist, um eine neu entdeckte Kupfermine zu „bearbeiten". Er führt das ganze – künftige – Dorf mit sich: ein paar gezimmerte Hütten und einen Apparat zum Kupferschmelzen. Auch die künftigen Dorfbewohner führt er mit sich. Es sind teils Amerikaner, teils Iren, und sie hocken auf dem untern Deck zusammen, wo sie vorigen Abend bis in die späte Nacht sich mit Pistolenschießen und Hymnensingen unterhielten.

Sie und die wenigen, die noch zwanzig Minuten nach dem Mahle sitzengeblieben sind, stehen jetzt auf und gehen fort. Wir folgen ihrem Beispiel und gehen durch unsere Kabine hinaus, um uns auf der stillen Galerie draußen niederzusetzen.

Es ist ein schöner breiter Strom, der jedoch an manchen Stellen weiter ist als an andern und gewöhnlich durch ein grünes, mit Bäumen bedecktes Eiland in zwei Arme geteilt wird. Dann und wann halten wir einige Minuten an, entweder um Holz oder neue Passagiere vor irgendeinem kleinen Dorf oder Marktflecken (ich sollte eigentlich sagen, vor einer Stadt, denn jeder Ort hier ist eine Stadt) einzunehmen; aber die Ufer sind größtenteils tief einsam, mit Bäumen bewachsen, die hier bereits voll belaubt und sehr grün sind. Meilenweit unterbricht die Stille dieser Einöden kein Zeichen menschlichen Lebens, keine Spur eines menschlichen Fußtrittes; noch sieht man rings sich etwas regen als den Blauhäher, der eine so glänzende, aber zarte Farbe hat, daß man eine fliegende Blume zu sehen glaubt. In langen Zwischenräumen stößt man auf eine Blockhütte, die mit ihrem kleinen Stück urbar gemachten Land sich unter einer Anhöhe geborgen hält und den blauen Rauch wie einen gekräuselten Faden gen Himmel sendet. Sie steht in einem Winkel des ärmlichen Weizenfeldes, das noch voll großer, häßlicher Baumstümpfe ist, die rohen Fleischerblöcken gleichen. Zuweilen findet man den Boden eben erst gesäubert: die gefällten Bäume liegen noch auf der Erde umher, und das Blockhaus ist diesen Morgen erst angefangen worden. Wie wir an dieser Lichtung vorüberfahren, steht der Ansiedler da, auf seine Axt oder seinen

Hammer sich lehnend, und sieht neugierig die Fremdlinge aus der weiten Welt an. Die Kinder kommen aus der provisorischen Hütte hervorgekrochen, die wie ein Zigeunerzelt in die Erde hineingebaut ist, und klatschen mit den Händen und schreien. Der Hund sieht uns nur flüchtig an, dann blickt er wieder zu seinem Herrn auf, als würde er unruhig über jede Unterbrechung des gewöhnlichen Tagewerks und wüßte nicht mehr, was Erholung sei. Dabei immer ewig derselbe Vordergrund, der Strom hat die Ufer unterhöhlt und weggespült, und stattliche Bäume sind ins Wasser niedergesunken. Einige haben so lange im Wasser gelegen, daß sie nur noch dürre, graue Gerippe sind. Einige sind eben Hals über Kopf hineingestürzt, die Erde hängt noch an ihren Wurzeln; sie baden ihre grünen Häupter im Strom und setzen neue Sprößlinge und Zweige an. Andere sinken beinahe um, wie man sie ansieht. Und noch andere sind vor so langer Zeit schon hier untergegangen, daß sie mitten im Strom ihre gebleichten Arme aus dem Wasser emporstrecken, als wollten sie nach dem Boot greifen und es zu sich hinunterziehen.

Durch solche Gegenden verfolgt die schwerfällige Maschine mit heiserem Schnauben ihren einsamen Pfad: bei jedem Umschwung der Räder läßt sie ein lautes, schrilles Pfeifen erschallen, laut genug, sollte man denken, um die ganze Indianerschar, die dort in dem großen Rasenhügel begraben liegt, von den Toten zu erwecken. Diese Gruft ist so alt, daß mächtige Eichen und andere Waldbäume auf ihr Wurzel geschlagen haben, und so hoch, daß sie selbst unter den Höhen, welche die Hand der Natur rings um sie gepflanzt hat, einen stattlichen Hügel vorstellt. Selbst der Strom, als teilte er des Wanderers Wehmut um die untergegangenen Stämme, die vor Jahrhunderten in glücklicher Unkenntnis der weißen Rasse hier so fröhlich lebten, selbst der Strom schleicht aus seinem Bett heran, um die Rasengruft zu bespülen; und nur an wenig Orten funkelt der Ohio so hell und lieblich wie im Big Grave Creek.

Alles das sehe ich von meinem Sitz auf der schon erwähnten Heckgalerie aus. Der Abend kommt langsam über die Landschaft geschlichen und verwandelt sie vor meinen Augen, während wir haltmachen, um einige Auswanderer ans Ufer zu setzen.

Es sind fünf Männer, fünf Frauen und ein kleines Mädchen. Ihr ganzes Hab und Gut besteht in einem Sack, einer großen Kiste und einem alten Stuhl, einem einzigen, alten hochlehnigen Strohstuhl, der selbst ein einsamer Ansiedler ist. Sie werden in einem Nachen ans Ufer gerudert, während unser Fahrzeug eine kleine Strecke davon anhält und auf seine Rückkehr wartet, denn der Strom ist hier seicht. Sie landen am Fuße einer Uferhöhe, auf deren Gipfel einige Blockhütten stehen, zu denen man nur auf einem langen, gewundenen Pfade gelangen kann. Es wird dunkel, aber die Sonne ist rotglühend und leuchtet wie Feuer auf dem Wasser und einigen Baumgipfeln.

Die Männer treten zuerst aus dem Boot ans Land, helfen den Frauen heraus, nehmen den Sack, die Kiste, den Stuhl, sagen den Ruderern Lebewohl und stoßen ihnen den Kahn ins Wasser. Beim ersten Ruderschlag setzt sich die älteste unter den Frauen in den alten Stuhl, hart am Rande des Wassers, ohne ein Wort zu sprechen. Keiner von den andern setzt sich, obgleich die Kiste noch für mehrere Platz hat. Sie alle bleiben, wo sie gelandet sind, wie versteinert stehen und sehen dem Boote nach. In dieser Stellung bleiben sie, die alte Frau auf ihrem alten Stuhl in der Mitte, der Sack und die Kiste am Ufer, ohne daß sich einer darum kümmert: aller Augen auf den Kahn gerichtet. Der Kahn kommt an die Seite des Dampfbootes, wird festgebunden, die Männer springen an Bord, die Maschine setzt sich in Bewegung, und fort geht es wieder mit heiserem Schnauben. Noch stehen sie dort, ohne eine Hand zu rühren. Noch in weiter Ferne und in der Dämmerung kann ich sie mit dem Augenglas erkennen, wie sie am Wasser stehen; die alte Frau auf ihrem alten Stuhl und die übrigen rings um sie, ohne ein Glied zu rühren. So verliere ich sie endlich langsam aus den Augen.

Die Nacht wird finster, und wir fahren im Schatten eines bewaldeten Ufers, was die Dunkelheit noch größer macht. Nachdem wir lang an dem düstern Labyrinth von Gestrüpp und Ästen vorübergeglitten sind, kommen wir auf einen offenen Platz, wo die hohen Baumstämme lichterloh brennen. In der hochroten Glut sieht man deutlich die Gestalt aller Äste und Zweige; und wie der leichte Wind schürend hineinweht, scheinen sie gleichsam selbst aus lebendigem Feuer gewoben. Es ist ein Schauspiel, wie es in den Sagen von verzauberten Wäldern vorkommt, nur daß es traurig ist, diese stolzen Naturkinder in ihrer Einsamkeit so grausam sterben zu sehen. Wie viele Jahre müssen kommen und schwinden, bevor die Zauberkraft, welche sie geschaffen, ihresgleichen wieder auf diesem Boden hervorruft. Aber die Zeit wird kommen; und wenn in ihrer Asche, nach tausend Metamorphosen, die Sprößlinge noch ungeborener Jahrhunderte Wurzel geschlagen haben, dann werden die rast- und ruhelosen Menschen ferner Zeitalter wieder in diese noch einmal unbevölkerten Einöden fliehen; und ihre Mitbrüder in weit entlegenen Städten, die vielleicht jetzt noch auf dem Meeresgrunde schlummern, lesen dann in seltsam fremd klingender Sprache von Urwäldern, wo man nie die Axt erklingen hörte und deren wild bewachsenen Boden noch kein menschlicher Fuß betrat.

Die Mitternacht und der Schlaf verwischen diese Bilder und Gedanken aus meiner Seele, und als der Morgen wieder aufgeht, fällt sein Schimmer auf die Giebel einer volkreichen, lebendigen Stadt, vor deren breitem, gepflastertem Kai unser Dampfboot vor Anker liegt; ringsum andere Boote, Flaggen und brausende Räder und das Lärmen und Summen der Menge, als gäbe es tausend Meilen in die Runde nicht eine Elle wüstes und unbebautes Land.

Cincinnati ist eine schöne, muntere, belebte und aufblühende Stadt. Nicht oft sieht man einen Ort, der sich gleich auf den ersten Blick dem Fremden so vorteilhaft empfiehlt wie Cincinnati mit seinen saubern roten und weißen Häusern, seinen gut gepflasterten Straßen und hellen Trottoirs. Auch wird dieser angenehme Eindruck durch eine nähere Bekanntschaft nicht geschwächt. Die Straßen sind breit und luftig, die Kaufläden vom besten Aussehen und die Privatwohnungen von merkwürdiger Eleganz und Reinlichkeit. Die mannigfach wechselnde Bauart der letzteren zeugt von

Phantasie und Erfindung, was nach dem eintönigen Wesen und Treiben der Dampfbootgesellschaft einen entzückenden Eindruck macht, da es einen gleichsam versichert, daß jene beiden Eigenschaften noch nicht ganz aus der Welt verschwunden sind. Das Streben, diese hübschen Villen so viel wie möglich zu verzieren und anziehend zu machen, führt zur Kultur der Bäume und Blumen, zum Anlegen gepflegter Gärten, was dem Wanderer in den Straßen einen erfrischenden Anblick verschafft. Ich war ganz entzückt von der Schönheit der Stadt und der anstoßenden Vorstadt Mount Auburn, von wo aus die Stadt, die in einem von Hügeln gebildeten Amphitheater liegt, sich wie ein wunderschönes Gemälde ausnimmt.

Einen Tag nach unserer Ankunft wurde gerade eine große Mäßigkeitsversammlung gehalten, und da der Zug unter den Fenstern unseres Hotels vorüberging, hatte ich, als er am Morgen ausrückte, die beste Gelegenheit und den besten Platz zum Sehen. Er bestand aus mehreren tausend Menschen, welche Mitglieder der verschiedenen „Washington Auxiliary Temperance Societies" waren, und wurde von Beamten zu Pferde angeführt, die munter die Reihen hinauf und herunter trabten, daß ihre farbigen Bänder und Schärpen lustig im Winde flatterten. Auch Musikkapellen und zahllose Banner waren da; und es war überhaupt ein frisches, festtägliches Leben unter der Masse.

Besonders freuten mich die Iren, die eine eigene Gesellschaft für sich bildeten und mit ihren grünen Schärpen recht stolz taten; sie trugen die Nationalharfe und das Porträt von Vater Mathew hoch über die Köpfe des Volkes. Sie sahen so wohlgemut und lustig wie immer drein; bei der härtesten Arbeit um ihr liebes Brot waren sie hier die unabhängigsten Menschen von der Welt geworden.

Die Banner waren sehr hübsch gemalt und wehten ganz prächtig die Straße entlang. Da sah man den Stab an den Felsen in der Wüste schlagen und das klare Wasser hervorsprudeln; da war der Enthaltsame, der mit gewaltiger Axt zu einem tödlichen Streich ausholte gegen eine Schlange, die von einem Branntweinfaß auf ihn niederschießen wollte. Das

Hauptbild aber war eine ungeheure allegorische Devise, welche die Schiffszimmerleute trugen; auf der einen Seite des Banners sah man das Dampfboot „Alkohol", welches mit einem fürchterlichen Knall (einem gemalten) und gesprungenem Kessel in die Luft flog, während das gute Schiff „Mäßigkeit" mit günstigem Winde dahinfuhr, zur herzlichen Freude von Kapitän, Mannschaft und Passagieren.

Nachdem der Zug rings um die Stadt marschiert war, begab er sich zu einem Sammelplatz, um da, wie das gedruckte Programm verkündet hatte, von den Kindern der verschiedenen Freischulen mit „Mäßigkeitsgesängen" begrüßt zu werden. Ich kam nicht zeitig genug, um diese kleinen Sänger zu hören oder etwas über diese – wenigstens für mich – neue Art von Vokalunterhaltung zu berichten: aber auf einem großen freien Platz fand ich die verschiedenen Gesellschaften, jede um ihr Banner geschart, mit aufmerksamem Schweigen ihrem Redner zuhörend. Die Reden waren – nach dem wenigen zu urteilen, was ich davon vernehmen konnte – dem Zweck angemessen, da sie eine große Verwandtschaft mit einer kalten Dusche aufwiesen; allein die Hauptsache blieb doch das Benehmen der Zuhörer während des Tages, und das war allerdings bewunderswert und verhieß nur Gutes.

Cincinnati hat einen ehrenvollen Ruf wegen seiner Freischulen, deren so viele sind, daß es auch dem ärmsten Kinde nicht an Unterricht und Erziehung fehlen kann; die Mittel dazu reichen im Durchschnitt für viertausend Zöglinge jährlich aus. Ich war nur in einer dieser Anstalten während der Unterrichtsstunde. In der Knabenschule, die voll kleiner Jungen zwischen sechs und zehn oder zwölf Jahren war, wollte der Lehrer mir zuliebe eine Prüfung in Algebra improvisieren; ein Anerbieten, das ich bei meinem Mißtrauen in meine Fähigkeit, die etwaigen Fehler der Zöglinge zu bemerken, gewissermaßen erschrocken ablehnte. In der Mädchenschule wurde eine Leseprobe vorgeschlagen, und da ich mich in dieser Kunst leidlich beschlagen fühlte, erklärte ich mich gern bereit, eine Klasse lesen zu hören. Es wurden also Bücher herumgegeben, und ein halb Dutzend Mädchen etwa lasen nacheinander einige Stellen aus einer Geschichte Englands. Das Buch war jedoch nur eine trockene Kompilation, die noch dazu unendlich über die Fassungskraft der armen Kinder ging; und nachdem sie drei oder vier schreckliche Stellen über den Frieden von Amiens und andere erschütternde Geschichten der Art (offenbar, ohne zehn Worte zu verstehen) durchgestottert hatten, erklärte ich mich vollkommen befriedigt. Es ist wohl möglich, daß sie bloß dem Gaste zu Ehren, der in Erstaunen gesetzt werden sollte, sich so hoch verstiegen auf der Leiter der Wissenschaft und daß sie sonst sich auf einer bescheidenern Höhe niederlassen dürfen; aber es hätte mir Vergnügen gemacht, sie ihre einfachern Lektionen, die sie verstehen konnten, einüben zu hören.

Wie in allen andern Städten, die ich besuchte, so waren auch hier die Richter Gentlemen von Bildung und edlem Charakter. Ich war in einem der hiesigen Gerichtshöfe einige Minuten und fand ihn ganz so wie die schon oft beschriebenen. Ein geringfügiges Vergehen wurde verhandelt; es waren nicht viele Zuschauer da, und die Zeugen, Geschworenen und der Rechtsbeistand bildeten eine Art von traulichem Familienzirkel.

Die Gesellschaft, soweit ich sie kennenlernte, war intelligent, angenehm und artig im Umgange. Die Einwohner von Cincinnati sind auf ihre Vaterstadt als einen der interessantesten Orte in Amerika mit Recht stolz: denn so schön und blühend jetzt Cincinnati mit seiner Bevölkerung von fünfzigtausend Seelen ist, so sind es doch noch kaum zweiundfünfzig Jahre her, daß der Boden, auf dem es steht (und der damals für einige Dollar angekauft wurde) ein wilder Wald war und seine Bürger einen Haufen zerstreuter Blockhütten am Flußufer bewohnten.

12. KAPITEL

*Von Cincinnati nach Louisville per Dampfboot; von Louis-
ville nach St. Louis ebenso. St. Louis*

Wir verließen Cincinnati am Vormittag um elf Uhr und
schifften uns nach Louisville auf dem Dampfboot „Pike"
ein, welches, weil Postschiff, weit besser war als das, welches
uns von Pittsburgh hierhergebracht hatte. Da diese Fahrt
nicht mehr als zwölf oder dreizehn Stunden dauert, richteten
wir es so ein, daß wir zur Nacht an Land gingen; denn wir
sehnten uns nicht gar sehr nach der Auszeichnung, in einer
Kabine zu schlafen, wenn es uns woanders möglich war.

Außer dem gewöhnlichen schrecklichen Passagiervolk befand sich ein gewisser Pitchlynn an Bord, ein Häuptling vom
Stamm der Choctaw-Indianer, *der mir seine Karte schickte*
und mit dem ich das Vergnügen hatte, ein langes Gespräch
zu führen.

Er sprach ein einwandfreies Englisch, obgleich er es, wie er
mir erzählte, erst als junger Mann zu lernen angefangen hatte. Er hatte viele Bücher gelesen, und Walter Scotts Poesie
schien auf seine Phantasie einen starken Eindruck gemacht
zu haben; besonders der Eingang zum „Fräulein vom See"
und die große Schlachtszene in Marmion, die ihn ohne Zweifel wegen der innern Verwandtschaft des Gegenstandes mit
seinem ursprünglichen Beruf und Lieblingstreiben so sehr interessierte und entzückte. Er schien alles, was er gelesen hatte, sehr wohl zu verstehen, und jede Dichtung, die seine Sympathie und seinen Glauben daran rege machte, hatte einen
tiefen, ich möchte sagen, heftigen Eindruck auf sein Gemüt
gemacht. Er ging in unserer gewöhnlichen Alltagstracht, die
ihm aber nicht gut stand und nachlässig um seine schönen
Glieder hing. Als ich bedauerte, ihn nicht in seiner National-
tracht sehen zu können, hob er einen Augenblick stürmisch
den rechten Arm, als wollte er eine schwere Waffe schwin-

gen, und sagte, indem er ihn wieder sinken ließ, daß seine Rasse noch manches andere außer ihrer Tracht verliere und bald von der Erde verschwinden werde: aber zu Hause gehe er indianisch gekleidet, fügte er stolz hinzu.

Er sagte mir, daß er von seiner Heimat, westlich vom Mississippi, siebzehn Monate weg gewesen sei und jetzt dahin zurückkehre. Er hatte diese Zeit größtenteils in Washington zugebracht wegen einiger zwischen seinem Stamme und der Regierung schwebenden Verhandlungen, die noch nicht erledigt waren (wie er in traurigem Tone bemerkte) und wohl auch nie erledigt werden würden; denn was vermöchte eine Handvoll armer Indianer gegen so geschäftskundige Leute wie die Weißen? Er liebe Washington nicht, sagte er, sei der großen und kleinen Städte bald überdrüssig und sehne sich nach den Wäldern und der Steppe.

Ich fragte ihn, was er von dem Kongreß halte? Er antwortete mit einem Lächeln, daß es ihm in den Augen eines Indianers an Würde fehle.

Er meinte, er möchte gern einmal England sehen, ehe er sterbe, und sprach mit vielem Interesse von den großen Dingen, die dort zu sehen wären. Als ich ihm von dem Saal im Britischen Museum erzählte, worin man noch Hausgeräte von einem vor Jahrtausenden untergegangenen Volke zum Andenken aufbewahrt sieht, horchte er sehr gespannt, und es war leicht zu sehen, daß er dabei lebhaft an das allmähliche Verschwinden seines eigenen Geschlechts dachte.

Dies brachte uns auf Mr. Catlins Galerie, die er sehr lobte, indem er bemerkte, daß auch sein Porträt sich in der Sammlung befinde und daß die Bilder alle recht „elegant" seien. Mr. Cooper, sagte er, habe den roten Mann gut gezeichnet und ich, sagte er, würde es gewiß auch können, wenn ich mit ihm in seine Heimat gehen und mit ihm Büffel jagen wollte, wozu er mich sehr angelegentlich zu bereden suchte. Als ich bemerkte, ich würde, wenn ich auch mitginge, doch wahrscheinlich den Büffeln nicht sehr gefährlich werden, lachte er von ganzem Herzen.

Es war ein merkwürdig schöner Mann, etwas über vierzig Jahr alt, wie ich glaube, hatte langes schwarzes Haar, eine

Adlernase, breite Backenknochen, ein sonnengebräuntes Antlitz und ein scharfes, durchdringendes schwarzes Auge. Es existieren nur noch 20 000 Choctaws, sagte er, und ihre Zahl schwindet mit jedem Tage. Einige seiner Brüder-Häuptlinge waren gezwungen, sich zu zivilisieren und mit dem, was die Weißen wissen, bekannt zu machen, denn das allein gebe ihnen noch einige Hoffnung, ihre Existenz zu fristen. Doch das hätten nicht viele getan, und die übrigen seien die alten geblieben. Er verweilte lange bei diesem Thema und wiederholte mehrmals, daß sie vor dem Fortschritt der zivilisierten Gesellschaft spurlos verschwinden müßten, wenn sie es nicht versuchten, sich von ihren Siegern assimilieren zu lassen.

Als wir beim Scheiden uns die Hände drückten, sagte ich, er solle doch nach England kommen, da er sich so sehr nach diesem Lande sehne, ich würde mich sehr freuen, ihm eines Tages dort zu begegnen, und könne ihm versprechen, daß er gut aufgenommen und freundlich behandelt werden würde. Diese Versicherung machte ihm offenbar Freude, obwohl er mit gutmütigem Lächeln und ungläubigem Kopfschütteln entgegnete, die Engländer hätten die roten Männer recht lieb gehabt, als sie noch ihren Beistand brauchten, seitdem aber kümmerten sie sich nicht mehr um sie.

Er schied: ein so stattlicher und vollkommener Gentleman aus der Hand der Natur hervorgegangen, wie ich nur je einen sah, und als er durch das Volk im Boot dahinschritt, kam er mir wie ein anderes höheres Wesen vor. Er schickte mir bald nachher sein lithographiertes Portät, das ziemlich getroffen, obwohl nicht hübsch genug war. Ich habe es zum Andenken an unsere kurze Bekanntschaft sorgfältig aufbewahrt.

Die Gegend, durch die wir an diesem Tage fuhren, bot nichts besonders Interessantes, und um Mitternacht kamen wir nach Louisville. Wir übernachteten im Galt House, einem prachtvollen Hotel, und wohnten da so hübsch, als ob wir in Paris und nicht Hunderte von Meilen jenseits des Alleghany-Gebirges wären.

Da die Stadt nicht interessant genug war, um uns zu einem Aufenthalt zu veranlassen, beschlossen wir, am kommenden

Morgen auf einem andern Dampfschiffe, der „Fulton", weiterzureisen und um Mittag in der Vorstadt Portland einzusteigen, wo es, eines zu passierenden Kanals wegen, eine Weile anhalten mußte.

Nach dem Frühstück fuhren wir zum Zeitvertreib in der Stadt umher; sie ist regelmäßig gebaut und nimmt sich recht heiter aus, die Straßen durchschneiden sich in rechten Winkeln und sind mit jungen Bäumen bepflanzt. Die Häuser sind alle – weil man hier Pechkohlen brennt – vom Rauch geschwärzt, doch ein Engländer ist daran gewöhnt und findet durchaus nichts Anstößiges darin. Es war nicht viel Leben zu sehen, die Geschäfte mußten flau sein; einige unvollendete Gebäude und Reparaturen schienen anzudeuten, daß die Stadt im Eifer des Fortschritts sich im Bauen etwas übernommen haben und nun unter den auf solche fieberische Anspannung folgenden Reaktionen leiden mußte.

Als wir nach Portland gingen, kamen wir an einem Magistratsbüro vorüber, das mehr wie eine Mädchenschule denn wie ein Polizeiamt aussah; denn das ehrfurchtgebietende Institut war nichts als ein trübseliges, stilles Vorderzimmer, das auf die Straße ging und worin zwei oder drei Gestalten (vermutlich der Richter und seine Myrmidonen) sich in Behaglichkeit und Ruhe sonnten. Es war ein vollkommenes Bild der Gerechtigkeit, die aus Mangel an Kunden sich vom Geschäft zurückgezogen, Schwert und Waage verkauft und sich bequem in ihren Sorgenstuhl gelehnt hat, um ein Schläfchen zu machen.

Hier wie überall in diesen Gegenden lebte und webte die ganze Straße von Schweinen jeden Alters; in allen Ecken lagen sie entweder in tiefem Schlafe oder liefen sie grunzend umher, um verborgene Leckerbissen zu suchen. Ich habe von jeher große Vorliebe für diese kuriosen Tiere, und wenn ich keine andere Unterhaltung hatte, sah ich stets mit Vergnügen ihrem Treiben zu. Bei unserer Morgenfahrt beobachtete ich einen kleinen Vorfall zwischen zwei jugendlichen Schweinen, der mir zur Zeit so menschlich, so höchst komisch und grotesk vorkam und doch vielleicht in der Erzählung sich sehr zahm und nüchtern ausnimmt.

Ein junger Gentleman (ein sehr delikates Ferkel mit mehreren Strohhalmen um die Nase, die auf kürzlich vorgenommene Visitationen eines Misthaufens hindeuteten) ging in tiefen Gedanken langsam vor sich hin, als sein Bruder, der ungesehen von ihm in einem Dreckloch lag, sich plötzlich dicht vor seinem erschreckten Blick erhob, wie ein Gespenst im nassen Kot. Das Blut in seinen Adern gerann ihm. Es fuhr wenigstens drei Schritt zurück, starrte einen Augenblick das Schreckbild an und schoß dann fort, so schnell es konnte, wobei sein außerordentlich kleines Schwänzchen vor Hast und Schrecken zitterte wie ein aus dem Takt geratenes Pendel. Allein ehe es noch gar weit gelaufen war, begann es in seinem Innern über die Natur dieser schrecklichen Erscheinung nachzudenken und ließ allmählich in seiner Eile nach, bis es endlich stehenblieb und sich umdrehte. Und da war sein Bruder wieder, kotglänzend und in der Sonne strahlend am ganzen Leibe, noch immer glotzte er aus demselben Loch hervor, ganz erstaunt, wie sein Bruderschwein sich gebärdete! Kaum war dieses seiner Sache gewiß – und es stellte seine Untersuchung so sorgfältig an, daß man sagen könnte, es hielt sich die Hand vor die Augen, um besser zu sehen –, kehrte es im Trott um, stürzte auf den Bruder los und bestrafte ihn summarisch, indem es ihm ein Stück Schwanz abbiß – zur Warnung für die Zukunft, auf daß er sich künftig nicht wieder erlaube, einem Glied seiner Familie einen Streich zu spielen.

Wir fanden das Dampfboot im Kanal, wo es erst langsam durch die Schleuse fahren mußte, und gingen an Bord. Es dauerte nicht lange, so hatten wir schon wieder Besuch, diesmal von einem Kentucky-Riesen namens Porter, der in den Strümpfen nicht mehr als sieben Fuß acht Zoll groß ist.

Keine Menschenrasse ist von den Chronisten so lügnerisch und grausam verleumdet worden wie das Geschlecht der Riesen. Statt durch die Welt zu rasen, wie es in den alten Sagen heißt, und ihre Speisekammer auf kannibalische Weise zu füllen, sind sie die sanftesten Menschen, die man nur kennt: sie ertragen alles, wenn man sie nur in Frieden läßt, und leben gern von Milch und Vegetabilien. Freundlichkeit und

Milde sind so entschieden ihre hervorstechenden Eigenschaften, daß ich, offen gestanden, jenen Heldenjüngling, der sich
durch die Ausrottung dieser harmlosen Menschen auszeichne-
te, nur als einen falschherzigen Straßenräuber ansehen kann,
der unter philanthropischer Maske focht und im Herzen nur
die Schätze in den Schlössern der Riesen zu erbeuten dachte.
Ich bin um so mehr dieser Ansicht, als ich finde, daß selbst
der Geschichtsschreiber jener Heldentaten bei aller Parteilichkeit für seinen Helden gerne zugibt, daß die hingeschlach-
teten Ungeheuer eigentlich ganz unschuldige und einfältige
Geschöpfe waren, außerordentlich arglose, leichtgläubige
Menschen, die den unwahrscheinlichsten Erzählungen ein ge-
neigtes Ohr liehen, leicht in die Falle gingen und selbst (wie
jener walisische Riese) in ihrer übermäßigen Gastfreundlichkeit sich lieber den Bauch hätten aufschneiden lassen, als daß
sie geglaubt hätten, ihre Gäste könnten Betrüger sein und mit
ihnen ihren Hokuspokus treiben.

Der Kentucky-Riese war nur ein neuer Beleg für die
Wahrheit dieser Ansicht. Er war etwas schwach in den Knien,
und in seinem langen Gesicht lag etwas so Gutmütiges, Zu-
trauliches, daß man wohl sah, er verschmähte auch den moralischen und physischen Beistand eines bloß fünf Fuß neun
Zoll hohen Menschen nicht. Er war nicht älter als fünfundzwanzig Jahre, wie er sagte, und war erst vor kurzem ausge-
wachsen, denn an den Beinen seiner Hosen hatte man etwas
ansetzen müsssen. Mit fünfzehn Jahren war er noch ein kleiner Junge und mußte sich von seinem englischen Vater und
seiner irischen Mutter oft anschnauzen lassen, weil er zu klein
von Natur war, um das Ansehen der Familie aufrechtzuerhal-
ten. Er sagte auch, daß er früher nicht sehr gesund gewesen,
doch jetzt gehe es damit besser; hingegen fehlte es nicht
an kleinen Leuten, die da sagten, daß er zu tief ins Glas
gucke.

Er ist ein Lohnkutscher, soviel ich hörte, obwohl ich nicht
einsehe, wie er's anfängt, wenn er sich nicht etwa hinten auf
den Tritt stellt, mit der Brust über das Dach der Kutsche legt
und das Kinn auf den Bock aufstemmt. Er hatte als Rarität
sein Schießgewehr mit, „die kleine Büchse" getauft; im Fen-

ster eines Kaufladens in Holborn ausgestellt, könnte diese kleine Flinte das Glück eines jeden Krämers machen. Nachdem er eine Weile geplaudert und sich sattsam hatte sehen lassen, entfernte er sich mit seinem Taschengewehr und wakkelte in die Kajüte hinab, wo er unter den Kerlen von sechs Fuß und mehr Höhe wie ein Leuchtturm unter Laternenpfählen wandelte.

Einige Minuten später waren wir aus dem Kanal heraus und wieder auf dem Ohio.

Das Boot war im Innern geradeso wie die „Messenger" eingerichtet, und die Passagiere waren dieselbe Sorte Menschen. Wir aßen um dieselbe Zeit, in derselben langweiligen Gesellschaft und hatten dieselben Speisen. Die Leute schienen dasselbe furchtbare Geheimnis auf dem Herzen zu haben und ebensowenig der geringsten Heiterkeit fähig zu sein. Ich habe in meinem Leben keine so dumpfe und stumpfe, trübe Langeweile erlebt wie bei diesen Mahlzeiten; die bloße Erinnerung daran drückt mich nieder und macht mich für den Augenblick unglücklich. Ich saß gewöhnlich in meiner Kajüte, lesend oder schreibend, mit dem Buch auf den Knien, und die Stunde, die uns zu Tische rief, sah ich wirklich mit Furcht und Schrecken nahen; ich war so froh, wenn die Mahlzeit überstanden war, als wäre sie eine Bußübung oder Strafe. Gern will ich mit Le Gages wanderndem Schauspieler die trockene Brotrinde in die Quelle tauchen, wenn nur Frohsinn und Heiterkeit das Mahl würzen; aber mit so vielen Mit-Tieren mich hinzusetzen, um die Stillung von Durst und Hunger wie ein Geschäft abzumachen, um den Yahoo-Trog so schnell als möglich zu leeren und sich dann mürrisch fortzuschleichen und dieses gesellige Sakrament, die Mahlzeit, so entheiligt, so zur bloßen Befriedigung der gierigen Notdurft herabgewürdigt zu sehen, ist so gegen meine Natur, daß ich wirklich glaube, die Erinnerung an diese Leichenfeierschmausereien wird mein ganzes Leben lang mich wie ein Alp drücken.

Einen Trost hatten wir auf diesem Boot, den wir auf dem früheren entbehrten; dies war die hübsche Frau des Kapitäns (eines derben, gutmütigen Mannes), die mit uns reiste und sich gern aufgeweckt und munter gab; noch einige andere ebenfalls liebenswürdige Damen waren an Bord, die immer neben uns am Ende der Tafel saßen. Aber gegen den niederdrückenden Einfluß der ganzen Gesellschaft konnte nichts aufkommen. Es lag in der Langweiligkeit dieser Leute eine eigentümlich magnetische Kraft, die den lebhaftesten und besten Gesellschafter von der Welt zu Boden drücken mußte. Ein Scherz wäre ein Verbrechen gewesen, und ein Lächeln hätte sich in grinsendes Entsetzen verwandelt. Solch bleiern schwerfälliges Volk, solch ein systematisch, unerträglich ärgerliches Menschenpack, solch eine für allen freien, geselligen, herzlichen, jovialen Verkehr unempfängliche Masse ist, seit die Welt steht, nirgends zusammengekommen.

Auch die Gegend hatte durchaus nichts Erheiterndes, als wir uns endlich dem Zusammenfluß des Ohio und des Mississippi nahten. Die Bäume waren von verkrüppeltem Wuchs, die Ufer niedrig und flach, die Ansiedlungen und Blockhütten wurden seltener; ihre Bewohner elender und blasser als alle, die wir bis jetzt getroffen hatten. Kein Vogelsang in den Lüften, keine lieblichen Düfte, keine wechselnden Lichter und Schatten von rasch vorübereilenden Wolken. Eine Stunde wie die andere brannte derselbe heiße, eherne Himmel auf dasselbe eintönige Einerlei herab. Eine Stunde wie die andere wälzte der Strom sich so verdrossen und langsam wie die Zeit selbst dahin.

Endlich, am dritten Morgen, erreichten wir einen so öden und wüsten Punkt, daß die eintönigsten Gegenden, durch die wir gekommen waren, in Vergleich mit diesem voll Reiz und Interesse waren. Am Zusammenfluß der beiden Ströme, auf einem so niedrigen und flachen Sumpfboden, daß zu gewissen Jahreszeiten die Überschwemmung bis an die Dachgiebel reicht, liegt eine Stadt, wo Fieber, Elend und Tod wachsen; ein Ort, der, in England als Goldmine gepriesen, viele, die den Lügenberichten von hier aus glauben, zu verderblichen Spekulationen verleitet. Ein entsetzlicher Sumpf, auf dem die halb fertigen Häuser hinfaulen: hie und da ein paar Ellen weit ausgetrocknet, und mit einer üppigen Giftvegetation bewachsen, in deren todbringendem Schatten der arme, hierher verlockte Auswanderer bald verschmachten und sein Gebein in die Grube legen muß, bespült vom verhaßten Mississippi, der sich dann gegen Süden wie ein schleimiges Ungeheuer, scheußlich anzusehen, hinwegwendet; ein Mistbeet, in dem das Siechtum reift, eine häßliche, trostlose Gruft: ein Ort, wo weder Erde noch Luft, noch Wasser sich durch die geringste Eigenschaft empfehlen, das ist dieses schreckliche Cairo.

Aber mit welchen Worten soll man den Mississippi selbst schildern, den großen Vater der Ströme, der (Dank sei dem Himmel) keine Kinder hat, die ihm gleichen! Ein ungeheurer Graben, manchmal zwei oder drei Meilen breit, voll flüssigem Schlamm, mit der Geschwindigkeit von sechs Meilen die Stunde rinnend; seine starke, schäumende Strömung wird überall von riesigen Stämmen und ganzen Bäumen gehemmt, die sich bald zu einem Gebälk verflechten, aus dessen Zwischenräumen ein träger, schilfiger Schaum aufbrodelt, bald wie Ungetüme mit Wurzeln, wie verworrenes Haar, hinschießen, bald einzeln vorüberfliegen, wie Riesen-Blutegel, und bald sich im Schlund eines Wasserwirbels herumdrehen und ringeln wie verwundete Schlangen. Die Ufer niedrig, die Bäume zwerghaft, die Moräste voll von Fröschen, die elenden Hütten weit auseinander zerstreut, ihre Bewohner hohlwangig und blaß, das Wetter entsetzlich heiß, Moskitos in allen Winkeln und Spalten des Bootes, Kot und Schlamm überall und auf allem; nichts Schönes zu sehen, als etwa das harmlose Wetterleuchten und Blitzen jeden Abend am dunklen Horizont.

Zwei Tage lang arbeiteten wir uns auf diesem unheimlichen Strome fort, beständig gegen das schwimmende Gebälk anstoßend oder haltmachend, um jene noch gefährlicheren Hindernisse, die „snags" oder „sawyers", zu vermeiden: das sind die Stämme von Bäumen, deren Wurzeln unter dem Wasser verborgen sind. Wenn die Nächte sehr dunkel sind, erkennt die Wache im Bug des Schiffes die Gefahr am Kräuseln und Wirbeln des Wassers und läutet mit einer Glocke, zum Zeichen, daß die Maschine still stehen soll; aber keine Nacht vergeht, wo diese Glocke nicht zu tun hätte, und nach jedem Läuten erfolgt ein Stoß, der einen nicht leicht im Bette läßt.

Der Sonnenuntergang bot hier einen prachtvollen, großartigen Anblick; das ganze Firmament bis zum Zenit über unsern Häuptern färbte sich in Rot und Gold. Wie die Sonne hinter dem Ufer unterging, schienen die kleinsten Grashalme darauf so deutlich und sichtbar wie das Geäder im Skelett eines Baumblattes; und als nun beim langsamen Sinken des Gestirns die roten und goldenen Stämme auf dem Wasser dunkler und immer dunkler wurden, als ob sie auch sänken; und als all die glühenden Farben des scheidenden Tages allmählich vor der Dunkelheit der Nacht erblaßten, da wurde die Szene noch tausendmal einsamer und schauriger als zuvor, und ihr Eindruck verdüsterte sich mit dem Himmel.

Wir tranken das schlammige Wasser dieses Stromes, solang wir auf demselben fuhren. Die Eingeborenen halten es für gesund; es ist etwas weniger durchsichtig als Hafergrütze. Außer in der Filtriermaschine habe ich solches Wasser nie wieder gesehen.

In der vierten Nacht, nachdem wir Louisville verlassen hatten, erreichten wir St. Louis, und hier erlebte ich den Ausgang einer an sich unbedeutenden, aber ergötzlichen Geschichte, die mich während der ganzen Fahrt interessiert hatte.

Auf unserm Schiff befand sich eine hübsche kleine Dame mit einem kleinen Kind; beide schauten mit heitern, klaren Augen in die Welt und waren wohlauf und guter Dinge, allen Menschen eine Freude. Die kleine Dame war lange Zeit bei ihrer kranken Mutter in New York gewesen und hatte ihren Wohnort, St. Louis, in gesegneten Umständen verlassen. Das Kind wurde im Hause der Mutter geboren, und sie hatte ihren Gatten, zu dem sie jetzt zurückkehrte, seit zwölf Monaten nicht gesehen. Schon im ersten oder zweiten Monat ihrer Ehe hatte sie ihre Reise angetreten.

Und gewiß hat es nie eine kleine Dame so voller Hoffnung und Zärtlichkeit und Liebe und Besorgnis gegeben wie diese. Den ganzen Tag lang fragte sie sich, ob *er* wohl auf dem Kai warten werde; ob *er* wohl ihren Brief erhalten habe; ob, wenn sie das Kind mit jemand anders an das Land schickte, *er* es wohl erkennen würde, was, da er es nie mit Augen gesehen, freilich nicht sehr wahrscheinlich, der jungen Mutter aber vollkommene Gewißheit war. Sie war ein so kunstloses Wesen, war in einer so rosenfarbenen, hoffnungsreichen Stimmung und verriet so himmlisch naiv alles, was ihrem Herzen am nächsten lag, daß auch die andern Damen an Bord in die Sache eingingen gleich ihr. Der Kapitän, der alles von seiner Frau erfahren hatte, fragte jederzeit bei Tische, als ob er es vergessen, ob sie in St. Louis jemand zu treffen erwarte, ob sie noch am Abend unserer Ankunft an Land gehen wolle, was er nicht glaube, und machte ähnliche Scherze. Eine ausgetrocknete, alte Dame war unter uns, die diese Gelegenheit stets ergriff, um die Treue so verlassener Männer stark zu bezweifeln; und eine andere Dame (mit einem Schoßhund) war da, alt genug, um über die Wandelbarkeit ehelicher Liebe zu moralisieren, aber doch noch nicht so alt, um nicht das Kind dann und wann zu liebkosen oder mit den übrigen zu lachen, wenn die kleine Dame das Kind bei seines Vaters Namen rief und ihm in der Freude ihres Herzens allerlei närrische Fragen über ihn vorlegte.

Ein großer Schreck war es für die kleine Dame, als es ungefähr zwanzig Meilen vor unserem Reiseziel notwendig wurde, das Kind zu Bett zu bringen. Aber sie überwand auch das mit derselben guten Laune, band sich ein Tuch um den Kopf und kam auf die kleine Galerie zu den übrigen. Welch ein Orakel war sie jetzt wieder in allem, was die Umgebung betraf! und wie launig und neckisch die verheirateten Damen, und wie teilnehmend und mitfühlend die unverheirateten wurden! und wie laut und herzlich die kleine Dame (die ebenso leicht geweint haben würde) jeden Scherz belachte!

Endlich zeigten sich die Lichter von St. Louis, und dann der Kai und die Treppe; und die kleine Dame verhüllte ihr Gesicht mit den Händen und lachte (oder schien zu lachen) mehr als je und lief in ihre Kajüte und schloß sich ein. Ich zweifle nicht, daß sie in der lieblichen Inkonsequenz solcher Aufregung sich die Ohren zuhielt, damit sie *ihn* nicht nach der Gattin fragen höre; aber ich habe es nicht gesehen.

Und jetzt drängten sich eine Menge Leute an Bord, obgleich das Boot noch nicht festgemacht war, sondern unter den andern Fahrzeugen herumirrte, um einen Anlegeplatz zu suchen; und alle sahen sich nach dem Gatten um, und niemand sah ihn. Plötzlich aber erblickten wir mitten unter uns die kleine Dame – und der Himmel weiß, wie sie dahin kam – an der Brust eines hübschen, kräftigen jungen Mannes; in einem Augenblick darauf zog sie ihn, vor Freude in die Hände klatschend, in ihre kleine Kajüte, wo das Kind schlummernd lag.

Wir verfügten uns in das Planter's House, ein großes Hotel, gebaut wie ein englisches Hospital, mit langen Gängen und nackten Wänden und runden Fenstern über der Zimmertür, um die Zirkulation der Luft zu befördern. Es war stark von Gästen besetzt, und so viele Lichter glänzten von den Fenstern in die Straße herunter, als wir vorfuhren, daß es aussah, als ob es festlich erleuchtet sei. Es ist ein vortreffliches Haus, und die Eigentümer haben ganz verständige Begriffe von den guten Dingen dieser Erde. Als ich eines Tages mit meiner Frau allein auf dem Zimmer speiste, zählte ich vierzehn Gerichte auf einmal auf der Tafel.

In dem alten französischen Teil der Stadt sind die Straßen eng und krumm und viele der Häuser von sehr malerischem Äußeren. Sie sind ganz aus Holz gebaut und haben lange, weit überragende Galerien vor den Fenstern, zu denen man von der Straße aus auf Treppen oder vielmehr Leitern hinaufsteigt. Auch seltsam altertümliche kleine Barbierstuben und Schenken finden sich in diesem Viertel und eine Menge baufälliger alter Hütten mit blanken Fenstern, wie man sie in den flandrischen Städten sieht. Manche von diesen alten Gebäuden, mit hohen Giebeln, die in die Dächer hineinragen, haben eine Art von französischem Achselzucken an sich; und vor Alter gichtbrüchig und schief, neigen sie höchst weise das Haupt, als wenn sie Grimassen der Verwunderung über die amerikanischen Verbesserungen schnitten.

Es ist kaum notwendig zu sagen, daß diese Fortschritte in Werften und Speichern und neuen Gebäuden jeder Art und einer Anzahl großer Pläne, die immer noch in „lebhaftester Entwicklung" sind, bestehen. Bereits sind jedoch einige sehr hübsche Häuser, breite Straßen und Läden mit marmornem Vorbau so weit fortgeschritten, daß sie nahezu fertig sind; und die Stadt hat im ganzen Aussicht, in wenigen Jahren sich sehr gehoben zu haben, obgleich sie schwerlich, was Schönheit und Eleganz betrifft, je mit Cincinnati wird wetteifern können.

Die römisch-katholische Konfession, von den ersten französischen Ansiedlern hierhergebracht, herrscht noch immer sehr vor. Unter den öffentlichen Anstalten befinden sich ein Jesuitenkollegium, ein Kloster der Frauen vom heiligen Herzen und eine große Kapelle bei dem Kollegium, welche während meines Dortseins im Bau begriffen war und am zweiten Dezember eingeweiht werden sollte. Der Baumeister dieser Kapelle ist einer der ehrwürdigen Väter des Kollegiums, und der Bau steht unter seiner alleinigen Leitung. Die Orgel wird aus Belgien hergesandt werden.

Außerdem befinden sich hier noch eine katholische Kathedrale, dem heiligen Franz Xaver geweiht, und ein Hospital, die Stiftung eines Mitgliedes dieser Kirche. Sie sendet auch von hier Missionäre zu den Indianerstämmen.

Die unitarische Kirche wird in dieser entlegenen Stadt, wie in den meisten andern Teilen Nordamerikas, durch einen vortrefflichen und hochgebildeten Geistlichen vertreten. Die Armen haben Ursache, ihrer mit Segen zu gedenken; denn sie ist ihr stets hilfsbereiter Freund und unterstützt die Sache vernunftgemäßer Erziehung ohne sektiererische und selbstische Nebenabsichten. Sie ist wohlwollend in ihrer Tätigkeit, freisinnig in ihrer Verfassung und von weithinwirkender Wohltätigkeit.

Drei Freischulen bestehen in der Stadt und sind in lebendiger Wirksamkeit. Eine vierte wird eben gebaut und steht vor ihrer Eröffnung.

Kein Mensch gibt die Ungesundheit seines Wohnorts zu, er müßte ihn denn eben verlassen wollen, und ich würde daher ohne Zweifel die Bewohner von St. Louis beleidigen, wenn ich die vollkommene Gesundheit ihres Klimas in Frage stellen und der Meinung sein sollte, im Sommer und Herbst müsse Fieberluft in der Umgegend herrschen. Wenn ich noch hinzufüge, daß es sehr heiß ist und zwischen großen Flüssen und weitausgedehnten, unangebauten Sumpfstrecken liegt, so kann ich es dem Leser selbst überlassen, sich seine Meinung zu bilden.

Da ich große Lust hatte, noch eine Prärie zu sehen, ehe ich mich von dem Endpunkt meiner Wanderungen heimwärts wendete, und da einige hier wohnende Herren in ihrer gastfreundlichen Bereitwilligkeit ein ebenso großes Verlangen trugen, mir zu willfahren, so wurde ein Tag zu einem Abstecher in die Looking-Glass Prairie, ungefähr dreißig Meilen von der Stadt, festgesetzt. In der Hoffnung, daß meine Leser wünschen möchten, zu wissen, wie eine solche Zigeunerfahrt, so entfernt von der Heimat, beschaffen sei und in welcher Umgebung sie sich bewege, werde ich dieser kleinen Reise ein neues Kapitel widmen.

13. KAPITEL

Ein Abstecher nach der Looking-Glass Prairie

Das Wort Prärie wird in Nordamerika auf verschiedene Art ausgesprochen: bald Perahr, bald Perihrer oder Perohrer. Das letztere ist wohl das häufigste.

Unsre Gesellschaft bestand aus vierzehn Personen, lauter junge Leute. Überhaupt ist es eine merkwürdige, aber leicht erklärliche Eigentümlichkeit der Bewohnerschaft dieser weitabgelegenen Niederlassungen, daß sie größtenteils aus Leuten im kräftigsten Lebensalter besteht, so daß man nur selten einen grauen Kopf sieht. Damen begleiteten uns nicht, denn die Reise war sehr anstrengend. Punkt fünf Uhr morgens wollten wir aufbrechen.

Man weckte mich um vier, damit ich niemand auf mich warten ließe. Nach dem Frühstück (nur aus Brot und Milch bestehend) machte ich das Fenster auf und sah auf die Straße, in der Erwartung, die ganze Gesellschaft mit den Vorbereitungen zum Aufbruch eifrigst beschäftigt zu sehen. Doch da alles noch sehr ruhig war und die Straße den trostlos öden Anblick darbot, den sie um fünf Uhr morgens auch anderwärts hat, hielt ich es für das beste, mich wieder schlafen zu legen, was ich auch sogleich tat.

Um sieben Uhr erwachte ich wieder, und unter der Zeit hatte sich die Reisegesellschaft versammelt und umstand einen leichten Wagen mit sehr soliden Achsen, ein Etwas auf Rädern, am meisten dem Fuhrwerk eines Dilettanten-Karrenführers ähnlich, einen Doppelphaeton von ehrwürdigem Alter und überirdischer Bauart, ein Gig mit einem großen Loch in der Rückseite und einem Riß in der Decke, und einen Reiter, der den Zug anführen sollte. Ich setzte mich mit drei andern in den ersten Wagen; die übrigen verteilten sich in die andern; zwei große Eßkörbe wurden auf dem leichtesten befestigt, und zwei große Steinkruken in Korbgeflecht,

Demijohns genannt, wurden den Solidesten der Gesellschaft anvertraut. So bewegte sich der Zug zur Fähre, wo Menschen, Vieh und Wagen über den Fluß setzen sollten, wie es in diesen Gegenden Brauch ist.

Am andern Ufer des Flusses angekommen, hielten wir abermals Musterung vor einem hölzernen Kasten auf Rädern, der mit einer Seite halb in den Morast versunken und mit der Aufschrift „Marchand-tailleur" versehen war. Nachdem wir hier unsern Zug geordnet und uns über den einzuschlagenden Weg geeinigt hatten, setzten wir uns wieder in Bewegung, und zwar durch einen abscheulichen, schwarzen Morastgrund, Black Hollow genannt.

Der voraufgegangene Tag war nicht heiß gewesen – denn dies Wort ist zu schwach und lauwarm, um einen Begriff von der Temperatur zu geben. Die Stadt war wie in Flammen gehüllt, die Luft selbst sengte wie unsichtbares Feuer. Aber spätabends fing es an, in Strömen zu regnen, und erst gegen Morgen wurde das Wetter hell. Wir hatten ein paar sehr starke Pferde vor unserm Wagen, konnten aber doch durch den grundlosen Brei von schwarzem Kot und Wasser nicht mehr als zwei Meilen die Stunde zurücklegen. Der Weg war ein ewiges Einerlei, außer in der Tiefe. Zuweilen sank der Wagen bloß bis zur halben Höhe der Räder ein, dann bis über die Achsen und zuzeiten selbst bis fast in die Fenster. Von allen Seiten umtönte uns das laute Gequak der Frösche, welche mit den Schweinen (eine häßliche, schlechte Rasse von so ungesundem Aussehen, als wären sie ein Gewächs des Bodens) die alleinigen Herren der Gegend waren. Dann und wann trafen wir auf eine Blockhütte; aber sie standen weit entfernt voneinander, denn obgleich der Boden außerordentlich fruchtbar ist, können doch nur wenige Menschen in dieser todbringenden Luft atmen. Auf jeder Seite des Weges, wenn man es so nennen darf, stand dichtes Gehölz; alles andere aber war stehendes, faulendes, übelriechendes, breiartiges Wasser.

Da es in diesen Gegenden üblich ist, den Pferden ein paar Eimer Wasser zu geben, wenn sie im Schweiß sind, machten wir zu diesem Zweck bei einer Schenke im Walde halt, wie jedes Haus dort aus unbehauenen Baumstämmen zusammengefügt und weit abgelegen von jeder andern menschlichen Wohnung. Das Haus hatte nur ein großes Zimmer, die Wände und Decke natürlich unverkleidet, und darüber einen Bodenraum. Oberkellner und Hausknecht in einer Person war ein junger, sonnverbrannter Wilder mit einem Hemd aus großblumigem Kattun und zerrissenen Hosen. Außerdem erblickten wir noch zwei halbnackte Knaben, die sich am Brunnen in die Sonne gelegt hatten. Diese ganze Gesellschaft, nebst dem einen Gast in der Schenke, trat heraus, um uns zuzusehen.

Der Reisende war ein alter Mann mit einem grauen struppigen Bart, einem starken Schnauzbart von derselben Farbe und dicken, buschigen Augenbrauen, die fast seine matten, gläsernen Augen versteckten, wie er uns mit übereinandergeschlagenen Armen und sich abwechselnd auf Zehen und Hacken wiegend zusah. Er trat zu uns heran und sagte, indem er sich mit seiner schwieligen Hand am Kinn rieb, daß es klang, als ob eine starkbenagelte Sohle auf Kiessand knirsche, er sei aus Delaware und habe sich eine Farm „dort unten" gekauft, wobei er nach einer Sumpfstrecke wies, wo die verkrüppelten Bäume dichter standen als anderswo. Er gehe jetzt nach St. Louis, fügte er hinzu, um seine Familie nachzuholen; aber er schien damit keine große Eile zu haben, denn als er uns verließ, ging er wieder in die Hütte, entschlossen, wie es schien, sie nicht eher zu verlassen, als bis sein Geld zu Ende sei. Es versteht sich von selbst, daß er ein großer Politiker war, und er trug einem meiner Reisegesellschafter das System seiner Meinungen mit großer Ausführlichkeit vor. Leider kann ich mich nur an das eine erinnern, daß er sein Glaubensbekenntnis mit einem Vivat auf irgend jemand und einem Pereat allen übrigen schloß, was im allgemeinen ein ziemlich treffendes Bild von derartigen Überzeugungen gibt.

Als die Pferde zum doppelten Umfang angeschwollen waren (es scheint hier die Meinung zu herrschen, daß das die Schnelligkeit ihres Ganges befördere), setzten wir unsere Reise fort, durch Sumpf und Kot und Nebel und erstickende, feuchte Hitze, durch Gestrüpp und Gehölz, immer begleitet von der Musik der Frösche und Schweine, bis wir kurz vor Mittag in Belleville ankamen.

Belleville ist eine kleine Ansammlung von hölzernen Hütten, so recht in der Mitte von Sumpf und dichtem struppigen Wald zusammengelaufen. Viele von den Hütten hatten ganz merkwürdige schön gelb und rot angestrichene Türme; denn der Ort war vor kurzem von einem reisenden Maler besucht worden, „der sich durch das Land fraß", wie man sagte. Das Gericht war gerade versammelt und hatte über ein paar Pferdediebe zu entscheiden, die einer harten Strafe ziemlich gewiß sein konnten, denn da in solchen öden Gegenden das Vieh auf der Weide überhaupt nicht sehr sicher ist, wird es fast höher geschätzt als ein Menschenleben; aus diesem Grunde finden sich die Geschworenen in der Regel bewogen, alle des Viehdiebstahls Angeklagten ohne Umstände schuldig zu finden.

Die Pferde, die dem Richter und den Zeugen gehören, wurden an improvisierte Raufen gebunden, die man geradezu auf der Straße aufstellte, das heißt auf einem Waldweg, wo man bis an die Knie in Kot und Schlamm versank.

Es war ein Hotel da, das, wie alle Hotels in Amerika, seinen großen Speisesaal für alle Gäste hatte. Es war ein seltsames, schief stehendes Nebengebäude mit niedrigem Dach, halb Kuhstall, halb Küche, mit einem groben, braunen Tischtuch auf der Tafel und zinnernen Wandleuchtern, um zum Souper zu leuchten. Der Reitknecht hatte Kaffee und etwas Essen bestellt, was inzwischen beinahe fertig war. Er hatte Weißbrot und „fixe" Hühner verlangt, statt „Schwarzbrot und was Gewöhnliches dazu". Denn unter letzterem versteht man bloß Schweinefleisch und Speck; das erstere dagegen enthält gekochten Schinken, Würste, Kalbskoteletts, Beafsteaks und dergleichen andere Speisen, von denen man erwarten kann, daß sie ein Huhn in den Verdauungsorganen eines Herrn oder einer Dame gehörig „fixieren" können.

An einer Tür des Gasthofes stand auf einem Blechschild mit goldenen Buchstaben „Doktor Crocus", und auf einem Blatt Papier, welches daneben angeklebt war, stand die geschriebene Annonce, daß Doktor Crocus diesen Abend für das Publikum von Belleville eine phrenologische Vorlesung halten werde; auch war dabei der Eintrittspreis bemerkt.

Während die Hühner „fixiert" wurden, ging ich ein wenig die Treppe hinauf und kam zufällig an der Kammer des Doktors vorbei; und da die Tür weit offen stand und die Stube leer war, hatte ich die Kühnheit, einen Blick hineinzuwerfen.

Es war ein unmöbliertes, unwirtliches Zimmer mit nackten Wänden; zu Häupten des Bettes hing ein Bild ohne Rahmen; ich hielt es für ein Porträt des Doktors, denn die Stirn war frei, und der Zeichner hatte die Gehirnorgange besonders hervorgehoben. Das Bett selbst hatte eine alte, geflickte Bettdecke, das Zimmer war ohne Teppich oder Vorhang. Am Feuerplatz war kein Ofen, aber sehr viel Holzasche; dann waren da ein Stuhl und ein sehr kleiner Tisch, auf dem die ganze Bibliothek des Doktors, aus einem halb Dutzend schmierigen Büchern bestehend, paradierte.

Nun war dieses Gemach gewiß das letzte auf der ganzen Welt, in dem jemand sein Heil hätte suchen mögen. Allein, wie gesagt, die Türe stand gleichsam einladend offen und sagte deutlich und einstimmig mit dem Stuhl, dem Porträt und dem Tisch mit Büchern: „Treten Sie nur ein, Gentlemen, treten Sie ein! Fallen Sie in Ohnmacht, Gentlemen, Sie können im Nu wieder ganz gesund werden. Doktor Crocus ist hier, Gentlemen, der berühmte Doktor Crocus! Doktor Crocus hat die große Reise hierher gemacht, um Sie zu kurieren, Gentlemen! Wenn Sie noch nichts vom Doktor Crocus gehört haben, so ist es nicht seine Schuld, sondern Ihre, weil Sie hier ein bißchen außer der Welt leben. Treten Sie ein, Gentlemen, nur herein!"

Als ich wieder die Treppe hinabging, begegnete ich ihm selbst. Eine Masse Menschen war aus dem Gerichtshof hereingeströmt, und eine Stimme aus dem Hause rief dem Gastwirt zu: „Colonel! Stellt den Doktor Crocus vor!"

„Mr. Dickens", sagt der Colonel, „Doktor Crocus." Worauf Doktor Crocus, ein schlanker, hübscher Schotte, der aber etwas zu kriegerisch für einen Mann der friedlichen Heilkunst aussieht, aus der Menge hervorstürzt, so stark als möglich die Brust heraus- und mir die Rechte entgegenstreckt mit den Worten: „Ihr Landsmann, Sir!"

Worauf wieder Doktor Crocus und ich uns die Hand drücken, und Doktor Crocus macht ein Gesicht, als ob ich seinen Erwartungen durchaus nicht entspräche, was sehr wohl möglich war, denn ich trug eine Leinwandbluse, einen gro-ßen Strohhut mit grünem Band, keine Handschuh und auf Gesicht und Nase Moskitostiche und Wanzenbisse ohne Zahl.

„Schon lang in dieser Gegend, Sir?" sage ich.

„Drei oder vier Monate, Sir", sagt der Doktor.

„Gedenken Sie bald in die alte Heimat zurückzukehren, Sir?" sage ich.

Doktor Crocus erwidert kein Wort, sieht mich aber bit-tend an, als wollte er sagen: „Wollen Sie mich das nicht noch einmal fragen, ein bißchen lauter, wenn Sie so gut sein wol-len?" so daß ich meine Frage wiederhole.

„Ob ich bald in die alte Heimat zurückzukehren gedenke, Sir?" wiederholt der Doktor sehr laut.

„Ja, in die alte Heimat, Sir", antworte ich.

Doktor Crocus sieht sich unter dem Haufen um, den Ef-fekt zu beobachten, den er hervorbringt, reibt sich die Hän-de und sagt mit sehr lauter Stimme: „Das hat gute Weile, Sir. Damit werden Sie mich gerade nicht drankriegen. Dazu habe ich die Freiheit ein bißchen zu lieb, Sir. Haha! Es wird einem nicht so leicht, sich von einem freien Lande wie diesem zu trennen, Sir. Haha! Nein, nein! Haha! Damit ist's nichts, bis man gezwungen wird, Sir. Nein, nein!"

Bei diesen letztern Worten schüttelt Doktor Crocus pfiffig den Kopf und lacht wieder. Viele von den Umstehenden schütteln ebenfalls den Kopf, lachen und sehen einander an, als wollten sie sagen: „Der Crocus ist doch ein prachtvoller Kerl, ein Haupthahn!" und wenn ich mich nicht sehr irre, sind jenen Abend gar viele, die in ihrem Leben weder an Crocus noch an Phrenologie gedacht haben, in die Vorlesung gegangen.

Von Belleville aus kamen wir wieder durch dieselbe Art von Wüstenei und fortwährend von derselben Musik begleitet, bis wir um drei Uhr nachmittags in einem Dorfe, Lebanon genannt, haltmachten, um die Pferde zu tränken und zu füttern, wozu es hohe Zeit war. Währenddessen ging ich ein wenig ins Dorf, wo mir ein vollständiges Wohnhaus begegnete, welches, von zwanzig und vielleicht noch einigen Ochsen gezogen, munter eine Anhöhe herunterfuhr.

Das Wirtshaus war so sauber und gut, daß die Führer des Zuges beschlossen, zurückzugehen und über Nacht daselbst einzukehren. Da man sich für diesen Vorschlag allgemein entschied und die Pferde sich gestärkt hatten, machten wir uns wieder auf den Weg und kamen mit Sonnenuntergang nach der Prärie.

Ich wüßte nicht zu sagen, warum oder wieso, aber wahrscheinlich, weil ich so viel davon gehört und gelesen hatte – genug, ich fand mich in meinen Erwartungen getäuscht. Gegen die untergehende Sonne zu lag vor meinen Blicken eine weite Fläche, die durch nichts als eine dünne Baumreihe unterbrochen war und zuletzt in den glühenden Himmel zu tauchen schien, mit dessen üppigen Farben und fernem Blau sie in eins zusammenschmolz. Da lag sie, ein stiller See ohne Wasser – wenn man dies Gleichnis brauchen darf –, auf dem die Sonne untergeht: einige Vögel flogen hie und da herum; Einsamkeit und Schweigen waren ringsum alleinherrschend. Aber das Gras war noch nicht hoch gewachsen, der Boden hatte nackte, schwarze Flecke, und die wenigen wilden Blumen, die sich zeigten, sahen ärmlich aus. So groß das Gemälde war, so vernüchterten und schwächten gerade seine Ausdehnung und Fläche, die der Phantasie keinen Spielraum ließen, den Eindruck. Ich empfand wenig von jenem Gefühl der Freiheit und des Frohsinns, das eine schottische Heide oder selbst unsere englische Düne erweckt. Es war eine einsame Wildnis, aber drückend, niederschlagend durch ihre trostlose Eintönigkeit. Ich fühlte deutlich, daß ich mich auf der Fahrt durch die Prärien nie mit jenem Selbstvergessen dem Schauspiel der Natur hingeben könnte, welches mich unwillkürlich überkäme, wäre die Heide unter meinen Füßen oder eine hochgelegene Küste weithin vor mir; oft würde ich wohl nach dem fernen und immer zurückweichenden Horizont ausschauen, aber nur, weil ich ihn schon erreicht und hinter mir gelassen zu haben wünschte. Es ist freilich eine Szene, die man nicht vergißt, aber doch auch keine – wie ich wenigstens überzeugt bin –, an die man mit großem Vergnügen oder gar mit der Sehnsucht nach einem Wiedersehen zurückdenkt.

Wir kampierten nicht weit von einem einsam stehenden Blockhaus, seines Wassers wegen, und hielten unser Diner auf der freien Ebene. Die Körbe enthielten gebratenes Geflügel, Büffelzunge (beiläufig gesagt, ein ausgesuchter Leckerbissen), Schinken, Brot, Butter und Käse, Zwieback, Champagner, Sherry, Zitronen und Zucker zum Punsch und grobes Eis im Überfluß. Die Mahlzeit war köstlich und unsere Gastherren die Güte und Heiterkeit selbst. Ich habe oft mit Freude jener traulichen Unterhaltung gedacht und werde, auch in der Heimat am Tische mit älteren Freunden, nicht leicht meine gemütlichen Gesellschafter in der Prärie vergessen.

Wir kehrten diese Nacht noch nach Lebanon zurück und blieben in dem kleinen Wirtshaus, wo wir am Nachmittag haltgemacht hatten. Was Sauberkeit und Komfort betrifft, hätte sich diese kleine Schenke mit jedem schlichten Dorfwirtshaus in England messen können.

Am nächsten Morgen stand ich um fünf Uhr auf und machte einen Spaziergang um das Dorf: diesmal gingen keine Häuser spazieren, aber vielleicht war es ihnen noch zu früh am Tage; dann ging ich um eine Art von Meierhof hinter der Schenke herum, dessen Hauptmerkwürdigkeiten folgende waren: ein verworrener Haufen von rohen Schuppen statt der Ställe, ein grob gearbeiteter Säulengang zum Spazierengehen im heißen Sommer; ein tiefer Brunnen; ein großer Speicher aus Erde, um im Winter Gemüse und Früchte aufzubewahren; und endlich ein Taubenhaus, dessen kleine Türen, wie bei jedem Taubenschlag, viel zu klein aussahen für die fetten, vollbrüstigen Vögel, die gespreizt drum herumstolzierten, als läge ihnen nicht so viel daran hineinzukommen. Nachdem mein Interesse daran erschöpft war, besah ich mir die zwei Gesellschaftszimmer in der Schenke, die mit den kolorierten Kupferstichporträts von Washington und dem Präsidenten

Madison und mit einem lebendigen Fräulein verziert waren (ihr weißer Teint hatte sehr unter den Fliegen gelitten), die ihre goldene Halskette jedem, der sie sehen wollte, zur Bewunderung hinhielt und allen bewundernden Ankömmlingen zu verstehen gab, sie sei „gerade siebzehn" Jahr, obwohl ich sie für älter gehalten hätte. Im Prunkzimmer aber hingen zwei ganz kleine Ölbilder, die den Wirt und sein Söhnchen vorstellten; beide sahen kühn wie die Löwen drein und glotzten aus der Leinwand mit einer innern Kraft heraus, die um keinen Preis zu teuer bezahlt sein konnte. Ich glaube, sie hatten sich von demselben Künstler malen lassen, der die Türen in Belleville mit Rot und Gold angestrichen hatte; denn ich erkannte seinen Stil im Augenblick.

Wir brachen nach dem Frühstück auf, um auf einem andern Wege als unserem gestrigen zurückzukehren; um zehn Uhr trafen wir ein Lager deutscher Auswanderer, die ihr Hab und Gut auf Karren mit sich führten und ein tüchtiges Feuer angemacht hatten, welches sie eben verließen. Hier machten wir halt, um einige Erfrischungen einzunehmen. Und das Feuer kam uns sehr zustatten; denn so heiß es gestern gewesen, so kalt war es heute, und der Wind ging scharf und schneidend. Als wir weiterfuhren, sahen wir aus der Ferne wieder eine Indianergruft ragen, „The Monks' Mound" genannt zum Andenken an einen Haufen fanatischer Brüder vom Orden La Trappe, die vor vielen Jahren, als noch auf tausend Meilen in die Runde kein Ansiedler war, hier ein einsames Kloster gründeten und von dem ungesunden Klima alle hinweggerafft worden sind; doch werden gewiß nur wenig vernünftige Menschen glauben, daß die Gesellschaft durch jenes beklagenswerte Ereignis irgendeinen großen Verlust erlitten hat.

Der Weg war heute ganz wie der gestrige. Wieder derselbe Morast, Sumpf und Busch, derselbige ewige Chor der Frösche, derselbe dürftige und wilde Graswuchs, dieselben ungesunden Ausdünstungen. Dann und wann stießen wir in der Einöde auf einen zerbrochenen Wagen, der mit dem Hab und Gut irgendeines neuen Ansiedlers beladen war. Einen mitleiderregenden Anblick bot eines dieser Fuhrwerke, das tief im Kote stak: die Achse war gebrochen; ein Rad lag müßig daneben; der Mann war meilenweit fortgegangen, um Hilfe zu suchen; die Frau saß zwischen ihrem Hausgerät, mit einem Kind an der Brust, ein Bild der leidenden Geduld und Niedergeschlagenheit; das Ochsengespann kauerte trauervoll im Schlamm und blies so dicke Wolken aus Mäulern und Nüstern, daß all der feuchte Nebeldunst ringsum von ihm allein auszugehen schien.

Zur gehörigen Zeit kamen wir noch einmal vor das Haus des Marchand-Tailleur und setzten dann mit dem Fährboot über den Fluß nach der Stadt: auf der Überfahrt sahen wir einen Fleck, „Bloody Island" genannt; es ist der Duellplatz von St. Louis und hat jenen Namen zu Ehren des letzten unglücklichen Pistolenduells, das hier vorgefallen ist, erhalten. Beide Kämpfer stürzten tot zur Erde; und vielleicht glauben manche vernünftige Leute, wie von den wahnwitzigen Fanatikern auf dem Monks' Mound, auch von diesen, daß die Welt an ihnen nichts verloren hat.

14. KAPITEL

*Rückkehr nach Cincinnati. Eine Fahrt in der Stage-Coach
von Cincinnati nach Columbus und von da nach Sandusky.
Dann über den Eriesee zu den Niagarafällen*

Da ich durch das Innere des Staates Ohio reisen und bei
dem Städtchen Sandusky, wohin uns der Weg nach dem Niagara führen mußte, „die Seen streifen" wollte (wie man hier
sagt), mußten wir von St. Louis denselben Weg, auf dem wir
gekommen waren, wieder zurück bis Cincinnati machen.

Da es sehr schönes Wetter war und das Dampfboot, statt
weiß Gott wie früh am Morgen abzugehen, die Abreise zum
dritten oder viertenmal wieder auf den Nachmittag ver-
schob, fuhren wir inzwischen nach einem alten französischen
Dorfe am Flußufer, welches eigentlich Carondelet heißt,
aber den Spitznamen „Vide poche" bekommen hat, und
bestellten das Dampfboot dahin, das uns später abholen
sollte.

Der Ort bestand aus wenigen ärmlichen Hütten und zwei
oder drei Wirtshäusern, deren Speisekammern in einem Zustand waren, der allerdings den Spitznamen des Dorfes
rechtfertigte, denn in keinem der drei Wirtshäuser konnte
man etwas zu essen bekommen. Endlich jedoch, nachdem wir
etwa eine halbe Meile zurückgegangen waren, fanden wir ein
einzeln stehendes Haus, wo wir Schinken und Kaffee auf-
trieben; da blieben wir, um die Ankunft des Bootes zu erwarten, welches schon von weitem, vom Rasenplatz vor der Türe
aus, wenn es kam, zu sehen sein mußte.

Es war eine hübsche, anspruchslose Dorfschenke, und wir
nahmen unser Mahl in einem sonderbaren kleinen Zimmer
ein, worin ein Bett stand und einige alte Ölgemälde hingen,
die zu ihrer Zeit wahrscheinlich in einer katholischen Kapelle
oder einem Kloster ihren Dienst getan hatten. Das Essen war
gut und wurde mit musterhafter Reinlichkeit serviert. Die

Wirtsleute waren ein charakteristisches altes Pärchen, mit dem wir lange plauderten und das vielleicht ein sehr gutes Musterbeispiel für jene Art von Leuten im Westen ist.

Es war ein alter Bursche mit einem ausgedörrten, scharf markierten Gesicht, der im letzten Kriege mit England in der Miliz gedient und alles mitgemacht hatte, nur keine Schlacht; und auch die hätte er beinah mitgemacht, um ein Haar, wie er uns sagte. Er war sein Lebelang ruhelos und unstet gewesen, immer nach Veränderung begierig, und war immer noch der alte; denn wenn ihn nichts zu Hause hielte, sagte er, indem er mit Hut und Hand nach dem Fenster wies, an dem seine Frau saß, würde er seine Büchse putzen und morgen nach Texas gehen. Er war einer von den vielen, diesem Erdteil angehörigen Abkömmlingen Kains, die von Geburt auf bestimmt zu sein scheinen, die Pioniere des großen, immer vorrückenden Menschenheeres zu machen, die mit Freuden von Jahr zu Jahr weiter als Außenposten vorrücken und einen heimischen Herd nach dem andern hinter sich lassen und endlich sterben, unbekümmert; deren Gräber Tausende von Meilen von den immer weiterwandernden Menschengeschlechtern zurückgelassen werden.

Seine Frau war eine gute, häuslich gesinnte alte Seele, die mit ihm aus „der Königin der Städte" Philadelphia gekommen war. Aber sie fand keinen Geschmack an diesen westlichen Einöden und hatte auch keine Ursache dazu. Denn alle ihre Kinder waren hier nach und nach in der Kraft und Blüte ihrer Jugend langsam am Fieber hingesiecht. Ihr Herz blutet, sagte sie, wenn sie an sie denke; und von ihnen selbst mit Fremden in dieser verlassenen Gegend zu sprechen erleichterte ihr Herz und wurde ihr ein schmerzliches Vergnügen.

Gegen Abend kam das Dampfboot an, und wir nahmen Abschied von der armen Alten und ihrem abenteuerlustigen Gatten, um uns wieder an Bord der „Messenger" zu begeben, die uns diesmal den Mississippi abwärts führen sollte.

Wenn die Bergfahrt auf diesem Strom, wenn das Boot nur langsam die sich entgegenstemmenden Wellen überwindet, schon langweilig ist, so ist es das Hinabschießen in den wirbelnden Strom fast noch mehr. Bei einer Schnelligkeit von 12–15 Meilen die Stunde muß sich das Boot durch ein Labyrinth schwimmender Baumstämme drängen, die man in der Dunkelheit häufig vorher nicht bemerkt. Die ganze Nacht hindurch wurde das Läuten der Glocken nicht fünf Minuten lang unterbrochen, und nach jedem Läuten wurde das Schiff erschüttert, bald von einem einzigen Stoß, bald von einem Dutzend in schneller Aufeinanderfolge, deren schwächster mehr als hinreichend schien, den schwachen Kiel wie einen Strohhalm zu zerbrechen. Wenn man nach Sonnenuntergang in die schmutzigen Wogen hinabblickte, so schien der Strom von Ungeheuern zu wimmeln, wie diese schwarzen, ungeschlachten Massen sich auf der Oberfläche wälzten oder plötzlich wieder auftauchten, wenn das Boot, seinen Weg durch eine Schar dieser Stämme suchend, ein paar davon unter das Wasser gedrückt hatte. Zuweilen mußte der Dampfer eine Zeitlang anhalten, und dann umdrängten sie uns von allen Seiten, eine schwimmende Insel um uns bildend. Wir mußten dann warten, bis sich der hemmende Gürtel irgendwo trennte, wie schwarze Wolken, vom Wind auseinandergerissen, und uns die Weiterfahrt gestattete.

Bei guter Zeit nächsten Morgen erblickten wir abermals jenen abscheulichen Morast, Cairo genannt, wo wir anhielten, um Holz einzunehmen. Unser Nachbar war eine Barke, deren Planken kaum noch zusammenhielten. Sie war am Ufer befestigt und trug in großen Buchstaben die Inschrift „Kaffeehaus". Wenn ich nicht irre, war dieses schwimmende Paradies ein Zufluchtsort für die Uferbewohner während der Zeit, wo der Mississippi ihre Häuser zwei oder drei Monate lang unter seinen schlammigen Fluten begräbt. Doch als wir von hier aus südwärts blickten, hatten wir die Freude, den unleidlichen Strom in unabsehbarer Länge seine schlammigen Gewässer nach New Orleans wälzen zu sehen; und bald durchschnitten wir die gelbe Grenze, die quer über die Mündung des Ohio läuft, und schwammen wieder auf dessen klaren Gewässern in der frohen Hoffnung, den Mississippi nie wiederzusehen, außer in unruhigen Träumen. Der Übergang aus dem erstern in seinen heiterern Nachbar ist wie der Wechsel von Qual zu Ruhe oder wie das Erwachen aus scheußlichen Träumen zu einer angenehmen Wirklichkeit.

Wir erreichten in der Mitte der vierten Nacht Louisville und benutzten mit Vergnügen das vortreffliche Hotel dieser Stadt, um hier zu übernachten. Am nächsten Tag fuhren wir mit der „Ben Franklin", einem schönen Postdampfer, nach Cincinnati, wo wir kurz nach Mitternacht ankamen. Da wir dem Schlafen auf Schiffbetten keinen Geschmack mehr abgewinnen konnten, waren wir wach geblieben, um sogleich ans Land zu gehen. Über die finstern Decks andrer Boote, durch Labyrinthe von Maschinen und lecken Sirupfässern tasteten wir unsern Weg bis auf die Straße, klopften den Portier des Hotels, wo wir schon bei unserm frühern Hiersein gewohnt hatten, heraus und befanden uns kurz darauf wieder auf festem Lande in einem behaglichen Zimmer.

Wir blieben bloß einen Tag in Cincinnati und setzten dann unsere Reise nach Sandusky fort. Da die Art, wie wir reisten – mit der Stage-Coach bis Columbus und von da weiter mit einer Mietkutsche –, das mit der schon beschriebenen Reise begonnene Charakterbild vervollständigt, wird mich der Leser gewiß begleiten, wenn ich ihm das Versprechen gebe, daß ich die Reise mit möglichster Schnelligkeit machen werde.

Das Ziel für die erste Hälfte unserer Reise war Columbus. Es ist 120 Meilen von Cincinnati entfernt, aber die ganze Straße – und das ist eine seltene Wohltat – ist macadamisiert, so daß man in der Stunde sechs Meilen fährt.

Wir brechen um 8 Uhr morgens auf, und zwar in einer großen Postkutsche, so dickbäuchig, daß ich ernste Besorgnisse für ihre Gesundheit hege. Jedenfalls ist sie wassersüchtig, denn sie hat inwendig für zwölf Passagiere Platz. Aber wunderbarerweise ist sie auch glänzend und sehr reinlich gehalten, denn sie ist fast noch neu; und sie rattert lustig durch die Straßen von Cincinnati.

Unser Weg führt uns durch eine schöne Gegend, überall angebaut und die besten Hoffnungen auf eine überreiche Ernte bietend. Zuweilen fahren wir durch ein Feld, wo die steifen Maisstengel wie ein Feld voll Spazierstöcke aussehen, dann wieder durch ein Gehege, wo der Weizen in einem Labyrinth von Baumstümpfen hervorsproß. Überall erblickt das Auge die primitiven Einfriedungen, die aus ungeschälten Baumstämmen bestehen, und wenn dies auch eben nicht hübsch aussieht, so sind doch die Farmhäuser alle reinlich, und man könnte fast glauben, man reise durch Kent.

Wir halten oft unterwegs an den öden Wirtshäusern an, um die Pferde zu tränken. Der Kutscher steigt herunter und füllt den Eimer und bringt ihn den Pferden. Fast nie kommt jemand, ihm zu helfen, und selten umstehen uns neugierige unbeschäftigte Zuschauer. Zuweilen, wenn wir die Pferde gewechselt haben, macht es Schwierigkeiten, den Wagen wieder in Gang zu bringen. Das liegt an der mangelhaften Methode der Amerikaner, ihren Pferden die ersten Rudimente der Bildung beizubringen. So ein junges Pferd wird eingefangen, angeschirrt und vor den Wagen gespannt, ohne daß man es fragt. Endlich aber, nachdem die Pferde sich genügend ausgetobt haben, setzen wir uns doch in Bewegung, und die Reise wird im gewöhnlichen Trabe fortgesetzt.

Zuweilen, wenn wir anhalten, kommen ein paar halbbetrunkene lockere Brüder aus der Tür gewankt, die Hände in den Hosentaschen, oder sie sitzen in Schaukelstühlen oder auf dem Geländer der Kolonnade oder auf dem Fensterbrett. Sie haben selten ein Wort für uns oder für ihre Gesellschafter, sondern sitzen schweigend da, die Pferde und den Wagen mit trägen Augen anstarrend. Der Wirt sitzt gewöhnlich mitten unter ihnen und scheint von der ganzen Gesellschaft der zu sein, den die Angelegenheiten des Hauses am wenigsten angehen. Er steht in demselben Verhältnis zu seinem Wirtshaus wie der Kutscher zu seinem Wagen und seinen Passagieren; was auch im Bereich seines Geschäftes geschehen möge, ihm ist es vollkommen gleichgültig, und er läßt sich gewiß kein graues Haar darüber wachsen.

Das häufige Wechseln des Kutschers bringt keine Abwechselung in dem Charakter desselben zutage. Er ist immer schmutzig, mürrisch und schweigsam. Wenn sein Geist oder sein Körper nur die geringste Anlage zur Aufgewecktheit und Regsamkeit hat, so besitzt er jedenfalls auch die Fähigkeit, diese Eigenschaften mit bewundernswertem Geschick zu verbergen. Er spricht nie, wenn man neben ihm auf dem Bock sitzt, und wenn man ihn anredet, antwortet er, wenn man ihn in sehr redseliger Laune trifft, einsilbig, sonst gar nicht. Er macht den Mitreisenden auf nichts auf dem Wege aufmerksam und sieht sich nach nichts um; er scheint der Welt und des Lebens müde zu sein. Die Honneurs seiner Kutsche zu machen fällt ihm gar nicht ein; ihn gehen bloß die Pferde etwas an. Der Wagen folgt, weil er hinten dran hängt und auf Rädern ruht, nicht, weil Reisende darin sind. Zuweilen, wenn das Ende einer langen Teilstrecke naht, kommt das unharmonische Bruchstück eines Wahlliedes aus seinem Munde; aber sein Gesicht singt nie mit; es ist nur seine Stimme, und oft nicht einmal die.

Er kaut stets Tabak und spuckt stets und belastet sich nie mit einem Taschentuch. Die Folgen dieser Tugenden für den Passagier im Coupé, vorzüglich wenn er auf der dem Winde entgegengesetzten Seite sitzt, sind nicht angenehm.

Wenn die Kutsche einmal anhält und man die Stimmen der Innenpassagiere hören kann, oder wenn einer von den Zuschauern sie anredet oder diese miteinander sprechen, wird man immer eine Phrase merkwürdig oft wiederholen hören. Es ist eine sehr gewöhnliche und nicht vielversprechende Phrase, nämlich: „Yes, Sir"; aber sie wird allem möglichen angepaßt und füllt jede Pause des Gesprächs aus. Etwa so: Zeit der Handlung: ein Uhr mittags; Szene: der Ort, wo wir zum Mittagessen anhalten. Die Kutsche fährt vor der Tür eines Wirtshauses vor. Das Wetter ist warm, und einige unbeschäftigte Personen treiben sich an der Tür und in der Umgebung des Gasthauses herum, auf den Beginn der Mahlzeit wartend. Unter ihnen befindet sich ein untersetzter Herr mit einem braunen Hut, der sich in einem Stuhl vor der Schenke schaukelt.

Wie die Kutsche anhält, guckt ein Herr mit einem Strohhut aus dem Wagenfenster.

STROHHUT *zu dem untersetzten Herrn mit dem braunen Hut*:
Ich schätze, das ist Richter Jefferson, nicht?

BRAUNHUT *schaukelt sich immer noch und spricht sehr langsam und ohne alle Betonung*: Yes, Sir.

STROHHUT: Warmes Wetter, Richter.

BRAUNHUT: Yes, Sir.

STROHHUT: Hatten ein paar kalte Tage letzte Woche.

BRAUNHUT: Yes, Sir.

STROHHUT: Yes, Sir.

*Eine Pause. Sie betrachten einander mit sehr ernsthaftem Ge-
sicht.*

STROHHUT: Ich schätze, Ihr habt die Sache mit dem Gemein-
derichter jetzt abgemacht?

BRAUNHUT: Yes, Sir.

STROHHUT: Wie fiel das Urteil aus, Sir?

BRAUNHUT: Für den Angeklagten, Sir.

STROHHUT *fragend*: Yes, Sir?

BRAUNHUT *beteuernd*: Yes, Sir.

BEIDE *nachdenkend und auf den Boden blickend*: Yes, Sir.

*Wieder eine Pause. Sie sehen sich wieder an, noch ernster als
vorhin.*

BRAUNHUT: Die Kutsche kommt heut ein bißchen spät,
schätze ich.

STROHHUT *zweifelnd*: Yes, Sir!

BRAUNHUT *die Uhr herausziehend*: Yes, Sir; fast zwei Stunden zu spät.

STROHHUT *zieht die Augenbrauen in größtem Erstaunen in
die Höhe*: Yes, Sir?

BRAUNHUT *entschieden, indem er die Uhr wieder einsteckt*:
Yes, Sir.

ALLE ÜBRIGEN INNENPASSAGIERE *unter sich*: Yes, Sir.

KUTSCHER *sehr mürrisch*: 's ist nicht wahr.

STROHHUT *zum Kutscher*: Nun, ich weiß nicht, Sir. Es hat
ziemlich lange gedauert auf den letzten fünfzehn Meilen.
Das ist eine Tatsache.

Da der Kutscher nicht antwortet und offenbar keine Lust
hat, über eine Sache zu streiten, die ihm so ganz und gar
gleichgültig ist, sagt ein anderer Passagier: „Yes, Sir"; worauf der Herr mit dem Strohhut in Anerkennung seiner Höflichkeit erwidert: „Yes, Sir." Der Strohhut fragt hierauf den

240

Braunhut, ob er nicht meine, daß die Kutsche, in der er sitze, neu sei. Worauf der Braunhut abermals antwortet: „Yes, Sir."

STROHHUT: Ich glaubte es auch. Ziemlich starker Firnißgeruch, Sir?

BRAUNHUT: Yes, Sir.

ALLE ÜBRIGEN INNENPASSAGIERE: Yes, Sir.

BRAUNHUT *zu der Reisegesellschaft im allgemeinen*: Yes, Sir.

Nachdem diese große Anstrengung der geselligen Talente der Reisegesellschaft überstanden ist, öffnet der Strohhut die Tür und steigt aus, und die übrigen Passagier folgen ihm. Nach kurzem Warten sitzen wir mit den regelmäßigen Tischgästen der Schenke an der Tafel, haben aber nichts zu trinken als Tee und Kaffee. Da beides sehr schlecht und das Wasser noch ungenießbarer ist, verlange ich Branntwein; aber wir sind in einem Mäßigkeitsgasthaus, und geistige Getränke sind weder für Geld noch für gute Worte zu haben. Unter diesem unsinnigen Tee- und Kaffeezwang muß der Reisende häufig genug in Nordamerika leiden; aber ich habe nie bemerkt, daß das zarte Gewissen diese der Mäßigkeit opfernden Wirte vermocht hätte, ein mehr als gewöhnlich genaues Verhältnis zwischen der Qualität ihrer Getränke und dem Preise derselben zu beobachten; im Gegenteil habe ich sie eher im Verdacht, erstere zu verringern und letzteren zu erhöhen, um sich auf diese Weise für den verminderten Absatz der geistigen Getränke zu entschädigen. Jedenfalls wäre es das Einfachste für Personen von so zartem Gewissen, gar kein Wirtshaus zu führen.

Nach aufgehobener Tafel setzen wir uns in einen anderen Wagen, der unser vor der Tür wartet (denn die Wagen sind unterdes gewechselt worden), und treten unsere Reise wieder an. Die Gegend ist ebenso fruchtbar wie die, welche wir am Vormittag durchreisten, und erst am Abend erreichen wir die Stadt, wo wir Tee und Abendessen einnehmen wollten. Wir halten erst vor dem Postamt, um die Postsäcke abzugeben, und dann fahren wir durch die gewöhnlich breite Straße, an beiden Seiten mit zahlreichen Läden besetzt, unter denen sich die der Tuchhändler durch ein großes Stück scharlachrotes

Tuch an der Tür auszeichnen, zum Hotel. Wir finden eine große Tischgesellschaft vor, aber still und schweigsam wie gewöhnlich. Doch präsidiert eine hübsche, ruhige Wirtin an der Tafel, und uns gegenüber sitzt ein Schullehrer aus Wales mit Frau und Kind, der aufs Geratewohl mit großen Erwartungen, denen der Erfolg nicht entsprach, hierher ausgewandert ist, um Unterricht in den alten Spachen zu geben. Alles das unterhält uns genügend, bis das Mahl vorüber ist und ein anderer Wagen bereitsteht. Bei hellem Mondschein brechen wir auf und fahren bis Mitternacht, wo wir anhalten, um abermals den Wagen zu wechseln. Diesmal müssen wir wohl eine halbe Stunde in einem elenden Zimmer warten, mit einem kaum noch erkennbaren Bildnis Washingtons über dem rauchigen Kamin und einem großen Wasserkrug auf dem Tisch. Über den letzeren fallen die Passagiere mit solchem Eifer her, daß man sie für eifrige Schüler des Doktor Sangrado halten möchte. Unter ihnen befinden sich ein sehr kleiner Knabe, der Tabak kaut wie ein sehr großer, und ein sehr langweiliger Herr, der mit Zahlen und statistischen Belegen über alles, selbst über die Poesie, spricht, und das stets in demselben Ton, mit der allerernstesten Bedächtigkeit. Er setzte sich neben mich und erzählte mir, daß der Onkel einer gewissen Dame, die ein gewisser Kapitän entführt und geheiratet habe, in dieser Gegend wohne und daß besagter Onkel von so tapferer und blutdürstiger Gemütsart sei, daß es ihn nicht wundern werde, wenn er besagtem Kapitän nach England folge, „und ihn niederschießt, wo er ihn findet". Aber die Müdigkeit hatte meinen Widerspruchsgeist rege gemacht, und ich erlaubte mir, an der Ausführbarkeit derartiger Pläne zu zweifeln. Ich versicherte ihm, daß sein Onkel, wenn er den Eingebungen seiner tapfern Seele folge, sich jedenfalls eines Morgens ganz unvermutet in Old Bailey wiederfinden würde und daß er gut daran tue, vor seiner Abreise sein Testament zu machen, da er es jedenfalls brauchen werde, ehe er lange in England gewesen sei.

So geht es die ganze Nacht hindurch, doch bald bricht der Tag an, und die ersten heitern Strahlen der Sonne begrüßen uns, riesig lange Schatten über den Weg werfend. Ihr Licht fällt auf eine öde Gegend mit verkrüppelten Bäumen und schmutzigen, ärmlichen Hütten, eine wahre Wüste mitten im Walde, mit üppig wucherndem Unkraut wie auf der Fläche stehenden Wassers; giftige Pilz schießen aus dem Boden, wo sich der seltne Fußtritt des Menschen in den schwammigen Boden gedrückt hat, und gelbe, korallenartige Schwämme quellen aus den Ritzen der Hütten hervor; ein widerwärtiger Anblick so nahe vor den Toren der Stadt. Aber das Gebiet wurde vor langen Jahren schon angekauft, und da der Eigentümer nicht zu entdecken ist, kann es der Staat nicht zurückkaufen. So bleibt die Strecke öde inmitten fleißig bebauten Landes, wie ein Fleck, geschändet und verflucht durch eine gräßliche Tat.

Wir gelangten kurz vor sieben Uhr nach Columbus und blieben daselbst einen Tag und eine Nacht; wir bekamen in einem sehr großen, noch unausgebauten Hotel, das Neill House genannt, vortreffliche Zimmer, die elegante Möbel aus poliertem Nußholz hatten und, gleich den Zimmern einer italienischen Villa, auf einen schönen Portikus und eine steinerne Veranda gingen. Die Stadt ist sauber und hübsch, folglich soll sie noch vergrößert werden. Sie ist der Sitz der Staatsgesetzgebung von Ohio und erhebt deshalb auf einige Anerkennung ihrer Wichtigkeit Anspruch.

Da am Morgen darauf keine Stage-Coach auf der Straße ging, die wir einschlagen wollten, nahm ich einen Extrawagen um einen billigen Preis nach Tiffin, einer kleinen Stadt, von wo eine Eisenbahn nach Sandusky führt. Dieser Extrawagen war eine gewöhnliche vierspännige Stage-Coach, wie ich sie schon früher beschrieben habe; er wechselte Pferde und Kutscher, gehörte aber uns ausschließlich für die ganze Fahrt. Damit wir auf jeder Station sicher unsere Pferde bekämen und von keinem blinden Passagier belästigt würden, gaben uns die Eigentümer eine Art von Agenten mit auf den Bock, der uns den ganzen Weg begleiten sollte. Unter dieser Eskorte und außerdem mit einem Eßkorb voll schmackhafter kalter Speisen, Obst und Wein versehen, fuhren wir den folgenden Tag halb sieben Uhr in der Früh wohlgemut ab und freuten uns nicht wenig, daß wir für uns allein waren.

Es war gut, daß wir so vortrefflicher Laune waren, denn der Weg, den wir an diesem Tag zurücklegten, war imstande, jedes Temperament, das nicht entschieden auf anhaltend Schön stand, noch einige Zoll unter Stürmisch herunterzuschütteln. Bald wurden wir in der Kutsche alle auf einen Haufen zu Boden geschmissen, bald zerschlugen wir uns die Köpfe an der Decke. Jetzt lag der Wagen mit einer Seite tief im Kot, und wir hielten uns ängstlich an der andern fest; dann lag er den beiden ersten Pferden des Viergespanns auf der Kruppe; dann endlich hob er sich wieder wie toll in die Luft empor, und alle vier Pferde standen auf dem Gipfel einer unübersteigbaren Anhöhe, sahen sich gleichgültig nach uns um und schienen zu sagen: „Spannt uns nur aus. Es geht nicht." Die Kutscher, die hier dennoch auf eine wunderbare Weise fortkommen, drehen und zerren und schrauben dabei ihr Gespann so merkwürdig herum, daß es nichts Ungewöhnliches war, wenn man zum Fenster hinausblickte, den Kutscher scheinbar ganz müßig dasitzen zu sehen, einen Zügel in jeder Hand, als spielte er bloß Kutschieren wie die kleinen Kinder, während die Vorderpferde plötzlich zum Hinterfensterchen der Kutsche hereinguckten, als hätten sie Lust, hinten aufzusteigen. Eine große Strecke ging es über eine sogenannte Corduroy-Straße, die darin besteht, daß man Baumstämme in einen Morast wirft, wo sie von selbst sich fest zusammenfügen sollen. Der leichteste Stoß, mit dem das schwere Fuhrwerk von einem Balken auf den andern stürzte, war hinreichend, einem alle Knoche im Leibe zu rädern. Eine solche Masse schmerzhafter Empfindungen auf einmal kann man unmöglich anderswo kennenlernen, außer wenn man vielleicht den Versuch machte, in einem Omnibus auf die Kuppel von St. Paul hinaufzufahren. Nicht ein einziges Mal den ganzen Tag war der Wagen in einer Stellung oder Bewegung, an die wir bei uns gewöhnt wären. Nicht ein einziges Mal gebärdete er sich wie irgendein Fuhrwerk auf der Welt, das auf Rädern geht.

Und doch war es ein schöner Tag und die Temperatur köstlich. Wir näherten uns ja dem Niagara und der Heimat. Gegen Mittag stiegen wir in einem frischen, lieblichen Walde aus und nahmen unser Diner auf einem umgestürzten Baume ein; die besten Tafelreste überließen wir einem Hüttenbewohner, und die schlechtesten teilten wir mit den Schweinen, die in dieser Gegend, zur größten Freude unseres Kommissariats in Kanada, zahlreich sind wie Sand am Meere. Dann machten wir uns wieder lustig auf die Reise.

Als die Nacht hereinbrach, wurde der Weg immer enger und enger, bis er sich zuletzt so zwischen den Bäumen verlor, daß der Kutscher nur instinktmäßig den Weg zu finden schien. Wir hatten wenigstens die tröstliche Überzeugung, daß er nicht einschlafen konnte, denn jeden Augenblick stieß das eine oder andere Rad so heftig gegen einen Baumstrunk, daß er sich zusammennehmen mußte, um nicht vom Bock zu fallen. Ebensowenig Grund hatten wir, von zu schnellem Fahren die geringste Gefahr zu fürchten, da die Pferde auf diesem Boden genug zu tun hatten, wenn sie gehen wollten; zum Scheuwerden hatten sie gar keinen Platz: eine ganze Herde wilder Elefanten hätte in einem solchen Wald mit unserer Kutsche nicht durchgehen können. Wir stolperten also ganz ruhig und zufrieden weiter.

Diese Baumstümpfe, die dem Reisenden in Amerika aufstoßen, sind etwas ganz Seltsames; wessen Auge nicht daran gewöhnt ist, der erstaunt über die zahllosen und ewig wechselnden Gestalten, die sie annehmen, sobald es dunkel wird. Bald sieht er eine griechische Urne mitten im einsamen Feld stehen, bald ein Weib, an einem Grabhügel weinend; jetzt sieht er einen ganz gewöhnlichen alten Gentleman mit den Daumen in beiden Armlöchern seiner weißen Weste, dann einen Studenten, der über seinem Buch liegt; jetzt einen kauernden Neger, dann wieder ein Pferd, einen Hund, eine Kanone, einen Bewaffneten; einen Bucklingen, der den Mantel abgelegt hat und in das Mondlicht hervortritt. Oft machten sie mir so viel Vergnügen wie die optischen Gläser einer Zauberlaterne, aber nie folgten die Verwandlungen der Laune meiner Phantasie, vielmehr schienen sie sich mir gegen meinen Willen aufzudrängen; und, seltsam genug, zuweilen erkannte ich in ihnen das Widerspiel von Figuren und Bildern aus längst vergessenen Kinderbüchern.

Bald wurde es aber selbst für diese Unterhaltung zu dunkel, und die Bäume standen so dicht zusammen, daß ihre dürren Äste von beiden Seiten gegen die Kutsche schlugen und wir genötigt waren, den Kopf hübsch drin zu behalten. Es blitzte auch drei volle Stunden hindurch, und jeder einzelne Blitz war hell, bläulich und lang anhaltend; und wie die leuchtenden Strahlen zwischen dem dichten Gezweige hindurchschossen und der Donner dumpf über den Baumwipfeln hinrollte, konnte man sich kaum des Gedankens erwehren, daß der dunkle, dichte Wald bei dem Wetter nicht eben die beste Umgebung sei.

Endlich, zwischen zehn und elf Uhr abends, zeigten sich in der Ferne einige schwache Lichter, und Upper Sandusky, ein indianisches Dorf, wo wir bis zum Tagesanbruch ausruhen sollten, lag vor uns.

In der einzigen Schenke des Dorfes, einem Blockhaus, war alles schon zu Bett gegangen, doch öffnete man uns bald, als wir anpochten, und machte uns etwas Tee in einer Art von Küche oder Gaststube, deren Wände, statt Tapeten, mit alten Zeitungen beklebt waren. Die Schlafkammer, die mir und meiner Frau angewiesen wurde, war ein großes, niedriges, gespenstisches Zimmer; auf dem Ofen lag ein Haufen dürres Reisig; die beiden Türen ohne Schloß und Riegel, einander gerade gegenüber, gingen in das nachtdunkle, wilde Land hinaus und waren so eingerichtet, daß die eine immer die andere durch den Luftzug aufstieß: eine neue architektonische Erfindung, die ich mich nicht erinnere je vorher schon gesehen zu haben und die ich nicht ohne Verlegenheit entdeckte, nachdem ich zu Bett gegangen war, da ich für unsere Reisebedürfnisse eine beträchtliche Summe in Gold in meiner Reisetoilette hatte. Indes türmte ich etwas Gepäck gegen die Tür auf, und die Schwierigkeit war behoben; doch würde ich auch im entgegengesetzten Falle gewiß nicht schlechter geschlafen haben.

Mein Bostoner Freund kroch in sein Bett hinauf, irgendwo unterm Dach, wo ein anderer Gast bereits gewaltig schnarchte. Doch wurde er bald so unerträglich von den Flöhen gebissen, daß er wieder umkehrte und Schutz suchend sich in die Kutsche flüchtete, die vor dem Hause stand. Das war, nach dem Erfolg zu urteilen, kein kluger Schritt, denn die Schweine witterten ihn bald aus, und da sie die Kutsche für eine Art von Pastete, mit einer Art von Fleisch gefüllt, ansahen, fingen sie an, so scheußlich ringsherum zu grunzen, daß er sich fürchtete, wieder herauszukriechen und, am ganzen Leibe zitternd, bis zum Morgen drin liegenblieb. Und als er endlich erlöst war, konnte man ihn nicht einmal mit einem Glas Branntwein erwärmen; denn in den indianischen Dörfern verbietet die Gesetzgebung, aus weisen und wohlwollenden Absichten, Spirituosen auszuschenken. Diese Vorsichtsmaßregel nützt aber so viel wie nichts; denn die Indianer verschaffen sich dennoch Branntwein, und zwar teuerern und schlechteren von den umherziehenden Hausierern.

Eine Ansiedlung von Wyandot-Indianern bewohnt diesen Ort. Unter der Gesellschaft beim Frühstück war ein sanfter alter Herr, der seit vielen Jahren von der Regierung der Vereinigten Staaten als Unterhändler zwischen ihr und den Indianern angestellt war. Eben hatte er mit diesem Volke wieder einen Vertrag abgeschlossen, durch welchen sie sich für ein ansehnliches Jahrgehalt verpflichteten, sich kommendes Jahr auf ein Gebiet zurückzuziehen, das ihnen angewiesen worden war. Rührend war die Schilderung, die er mir von ihrer treuen Anhänglichkeit an das Land ihrer Jugend und vorzüglich an die Gräber ihres Stammes entwarf. Er hatte viel solche Auswanderungen mit angesehen, und stets war es ihm ein peinlicher Anblick gewesen, obgleich er wußte, daß sie zu ihrem eigenen Besten hinwegzogen. Die Auswanderungsfrage war vor ein paar Tagen von diesem Stamme verhandelt worden; sie hatten eigens dazu eine Hütte gebaut, deren Balken noch jetzt vor der Schenke auf der Erde umherlagen. Nachdem die Redner gesprochen hatten, stellten sich die Bejahenden und Verneinenden einander gegenüber, und jedes erwachsene Mannsbild stimmte, wenn die Reihe an ihn kam. Sobald das Resultat bekannt war, gab die (ansehnliche) Minorität den übrigen nach, und alle Opposition hörte auf.

Wir begegneten später einigen dieser armen Indianer; sie ritten auf langhaarigen Ponies und sahen Zigeunern so ähnlich, daß ich, wenn sie mir in England aufgestoßen wären, sicher geglaubt hätte, die Kinder jenes ruhelosen Wandervolkes vor mir zu sehen.

Wir brachen gleich nach dem Frühstück wieder auf und kamen auf einem womöglich noch schlechteren Wege als gestern gegen Mittag in Tiffin an, wo wir von dem Extrawagen Abschied nehmen mußten. Um zwei Uhr setzten wir uns auf die Eisenbahn, mit der es aber nicht so rasch ging, denn sie ist schlecht gebaut und der Boden feucht und sumpfig; wir kamen am Abend, zur Dinerzeit, in Sandusky an. Wir kehrten in einem bequem eingerichteten kleinen Hotel am Ufer des Eriesees ein, blieben da über Nacht und hatten keine andere Wahl, als den folgenden Tag zu warten, bis ein nach Buffalo bestimmtes Dampfboot käme. Die Stadt, welche ziemlich uninteressant und schmutzig aussah, hatte etwas von einem englischen Badeort außerhalb der Saison.

Unser Wirt, der sich's sehr angelegen sein ließ, es uns so bequem wie möglich zu machen, war ein hübscher Mann in den mittlern Jahren, der aus Neuengland, wo er geboren und erzogen war, hierher übersiedelt war.

Wenn ich sage, daß er fortwährend mit dem Hut auf dem Kopf zum Zimmer aus und ein ging oder sich hinstellte, um ebenso ungeniert zu plaudern, oder sich auf unser Sofa hinflegelte, die Zeitung aus der Tasche zog und zu lesen anfing, so erwähne ich das nur als charakteristisch für die Sitten des Landes, nicht etwa, um mich darüber zu beschweren oder weil es unangenehm gewesen wäre. In der Heimat würde ein solches Benehmen mich gewiß beleidigen, weil es bei uns nicht Sitte ist und folglich unverschämt wäre; aber in Amerika denkt ein gutmütiger Mensch der Art damit seine Gäste nur recht gastlich zu bedienen; und ich hatte ebensowenig das Recht – und wie ich offen sagen kann, ebensowenig Lust –, an sein Benehmen unseren englischen Maßstab zu legen, wie es mir einfallen konnte, mit ihm zu streiten, weil er nicht groß genug war, um unter Ihrer Majestät Grenadiere zu gehen. Ebensowenig ärgerte ich mich über eine possierliche alte Frau, eine Art Oberaufseherin in der Wirtschaft, die, wenn sie uns zu essen brachte, sich behaglich auf dem ersten besten

Stuhl niederließ, eine große Nadel hervorzog und sich fortwährend damit die Zähne stocherte, wobei sie uns gravitätisch ansah (auch dann und wann uns mehr zu essen nötigte), bis es Zeit war, die Tafel aufzuheben. Genug, daß man überall, nicht bloß hier, uns mit der größten Artigkeit und Gefälligkeit entgegenkam und im allgemeinen den geringsten Wunsch an den Augen absah.

Wir nahmen eben, einen Tag nach unserer Ankunft, an einem Sonntag, ein zweites Diner ein, als ein Dampfboot sich sehen ließ und am Kai anlegte. Da es nach Buffalo ging, eilten wir sogleich an Bord und ließen bald Sandusky weit hinter uns.

Es war ein großes Fahrzeug von fünfhundert Tonnen und hübsch ausgerüstet, obwohl es Hochdruckmaschinen hatte, bei denen mir immer zumute war, als wohnte ich im ersten Stock einer Pulvermühle. Die Ladung bestand übrigens aus Mehl, von dem einige Fässer auf dem Deck standen. Der Kapitän, der zu uns heraufkam, um ein wenig zu plaudern und einen Freund von sich einzuführen, setzte sich, ein moderner Bacchus, rittlings auf eins dieser Fässer, zog ein großes Taschenmesser heraus und fing an während des Plauderns zu „schnitzeln", indem er dünne Späne von den Rändern abschälte. Und er schnitzte so fleißig und herzlich, daß, hätte ihn nicht bald jemand abgerufen, vom ganzen Faß vielleicht nichts als Mehl mit Hobelspänen übriggeblieben wäre.

Nachdem wir einen oder zwei flachgelegene Orte berührt hatten, wo sich immer ein niedriger Damm mit einem stumpfartigen Leuchtturm, wie eine Windmühle ohne Flügel, in den See hinausstreckte, kamen wir um Mitternacht nach Cleveland, wo wir bis um neun Uhr am folgenden Morgen liegenblieben.

Ich war förmlich neugierig auf diese Stadt, denn ich hatte in Sandusky ein Stück Clevelandische Literatur in Gestalt einer Zeitung zu Gesicht bekommen, die sich gar stark über Lord Ashburtons Ankunft in Washington, zur Beilegung der Differenzen zwischen Nordamerika und Großbritannien, hatte vernehmen lassen; sie sagte, wie Amerika bereits als Säugling das stolze England „gepeitscht" habe und als Jüngling es immer noch peitsche, so sei es klar, daß Amerika auch in reifem Mannesalter das stolze England notwendig peitschen müsse; und sie versicherte allen echten Amerikanern, wenn Mr. Webster nur seine Schuldigkeit tue und den englischen Lord geschwind wieder heimschicke, so werde man binnen zwei Jahren „den Yankee Doodle im Hyde Park singen und ‚Heil dir, Columbia‘ in den Hallen von Westminster“. Cleveland ist eine hübsche Stadt, und ich hatte die Genugtung, das Redaktionsbüro des eben erwähnten Journals von außen anzusehen. Den großen Geist, der jene Artikel verfaßte, hatte ich leider nicht das Glück zu sehen, aber ich zweifle nicht, daß er in seiner Art ein Wundermann ist und seinen auserwählten Kreis von Verehrern hat.

An Bord unseres Schiffes war ein Gentleman, den, wie ich, ohne es zu wollen, durch die dünne Scheidewand zwischen unserem und seinem und seiner Frau Staatsgemach hörte, meine Anwesenheit sehr beunruhigte. Ich weiß nicht, wieso oder warum, aber ich ging ihm nicht aus dem Sinn und schien ihm sehr zu mißfallen. Zuerst hörte ich, wie er flüsterte – und das komischste war, daß er mir's gleichsam ins Ohr sagte –: „Boz ist noch immer an Bord, mein liebes Kind.“ Nach einer langen Pause setzte er klagend hinzu: „Boz hält sich sehr zurückgezogen“, was allerdings richtig war, denn ich befand mich unwohl und hatte mich mit einem Buch in der Hand hingelegt. Jetzt dachte ich, er sei mit mir fertig, allein ich hatte mich getäuscht; denn nach einer langen Pause, während der er sich, glaub ich, unruhig von einer Seite auf die andere wälzte, ohne einschlafen zu können, brach er wieder aus und flüsterte: „Mir scheint, Boz wird gleich wieder ein Buch schreiben und alle unsere Namen hineinbringen!“ und über diese eingebildeten Folgen seines Zusammenseins mit Boz in einem Boot stöhnte und verstummte er.

Wir legten um acht Uhr dieses Abends an der Stadt Erie an und blieben da eine Stunde liegen. Zwischen fünf und sechs Uhr morgens gelangten wir nach Buffalo, wo wir frühstückten; und da wir den großen Fällen jetzt zu nah waren, um anderswo geduldig auszuhalten, fuhren wir um neun Uhr desselben Morgens mit der Eisenbahn nach Niagara.

Es war ein jämmerliches Wetter, frostig und rauh; feuchter Nebel fiel, und die Bäume sahen in jener nordischen Region ganz dürr und winterlich aus. Sooft der Zug hielt, horchte ich, um das Brausen zu hören; fortwährend strengte ich mein Auge an und spähte nach der Richtung hin, wo, wie ich am Lauf des Stromes sah, die Fälle sein mußten; und jeden Augenblick erwartete ich das Sprühen und Stäuben der Fälle zu erblicken. Wenige Minuten, ehe wir hielten, aber auch nicht früher, sah ich zwei große weiße, langsam und majestätisch aus der Tiefe der Erde aufsteigende Wolken. Das war alles. Endlich stiegen wir aus, und da hörte ich zum erstenmal das mächtige Brausen der Wasser und fühlte den Boden unter meinen Füßen erzittern.

Das steile Ufer war schlüpfrig von Regen und halbgetautem Eis. Ich weiß kaum, wie ich hinabgekommen bin, aber ich befand mich bald unten und kletterte dann mit zwei englischen Offizieren über einige Felsblöcke, betäubt von dem Getöse, halb blind von dem Wasserstaub und naß bis auf die Haut. Wir standen am Fuße des amerikanischen Falles. Ich sah eine ungeheure Wassermasse, aus großer Höhe herabtosend, aber hatte keinen Begriff von Form oder Lage oder etwas anderem als betäubender Unermeßlichkeit.

Als wir in dem kleinen Boot saßen und über den angeschwollenen Fluß unmittelbar vor den beiden Wasserfällen setzten, fing ich an zu fühlen, was es war; aber ich war wie betäubt und unfähig, das Ungeheure des Schauspiels zu fassen. Erst als ich auf dem Tafelfelsen stand und auf die ungeheure, hinabstürzende glänzend grüne Flut hinabblickte, überkam die ganze Gewalt und Erhabenheit des Anblickes meine Seele.

Da, als ich fühlte, wie nahe ich jetzt meinem Schöpfer stand, war der erste und dauerndste Eindruck des erhabenen Anblicks – Friede. Seelenfrieden; ruhiges Erinnern an Verstorbene; seelenerquickende Gedanken an ewige Ruhe, ewiges Glück; nichts von Schrecken oder Entsetzen. Der Niagara prägte sich in mein Herz als ein Bild der Schönheit ein, um dort unwandelbar und unauslöschlich zu bleiben, bis sein Puls aufhört zu schlagen.

Oh, wie während der zehn denkwürdigen Tage, die ich auf diesem heiligen Boden zubrachte, das Drängen und Treiben des gewöhnlichen Lebens zurücktrat und immer kleiner und unbedeutender erschien! Welche Stimmen zu mir herauftönten aus dem Wogendonner; welche längst von der Erde entschwundenen Gesichter mich anblickten aus den leuchtenden Tiefen; welche göttliche Verheißung in diesen Engelstränen glänzte, in diesen vielfarbigen, funkelnden Tropfen, die in der Luft herumstäubten und um die wundersam glänzenden Gewölbe tanzten, mit denen der ewigwechselnde Regenbogen den Kampf der Gewässer überspannte!

Ich verließ während der ganzen Zeit meines Dortseins die kanadische Seite nicht wieder. Denn drüben auf dem andern Ufer waren Menschen, und an solchen Orten vermeidet man gern fremde Gesichter. Den ganzen Tag umherzuwandern und die Fälle von allen Punkten aus zu betrachten; auf der Kante des Great-Horse-Shoe-Falles zu stehen und zu sehen, wie das eilende Wasser Kraft sammelte, ehe es an den Rand der Felsen kam, und doch wieder zu zögern schien, ehe es in den Schlund hinabschoß; von dem Flusse unten dem Herabsturz der Wassermassen zuzusehen; auf die benachbarten Höhen zu klettern und durch die Bäume hindurch das Wasser schäumend und tosend durch die Rapids dem Sturz entgegeneilen zu sehen; in dem feierlichen Schatten der Felsen stromabwärts sinnend zu weilen und zu sehen, wie der Strom, von keiner sichtbaren Gewalt bewegt, aufbrauste und wirbelte und den Widerhall erweckte, tief unter seiner Oberfläche noch durchkrampft von dem Sturz; den Niagara vor sich zu haben, von der Sonne beschienen und von dem Monde, glühend rot von den letzten Strahlen der Sonne oder grau, wenn die Schatten des Abends langsam auf ihn herabsanken; Tag für Tag ihn zu sehen und in der Nacht zu erwachen und seine nimmer schweigende Stimme zu hören: das war genug.

In jeder ruhigen Stunde denke ich jetzt: immer noch tosen und stürzen und toben diese Wassermassen den ganzen Tag lang; immer noch umgürten Regenbogen ihre Mitte. Immer noch, wenn die Sonne darauf scheint, glänzen und glühen sie wie geschmolzenes Gold. Immer noch, wenn der Himmel trübe ist, stürzen sie herab wie Schnee oder scheinen herunterzustäuben wie ein großer verwitternder Kalkfels auf einen Sturz oder herabzurollen wie dichter, weißer Qualm. Aber immer scheint der gewaltige Strom zu sterben, wie er herunterdonnert, und immer steigt aus seinem unergründlichen Grabe das schauerliche Gespenst von ewigem Nebel und Wasserstaub, das diese Stätte mit denselben Schauern umschwebt hat, als noch Finsternis über den Wassern schwebte und die erste der Fluten vor der Sintflut – das Licht – über die Schöpfung strömte, Gottes Wort gehorsam.

15. KAPITEL

Reise in Kanada. Toronto. Kingston. Montreal. Quebec. St. John's. Rückreise nach den Vereinigten Staaten. Lebanon. Das Shakerdorf. Westpoint

Ich fühle mich nicht veranlaßt, einen Vergleich zwischen den sozialen Verhältnissen der Vereinigten Staaten und den britischen Besitzungen in Kanada anzustellen. Aus diesem Grunde werde ich mich auf einen sehr kurzen Bericht über meine Reise in letzterem Staat beschränken.

Ehe ich aber Niagara verlasse, muß ich auf einen empörenden Umstand aufmerksam machen, welcher schwerlich dem Tadel aller verständigen Reisenden, die den Niagara besucht haben, entgangen ist.

Auf dem Tafelfelsen steht eine dem Führer gehörende Hütte, wo kleine Andenken an den Ort verkauft werden und wo die den Fall Besuchenden ihre Namen in ein Buch eintragen. An der Wand des Zimmers, in dem viele Bücher dieser Art aufbewahrt sind, hängt ein Anschlag folgenden Inhalts: „Die Besucher werden gebeten, die Bemerkungen und poetischen Ergüsse aus den hier befindlichen Registern und Alben weder abzuschreiben noch auszugsweise zu verwenden."

Ohne diesen Anschlag würde ich die Bücher ruhig haben auf der Tafel liegen lassen, wo sie mit berechneter Nachlässigkeit herumlagen, wie auf dem Tisch eines Salons; denn ich hatte genug an der absurden Lächerlichkeit einiger Verse, die unter Glas und Rahmen an den Wänden hingen. Aber durch jene Bitte neugierig geworden, von welcher Art die poetischen Ausbrüche wären, die man so sorgfältig bewachte, wandte ich ein paar Blätter um und fand sie vollgeschmiert mit den abscheulichsten Zoten, an denen jemals ein Schwein in Menschengestalt Gefallen gefunden hat.

Es ist demütigend genug zu wissen, daß es unter den Menschen so verdorbene Gemüter geben kann, die sich nicht scheuen, mit dem Schmutz ihrer Seelen den heiligsten Altar der Natur zu beflecken. Aber daß diese Ergüsse der tiefsten Gemeinheit zum Ergötzen Gleichgesinnter aufbewahrt und aller Augen vorgelegt werden, ist eine Schmach für die englische Sprache, in der sie geschrieben sind (obgleich ich hoffe, daß nur wenige der gerügten Zeilen von Engländern herrühren), und ein Flecken für die englische Seite, auf der sie aufbewahrt werden.

Die Kasernen unseres Militärs in Niagara haben eine sehr hübsche und luftige Lage. Einige derselben sind große einzeln stehende Häuser, ursprünglich zu Hotels bestimmt; und abends, wenn die Frauen und Kinder von den Balkonen herab den Soldaten zusehen, wie sie sich auf dem Rasenplatz vor der Tür mit Ballspiel und gymnastischen Übungen unterhalten, boten sie ein so heiteres und lebendiges Gemälde, daß es dem Vorübergehenden Freude machte zuzusehen.

In einer Garnisonstadt, wo die Demarkationslinie zwischen beiden Ländern so schmal ist wie in Niagara, kann die Desertion natürlich nichts sehr Seltenes sein; und wenn schon die Lage des Ortes zur Flucht einlädt, so verführen den Soldaten noch mehr die glänzenden und phantastischen Aussichten auf Unabhängigkeit und Wohlleben, die er auf der andern Seite zu finden vermeint. Doch ist es sehr selten, daß sich die Desserteure nach ihrer Flucht glücklich fühlen, und man kennt viele Beispiele, daß sie ihre traurige Täuschung eingestanden und ein ernstes Verlangen ausgedrückt haben, in den Dienst zurückzukehren, wenn sie nur der Verzeihung oder gelinder Strafe sicher wären. Desungeachtet aber findet ihr Beispiel Nachahmer genug, wenn auch schon mancher auf der Flucht bei dem Versuch, über den Strom zu setzen, den Tod gefunden hat. Vor nicht langer Zeit ertranken einige, als sie hinüberzuschwimmen versuchten, und einer, der wahnsinnig genug war, auf einem Tischbrett als Floß sich hinüberzuwagen, wurde in den Wirbel hinabgerissen, wo seine zerschmetterte Leiche mehrere Tage lang ein Spiel der Wellen war.

Das Getöse des Falles entspricht der Beschreibung, die man davon macht, durchaus nicht; und man wird dies natürlich finden, wenn man die große Tiefe des Beckens in Betracht zieht, in das sich der Strom stürzt. Obgleich wir während unseres Dortseins nie heftigen Wind hatten, haben wir doch in einer Entfernung von drei Meilen von dem Fall nie etwas von seinem Getöse gehört, selbst nicht zu der sehr ruhigen Zeit des Sonnenunterganges.

Queenston, von wo aus das Dampfboot nach Toronto fährt, liegt in einem lieblichen Tale, durch welches der Niagara seine dunkelgrünen Fluten rollt. Man nähert sich der Stadt auf einer Straße, die sich um die Höhen windet, von denen sie umgeben wird, und von diesem Punkte aus gesehen ist ihre Lage sehr schön und malerisch. Auf der größten dieser Höhen stand ein Denkmal, von der gesetzgebenden Körperschaft der Provinz zum Gedächtnis des General Brock errichtet, welcher hier nach gewonnener Schlacht gegen die Amerikaner fiel. Ein Vagabund, man vermutet ein gewisser Lett, der jetzt wegen Diebstahls im Gefängnis sitzt, sprengte das Denkmal vor einigen Jahren in die Luft, und es steht jetzt als Ruine da, von deren Spitze ein Stück des eisernen Geländers herabhängt, wie ein Efeuzweig oder eine Weinrebe. Es ist viel wichtiger, als es auf den ersten Anblick scheinen mag, daß das Denkmal auf Kosten des Staates wiederhergestellt werde, was schon längst hätte geschehen sollen. Erstens ist es unter der Würde Englands, daß ein Denkmal zu Ehren eines seiner Verteidiger in diesem Zustande bleibe, auf derselben Stelle, wo er für sein Vaterland gefallen ist. Zweitens, weil der Anblick der Ruine und die Erinnerung an das unbestrafte Verbrechen, durch welches sie dazu gemacht wurde, eben nicht geeignet sind, die Antipathien der Grenzbewohner gegen ihre Nachbarn zu mildern.

Ich stand auf dem Kai des Städtchens und sah den Passagieren zu, die sich in dem Dampfboot einschifften, welches noch vor dem unsrigen abging, teilnehmend an der Besorgnis, mit der die Frau eines Sergeanten ihre wenigen Habseligkeiten sammelte – mit einem ängstlichen Auge die Träger bewachend, welche sie an Bord trugen, und mit dem andern ein Waschfaß ohne Reifen, zu welchem sie, da es das wertloseste Stück ihrer Wirtschaft war, die besorglichste Liebe hegte –, als drei oder vier Soldaten mit einem Rekruten ankamen und an Bord gingen.

Der Rekrut war ein hübscher, starker Bursche, aber nichts weniger als nüchtern; er hatte ganz das Aussehen eines Mannes, der schon einige Tage lang mehr oder weniger betrunken gewesen war. Er trug sein kleines Bündel an einem Stock über die Schulter und hatte eine kurze Pfeife im Munde. Er war so bestaubt und schmutzig, wie Rekruten gewöhnlich sind, und seine Schuhe zeigten an, daß er eine gute Strecke zu Fuß gegangen war, aber er war sehr lustig und guter Dinge und schüttelte dem einen Soldaten die Hand und schlug den andern auf die Achsel und schwatzte und lachte in einem fort.

Die Soldaten lachten mehr über den als mit dem närrischen Kauz. Sie schienen zu sagen, wie sie mit ihren Stöcken in der Hand steif dastanden und ihn teilnahmslos über ihre glänzenden Halsbinden weg ansahen: „Nur zu, Bursche, solange du noch kannst; bald wirst du's schon anders lernen." Plötzlich aber stürzte der Rekrut, der in seiner Lustigkeit rückwärts gegen das Dollbord gestolpert war, in den Fluß hinab.

Ich habe nie in meinem Leben etwas Besseres gesehen als die Veränderung, die jetzt mit den Soldaten vorging. Fast ehe noch der Bursche im Wasser lag, war ihre soldatische Steifheit verschwunden und durch die größte Energie ersetzt. In weniger Zeit, als die Erzählung wegnimmt, hatten sie ihn wieder herausgezogen, die Füße oben und die Schöße seines Rockes über seine Augen klebend, während das Wasser von jedem Faden seiner abgetragenen Kleider heruntertroff. Aber in dem Augenblick, da sie ihn wieder auf die Beine gestellt hatten und sahen, daß ihm kein Schade geschehen war, waren sie wieder Soldaten und blickten ruhiger über ihre glänzende Halsbinden weg als je.

Der halb nüchtern gewordene Rekrut blickte einen Augenblick um sich, als wenn seine erste Regung wäre, seinen Lebensrettern zu danken; aber da sie mit so teilnahmsloser Miene um ihn herumstanden und einer derselben, der gerade am eifrigsten bei seiner Rettung gewesen war, ihm seine nasse

Pfeife mit einem Fluche hinreichte, steckte er diese in den Mund, schob die Hand in die triefenden Taschen und ging pfeifend an Bord, nicht, als wenn nichts geschehen wäre, sondern als ob er es mit Fleiß hätte tun wollen und der Streich ihm gut gelungen wäre.

Unser Dampfboot langte an, als das andere eben den Kai verlassen hatte, und brachte uns bald zur Mündung des Niagara, wo die Sterne und Streifen Nordamerikas auf der einen und der Union Jack Englands auf der andern Seite im Winde flattern; und so eng ist der Raum zwischen beiden, daß die Schildwachen in beiden Forts oft die Parole, wie sie auf der andern Seite gegeben wird, hören können. Dann fuhren wir in den Ontariosee ein und erreichten um halb sieben Uhr Toronto.

Die Umgebung der Stadt ist flach und entblößt von landschaftlichen Reizen, aber die Stadt selbst ist voll rühriger Lebendigkeit, geschäftigem Lärm und im besten Fortschritt begriffen. Die Straßen sind gut gepflastert und mit Gaslaternen erleuchtet, die Läden wohl versehen. Viele derselben haben eine so reichliche Auswahl Waren in ihrem Fenster zur Schau gelegt, wie man nur in einer lebhaften Provinzstadt Englands erwarten kann, und manche würden der Hauptstadt keine Schande machen. Unter den öffentlichen Gebäuden zeichnen sich ein aus Stein gebautes Gefängnis, eine hübsche Kirche, ein Assisengebäude und ein vom Staat errichtetes magnetisches Observatorium aus. Außerdem schmücken noch viele ansehnliche Privatwohnungen die Stadt. In dem Kollegium für Ober-Kanada, einer der öffentlichen Unterrichtsanstalten der Stadt, wird den Bewohnern gründlicher Unterricht in allen allgemeinen Fächern für wenig Geld geboten, denn der Schüler bezahlt nicht mehr als neun Pfund jährlich. Das Kollegium besitzt viele Grundstücke und ist ein sehr nützliches und wohleingerichtetes Institut.

Der Grundstein eines neuen Kollegiums war vor wenigen Tagen von dem Generalgouverneur gelegt worden. Es wird ein schönes, geräumiges Gebäude werden, mit einer Allee als Auffahrt, die bereits gepflanzt und zu einem öffentlichen Spaziergang eingerichtet ist. Die Stadt bietet zu jeder Jahreszeit Gelegenheit zu körperlicher Bewegung, denn die Trottoirs der Nebenstraßen sind mit Planken belegt und werden in sehr gutem Stand erhalten.

Es ist sehr beklagenswert, daß die politischen Zwistigkeiten und Leidenschaften hier so tief gedrungen sind und bereits zu so schmachvollen Resultaten führten. Vor kurzem noch wurde aus einem Fenster in dieser Stadt auf die glücklichen Bewerber bei einer Wahl geschossen: der Kutscher des einen wurde, obgleich nicht gefährlich, in den Leib getroffen. Aber einer wurde bei dieser Gelegenheit totgeschossen, und aus demselben Fenster, aus dem ihn die tödliche Kugel traf, wehte dieselbe Fahne, die den Mörder (nicht nur in der Ausführung seiner Freveltat, sondern auch vor ihren Folgen) geschützt hatte, wieder bei Gelegenheit der öffentlichen, vom Governor General gehaltenen Zeremonie, von der ich eben gesprochen. Unter allen Farben des Regenbogens gibt es nur eine, die zu einem so schmachvollen Gebrauch dienen konnte: ich brauche kaum zu sagen, daß es Orange* war.

Um Mittag geht man von Toronto nach Kingston ab. Um acht Uhr am andern Morgen hat der Reisende das Ziel seiner Fahrt erreicht, die per Dampfboot über den Ontariosee geht, wobei man Port Hope und Coburg (letzteres ist ein hübsches, wohlhabendes Städtchen) besucht. Ungeheure Massen Mehl bilden vorzugsweise die Ladung dieser Fahrzeuge. Wir hatten zwischen Coburg und Kingston nicht weniger als tausendundachtzig Fässer an Bord.

Kingston, jetzt der Sitz der Regierung in Kanada, ist eine sehr arme Stadt, die, vom Marktplatz aus gesehen, durch die Verwüstungen einer Feuersbrunst seit kurzem noch ärmer aussieht. Man kann in der Tat von Kingston sagen, daß seine eine Hälte niedergebrannt und die andere nicht aufgebaut ist. Das Government House ist weder bequem noch elegant, und doch ist es noch das einzige einigermaßen ansehnliche Gebäude der Umgegend.

Es gibt ein bewundernswürdiges Gefängnis hier, welches sehr weise verwaltet und in jeder Hinsicht ausgezeichnet ein-

* Die Farbe der Hochtories (Anmerkung des Übersetzers).

gerichtet ist. Die Männer wurden als Schuhmacher, Seiler, Schmiede, Schneider, Zimmerleute und Steinmetzen beschäftigt und bauten eben an einem neuen Gefängnis, welches seiner Vollendung ziemlich nahe war. Die weiblichen Gefangenen mußten handarbeiten. Unter ihnen befand sich ein schönes Mädchen von zwanzig Jahren, welches beinahe schon drei Jahre gefangensaß. Sie hatte während des kanadischen Aufstandes für die sich selbst so nennenden Patrioten aus Navy Island die geheimen Depeschen hin- und hergetragen: zuweilen ging sie als Mädchen gekleidet und hatte die Papiere in ihrem Mieder versteckt, zuweilen trug sie sich als Knabe und verbarg sie in ihrem Hutfutter. Dann ritt sie immer und saß nach Männerart im Sattel, was ihr ein Spaß war, denn sie ritt jedes Pferd, das ein Mann reiten konnte, es mochte noch so wild sein, und verstand ein Viergespann vom Bock herab zu kutschieren so gut wie einer. Auf einer ihrer patriotischen Sendungen aber eignete sie sich das erste Pferd an, das ihr in den Weg kam, und dieses Verbrechen hatte sie hierhergebracht. Sie hatte ein ganz liebliches Gesicht, obgleich, wie sich der Leser nach dieser Skizze aus ihrem Leben denken kann, auch ein kleiner lauernder Teufel im Blick ihres glänzenden Auges lag, das scharf durch die Eisenstäbe ihres Gitters spähte.

Es steht hier ein bombenfestes sehr starkes Fort, welches eine kühne Position einnimmt und ohne Zweifel gute Dienste leisten kann, obwohl ich denken sollte, daß die Stadt zu nahe an der Grenze liegt, um in unruhigen Zeiten sich halten zu können. Auch eine kleine Werft sah ich, wo die Regierung an ein paar Dampfbooten arbeiten läßt, deren Bau sehr rasch vonstatten geht.

Am zehnten Mai um halb zehn Uhr morgens brachen wir von Kingston nach Montreal auf und fuhren in einem Dampfboot den St.-Lorenz-Strom hinab. Man kann sich kaum vorstellen, wie schön dieser stolze Strom fast auf allen Punkten und besonders am Anfang dieser Fahrt ist, wo er sich zwischen den Tausenden von Inseln hindurchwindet. Die große Zahl und ununterbrochene Kette dieser grünen, reich bewaldeten Eilande – von denen einige so groß sind,

daß man oft eine halbe Stunde lang eine davon für das ge-
genüberliegende Flußufer halten kann, und andere wieder
so klein, daß sie wie Muttermale auf seinem breiten Busen
aussehen –, die unendliche Mannigfaltigkeit ihrer Gestalten
und die zahllosen schönen Kombinationen, welche die Bäume
darauf in ihren verschlungenen Formen bilden: dies alles
bringt ein Gemälde von ungemeinem Interesse und höchst angenehmer Wirkung hervor.

Am Nachmittag schossen wir über einige Stromschnellen
hinunter, wo der Fluß schäumte und siedete und seltsame
Blasen warf: die Gewalt der Strömung ist hier fürchterlich.
Um sieben Uhr erreichten wir „Dickenson's Landing", von
wo man zwei oder drei Stunden mit der Stage-Coach weiter-
reist, weil die Schiffahrt auf dem Fluß durch neue Stromschnellen so schwierig und gefährlich wird, daß die Dampfboote sich nicht darüber wagen. Aber die Anzahl und Länge
dieser *portages,* über welche eine schlechte Straße führt, machen die Reise zwischen Kingston und Montreal etwas langweilig.

Unser Weg führte über einen weiten, offenen Landstrich
neben dem Fluß, von wo die warnenden Lichter auf den
gefährlichen Punkten des St.-Lorenz-Stromes hell herüber-
strahlten. Die Nacht war rauh und dunkel und der Weg entsetzlich. Es war beinahe acht Uhr, als wir den Kai erreichten,
wo das nächste Dampfboot lag. Wir gingen an Bord und zu
Bett.

Das Boot lag die ganze Nacht am Ufer und fuhr ab, sobald der Morgen graute. Der Tag wurde durch ein heftiges
Donnerwetter eingeläutet und war sehr feucht, allmählich jedoch besserte sich das Wetter und wurde dann ganz schön.
Als ich nach dem Frühstück auf das Deck ging, erstaunte ich
nicht wenig, ein außerordentlich gigantisches Floß stromabwärts schwimmen zu sehen: es waren etwa dreißig oder vierzig hölzerne Häuser darauf und wenigstens ebenso viele be-
wimpelte Masten, so daß es wie eine Gasse auf dem Wassser
aussah. Ich habe später mehrere solche Flöße gesehen, aber
ein so großes nicht wieder. Alles Bauholz (oder, wie es die
Amerikaner nennen, „Gerümpel"), welches den St. Lorenz

hinabgeht, wird auf diese Weise fortgeschwemmt. Wenn das Floß seinen Bestimmungsort erreicht hat, wird es auseinandergerissen, und die Schiffer kehren zurück, um ein neues zu holen.

Um acht Uhr landeten wir wieder und fuhren mit der Stage-Coach weiter und kamen vier Stunden lang durch ein hübsches und wohlbebautes Land, welches in jeder Hinsicht ganz französisch ist: im Aussehen der Landhäuser und Hütten, in der Sprache, Gebärdung und Tracht der Bauern, in den Aushängeschildern der Schenken und Kaufläden, in den Kreuzen und Muttergotteskapellen am Wege. Fast jeder gemeine Arbeiter und jeder Bauernjunge trug, wenn er auch keine Schuhe an den Füßen hatte, eine hellfarbige, meist rote Schärpe um den Leib, und die Weiber, die auf Feldern und in Gärten arbeiteten, hatten, eine wie die andere, große flache Strohhüte mit sehr breiten Krempen auf. In den Dörfern sah man katholische Priester und barmherzige Schwestern auf der Gasse; und auf den Kreuzwegen und an andern öffentlichen Orten standen die Bilder des Gekreuzigten.

Um Mittag gingen wir an Bord eines andern Dampfbootes und erreichten um drei Uhr das Dorf Lachine, neun Meilen von Montreal. Da stiegen wir wieder aus und reisten zu Lande weiter.

Montreal hat eine hübsche Lage am Rande des St. Lorenz und im Rücken einige steile, kühne Anhöhen, mit herrlichen Punkten zum Spazierenreiten und Fahren. Die Straßen sind großenteils eng und unregelmäßig wie in den meisten alten französischen Städten; in den modernern Stadtteilen sind sie weit und luftig. Sie sind mit einer Masse sehr guter Kaufläden geschmückt, und sowohl in der Stadt wie in den Vorstädten gibt es viele herrliche Privatwohnungen. Die Granitkais sind von bemerkenswerter Schönheit, Dauerhaftigkeit und Ausdehnung.

Eine sehr große katholische Kathedrale ist erst jüngst hier errichtet worden; sie hat zwei hohe Kirchtürme, von denen einer noch nicht ausgebaut ist. Auf dem freien Platz vor diesem Gebäude steht ein einzelner, finsterer, viereckiger Turm, der ein so merkwürdiges, seltsames Ansehen hat, daß die Weisen von Montreal beschlossen haben, ihn so bald als möglich niederzureißen. Das Government House ist bei weitem ansehnlicher als das zu Kingston, und die Stadt ist voller Leben und Bewegung. In einer der Vorstädte ist eine fünf oder sechs Meilen lange, mit Holz gepflasterte Straße – nicht ein bloßes Trottoir –, und eine ganz vortreffliche Straße ist es. Alle unsere Ausflüge in die Nachbarschaft wurden doppelt interesssant und reizend durch den aufsprossenden Frühling, der hier so rasch und kurz ist, daß man mit einem Tag aus dem ödesten Winter in den voll blühenden Sommer springt.

Die Dampfboote nach Quebec machen ihre Fahrt bei Nacht, das heißt, sie verlassen Montreal um sechs Uhr abends und kommen um sechs Uhr morgens in Quebec an. Wir machten diesen Ausflug während unseres Aufenthalts in Montreal, der über vierzehn Tage dauerte, und waren entzückt von der Schönheit des interesssanten Ortes.

Der Eindruck, den dieses Gibraltar Amerikas auf den Beschauer macht, mit seinen schwindligen Höhen, seiner gleichsam in der Luft hängenden Zitadelle, seinen pittoresken steilen Straßen und düsteren Gattertorwegen und den prachtvollen Ansichten, die sich bei jeder Wendung dem überraschten Auge bieten, ist zugleich einzig und unauslöschlich. Abgesehen von diesen sichtbaren Reizen der malerischen Stadt knüpfen sich Erinnerungen an sie, die eine Wüste interessant machen würden. Der gefährliche Abhang, dessen steile Felswand Wolf und seine wackeren Gefährten hinanklommen, die Ebenen von Abraham, wo er seine tödliche Wunde erhielt, die Festung, welche Montcalm so ritterlich verteidigte, und sein Kriegergrab, das ihm die explodierende Bombe grub, während er noch lebte, gehören nicht zu den geringsten oder gewöhnlichen historischen Erinnerungen. Das ist auch ein edles und beider großen Nationen würdiges Monument, welches das Andenken der beiden Generale verewigt und auf dem ihre Namen nebeneinander eingegraben sind.

Die Stadt ist reich an öffentlichen Instituten und katholischen Wohltätigkeitsanstalten, aber ihre außerordentliche

Schönheit liegt nur in der Ansicht von der Zitadelle und dem alten Government House aus. Das weite Land, reich an Feldern und Wäldern, Berghöhen und Wasser, das sich vor einem hindehnt, mit Meilen voll kanadischer Dörfer, in langen weißen Streifen glänzend, wie die Adern der Landschaft; die bunte Menge von Giebeln, Dächern und Kaminfängen in der alten, hügeligen Stadt, die vor einem liegt; der schöne St.-Lorenz-Strom, funkelnd im Sonnenlicht; und die winzig kleinen Schiffe unter dem Felsen, von dem man hinabschaut, mit dem Takelwerk, das in dieser Entfernung wie ein Spinnengewebe, gegen das Licht gehalten, aussieht, während die Fässer und Tonnen auf den Decks zu niedlichem Spielzeug und die geschäftigen Seeleute zu kleinen Puppen einschrumpfen: alles das, vom Rahmen eines Fensters in der Festung eingefaßt und vom schattigen Hintergrund des Zimmers aus gesehen, bildet eines der bezauberndsten und glänzendsten Gemälde, die das Auge auf Erden schauen kann.

Im Frühling reisen eine Masse Auswanderer, die eben erst aus England oder Irland gekommen sind, zwischen Quebec und Montreal nach den Hinterwäldern und neuen Ansiedlungen von Kanada. Wenn es schon unterhaltend ist (wie ich oft fand), einen Morgenspaziergang auf dem Kai von Montreal zu machen und sie zu Hunderten um ihre Kisten und Kasten in einzelnen Gruppen stehen zu sehen: so hat es noch ein tieferes Interesse, auf dem Dampfboot ihr Wandergefährte zu sein, sich unter sie zu mischen und, selbst unbeachtet, ihnen zuzusehen und zuzuhören.

Das Fahrzeug, in dem wir von Quebec nach Montreal zurückkehrten, war voll von solchen Auswanderern. Bei Nacht breiteten sie ihre Betten (die wenigstens, die welche hatten) zwischen den Decks aus, und sie lagen so dicht um unsere Kajütentür, daß wir beinahe blockiert waren. Es waren fast lauter Engländer, großenteils aus Gloucestershire, und sie hatten eine lange Winterfahrt über den Ozean überstanden; aber es war wunderbar, wie reinlich trotzdem die Kinder gehalten worden und wie unermüdlich in ihrer Liebe und Selbstverleugnung alle die armen Eltern waren.

Man sage und predige, so fromm und so viel man mag, es

ist für den Armen viel schwerer, tugendhaft zu sein, als für den Reichen, und die Tugend des Armen ist darum um so glänzender. In mancher stolzen Behausung gibt es einen „besten der Gatten und Väter", dessen persönliche Vorzüge in beiden Beziehungen mit Recht zum Himmel gehoben werden. Aber versetzt ihn daher, auf dieses überfüllte Deck. Streift seiner jungen schönen Frau ihre seidenen Gewänder vom Leibe, nehmt ihr ihre Juwelen, bindet ihr geflochtenes Haar auf, grabt vorzeitige Runzeln in ihre Stirn, laßt ihre Wangen von Sorgen und Entbehrungen erblassen, hüllt dann ihre entzauberte Gestalt in grobe, geflickte Kleider, laßt ihr keinen andern Schmuck und Staat als seine Liebe, dann wird seine Tugend wirklich auf die Probe gestellt. Ebenso verwandelt ihm seine Stellung in der Welt, daß er in diesen jungen Geschöpfen, die seine Knie umklammern, nicht die lebenden Zeugnisse seines Reichtums und Namens, sondern die kleinen Mitkämpfer um das tägliche Brot, die kleinen Wilddiebe sieht, die sein dürftiges Mahl schmälern und jeden kärglichen Erwerb seiner Arbeit dividieren. Statt aller Reize, welche die Kindheit, von ihrer süßesten, lieblichsten Seite betrachtet, hat, laßt ihn nur all ihre Not und Pein, Krankheiten und Leiden, ihre Launen, Verdrießlichkeiten, ihre klagende Schwäche und Hilflosigkeit empfinden: laßt seine Kleinen nicht von lieblichen Kinderspielen und Kinderträumen schwatzen, sondern von Kälte, Hunger und Durst mit ihm reden: und wenn sein Vaterherz dies alles überlebt, wenn es geduldig und zärtlich bleibt, wenn er stets über das Leben seiner Kleinen gewacht und um ihre Freuden und Leiden gesorgt hat, dann mögt ihr ihn zurückschicken ins Parlament, auf die Kanzel, auf die Richterbank, und wenn er die schönen Reden über die Verdorbenheit und Sittenlosigkeit der Armen hört, die bei harter Arbeit von der Hand in den Mund leben, dann mag er als einer, der da weiß, wie es ist, freiheraus reden und den hohen Rednern sagen, daß sie, verglichen mit jenen Armen und Hilflosen, himmlische Engel in ihrem täglichen Leben sein sollten und dann noch nur demütige Ansprüche auf den Himmel machen dürften.

Wer von uns kann sagen, was aus ihm würde, wenn eine

solche Wirklichkeit, mit geringen Erleichterungen oder Abwechselungen das ganze Leben lang, sein Los sein sollte! Als ich diese Leute mir ansah, so fern von zu Hause, ohne Dach und Fach, arm, wandernd, müde von Not und Beschwerden, und als ich sah, mit welcher Geduld sie trotzdem ihre kleinen Kinder pflegten und nährten; wie sie immer zuerst nach ihrem Begehren fragten und dann nur halb das eigene stillten; was für sanfte Engel der Treue und Hoffnung die Frauen waren; wie die Männer von ihrem Beispiel sich leiten ließen; und wie sehr, sehr selten sie eine herbe Klage ausstießen oder einen Augenblick leichtsinnig waren: da fühlte ich mein Herz von einer glühenden Liebe und Achtung für meine Mitmenschen erfüllt und wünschte zu Gott, daß die, so an das Bessere im Menschen nicht glauben wollen, dagewesen wären, um mit mir diese schlichte, einfache Lehre im Buch des Lebens zu lesen.

Am dreißigsten Mai brachen wir wieder von Montreal nach New York auf und fuhren nach La Prairie, auf der andern Seite des St.-Lorenz-Stromes, mit dem Dampfboot hinüber; dann reisten wir mit der Eisenbahn nach St. John's, welches am Rande des Champlain-Sees liegt. Den letzten Gruß in Kanada brachten uns die englischen Offiziere in der hübschen Kaserne dort: eine Klasse von Gentlemen, die uns jede Stunde unseres Besuches durch ihre Gastfreundlichkeit und Freundschaft denkwürdig machten, und „Rule Britannia" tönte uns noch in den Ohren, als wir es schon weit hinter uns gelassen hatten.

Aber Kanada wird stets einen der ersten Plätze in meiner Erinnerung einnehmen. Wenige Engländer gibt es, die, wenn sie hinkommen, nicht ihre Erwartungen übertroffen sehen. Es schreitet ruhig fort: die alten Zwistigkeiten haben sich gelegt und sind beinahe vergessen; die öffentliche Meinung und der Unternehmungsgeist der Privatleute sind beide in gesundem, frischem Zustande; keine Fieberhitze oder Unruhe in seinem System, lauter Gesundheit und Lebenskraft; es ist voll vielversprechender, hoffnungsreicher Elemente. Ich war gewöhnt, mir Kanada als einen vergessenen, vernachlässigten, dem Verfall und der Schlafsucht anheimgegebenen Winkel vorzustellen; daher staunte ich nicht wenig, als ich in Montreal die Nachfrage nach Arbeitskräften, die Höhe der Löhne und die belebten Kais sah; wie die Fahrzeuge ihre Ladung einnahmen und löschten; welche Schiffahrt nach verschiedenen Häfen getrieben ward; welche Solidität in Handel und Wandel, in den Straßen und öffentlichen Gebäuden vorherrschte; wie achtunggebietend der Charakter der Tagespresse war; und wieviel Komfort und Glück durch ehrbaren Fleiß dort zu gewinnen ist. Die Dampfboote auf den Seen geben an Reinlichkeit, Bequemlichkeit und Sicherheit, an Höflichkeit und vollkommnem Komfort und an weltmännischem Charakter und Benehmen von seiten der Kapitäne selbst den berühmten schottischen Dampfbooten nichts nach, die bei uns mit Recht so geschätzt sind. Die Gasthäuser sind in der Regel schlecht; denn die Gewohnheit, in Hotels zu leben, ist hier nicht so allgemein wie in den Staaten, und die britischen Offiziere, die in allen kanadischen Städten großenteils die gute Gesellschaft bilden, führen meist Menage unter sich; aber in jeder andern Hinsicht wird der Reisende in Kanada sich so wohl befinden wie nur irgendwo.

Eines der amerikanischen Dampfboote – dasjenige, welches uns über den Champlain-See, von St. John's nach Whitehall, trug – muß ich mit besonderem Lobe bedenken, und es ist gewiß nicht zu viel gesagt, wenn ich behaupte, daß es schöner war als das, mit dem wir von Queenston nach Toronto reisten, und das, welches uns von letzterer Stadt nach Kingston brachte, oder überhaupt schöner als irgendeins in der Welt. Dies Dampfboot war die „Burlington"; sie ist ein Muster von Sauberkeit und Eleganz zu nennen. Die Decks sind Salons, die Kajüten Boudoirs, auf das geschmackvollste mit Kupferstichen, Gemälden und musikalischen Instrumenten ausgestattet; jede Ecke, jeder Winkel des Schiffes ist ein wahres Wunder von reizendstem Komfort und schönster Arbeit. Sein Kapitän, Mr. Sherman, dem das Schiff allein seine Vorzüge verdankt, hat sich bei mehr als einer Gelegenheit ausgezeichnet. So hatte er den Mut, während der Unruhen in Kanada britische Truppen zu transportieren, zu einer Zeit, wo kein anderes Transportmittel für sie zu haben war. Er und sein Fahrzeug stehen in allgemeiner Achtung bei den Engländern und bei den Amerikanern, seinen Landsleuten; und kein Mann wußte die Achtung des Volkes, die ihm geworden, in seinem Kreis leichter zu gewinnen und zu tragen als er.

Auf diesem schwimmenden Palaste kamen wir bald wieder in den Vereinigten Staaten an und legten abends in Burlington an, einer hübschen Stadt, wo wir ungefähr eine Stunde verweilten. Dann ging es weiter nach Whitehall, wo wir uns um sechs Uhr morgens ausschiffen sollten, was noch zeitiger hätte geschehen können, wenn nicht die Dampfboote einige Stunden lang in der Nacht beilegen müßten, weil der See hier so schmal wird, daß die Schiffahrt in der Dunkelheit nicht ohne Gefahr ist und an einer Stelle das Dampfboot sogar um ein Kap bugsiert werden muß.

Nachdem wir in Whitehall gefrühstückt hatten, fuhren wir mit der Stage-Coach nach Albany, einer großen und lebhaften Stadt, die wir zwischen 4 und 5 Uhr nachmittags erreichten, sehr angegriffen von der Hitze des Tages. Um sieben Uhr brachen wir auf einem großen Dampfboot, auf der „North River", nach New York auf. Das Boot war so voll, daß das obere Deck aussah wie die Logengänge eines Theaters in den Zwischenakten und das untere wie die Tottenham Court Road an einem Sonntagabend. Doch schliefen wir ruhig und erreichten gegen 5 Uhr morgens unser Reiseziel.

Hier rasteten wir nur einen Tag und eine Nacht, um uns von den überstandenen Strapazen zu erholen, und traten dann unsern letzten Ausflug in Amerika an. Wir hatten noch fünf Tage freie Zeit bis zum Abgang des Schiffes, welches uns nach England bringen sollte, und ich fühlte ein großes Verlangen, das „Shakerdorf" zu sehen, welches nur von den Mitgliedern dieser Sekte bewohnt wird.

Zu dem Zwecke fuhren wir wieder den North River aufwärts bis Hudson, wo wir einen Wagen zur Fahrt nach dem 30 Meilen entfernten Lebanon mieteten, natürlich ein anderes Lebanon als das Dorf, in dem wir auf dem Ausflug in die Prärie übernachteten.

Die Gegend, durch welche sich die Straße wand, war fruchtbar und schön, das Wetter heiter, und mehrere Meilen weit blieben uns die Kaatskill-Berge, wo Rip van Winkle und die gespenstigen Holländer an einem denkwürdigen stürmischen Nachmittag Kegel spielten, in der blauen Ferne wie Wolkenmassen sich in die Luft türmend, zur Seite. An einer Stelle, wo sich der Weg über eine steile Höhe hinwand, an deren Fuß eine eben im Bau begriffene Eisenbahn hinging, kamen wir in eine frische Ansiedlung. Hier, wo alle Materialien zur Hand sind, um anständige Hütten zu bauen, mußte die rohe, ärmliche Bauart dieser Löcher doppelt auffallen. Die besten gaben nur unvollkommenen Schutz vor der Witterung; die schlechtesten ließen Wind und Regen frei ein durch große Löcher in den mit Grasbüscheln bedeckten Dächern und den Lehmwänden; einige hatten weder Tür noch Fenster; andere waren fast eingestürzt und kümmerlich gestützt; nichts sah man als Trümmer und Schmutz. Häßliche alte und sehr hübsche junge Frauen, Schweine, Hunde, Männer, Kinder und Säuglinge, Töpfe, Kessel, Dünger- und Kehrichthaufen, halbverfaultes Stroh und stehendes Wasser, alles in einen unzertrennlichen Haufen zusammengedrängt – das war der Inhalt jeder dieser finstern, schmutzigen Hütten.

Zwischen neun und zehn Uhr abends erreichten wir Lebanon, welches wegen seiner warmen Bäder und eines großen Hotels berühmt ist. Letzteres entspricht ohne Zweifel dem Geschmack derjenigen, die hier Genesung oder Vergnügen suchen, auf mich machte es jedoch einen unausprechlich trostlosen Eindruck. Man wies uns in ein großes Zimmer, von zwei düster brennenden Kerzen erleuchtet, welches man den Salon nannte; von da ging es eine Treppe hinunter zu einer andern großen Einöde, die man den Speisesaal nannte. Unsere Schlafzimmer wurden uns aus einer langen, langen Reihe kleiner Kammern mit weißen nackten Wänden ausgewählt, die zu beiden Seiten eines langen, öden Ganges lagen. Sie waren Gefängniszellen so ähnlich, daß ich fast erwartete, nach dem Schlafengehen eingeschlossen zu werden, und unwillkürlich auf das Rasseln der Riegel an der Außenseite lauschte. Bäder sind allerdings sehr notwendig hier, denn die andern Waschanstalten waren so karg ausgestattet, wie es mir selbst in Amerika noch nicht vorgekommen war. So entblößt waren die Schlafzimmer selbst von den gewöhnlichsten Möbeln, wie Stühle, daß ich fast gesagt hätte, sie wären mit nichts hinreichend versehen, wenn ich mich nicht erinnerte, daß wir die Nacht mehr als überflüssig gebissen wurden.

Die Lage des Hauses ist jedoch schön, und wir bekamen ein gutes Frühstück. Nachdem wir das eingenommen hatten, machten wir uns auf den Weg zu unserm Ziel, welches zwei Meilen weiter lag, und die Straße dorthin wurde uns bald durch ein Schild gewiesen, auf dem zu lesen stand: „Zum Shakerdorf.“

Unterwegs trafen wir eine Gesellschaft Shakers, welche am Wege arbeiteten. Sie trugen die breitesten aller breitkrempigen Hüte und waren dem Äußern nach so unermeßlich hölzerne Menschen, daß sie mir geradesoviel Teilnahme einflößten wie ebenso viele Galionsfiguren. Kurz darauf erreichten wir den Anfang des Dorfes und stiegen vor dem Hause ab, wo die Arbeiten der Shakers verkauft werden und welches zugleich das Hauptquartier des Ältesten ist, um hier die Erlaubnis nachzusuchen, dem Gottesdienst der Shakers beiwohnen zu dürfen.

In Erwartung derselben traten wir in ein trübseliges Zimmer, wo verschiedene Hüte grämlich an der Wand hingen und eine Uhr an der Wand jeden Schlag mit einer Art Widerwillen ertönen ließ, als wenn sie das mürrische Schweigen nur ungern bräche. An der Wand standen in einer Reihe sechs oder acht Stühle mit hohen, steif in die Höhe gerichteten Lehnen, die so sehr von dem allgemeinen sauertöpfischen Wesen angesteckt waren, daß man sich lieber auf den Boden gesetzt hätte, als ihnen zum geringsten Dank verpflichtet zu sein.

Da trat mit steifen Schritten ein alter sauertöpfischer Shaker herein, mit Augen so glanz- und leidenschaftslos und kalt wie die großen runden Metallknöpfe an seinem Rock und seiner Weste: ein Mensch gewordenes Gespenst. Nachdem wir ihn von unserm Wunsche unterrichtet hatten, zog er ein Zeitungsblatt aus der Tasche, worin die Gemeindeältesten, deren einer er war, nur wenige Tage früher bekanntgemacht hatten, daß infolge gewisser störender Unterbrechungen ihrer Andacht durch Fremde ihre Kapelle dem Publikum ein Jahr lang verschlossen sei.

Da sich gegen diese Anordnung keine Einwendung machen ließ, ersuchten wir den Ältesten, einige Einkäufe von Shakerwaren machen zu dürfen; was mit sauertöpfischer Miene erlaubt wurde. Wir gingen demnach zu einer Niederlage in demselben Hause auf der andern Seite des Ganges, wo die Waren unter der Aufsicht von etwas Lebendigem in einer Hülle von Wollzeug ausgestellt waren. Der Älteste sagte, es sei eine Frau, und ich glaube es auch, obgleich ich nicht auf den Gedanken gekommen wäre.

Auf der andern Seite des Weges war ihr Gotteshaus, ein reinliches Gebäude aus Holz, mit großen Fenstern und grünen Jalousien, einem geräumigen Gartenhaus ähnlich. Da es nicht möglich war hineinzukommen und nichts zu tun war, als auf- und niederzugehen, und die Kapelle und die andern Häuser des Dorfes (die großenteils von Holz gebaut und braunrot angestrichen waren, wie die Scheunen in England, und so viel Stockwerke hatten wie eine englische Fabrik) von außen anzusehen, habe ich dem Leser weiter nichts mitzuteilen als das wenige, was ich während unserer Einkäufe erfahren konnte.

Man nennt diese Leute Shakers („Schüttler") wegen der eigentümlichen Form ihres Gottesdienstes, der in einer Art Tanz der Frauen und Männer von jedem Alter besteht, die sich zu diesem Zwecke in zwei Reihen, nach dem Geschlecht gesondert, einander gegenüberstellen. Die Männer legen erst Hut und Rock ab, die sie an die Wand hängen, ehe sie anfangen, und binden ein Band um die Hemdsärmel, als wollten sie sich zur Ader lassen. Sie begleiten ihren Tanz mit einem summenden Geräusch und tanzen, bis sie ganz erschöpft sind, abwechselnd vor- und zurücktrottend. Die Wirkung auf den Zuschauer soll im höchsten Grad lachenerregend sein, was man unbedingt glauben muß, wenn man die Abbildung der Zeremonie sieht, die ich besitze und die nach dem Zeugnis von Augenzeugen vollkommen richtig sein soll.

Sie werden von einer Frau regiert, deren Herrschaft so gut wie unumschränkt ist, obgleich ihr ein Rat der Ältesten zur Seite steht. Wie wir hörten, lebt sie in strengster Zurückgezogenheit in einigen Zimmern über der Kapelle und ist profanen Augen nicht sichtbar. Wenn sie der Dame, welche die Aufsicht über die Niederlage führte, nur im geringsten gleicht, ist es eine große Wohltat, sie so verborgen wie möglich zu halten, und ich kann meine vollkommene Billigung dieser menschenfreundlichen Einrichtung kaum hinreichend ausdrücken.

Alle Besitzungen sind Gemeingut, und alle Einkünfte der Kolonie fließen in eine allgemeine Kasse, die von den Ältesten verwaltet wird. Da sie Proselyten unter Leuten gemacht haben, die ihr gutes Auskommen in der Welt haben, und mäßig und sparsam sind, muß ihre finanzielle Lage sehr gedeihlich sein: vorzüglich, da sie viel Grundbesitz ankaufen. Auch ist Lebanon nicht ihre einzige Niederlassung; wenn ich nicht irre, gibt es wenigstens noch drei andere.

Sie sind gute Landwirte, und ihre Produkte werden gern gekauft und gut bezahlt. „Shakersämereien", „Shakerkräuter", „Shakerbranntweine" findet man häufig in großen und kleinen Städten zum Verkauf angezeigt. Sie sind gute Viehzüchter und menschlich und barmherzig gegen die Tiere. So findet „Shakervieh" stets bereitwillige Käufer.

Sie essen und trinken nach spartanischem Vorbild an gemeinschaftlicher Tafel. Eine Verbindung zwischen den beiden Geschlechtern besteht nicht; und jeder Shaker und jede Shakerin weiht sich dem ehelosen Leben. Das Gerücht schwatzt viel über diesen Umstand, aber hier muß ich abermals auf die Dame in der Niederlage verweisen und behaupten, daß, wenn viele ihrer Schwestern ihr gleichen, alle derartigen Verleumdungen auch nicht einen Schatten der Wahrscheinlichkeit für sich haben. Aber daß sie als Proselyten Personen von einem Alter aufnehmen, welches noch nicht fähig ist, sein Gemüt zu beurteilen oder einen festen Entschluß zu fassen, kann ich durch eigene Beobachtung bestätigen, denn ich habe auf dem Felde Shakers von außerordentlicher Jugendlichkeit gesehen.

Sie sollen geschickte Handelsleute, aber dabei ehrlich und rechtlich sein und selbst beim Pferdehandel den betrügerischen Neigungen widerstehen, die aus einer noch unentdeckten Ursache von diesem Handelszweig fast unzertrennlich zu sein scheinen. In allen Dingen gehen sie ruhig ihren Weg fort, leben in ihrer trostlos stillen Gemeinde und zeigen wenig Verlangen, sich mit anderer Leute Angelegenheiten abzugeben.

Das ist alles recht gut und schön, aber doch muß ich gestehen, daß ich den Shakers keinen besonderen Geschmack abgewinnen noch sie mit günstigen Blicken betrachten und beurteilen kann. Ich verabscheue aus meines Herzens Grunde jenes heillose Streben, welche Klasse oder Sekte es auch zu dem ihrigen machen mag, welches das Leben seiner Reize entkleiden, der Jugend ihre unschuldigen Freuden rauben, dem reiferen und dem Greisenalter seine schönsten Zierden entreißen und das irdische Dasein nur zu einem engen Pfade zum Grabe machen möchte; dieses Streben, welches, wenn es zur Herrschaft auf Erden gelangt wäre, die schöpferische Phantasie der größten Männer gelähmt und verödet und sie, die Besitzer der Kraft, ewigdauernde Bilder vor noch ungebornen Generationen heraufzubeschwören, zu etwas nicht viel Besserem als Tieren gemacht hätte! Ich beteure, daß ich in diesen breitrandigen Hüten und dunklen Röcken – kurz, in dieser Frömmigkeit mit faltenvollem, demütigem Gesicht, möge sie sich durch kurzgeschornes Haar, wie in Lebanon, oder durch lange Nägel, wie bei den Hindus, auszeichnen – nichts sehe als die schlimmsten aller Feinde des Menschen im Himmel und auf Erden, die das Wasser bei den Hochzeitsfesten dieser Erde nicht in Wein, sondern in Galle verwandeln. Und wenn es Leute geben muß, die geschworen haben, den harmlosen Schmuck und die unschuldigen Freuden des Lebens, die ein unveräußerliches Erbteil des Menschen sind – so unveräußerlich und gottgegeben, wie jede andere Liebe und Hoffnung der Menschen –, zu vernichten, so mögen sie hintreten zu den Verdorbenen und Zuchtlosen; der Blödsinnigste weiß, daß *sie* nicht auf dem Wege zum Heil sind, und wird sie verachten, verabscheuen und fliehen.

Wir verließen das Shakerdorf mit einem herzlichen Widerwillen gegen die alten und einem ebenso herzlichen Mitleid
für die jungen Shakers – letzteres nur gemildert durch die
Wahrscheinlichkeit, daß sie davonlaufen würden, sobald sie
älter und klüger geworden sind, was sie nicht selten tun –
und kehrten wieder über Lebanon nach Hudson zurück. Von
dort aus benutzten wir ein nach New York fahrendes
Dampfschiff, welches wir aber nur bis Westpoint benutzten,
wo wir die Nacht, den ganzen folgenden Tag und dann noch
eine Nacht blieben.

An dieser schönen Stelle, der schönsten in den reizenden
Hochlanden des North River, rings umgeben von dunkelgrünen Hügeln und zerstörten Forts, in der Ferne die Stadt
Newburgh, unten ein glänzender Pfad sonnerhellten Wassers,
wo oft ein weißes Segel im Lichte blinkt, wenn das Schiff
einen neuen Kurs segelt, sobald ein Windstoß aus den
Schluchten der Ufer droht, rings umschlossen von Stellen,
die durch Washington in dem Befreiungskrieg geheiligt sind –
an dieser Stelle steht die Militärakademie Amerikas.

Sie könnte auf keiner passenderen Stelle stehen, und eine
schönere mag es kaum geben. Die Ausbildung ist anstrengend, aber vortrefflich und kräftigend. Während der Monate
Juni, Juli und August kampieren die Kadetten auf der geräumigen Ebene vor dem Institut, und das ganze Jahr hindurch machen sie hier täglich ihre militärischen Übungen.
Der Kursus dauert vier Jahre; aber mag die strenge Disziplin
oder der jedem Zwang widerstrebende Nationalcharakter
oder beides vereint die Schuld tragen, nur die Hälfte der Kadetten hält den ganzen Kursus durch.

Da die Zahl der Kadetten der der Kongreßmitglieder
ziemlich gleich ist, schickt jeder Kongreßdistrikt einen Schüler hierher, bei dessen Wahl das Kongreßmitglied des Bezirks
seinen Einfluß geltend macht. Anstellungen im Dienste werden nach demselben Grundsatze gegeben. Die Wohnungen
der Lehrer haben alle eine reizende Lage, und den Fremden
empfängt ein vortreffliches Hotel, welches nur zwei Mängel
hat: den Mangel an geistigen Getränken (welche den Kadetten streng verboten sind) und die etwas unbequeme Festset-

zung der Essenszeiten. Das Frühstück ist nämlich um sieben, das Mittagessen um ein Uhr und das Abendessen bei Sonnenuntergang.

Die Schönheit und Frische dieses stillen Asyls in der schönsten, jugendlichsten Zeit des Sommers – es war Anfang Juni – waren wirklich reizend. Ich verließ es am sechsten, um mich den folgenden Tag nach England einzuschiffen, erquickt von dem Gedanken, daß unter den letzten denkwürdigen Schönheiten, die unser Auge gesehen hatte und die jetzt dem Geist in dem milden Glanz der Erinnerung erschienen, die waren, deren Bild, von Meisterhand gezeichnet, mit frischen Farben in den Seelen der meisten Menschen glüht, um dort nicht so leicht zu altern oder unter dem Staube der Zeit zu verbleichen: die Kaatskill-Berge; Sleepy Hollow und der Tappaan Zee*.

* Schauplätze in W. Irvings *Skizzenbuch* (Anmerkung des Übersetzers).

16. KAPITEL

Die Heimfahrt

Ich habe nie so viel Anteil an der Richtung des Windes genommen wie an dem langersehnten Morgen des siebenten Juni, eines Dienstags. Eine nautische Autorität hatte mir vor einigen Tagen versichert: „Ein Wind, der nur ein wenig nach Westen umschlüge, würde es tun"; und wie ich mit Tagesanbruch aus dem Bett sprang und das Fenster öffnete und ein frischer Wind aus Nordwesten grüßte, wehte er mich so frisch an und flüsterte mir so viel schöne Erinnerungen und Hoffnungen zu, daß ich auf der Stelle eine ganz besondere Achtung vor allen Lüften und Winden aus diesem Strich des Kompasses bekam, die ich gewiß behalten werde, bis mein eigner Atem den letzten schwachen Zug getan hat.

Der Lotse hatte nicht gesäumt, den günstigen Wind zu benutzen, und das Schiff, das gestern noch in einem so gedrängt vollen Dock gelegen hatte, daß es wenig Aussicht zu haben schien, in See zu gehen, war jetzt schon 16 Meilen weg. Ein schöner Anblick war es, als wir in einem Dampfboot näher und näher kamen, wie es in der Ferne vor Anker lag, wobei die schlanken Masten in schönen Linien gen Himmel ragten und jedes Tau und jede Spiere in zartem Umriß sich von dem Himmel abhoben; schön war es, als, nachdem wir alle am Bord waren, der Anker mit dem kräftigen Chor: „Cheerily men, oh cheerily!" aufgewunden wurde und das Schiff stolz dem bugsierenden Dampfboot folgte; aber am schönsten, als das Schlepptau losgemacht war, die Leinwand an den Masten herabflatterte und das Schiff seine weißen Fittiche ausbreitete und frei und einsam seinen Weg antrat.

In der Hinterkajüte waren wir in allem fünfzehn Passagiere, der größte Teil aus Kanada, wo sich einige von uns schon gekannt hatten. Die Nacht und die beiden folgenden Tage herrschte rauhe Witterung, mit häufigen Windstößen, aber sie vergingen schnell, und wir waren bald eine so trauliche und fröhliche Gesellschaft mit einem ehrlichen, männlichen Kapitän zum Präsidenten, als je zu Land oder Wasser entschlossen war, sich das Leben gegenseitig angenehm zu machen.

Wir frühstückten um acht, aßen Luncheon um zwölf, dinierten um drei und tranken Tee um halb acht Uhr. Wir hatten Überfluß an Vergnügungen, worunter das Diner nicht das geringste war. Erstens schon um seiner selbst und zweitens um seiner langen Dauer willen, denn wir standen selten eher als nach zweieinhalb Stunden auf. Um die Langeweile bei diesen Gelagen zu vertreiben, wurde am untern Ende der Tafel, unter dem Mast, eine gewählte Gesellschaft gebildet, deren ausgezeichneten Präsidenten mir die Bescheidenheit zu nennen verbietet und welche wegen ihrer Jovialität und ihres Humors (ohne Schmeichelei) bei der übrigen Schiffsgesellschaft und vor allen bei dem schwarzen Steward, der drei Wochen lang über den Scherzen dieses Erwählten nicht dazu kam, die Zähne mit den Lippen zu bedecken, sehr gut stand.

Dann wurde Schach gespielt oder Whist, Cribbage Tricktrack und ähnliche Spiele, oder es wurde gelesen. Bei schönem und schlechtem, bei ruhigem und windigem Wetter, immer waren wir auf dem Deck, paarweise auf und ab schreitend, in den Booten liegend, über die Reling lehnend oder in traulichen Gruppen miteinander plaudernd. Auch an Musik fehlte es nicht, denn einer spielte das Akkordeon, ein andrer die Violine und ein dritter (er fing immer um sechs Uhr früh an) das Signalhorn. Der Totaleffekt dieser Instrumente, wenn sie alle zu gleicher Zeit in verschiedenen Tonarten und in verschiedenen Teilen des Schiffes, doch nahe genug, um einander zu hören (wobei natürlich jeder Virtuose mit seiner eignen Leistung höchlichst zufrieden war), gespielt wurden, war gräßlich schön.

Wenn alle diese Mittel zur Unterhaltung nicht mehr anschlagen wollten, zeigte sich manchmal ein Segel, in unbestimmten Umrissen im Nebel der Ferne dämmernd, wie das Gespenst eines Schiffes, oder so nahe an uns vorüberfahrend, daß wir mit Hilfe des Fernrohrs die Leute auf dem Deck und den Namen des Schiffes erkennen konnten. Stundenlang sahen wir den Delphinen und Tümmlern zu, wie sie das Schiff springend und tauchend umspielten, oder den nimmer ruhenden Sturmvögeln, die uns seit unsrer Abfahrt Gesellschaft leisteten und vierzehn Tage lang das Heck des Schiffes umflatterten. Einige Tage lang hatten wir vollkommene Windstille oder sehr schwachen Wind, während welcher Zeit sich das Schiffsvolk mit Angeln unterhielt und einen unglücklichen Delphin fing, der in allen Regenbogenfarben spielend auf dem Decke verschied: ein Ereignis, welches uns in unserm Einerlei so wichtig war, daß wir später vom Delphin datierten und den Tag, an welchem er starb, zu einer Ära machten.

Als wir fünf oder sechs Tage auf offner See waren, fing man an, von Eisbergen zu sprechen, welche von einigen Schiffen, die wenige Tage vor unserer Abreise in New York angekommen waren, in ungewöhnlicher Menge gesehen worden waren und deren gefährliche Nachbarschaft uns das kältere Wetter und das Sinken des Barometers verkündigten. Solange diese Anzeichen uns warnten, wurde doppelt sorgfältig Wache gehalten und nach Sonnenuntergang manche schreckliche Geschichte erzählt, von Schiffen, die auf einen Eisberg gelaufen und in der Nacht untergegangen waren. Doch der Wind zwang uns, einen südlichen Kurs zu nehmen, wir bekamen keine Eisberge zu Gesicht, und das Wetter wurde bald wieder hell und warm.

Das tägliche Berechnen der Breite war natürlich einer der wichtigsten Momente unseres Lebens; und es fehlten auch nicht wie gewöhnlich hochweise Zweifler an den Berechnungen des Kapitäns, die, sobald er den Rücken gewandt hatte, bei dem Mangel an Zirkeln die Entfernungen auf der Karte mit Bindfadenstückchen oder Taschentuchzipfeln oder Lichtscheren maßen und ihm einen Irrtum von ungefähr 1000 Meilen nachwiesen. Es war wirklich erbaulich, diese Ungläubigen die Stirn runzeln und den Kopf schütteln zu sehen und ihren Vorlesungen über Schiffahrtskunst zuzuhören; nicht, daß sie etwas davon verstanden hätten, aber sie hatten nun einmal kein Zutrauen zum Kapitän, wenn stiller oder widriger Wind war. Überhaupt ist das Quecksilber nicht so veränderlich wie diese Art Passagiere, die, sobald das Schiff vor einem frischen Winde die Wogen teilt, bleich vor Bewunderung dastehen und beteuern, daß der Kapitän alle andern in der Welt übertrifft, ja selbst auf eine Subskription, um ihm ein Ehrengeschenk zu machen, hindeuten. Aber wenn am andern Morgen der Wind sich gelegt hat und die Segel schlaff an den Masten hängen, schütteln sie wieder niedergeschlagen den Kopf und flüstern mit besorglich geheimnisvollem Blick, daß sie hofften, der Kapitän wäre ein guter Semann, aber sie bezweifelten es sehr, gar sehr.

Es wurde sogar eine Lieblingsbeschäftigung während der Windstille, sich in Vermutungen zu erschöpfen, wann der Wind eigentlich sich auf dem günstigen Strich erheben würde, wo er nach allen Regeln schon längst hätte herwehen sollen. Der erste Maat, der eifrig danach pfiff, wurde wegen seiner Ausdauer sehr gelobt, und selbst die Ungläubigen erkannten ihn für einen Seemann erster Klasse an. Manche trübe Blicke wendeten sich während des Mittagessens durch die Kajütenluken nach den matt herabhängenden Segeln, und einige, kühn geworden aus Verzweiflung, prophezeiten schon, daß wir ungefähr Mitte Juli England erreichen würden. An Bord eines Schiffes gibt es immer einen Sanguiniker und einen Verzweifelnden. Der letztere war bei uns während dieser Periode der Reise Hahn im Korbe und triumphierte bei jedemmal von neuem über den Sanguiniker, indem er ihn fragte, wo er wohl meine, daß die „Great Western" (die New York eine Woche später als wir verließ) *jetzt* sei; und wo er meine, daß das Dampfboot „Cunard" *jetzt* sei; und was er *jetzt* von den respektiven Verdiensten der Dampf- und Segelschiffe denke; und machte ihm mit solchen und ähnlichen Fragen das Leben so sauer, daß er am Ende auch Hoffnungslosigkeit heucheln mußte, nur um des lieben Friedens willen.

Dies waren Zuschüsse zu unserm Unterhaltungsfonds, aber nicht die einzigen Quellen der Unterhaltung. Wir hatten im Zwischendeck noch ungefähr hundert Passagiere: eine kleine Welt von Armut; und wie wir einzelne von ihnen von Angesicht kennenlernten, denn wir konnten sie den ganzen Tag auf ihrem Zwischendeck Luft schöpfen und ihr Essen kochen und es oft selbst dort genießen sehen, wurden wir begierig, ihre Schicksale zu erfahren und zu wissen, mit welchen Erwartungen sie nach Amerika gegangen waren, was sie wieder nach Hause führe und wie ihre Umstände wären. Was wir darüber von dem Zimmermann, der die Aufsicht über sie hatte, erfuhren, war oft von der seltsamsten Art. Einige von ihnen waren nur drei Tage in Amerika gewesen, andere drei Monate, und einige hatten mit demselben Schiff, das sie jetzt nach ihrer Heimat zurückführte, die Hinreise gemacht. Andere hatten ihre Kleider verkauft, um das Geld zur Überfahrt zu bekommen, und hatten kaum Lumpen, um ihre Blöße zu bedecken; andere hatten keine Lebensmittel und lebten von der Barmherzigkeit ihrer Reisegefährten; ja einer, wie man erst gegen Ende der Reise erfuhr – denn er bewahrte sein Geheimnis gut und machte keine Ansprüche auf Mitleid –, hatte von nichts gelebt als von den Knochen und Fleischüberbleibseln, die er von den Tellern aus der hintern Kajüte nahm, wenn sie zum Waschen auf das Zwischendeck gebracht wurden.

Das ganze System, welches bei dem Transport dieser Unglücklichen beobachtet wird, bedarf einer gründlichen Reform. Wenn irgendeine Klasse Menschen des Schutzes und des Beistandes der Regierung bedarf, so sind es diese Armen, die sich aus der Heimat verbannen, um in der Fremde das nackte Leben fristen zu können. Alles, was von dem Kapitän und den Offizieren für diese Leute getan werden konnte, geschah, aber ihr Zustand verlangt noch viel mehr. Das Gesetz sollte wenigstens in England dafür sorgen, daß die Schiffe nicht zu sehr mit Auswanderern vollgepfropft, daß sie anständig und nicht in demoralisierender Kargheit des Raumes untergebracht werden. Es sollte schon aus bloßer Menschlichkeit bestimmen, daß keiner an Bord aufgenommen werde, ehe nicht sein Vorrat an Lebensmitteln von einem Offizier des Schiffes besichtigt und als hinreichend für die mögliche Dauer der Reise erklärt sei. Es sollte dafür sorgen, daß auf jedem dieser Schiffe ein Arzt sei; denn Erkrankung von Erwachsenen und Sterben von Kindern während der Überfahrt sind Vorfälle von der größten Häufigkeit. Vor allem aber ist es Pflicht jeder Regierung, sie sei republikanisch oder monarchisch, dem Brauch ein Ende zu machen, daß ein Handelshaus von den Reedern die Zwischendecks ganzer Schiffe mietet und so viel unglückliche Opfer seiner Gewinnsucht an Bord schickt, wie es nur bekommen kann, ohne die geringste Rücksicht auf die Größe der Räumlichkeiten, die Zahl der Kojen, auf die Trennung der Geschlechter oder auf irgend etwas anderes als ihren Gewinn zu nehmen. Und das ist nicht einmal das Schlimmste dieses verdammenswerten Systems. Agenten, die für jeden Verlockten eine Prämie bekommen, durchziehen die Gegenden, wo Armut und Unzufriedenheit herrschen, und locken die Leichtgläubigen in größeres Elend, indem sie ihnen in der Fremde die Befriedigung der ausschweifendsten Hoffnungen vorspiegeln, die sich nie erfüllen können.

Die Geschichte jeder Familie, die wir an Bord hatten, war so ziemlich dieselbe. Nachdem sie gespart und geborgt und gebettelt und alles verkauft hatten, um das Überfahrtsgeld zusammenzubringen, waren sie nach New York gekommen mit der Hoffnung, die Straßen mit Geld gepflastert zu finden, und hatten nichts als sehr harte Steine gefunden. Der Verkehr stockte; Arbeiter wurden nicht gebraucht; Arbeit war zwar zu haben, aber kein Lohn dafür. Sie kehrten zurück, ärmer, als sie hinübergereist waren. Einer von ihnen hatte einen offenen Brief eines jungen englischen Handwerkers bei sich, der vierzehn Tage in New York gewesen war. Er war an einen Freund in der Nähe von Manchester gerichtet und munterte diesen auf nachzukommen. Einer der Offiziere zeigte mir den Brief als eine Merkwürdigkeit. „Das ist ein Land, Jem", schrieb der Absender. „Mir gefällt Amerika. Es gibt keine Tyrannei hier, das ist die Hauptsache. Arbeit aller Art kannst Du auf der Straße finden, und der Lohn ist ausgezeichnet. Du brauchst nur ein Handwerk zu wählen, Jem, und Du treibst es. Ich habe noch nicht gewählt, werde es bald tun. *Bis jetzt weiß ich noch nicht recht, ob ich Zimmermann werden soll – oder Schneider.*"

Noch einen andern Passagier hatten wir, der fortwährend,

wenn wir uns auf dem Deck befanden, der Inhalt unserer Gespräche und der Gegenstand unserer Beobachtung war. Es war eine englische Teerjacke, von Kopf bis zu den Füßen von der echten, unverfälschten Rasse der englischen Kriegsschiffmatrosen, der in der amerikanischen Marine diente und auf Urlaub nach Hause zu seinen Verwandten reiste. Als er sich zur Überfahrt einschreiben ließ, hatte man ihm vorgestellt, daß er als gedienter Seemann das Geld ersparen und dafür Schiffsdienste leisten könne. Aber er verwarf diesen Rat mit großer Entrüstung und sagte, er wolle verdammt sein, wenn er nicht einmal als Gentleman an Bord eines Schiffs sein wolle. So nahmen sie sein Geld, aber kaum hatte er das Schiff betreten, so brachte er sein Gepäck auf dem Vorderkastell unter, aß mit dem Schiffsvolk, und bei der ersten Gelegenheit, wo alle Hände erforderlich waren, kletterte er als erster die Taue hinauf wie eine Katze. Und so war er während der ganzen Überfahrt stets der erste an den Brassen, der letzte auf den Rahen, allerwärts behilflich, aber immer mit einer gesetzten Würde des Benehmens und einem gesetzten Lächeln auf dem Gesicht, als wollte er sagen: „Ich tue es als Gentleman. Zu meinem eigenen Vergnügen, das merkt euch!"

Endlich kam der lange versprochene Wind doch, und von ihm getrieben, flog das Schiff mit vollen Segeln durch die Wogen. Es war etwas Großartiges in der Bewegung des Fahrzeuges, wie es von der Masse Segel überschattet wurde und in rasender Eile die Wellen durchpflügte, was mich mit einem unaussprechlichen Gefühl des Stolzes und der Freude erfüllte. Wenn es in ein schäumendes Tal hinabtauchte, wie da die grünen, weißgekrönten Wellen hinten angerollt kamen und es wieder in die Höhe hoben und umwirbelten und umschäumten, wie es sich wieder neigte, aber sie es immer als ihren stolzen Herrn anerkannten! Immer vorwärts, vorwärts zog unser Lauf, und wechselnde Lichter spielten auf dem Wasser, denn wir waren wieder in dem gesegneten Reich, wo leichte, wollige Wolken die Einöde des Himmels unterbrachen; die Sonne leuchtete uns am Tag, und der Mond bei Nacht, und die Windfahne wies immer gerade nach der Heimat, wo unsere Herzen schon weilten, bis an einem schönen Montagmorgen, gerade als die Sonne aufging – es war der siebenundzwanzigste Juli, ich werde den Tag nie vergessen –, vor uns aus dem Frühnebel wie eine ferne Wolke das Kap Clear stieg, für uns die schönste und ersehnteste Wolke, welche je das Antlitz der gefallenen Schwester des Himmels – der Heimat – verhüllte.

Und dieser verdämmernde Punkt auf der weiten Fläche gab doch dem Sonnenaufgang etwas mehr Erheiterndes, gab ihm etwas dem Menschen Nähertretendes, was ihm auf dem offenen Meere fehlt. Dort, wie allerwärts, ist die Wiederkehr des Tages unzertrennlich von einem Gefühl der Heiterkeit und erneuter Hoffnung, aber das Licht, wie es die traurige grenzenlose Einöde des Meeres dem Auge enthüllt, gibt ihm etwas Feierliches und Schauererregendes, was selbst die Nacht mit ihren verhüllenden Schleiern kaum hat. Das Aufgehen des Mondes paßt besser zu dem einsamen Meere und gibt ihm eine melancholische Erhabenheit, die mit ihrem milden Einfluß zugleich zu trösten scheint, während sie traurig macht. Ich erinnere mich noch aus meiner frühesten Jugend, den Glauben gehegt zu haben, der Widerschein des Mondes im Wasser sei ein Pfad gen Himmel, auf dem gute Menschen zu Gott gingen; und dieses alte Gefühl überkam mich oft, wenn ich in stiller Mondnacht auf die ruhige See blickte.

Wir hatten an diesem Montagmorgen nur leichten Wind, der aber immer noch heimwärts wehte, und so ließen wir nach und nach Kap Clear hinter uns und segelten längs der Küste von Irland hin. Und wie heiter wir waren und wie voll Lobes für die „George Washington" und wie freudig wir einander Glück wünschten und wie kühn wir die Stunde unserer Ankunft in Liverpool prophezeiten, kann man sich leicht denken. Und wie warm und herzlich wir heute bei Tische auf des Kapitäns Gesundheit tranken; und wie unruhig wir wegen des Einpackens wurden, und wie zwei oder drei der Sanguinischsten durchaus heut nacht nicht zu Bett gehen wollten, denn es sei doch bei der Nähe der Küste gar nicht der Mühe wert, aber doch gingen und sehr gut schliefen; und wie der Gedanke, so nahe an dem Ende unserer Reise zu sein, fast wie ein schöner Traum war, aus dem man zu erwachen fürchtete.

Der günstige Wind wurde am nächsten Morgen schärfer, und wieder eilten wir im Fluge vorwärts. Dann und wann begegneten wir einem englischen Schiff, das mit gere.tten Segeln heimkehrte, während wir, mit jedem Fleckchen Segel an den Masten, vorüberflogen und es weit, weit hinter uns ließen. Gegen Abend wurde es neblig, und es regnete leise; bald aber wurde der Nebel so dick, daß wir wie in einer Wolke segelten. Aber immer glitten wir vorwärts wie ein gespenstisches Schiff, und manches erwartende Auge blickte hinauf nach dem Mast, wo der Toppgasten sich nach Holyhead umschaute.

Endlich vernahm man den lange erwarteten Ruf, und in demselben Augenblick brach aus dem dichten Nebel vor uns ein schimmerndes Licht, welches sogleich wieder verschwand, dann wieder leuchtete und wieder verschwunden war. Jedesmal, wenn es sichtbar wurde, leuchteten die Augen aller Schiffsgenossen wie das Licht selbst; und da standen wir alle und schauten nach dem Licht auf dem Felsen von Holyhead und lobten seinen warnenden Schimmer und erhoben es weit über alle Signalfeuer, die je den Schiffen geschienen hatten, bis es noch einmal weit hinter uns durch den Nebel blinkte.

Jetzt war es Zeit, einen Signalschuß zu tun, um den Lotsen zu rufen, und fast ehe der Rauch verschwunden war, eilte ein kleines Boot mit einem Licht an der Mastspitze uns durch die Nacht entgegen. In einem Nu waren die Segel backgebraßt, und das Boot kam längsseits, und der Lotse, bis an die wettergebräunte Nasenspitze in seine wasserdichte Jacke und Schals gehüllt, stand auf dem Deck. Und wenn derselbe Lotse in diesem Augenblick fünfzig Pfund auf unbestimmte Zeit und ohne die geringste Sicherheit hätte geliehen haben wollen, würden wir sie ihm gegeben haben, ehe sein Boot hinten angehängt war oder (was dasselbe ist) ehe die Neuigkeiten in der Zeitung, die er mitgebracht hatte, bis auf die letzte Gemeingut geworden waren.

Wir gingen diese Nacht ziemlich spät zu Bett und standen

am andern Morgen ziemlich früh auf. Um sechs Uhr versammelten wir uns auf dem Deck, bereit, an Land zu gehen, und blickten auf die Türme und Dächer und den Rauch Liverpools. Um acht Uhr saßen wir alle in einem Hotel der Stadt, um das letzte gemeinschaftliche Mahl einzunehmen. Und um neun Uhr hatten wir uns alle die Hände gedrückt und uns für immer getrennt.

Die Gegend erschien uns, wie wir mit der Eisenbahn hindurchstoben, wie ein blühender Garten. Die Schönheit der Felder (wie klein sie aussahen!), der Hecken und der Bäume; die netten Häuschen, die Blumenbeete, die alten Kirchhöfe, die malerischen Häuser und jeder wohlbekannte Gegenstand: alle diese ausgesuchten Reize der einen Reise, die in den Raum eines Sommertags die Freuden vieler Jahre zusammendrängte, und zum Schlußstein das heimische Haus mit allem, was es uns teuer macht, kann keine Zunge aussprechen, keine Feder beschreiben.

17. KAPITEL

Die Sklaverei

Die Verteidiger der Sklaverei in Nordamerika – von deren Scheußlichkeiten ich kein Wort niederschreiben werde, wofür ich nicht vollgültige Beweise habe – können in drei große Klassen geteilt werden.

Die erste besteht aus den gemäßigteren und vernünftigeren Eigentümern menschlicher Last- und Zugtiere, welche sie übernommen haben, wie ebensoviel Geldstücke ihres Betriebskapitals, welche aber die Scheußlichkeit dieser Institution im Prinzip zugeben und nicht blind gegen die Gefahren für die Gesellschaft sind, mit denen sie schwanger geht; Gefahren, die, so fern sie auch noch sein mögen, doch so gewiß ihr schuldiges Haupt treffen werden wie der Tag des Gerichts.

Die zweite besteht aus allen den Eigentümern, Beschäftigern, Käufern und Verkäufern von Sklaven, welche Sklaven eignen, beschäftigen, kaufen und verkaufen werden, bis zu dem blutigen Kapitel ein blutiges Ende geschrieben wird; die hartnäckig alle Schrecken des Systems leugnen, einer Macht von Beweisen trotzend, wie noch nie gegen eine andere Sache aufgestellt worden ist, und deren ungeheurer Menge jeder Tag neue hinzufügt; die in diesem oder in jedem andern Augenblick Amerika mit Freuden in einen innern oder auswärtigen Krieg verwickeln würden, wenn er nur den alleinigen Zweck hätte, die Sklaverei zu erhalten und Sklaven zu peitschen und zu quälen, unbehindert durch irgendeine irdische Autorität, unbeirrt durch irgendeine irdische Macht; Leute, die, wenn sie von Freiheit sprechen, unter Freiheit das Recht verstehen, ihre Brüder zu knechten und grausam und tyrannisch gegen sie zu sein, und deren jeder auf seiner eigenen Erde im republikanischen Amerika ein härterer und verantwortungsloserer Despot ist als Harun al Raschid in seinem Kalifenpurpur.

Die dritte Klasse, und die nicht am wenigsten zahl- und einflußreiche, rekrutiert sich aus jenem zartfühlenden Republikaneradel, der keinen Höheren über sich duldet und keinen Gleichen neben sich und dessen Republikanismus besagt: „Ich will keinen Menschen über mir dulden; und von denen, die unter mir stehen, soll mir keiner zu nahetreten"; dessen Stolz, in einem Lande, wo zu dienen eine Schmach ist, Sklaven huldigen müssen und dessen unveräußerliche Menschenrechte nur gedeihen können, wo der Boden von dem Blut und dem Schweiß der Neger gedüngt ist.

Es ist zuweilen behauptet worden, daß man bei den erfolglosen Versuchen, die Sache menschlicher Freiheit in der amerikanischen Republik zu fördern, nicht genug Rücksicht auf die erste dieser Klassen genommen habe und daß man hart und ungerecht gegen sie sei, indem man sie mit der zweiten in eine Linie stelle. Das ist allerdings der Fall; edle Beispiele von persönlichen und finanziellen Opfern sind unter ihnen vorgekommen; und es ist sehr zu beklagen, daß die Kluft zwischen ihnen und den Verteidigern der Sklavenemanzipation erweitert worden ist; um so mehr, da unleugbar unter ihnen viele gütige Herren sind, die ihre unnatürliche Macht mit milder Hand üben. Aber wir fürchten, daß diese Ungerechtigkeit unzertrennlich ist von diesem Zustande, gegen den Menschlichkeit und Wahrheit zum Kampf aufstehen müssen. Die Sklaverei wird nicht weniger unerträglich, weil es einige Herzen gibt, welche teilweise ihrem verhärtenden Einfluß widerstehen können; und die zürnende Flut gerechter Entrüstung kann nicht stillstehen, weil sie in ihrem Strom einige wenige vernichtet, die unter einem Heer Schuldiger vergleichsweise unschuldig sind.

Was die besseren unter den Verteidigern der Sklaverei gewöhnlich zu ihrer Entschuldigung anführen, ist das: „Es ist ein schlechtes System, und ich für meinen Teil würde es herzlich gern abschaffen, wenn ich könnte. Aber es ist nicht so schlecht, wie man in England glaubt. Sie lassen sich täuschen durch die Deklamationen der Emanzipationisten. Der größere Teil meiner Sklaven hängt sehr an mir. Sie werden sagen, ich würde nicht dulden, daß man sie schlecht behandle; aber können Sie wirklich glauben, daß es allgemein Brauch sei, sie unmenschlich zu behandeln, wenn Sie bedenken, daß dadurch ihr Wert und das Interesse ihrer Eigentümer geschmälert würde?"

Liegt es im Interesse irgendeines Menchen, zu stehlen, zu spielen, körperliche und geistige Gesundheit durch den Trunk zu vernichten, zu lügen, meineidig zu sein, zu hassen, sich blutig zu rächen, zu morden? Nein. Alles das sind Wege zum Verderben. Und warum geht sie der Mensch? Weil solche Neigungen aus den sündhaften Regungen des Menschenherzens entstehen. Ihr Freunde der Sklaven, löscht erst aus der Zahl der menschlichen Leidenschaften viehische Wollust, Grausamkeit und den Mißbrauch unverantwortlicher Gewalt (von allen Versuchungen der Erde die lockendste und am wenigsten zu überwindende), und wenn ihr das getan habt, und nicht eher, wollen wir euch fragen, ob es in dem Interesse des Herrn liegt, seine Sklaven, deren unumschränkter Herr er ist, zu peitschen und zu verstümmeln.

Aber weiter! Diese Klasse und die zuletzt genannte, die elende Aristokratie einer unechten Republik, erheben ihre Stimmen und rufen: „Die öffentliche Meinung ist mächtig genug, um solche Grausamkeiten zu verhindern, die Sie anführen." Öffentliche Meinung! Ja, die öffentliche Meinung in den Sklavenstaaten ist für die Sklaverei. Ist es nicht wahr? Die öffentliche Meinung in den Sklavenstaaten hat die Sklaven in die barmherzigen Hände ihrer Herren gegeben. Die öffentliche Meinung hat die Gesetze gemacht und den Sklaven ihren Schutz verweigert. Die öffentliche Meinung hat Dornen in die Geißel geflochten, das brandmarkende Eisen geglüht, die Büchse geladen, den Mörder geschützt. Die öffentliche Meinung droht dem Abolitionisten mit dem Tod, wenn er sich in den Süden wagt, und schleppt ihn mit einem Strick um den Leib am hellen, vor Scham nicht errötenden Mittag durch die erste Stadt des Ostens. Die öffentliche Meinung hat vor wenigen Jahren in der Stadt St. Louis einen Sklaven langsam am Feuer geröstet, und die öffentliche Meinung hat bis auf diesen Tag jenen ehrenwerten Richter im Amt erhalten, der den Geschwornen, die zusammenberufen waren, um über die Mörder zu urteilen, erklärte, daß ihre scheußliche Tat eine Äußerung der öffentlichen Meinung sei und daß sie demnach nicht bestraft werden können durch die Gesetze, welche die öffentliche Meinung geschaffen habe. Die öffentliche Meinung war es, welche diesen Lehrsatz mit einem Geheul wilden Beifalls begrüßte und die Gefangenen befreite, daß sie herumgingen in der Stadt als Männer von Ansehen und Einfluß, wie sie vorher gewesen waren.

Die öffentliche Meinung! Welche Klasse von Menschen hat in ihrer Macht, die öffentliche Meinung in der gesetzgebenden Körperschaft zu vertreten, ein unermeßliches Übergewicht über den Rest der Staatsgesellschaft? Die Sklavenbesitzer. Aus ihren zwölf Staaten schicken sie 100 Mitglieder in den Kongreß, während die vierzehn freien Staaten mit fast doppelter Bevölkerung nur 142 Vertreter haben. Vor wem beugen sich die Präsidentschaftskandidaten am tiefsten, vor wem kriechen sie am demütigsten, wem schmeicheln sie am eifrigsten in ihren servilen Beteuerungen? Dem Sklavenbesitzer.

Die öffentliche Meinung! Hört die öffentliche Meinung des freien Südens, wie seine eigenen Vertreter im Repräsentantenhaus in Washington sie aussprechen. „Ich hege große Achtung vor dem Präsidenten unserer Versammlung", spricht Nord-Carolina, „ich hege große Achtung vor ihm als einem Beamten des Hauses und als Privatperson; nichts als diese Achtung hält mich ab, an das Pult zu gehen und die Petition zu zerreißen, welche eben für Abschaffung der Sklaverei im Distrikt Columbia übergeben worden ist. "– „Ich warne die Abolitionisten", spricht Süd-Carolina, „diese unwissenden, wütenden Barbaren; wenn der Zufall sie in unsre Hände fallen lassen sollte, sterben sie den Tod des Missetäters." – „Laßt nur einen Abolitionisten nach Süd-Carolina kommen", ruft ein Dritter, der vorigen Kollege; „wenn wir ihn fangen können, wollen wir ihn vor Gericht stellen und trotz der Einmischung aller Regierungen der Welt, die Bundesregierung nicht ausgenommen, ihn *hängen.*"

Die öffentliche Meinung hat das zum Gesetz gemacht. Sie

hat verordnet, daß in Washington, in der Stadt, die den Namen des Vaters der amerikanischen Freiheit trägt, der Friedensrichter jeden Neger, der über die Straße geht, in Ketten legen und in den Kerker werfen kann: ein Vergehen von seiten des Schwarzen ist nicht nötig. Der Richter sagt: „Ich finde für gut, diesen Mann für einen entlaufenen Sklaven zu halten", und kerkert ihn ein. Wenn das geschehen ist, ermächtigt die öffentliche Meinung den Richter, den Neger in den Zeitungen anzuzeigen und seinen Eigentümer aufzufordern, ihn abzuholen, widrigenfalls der Sklave zum Ersatz der Gefängniskosten verkauft werde. Aber gesetzt, er wäre ein freier Schwarzer und hätte keinen Eigner, so sollte man doch meinen, *er werde freigelassen. Nein: er wird verkauft, um den Gefängniswärter zu entschädigen.* Das ist mehr als hundertmal geschehen. Er hat kein Mittel in Händen, um seine Freiheit zu beweisen; hat keinen guten Freund, der ihm raten könnte, keinen Boten, keinen Beistand irgendeiner Art; über seinen Fall wird keine Untersuchung, keine Prüfung angestellt. Er, ein freier Mnn, der vielleicht jahrelang gedient und seine Freiheit sich erkauft hat, wird in den Kerker geworfen ohne Prozeß, ohne etwas verbrochen zu haben, ohne Grund, Verdacht oder Vorwand: und er wird verkauft, um die Gefängniskosten zu zahlen. Die Sache scheint unglaublich, selbst von Amerika, aber so ist es Gesetz.

Wie man in solchen Fällen der öffentlichen Meinung gehorcht, kann folgendes Beispiel aus der Zeitung zeigen. Da heißt es:

„Interessanter Rechtsfall

Vor dem Obersten Gerichtshof wird jetzt ein interessanter Fall verhandelt. Die Tatsachen sind folgende. Ein Gentleman, der in Maryland wohnt, hatte einem alten Ehepaar unter seinen Sklaven auf mehrere Jahre die faktische, wenn auch nicht legale Freiheit gegeben. Während das Paar so lebte, wurde ihnen eine Tochter geboren, die in derselben Freiheit aufwuchs, bis sie einen freien Neger heiratete und sich mit ihm in Pennsylvanien niederließ. Sie hatten mehrere Kinder miteinander und blieben unangetastet, bis der erste Eigentümer starb, worauf dessen Erbe sie wieder in Besitz zu nehmen suchte; allein der Richter, vor den sie gestellt wurden, erklärte in diesem Fall, keine gesetzliche Macht über sie zu haben. *Der Erbe des ersten Eigentümers raubte darauf das Weib und die Kinder in der Nacht und entführte sie mit sich nach Maryland.*"

„Geld für Neger", „Geld für Neger", „Geld für Neger", so fangen mit großen Anfangsbuchstaben die Annoncen an, welche ganze Spalten der großen Zeitungen anfüllen. Ein Holzschnitt, der einen Negerflüchtling zeigt, mit gefesselten Händen vor einem rohen, plumpen Verfolger in Stulpenstiefeln, der ihn eingeholt und bei der Kehle gepackt hat, bringt eine angenehme Abwechslung in den lieblichen Text. Der Hauptartikel donnert gegen „jene höllische und abscheuliche Abolitionslehre, die göttlichen und menschlichen Gesetzen zugleich sehr widerstreitet". Die zarte, empfindsame Mama, die den geistreichen Artikel beifällig belächelt, indem sie ihr Journal in der kühlen Piazza liest, beschwichtigt ihr jüngstes Kind, das sich am Saum ihres Kleides hält, durch das Versprechen, ihm eine Peitsche zu geben, damit es die kleinen Negerlein schlage. – Aber die Neger, klein und groß, werden von der öffentlichen Meinung geschützt.

Hören wir über diese öffentliche Meinung ein anderes Zeugnis, welches in dreierlei Beziehung wichtig ist: erstens, weil es zeigt, wie schrecklich sich die Sklavenhalter vor der öffentlichen Meinung fürchten, in ihren zarten Beschreibungen flüchtiger Sklaven, die sie in weitverbreitete Zeitungen setzen; zweitens, weil es zeigt, wie zufrieden die Sklaven leben und wie selten sie ausreißen; drittens, weil es zeigt, wie sicher sie vor Narben, Brandmarkungen und andern grausamen Züchtigungn sind, in Bildern, die nicht von lügnerischen Abolitionisten, sondern von den wahrheitsgetreuen Herren selbst entworfen sind.

Folgende Beispiele sind den Zeitungsannoncen wörtlich entlehnt. Die ältesten darunter sind erst vor vier Jahren erschienen; andere derselben Art erscheinen täglich noch haufenweise in den Tagesblättern.

„Entflohen, die Negerin Caroline. Hatte ein eisernes Halsband an mit einem einwärts gekehrten Eisenstachel."

„Davongelaufen, eine Schwarze namens Betsy. War am rechten Bein gefesselt."

„Davongelaufen, der Neger Emanuel. Hat viele Narben von Fesseln am Leibe."

„Entflohen, die Negerin Fanny. Hatte ein eisernes Halsband an."

„Davongelaufen, ein Negerjunge, etwa zwölf Jahre. Trug ein Hundehalsband mit der Gravierung ‚De Lampert'."

„Entflohen, der Neger Hown. Hat einen eisernen Ring um den linken Fuß. Dito Grise, seine Frau, mit Ring und Kette am linken Bein."

„Davongelaufen, der Negerjunge James. Besagter Junge war in Eisen, als er mir davonlief."

„Verhaftet, ein Mann, der sich John nennt. Hat einen Eisenkolben von vier bis fünf Pfund Gewicht am rechten Fuß."

„Im Polizeigefängnis, die Negerin Myra. Hat mehrere Narben von Peitschenhieben und Fesseln an den Füßen."

„Davongelaufen, ein Negerweib und zwei Kinder; wenige Tage, ehe sie entfloh, brannte ich sie mit glühendem Eisen auf die linke Wange. Ich habe versucht, den Buchstaben M auszudrücken."

„Entflohen, ein Neger namens Henry; das linke Auge ist ausgeschlagen, hat auf und unter dem linken Arm Dolchstiche und viele Narben von der Hetzpeitsche."

„Hundert Dollar Belohnung für einen Neger Pompey, 40 Jahr alt. Ist gebrandmarkt auf der linken Kinnbacke."

„Arretiert, ein Neger. Derselbe hat keine Zehen am linken Fuß."

„Durchgegangen, eine Negerin namens Rachel. Hat alle Zehen an den Füßen, außer der einen großen Zehe, verloren."

„Entflohen, Sam. Ist vor kurzem durch die Hand geschossen worden und hat mehrere Schußwunden in der linken Seite und im linken Arm."

„Entflohen, mein Neger Dennis. Hat einen Schuß im linken Arm zwischen Ellbogen und Schulter, wodurch seine linke Hand gelähmt ist."

„Entflohen, mein Neger Simon. Hat schwere Schußwunden im Rücken und rechten Arm."

„Davongelaufen, ein Neger namens Arthur. Hat eine große Narbe über Brust und beide Arme, von einem Messer; schwatzt immer von Gottes Allgüte."

„Fünfundzwanzig Dollar Belohnung für meinen Bedienten Isaac. Hat eine Narbe auf der Stirn von einem Hieb und eine Wunde auf dem Rücken von einem Pistolenschuß."

„Entflohen, ein Negermädchen namens Mary. Hat eine kleine Narbe über dem Auge, mehrere Zähne ausgeschlagen, den Buchstaben A auf Stirn und Wange eingebrannt."

„Entflohen, ein Neger mit Namen Ben. Hat eine Narbe an der rechten Hand; seine Daumen und Zeigefinger wurden im letzten Herbst durch einen Schuß verletzt. Der Knochen kommt teilweise zum Vorschein. Außerdem hat er ein paar große Narben auf Rücken und Hüften."

„Eingesperrt, ein Mulatte namens Tom. Hat eine Narbe auf der rechten Wange und scheint im Gesicht durch Schießpulver gebrannt."

„Verhaftet, ein Neger; sagt, er heiße Josiah. Hat auf dem Rücken sehr viele Narben von Peitschenhieben; und ist auf Hüften und Schenkel an drei oder vier Stellen gebrandmarkt (J M). Am rechten Ohr ist der Rand abgeschnitten oder abgebissen."

„Fünfzig Dollar Belohnung bekommt, wer einen Sklaven Edward zurückbringt. Hat eine Narbe am Mundwinkel, zwei Striemen und den Buchstaben E am Arm."

„Davongelaufen, der Negerjunge Ellie. Hat eine Narbe an einem Arm vom Biß eines Hundes."

„Entflohen von der Pflanzung des James Surgette folgende Neger: Randal, hat ein Ohr gestutzt; Bob, hat ein Auge verloren; Kentucky Tom, hat eine Kinnbacke gebrochen."

„Entflohen, Anthony. Ein Ohr abgeschnitten und in die linke Hand mit der Axt gehauen."

„Fünfzig Dollar Belohnung für den Flüchtling Jim Blake.

An jedem Ohr ein Stück abgeschnitten und den Mittelfinger der linken Hand dito bis zum zweiten Glied."

„Davongelaufen, eine Negerin, namens Maria. Hat eine Schnittwunde auf einer Wange. Einige Narben auf dem Rükken."

„Davongelaufen, die Mulattin Mary. Hat eine Schnittwunde am linken Arm, eine Narbe auf der linken Schulter, und es fehlen ihr zwei Oberzähne."

Zur Erklärung muß ich hier beifügen, daß zu den Segnungen, welche die öffentliche Meinung den Negern sichert, auch die Mode gehört, ihnen mit Gewalt die Zähne auszuschlagen. Daß man sie Tag und Nacht eiserne Halsbänder tragen läßt und mit Hunden hetzt, ist ein zu gewöhnlicher Gebrauch, um noch eine besondere Erwähnung zu verdienen.

„Davongelaufen, mein Diener Fountain. Hat Löcher in den Ohren, eine Narbe auf der rechten Seite der Stirn, ist in die Rückseite der Beine geschossen und auf dem Rücken mit der Peitsche gezeichnet."

„Zweihundertundfünfzig Dollar Belohnung für meinen Neger Jim. Ist gezeichnet am rechten Schenkel durch Schrotwunden. Der Schuß drang von der äußern Seite ein, halb zwischen Hüfte und Kniegelenk."

„Arretiert, John. Linkes Ohr gestutzt."

„Aufgegriffen, ein Negerdiener. Hat sehr viele Narben an Gesicht und Leib, und das linke Ohr ist abgebissen."

„Davongelaufen, ein schwarzes Mädchen namens Mary. Hat eine Narbe auf der linken Backe, und die Spitze einer Zehe ist abgehauen."

„Davongelaufen, meine Mulattin Judy. Hatte den rechten Arm gebrochen."

„Davongelaufen, mein Neger Levi. Hat die linke Hand verbrannt, und ich glaube, die Spitze des Zeigefingers ist weg."

„Davongelaufen, ein Neger, *genannt Washington*. Hat einen Teil des Mittelfingers und die Spitze des kleinen Fingers verloren."

„Fünfundzwanzig Dollar Belohnung für meinen Lakaien John. Seine Nasenspitze ist abgebissen."

„Fünfundzwanzig Dollar Belohnung für die Negerin Sally. Sie geht, *als wäre* sie zum Krüppel geschlagen."

„Davongelaufen, John Dennis. Hat einen kleinen Schnitt in einem Ohr."

„Davongelaufen, der Negerjunge Jack. Hat vom linken Ohr ein kleines Stück weg."

„Davongelaufen, ein Neger namens Ivory. Hat ein kleines Stück weg von jeder Ohrspitze."

Weil wir eben bei den Ohren sind, muß ich berichten, daß einmal einer der ersten Abolitionisten in New York, in einem Postbrief eingeschlossen, das Ohr eines Negers zugeschickt bekam, welches hart am Kopfe abgeschnitten worden war. Der freie und unabhängige Gentleman, der es hatte amputieren lassen, schickte es mit der höflichen Bitte, das Ohr als ein Musterstück in seine „Sammlung" aufzunehmen.

Ich könnte dieses Verzeichnis mit zerbrochenen Armen und Beinen, zerfetztem Fleisch, ausgeschlagenen Zähnen, Hundebissen und unzähligen Brandmarkungen mit glührotem Eisen noch vermehren: meine Leser fühlen sich aber vielleicht schon genug abgestoßen und angewidert. Ich will daher zu einer andern Seite dieses Themas übergehen.

Diese Annoncen, von denen man jährlich, monatlich, wöchentlich und täglich eine ähnliche Sammlung zusammenstellen könnte und die man in Familien gleichgültig liest, als Dinge, die sich von selbst verstehen, als einen Teil der gewöhnlichen Stadtneuigkeiten, können zeigen, wie zart die öffentliche Meinung über die Sklaven denkt und wie sehr sie ihnen zustatten kommt. Aber es mag der Mühe lohnen zu fragen, wie die Sklavenbesitzer und die Menschenklasse, zu der ein großer Teil von ihnen gehört, im Angesicht der öffentlichen Meinung nicht gegen ihre Sklaven, sondern gegeneinander sich benehmen; wie sie ihre Leidenschaften zu zähmen pflegen; ob sie sanft oder wild miteinander umgehen; ob ihre Sitten und sozialen Gewohnheiten brutal, blutdürstig und gewalttätig sind oder ob sie das Gepräge der Zivilisation und Bildung tragen.

Damit wir bei dieser Untersuchung keine parteiischen Aussagen von Abolitionisten anhören, will ich mich wieder an ihre eigenen Zeitungen halten und mich für diesmal auf eine Auswahl kleiner Artikel beschränken, die während meines Aufenthaltes in Amerika erschienen sind und auf Ereignisse aus derselben Zeit sich beziehen. Die kursive Schrift in diesen Auszügen rührt, wie bei den frühern, von mir her.

Und diese Fälle, wie man sehen wird, trugen sich nicht alle auf dem Gebiet wirklicher Sklavenstaaten zu; aber die Lage der Schauplätze in der Nähe solcher Gebiete, wo die Sklaverei Gesetz ist, und die starke Ähnlichkeit zwischen dieser Art von Freveln und den übrigen führen zur gegründeten Annahme, daß der Charakter der Beteiligten sich in Sklavendistrikten ausgebildet hat und durch das Sklavenwesen verwildert ist.

"Schreckliche Tragödie

Durch den *Southport Telegraph,* Wisconsin, hören wir, daß der ehrenwerte Charles C. P. Arndt, Mitglied des Rates für die Landschaft Brown, von James R. Vinyard, Mitglied für die Landschaft Brown, *im Sitzungssaale* totgeschossen worden ist. Die *Affäre* wurde durch die Ernennung eines Sheriffs für Grant County herbeigeführt. Mr. E. G. Baker wurde dazu ernannt und von Mr. Arndt unterstützt. Dieser Ernennung widersetzte sich Vinyard, der die Stelle für seinen Bruder verlangte. Im Verlauf der Debatte machte der Verstorbene einige Angaben, die Vinyard für falsch erklärte, in einer heftigen Sprache voll persönlicher Beleidigungen, auf die Mr. Arndt keine Antwort gab. Nach der Vertagung trat Mr. A. an Vinyard heran und forderte ihn auf, seine Äußerungen zurückzunehmen, was dieser verweigerte, indem er die beleidigenden Worte wiederholte. Mr. Arndt schlug darauf nach Vinyard, welcher einen Schritt zurücktrat, eine Pistole hervorzog und ihn erschoß.

Der Streit scheint von Vinyard ausgegangen zu sein, der sich vorgenommen hatte, um jeden Preis Barkers Ernennung zu hintertreiben, und, da es ihm nicht gelang, seine Wut und Rache an dem unglücklichen Arndt ausließ."

„Die Wisconsin-Tragödie

Groß ist die Entrüstung des Publikums im Gebiet von Wisconsin über die Ermordung von C. C. P. Arndt in der gesetzgebenden Kammer des Bezirks. In verschiedenen Kreisen von Wisconsin sind Versammlungen gehalten worden, worin die *Gewohnheit, mit versteckten Waffen in die gesetzgebende Kammer des Landes zu kommen,* verworfen wurde. Wir haben den Bericht über die Ausstoßung von James R. Vinyard, dem Täter des blutigen Mordes, gesehen und sind erstaunt, hören zu müssen, daß nach dieser Ausstoßung durch diejenigen, in deren Beisein Vinyard Mr. Arndt vor den Augen seines alten Vaters umbrachte, der auf Besuch zu ihm gekommen war, *der Richter Dunn den Mr. Vinyard auf Bürgschaft freigelassen* hat. Die Miners' Free Press spricht *mit gerechtem Tadel* über diese Beleidigung der Gefühle des Volkes von Wisconsin. Vinyard stand nur eine Armlänge weit von Mr. Arndt, als er schoß. Er hätte ihn, da er so nahe war, bloß verwunden können, aber er wollte ihn gerade umbringen."

„Mordtat

Durch einen Brief in einer Zeitung von St. Louis vom 14. hören wir eine schreckliche Tat, die in Burlington, Jowa, begangen wurde. Ein gewisser Mr. Bridgman hatte mit einem Bürger der Stadt, Mr. Ross, eine Differenz gehabt; ein Schwager des letztern versah sich mit einer Coltschen Drehpistole und schoß, als er Mr. Bridgman auf der Gasse begegnete, *die Ladung aller fünf Kammern auf ihn ab; jede Kugel traf.* Mr. Bridgman, obgleich schrecklich verwundet und sterbend, feuerte zurück und tötete Ross auf der Stelle."

„Schrecklicher Tod des Robert Potter

Aus der Caddo Gazette vom 21. dieses Monats erfahren wir, daß Colonel Robert Potter ein furchtbares Ende genommen hat. ... Er wurde in seinem eigenen Hause von einem Feinde namens Rose überfallen. Er sprang vom Lager auf, griff nach der Flinte und stürzte im Nachtkleid aus dem Hause. Zweihundert Yards weit schien er seinen Verfolgern Hohn bieten zu können; dann aber verwickelte er sich in einem Dickicht und wurde eingeholt. Rose sagte zu ihm, *er wolle großmütig sein* und ihm eine Möglichkeit lassen, sein Leben zu retten. Dann sagte er Potter, er solle laufen und er werde nicht gehindert werden, bis er einen gewissen Punkt erreicht habe. Potter lief, als das Kommandowort gegeben wurde, los und hatte den See erreicht, ehe ein Gewehr auf ihn abgefeuert wurde; er sprang ins Wasser und tauchte unter. Rose aber war dicht hinter ihm und stellte seine Leute am Ufer auf, um nach ihm zu schießen, sobald er auftauchen sollte. Nach wenigen Sekunden kam er wirklich herauf, um Luft zu schöpfen. Kaum hatte sein Kopf die Oberfläche des Wassers erreicht, als er von ihren Kugeln durchbohrt und zerschmettert ward. Potter sank unter und tauchte nicht wieder auf!"

„Mord in Arkansas

Wir hören, daß vor wenigen Tagen auf dem Gebiet des Seneca-Stammes *ein heftiges Zusammentreffen* stattfand zwischen Mr. Loose, dem Unteragenten der gemischten Gesellschaft der Senecas, Quapaw und Shawnees, und Mr. James Gillespie von der Handelsfirma Thomas G. Allison und C. in Maysville, Benton, Landschaft Ark, in welchem Zusammentreffen der letztere mit einem Bowiemesser erstochen wurde. Eine Zeitlang schon hatte zwischen beiden Teilen einige Spannung geherrscht. Man sagt, Major Gillespie habe den Streit mit dem Stock angefangen. Während des nun folgenden heftigen Kampfes wurden zwei Pistolen abgefeuert, die eine von Gillespie, die andere von Loose. Letzterer erstach sodann Gillespie mit der nie fehlenden Waffe, dem langen Bowiemesser. Der Tod des Major Gillespie wird sehr beklagt, denn er war ein energischer und hochherziger Mann. – Seit Obiges im Druck ist, hören wir, daß Major Allison einigen unserer Mitbürger versichert hat, Mr. Loose habe den ersten Schlag geführt. Wir enthalten uns aller weiteren Bemerkungen, *da die Sache Gegenstand einer gerichtlichen Untersu-chung werden wird.*"

"Gräßlicher Mord

Der Dampfer ‚Thames', der eben von Missouri angekom-men ist, brachte uns eine Proklamation mit, worin eine Be-lohnung von 500 Pfund dem Entdecker des Verbrechers versprochen wird, der Lilburn W. Baggs, den Gouverneur des Staates, in der Nacht vom 6. d. M. in Independence er-mordet hat. Der Gouverneur war zur Zeit der Abfahrt des Dampfers noch nicht tot, aber tödlich verwundet.

Seit wir Vorstehendes niederschrieben, erfuhren wir durch die Güte des Sekretärs des Dampfers ‚Thames' Näheres über den Vorfall. Gouverneur Baggs wurde von unbekannter Hand am Freitagabend, am 6. d. M., erschossen, als er in ei-nem Zimmer seines Hauses saß. Sein Sohn, ein Knabe, hörte den Schuß, stürzte in das Zimmer und fand den Gouverneur im Lehnstuhl sitzend, die Kinnlade herabgesunken und den Kopf zurückgelehnt; als er die Wunden bemerkte, machte er Lärm. Spuren von Fußtritten fand man im Garten unter dem Fenster, und auch eine Pistole, welche wahrscheinlich zu stark geladen worden und dem Ruchlosen aus der Hand ge-flogen war. Drei Rehposten trafen den Unglücklichen; der eine durch den Mund, einer in das Gehirn und der dritte wahrscheinlich in oder nahe bei dem Gehirn. Alle drangen in das Hinterteil des Halses und des Kopfes ein. Am Morgen des siebten war der Gouverneur noch am Leben; aber man hatte wenig oder vielmehr keine Hoffnung für sein Aufkom-men.

Man hat einen Mann in Verdacht, der jetzt wahrscheinlich bereits in den Händen der Gerechtigkeit ist.

Die Pistole war eine von zweien, welche einige Tage vor-her einem Bäcker in Independence gestohlen worden waren, und die Gerichte haben eine Beschreibung der anderen Pisto-le veröffentlicht."

„Rencontre

Eine unglückliche Affäre fand am Freitagabend in der
Chatres Street statt, wobei einer unserer achtbarsten Mitbürger eine gefährliche Stichwunde in den Unterleib empfing.
Aus der gestrigen Bee (von New Orleans) entnehmen wir die
folgenden Details. In den französischen Spalten dieses Blat-
tes erschien am vorigen Montag ein Artikel, der sich tadelnd
über das Artilleriebataillon äußerte, welches am Sonntagmorgen den Ontario und Woodbury mit Kanonenschüssen
begrüßt und dadurch die Familien derjenigen Personen, die
die Nachtwache in der Stadt hatten, sehr in Unruhe versetzt
hatte. Major C. Gally, der Kommandeur des Bataillons,
verfügte sich darauf in das Redaktionsbüro und verlangte
den Namen des Verfassers jenes Artikels zu wissen; Mr. P.
Arpin wurde ihm genannt, welcher gerade abwesend war.
Einige heftige Worte fielen zwischen einem der Eigentümer
und dem Major, und eine Herausforderung war die Folge;
die Freunde beider Parteien versuchten zwar, die Sache zu
arrangieren, aber umsonst. Am Freitagabend gegen 7 Uhr
traf Major Gally Mr. Arpin in der Chatres Street und redete
ihn an: ‚Sind Sie Mr. Arpin?‘

‚Ja, Sir.‘

‚So habe ich Ihnen zu sagen, daß Sie ein Schurke sind.‘

‚Ich werde Sie an Ihre Worte erinnern, Sir.‘

‚Aber ich habe gesagt, daß ich meinen Stock auf Ihrem
Rücken entzweischlagen werde.‘

‚Ich weiß es, aber ich habe den Schlag noch nicht bekommen.‘

Bei diesen Worten schlug Major Gally Mr. Arpin mit
dem Stock, den er in der Hand trug, über das Gesicht, und
letzterer zog einen Dolch aus der Tasche und stach Major
Gally in den Unterleib.

Man fürchtet sehr, daß die Wunde tödlich ist. *Wir vernehmen, daß Mr. Arpin Bürgschaft für sein Erscheinen vor
dem Kriminalgericht geleistet hat.*"

"Rencontre in Mississippi

Am 27. vorigen Monats wurde in einem Rencontre bei Carthage, Leake Country, Mississippi, zwischen James Cottingham und John Wilburn der letztere von einer Kugel getroffen und so schwer verwundet, daß man an seinem Aufkommen zweifelt. Am Zweiten dieses Monats wurde ebenfalls in Carthage in einem Rencontre zwischen A. C. Sharkey und George Goff der letztere, wahrscheinlich tödlich, verwundet. Sharkey stellte sich dem Gericht, *besann sich aber bald anders und entfloh!*"

"Unglücksfall

Vor einigen Tagen hatte in Sparta ein Mann namens Bury das Unglück, den Oberkellner eines dortigen Hotels gefährlich mit einem Schuß zu verletzen. Bury wurde etwas laut, und der Kellner, entschlossen, Ordnung zu erhalten, drohte Bury niederzuschießen, worauf Bury eine Pistole zog und den Kellner niederschoß. Nach den letzten Nchrichten war der Verwundete noch nicht tot, gab jedoch wenig Hoffnung."

"Zweikampf

Der Sekretär des Dampfers ‚Tribune' unterrichtet uns von einem andern Duell, welches am letzten Dienstag zwischen Mr. Robbins, einem Beamten der Bank in Vicksburg, und Mr. Fall, dem Redakteuer der Vicksburg Sentinel, stattfand. Jeder der Duellanten hatte sechs Pistolen, welche sie auf das Kommando ‚Feuer!' *in beliebiger Schnelligkeit nacheinander abfeuern konnten.* Fall schoß zweimal, ohne zu treffen. Mr. Robbins' erster Schuß traf seinen Gegner in den Schenkel, daß dieser hinstürzte und unfähig war, den Kampf fortzusetzen."

"Rencontre in Clarke County

Ein *unglückliches Rencontre* fand in Clarke County in der Nähe von Waterloo am Dienstag, dem 19. des letzten Mo-

nats, statt. Der Streit entstand bei Gelegenheit der Abrech-
nung zwischen den Herren M'Kane und M'Allister, die ein
Destillationsgeschäft zusammen betrieben hatten, und endig-
te mit dem Tod des letzteren, welcher von Mr. M'Kane nie-
dergeschossen wurde, weil er sieben Fässer Whisky, das Eigen-
tum M'Kanes, welche bei der Auktion M'Allister zu einem
Dollar pro Faß zugeschlagen worden waren, in Besitz nehmen
wollte. M'Kane ergriff sogleich die Flucht und *war nach den
neuesten Nachrichten noch nicht eingebracht.*

Dieser *unglückliche Vorfall* hat unsere Gegend in große
Aufregung versetzt, denn beide Beteiligte haben eine große
Familie und waren Leute von Ansehen in der Gemeinde."

Noch eine Stelle will ich anführen, die durch ihre außerordentliche Lächerlichkeit den Eindruck dieser blutigen Taten
einigermaßen mildern wird.

„Ehrensache

Wir haben eben Näheres über einen Zweikampf erfahren,
welcher am Dienstag auf der Six-Mile-Insel zwischen zwei
jungen Herren unserer Stadt, Samuel Thurston, *15 Jahre,*
und William Hine, *13 Jahre alt,* stattfand. Ihre Sekundanten
waren von gleichem Alter. Die gewählten Waffen waren ein
Paar von Dicksons besten Büchsen; die Distanz betrug dreißig Yards. Sie schossen einmal, ohne daß jemand Schaden gelitten hätte, außer daß eine Kugel durch Hines Hut ging.
Durch die *Vermittlung des Ehrengerichts* wurde die Forde-
rung zurückgenommen und der Streit freundschaftlich beige-
legt."

Wenn sich der Leser ein Ehrengericht denkt, welches eine
Ehrensache zwischen zwei kleinen Jungen, die in jedem andern Lande freundschaftlich über eine Bank gelegt und mit
der Rute bestraft werden würden, freundschaftlich beilegt,
wird ihn gewiß derselbe unwiderstehliche Reiz zum Lachen
ankommen, der mich stets ergreift, wenn ich daran denke.

Und jetzt frage ich jeden Menschen, der nur den gewöhnlichsten Menschenverstand, das gewöhnlichste menschliche Gefühl hat, frage alle Leidenschaftslosen und Vernünftigen, welcher Partei sie auch angehören mögen, ob sie bei so empörenden Zeugnissen über den Zustand der Gesellschaft in den Sklavenstaaten Nordamerikas noch über die wirkliche Lage der Sklaven in Ungewißheit sein können, ob sie jetzt noch diese Institution und ihre unabweisbaren Schrecken mit ihrem Gewissen versöhnen können? Werden sie von irgendeiner blutigen Tat sagen können, sie sei unwahrscheinlich, wenn sie die Zeitungen nur in die Hand zu nehmen brauchen, um solche Zeugnisse wie die eben angeführten zu sehen, die ihnen vorgelegt werden von denselben Männern, die über die Sklaven herrschen?

Wissen wir nicht, daß die scheußlichsten Auswüchse der Sklaverei zugleich Ursache und Wirkung der Zuchtlosigkeit dieser keinem Gesetz sich beugenden Freigebornen sind? Wissen wir nicht, daß der Mann, der unter allen Greueln der Sklaverei geboren worden und aufgewachsen ist; der in seiner Kindheit Ehemänner gezwungen gesehen hat, ihre Weiber auszupeitschen; der Weiber gesehen hat, wie sie den Rock selbst in die Höhe nehmen mußten, daß die Peitsche sie schwerer treffe, die von brutalen Aufsehern gepeinigt wurden in der Stunde der Wehen und Mütter wurden auf dem Felde der Qual, unter der zerfleischenden Peitsche; der in der Jugend mit seinen jungfräulichen Schwestern Beschreibungen entflohener Sklaven und ihrer verstümmelten Körper gelesen hat, die anderwärts nicht von einer Tierschau oder von Zuchtvieh veröffentlicht werden könnten – wissen wir nicht, daß solch ein Mann, wenn sein Zorn gereizt wird, ein entmenschter Barbar sein muß? Wissen wir nicht, daß, wer als Feigling im Hause herumgeht, gegen zitternde Sklaven mit der schweren Peitsche bewaffnet, ein Feigling auch draußen sein wird, daß er die Waffen des feigen Meuchelmörders versteckt tragen und im Streit seinen Gegner niederstechen oder niederschießen wird? Und wenn uns unsere Vernunft nicht das und noch mehr lehrte; wenn wir idiotisch genug wären, unsere Augen zu verschließen gegen die schöne Schule, aus der solche Männer hervorgehen; müssen wir nicht wissen, daß Männer, die gegen ihresgleichen in der Halle der Volksvertreter, im Kontor, auf dem Marktplatz und überall, wo sonst unverletzlicher Frieden herrscht auf Erden, Pistole und Dolch gebrauchen, ihren Untergebenen, auch wenn sie freie Diener sind, erbarmungslose, tyrannische Herren sein müssen?

Was! sollen wir auf das unwissende Landvolk Irlands schimpfen und die Wahrheit mit schönen Worten verhüllen, wenn wir von diesen amerikanischen Sklavenhaltern sprechen? Sollen wir Pfui rufen über die Roheit derjenigen, die das Vieh verstümmeln und mit dem Licht der Freiheit auf Erden sparen, die die Ohren von Männern und Frauen stutzen, die hübsche Sprüchelchen in das bebende Fleisch schneiden, die mit Federn aus glühendem Eisen auf das Menschenantlitz schreiben lernen, die ihre poetische Erfindungsgabe anstrengen, um Livreen der Verstümmelung zu ersinnen, von ihren Sklaven ihr Leben lang getragen und mit in das Grab genommen, die Glieder brechen wie die Kriegsknechte, welche den Heiland der Welt verhöhnten, die wehrlose Geschöpfe zur Zielscheibe ihrer Büchsen nehmen! Sollen wir sentimentale Tränen vergießen, wenn wir von den Qualen lesen, die heidnische Indianer aneinander verüben, und lächeln über die Grausamkeiten von Christen? Sollen wir, solange ein solcher Zustand dauert, über die zerstreuten Reste dieser schönen Rasse triumphieren und uns des Besitzes ihres weiten Gebietes freuen? Oh, möchte doch lieber der Urwald wieder dasein und das indianische Dorf; möchte anstatt der Sterne und Streifen eine ärmliche Feder im Winde flattern; möchten lieber Wigwams an der Stelle der Straßen und Marktplätze stehen; und wenn auch der Totensang von hundert stolzen Kriegern die Luft durchdröhnte, es würde Musik sein gegen das Wimmern eines unglücklichen Sklaven.

Über eine Sache, die wir beständig vor Augen haben und in der sich unser Volkscharakter mit reißender Schnelligkeit ändert, laßt uns die reine Wahrheit sagen und nicht auf den Busch schlagen, indem wir auf den Spanier und den feurigen Italiener hinweisen. Wenn im Streit von Engländern Messer gezogen werden, so laßt uns offen auftreten und sagen:

„Diese Veränderung verdanken wir der republikanischen Sklaverei. Das sind die Waffen der Freiheit. Mit scharfen Spitzen und Schneiden wie diese verstümmelt die Freiheit in Amerika ihre Sklaven; und sind diese nicht zur Zielscheibe da, so wenden die Söhne der Freiheit sie besser an und kehren sie gegen ihresgleichen.“

18. KAPITEL

Schlußbemerkungen

Manche Stellen sind in diesem Buch, bei denen ich mit einiger Mühe der Versuchung widerstanden habe, meine Leser mit meinen Folgerungen und Schlüssen zu belästigen; aber ich zog vor, ihnen die einfachen Tatsachen vorzulegen und sie selbst urteilen zu lassen. Mein alleiniger Zweck war, sie treulich dahin zu führen, wo ich hinging, und diesen habe ich erreicht.

Aber man wird mir verzeihen, wenn ich über den Eindruck, den der allgemeine Charakter des amerikanischen Volkes und der ihres gesellschaftlichen Systems auf das Gemüt des Fremden machen, meine Meinung in wenigen Worten auszusprechen wünsche, ehe ich dies Buch schließe.

Die Amerikaner sind von offenem, tapferem, herzlichem, gastfreiem und liebenswertem Charakter. Die Bildung ihrer Gesinnung scheint die Wärme ihres Herzens und die Begeisterung für alles Schöne nur zu erhöhen, und diese letztern Eigenschaften, welche die Amerikaner in höherem Grade besitzen, machen einen gebildeten Amerikaner zum herzlichsten und edelsten Freund. Mir sind noch nie so einnehmende Menschen erschienen wie diese Klasse; ich habe nie mein volles Vertrauen und meine volle Achtung so bereitwillig hingegeben wie an diese; und ich werde gewiß nie wieder in der Zeit eines halben Jahres so viele Freunde gewinnen, für die ich die Achtung eines halben Lebens zu fühlen scheine.

Die Eigenschaften sind, wie ich unbedingt glaube, dem ganzen Volke angeboren. Daß sie aber unter dem großen Haufen sehr in ihrem Wachstum verkümmern und daß Einflüsse tätig sind, welche sie noch weit mehr gefährden und nur wenig Hoffnung zu ihrem vollkommnen Gedeihen lassen, ist eine Wahrheit, die nicht verhehlt werden darf.

Jedem Nationalcharakter ist es eigen, sich gewaltig viel

auf seine Fehler zugute zu tun und die Übertreibung derselben als Zeichen seiner Tugend und Weisheit anzuführen. Ein großer Makel des amerikanischen Volkscharakters und die fruchtbare Quelle zahlloser Übel ist der allgemein herrschende Geist des Mißtrauens. Und doch ist der Amerikaner imstande, sich dieses Geistes zu rühmen, selbst wenn er leidenschaftslos genug ist, um die Verwüstungen, die er anrichtet, einzusehen; und oft wird er ihn, seiner eigenen Vernunft zum Trotz, als einen Beweis von der Schlauheit, dem Scharfsinn und dem überlegenen, selbständigen Charakter seines Volkes anführen.

„Ihr übertragt diesen Geist des Argwohns und der Eifersucht", sagte ihnen der Fremde, „auf jede Handlung des öffentlichen Lebens. Indem die Würdigeren von euren gesetzgebenden Versammlungen zurückgeschreckt werden, ist eine Klasse von Wahlkandidaten entstanden, die in jeder Handlung eure Institutionen und die Wahl des Volkes schändet. Es hat euch so flatterhaft und veränderlich gemacht, daß eure Unbeständigkeit zum Sprichwort geworden ist, denn kaum habt ihr euch einen Götzen eingesetzt, so reißt ihr ihn nieder und zerschmettert ihn in tausend Stücke, und zwar, weil ihr jedem Wohltäter oder Staatsdiener, sobald ihr ihn belohnt, zu mißtrauen anfangt, bloß weil er belohnt ist; und gleich bemüht ihr euch selbst herauszufinden, daß ihr entweder in eurer Anerkennung zu wohlwollend oder er in seinen Verdiensten zu schwach gewesen sei. Wer immer unter euch eine hohe Stellung erlangt, vom Präsidenten bis zum niedrigsten Schreiber herab, kann von dem Augenblick an seinen Sturz datieren; denn jede gedruckte Lüge, aus der Feder des anerkanntesten Schurken geflossen, kann mit Sicherheit auf euer Mißtrauen spekulieren und findet Glauben, wenn sie auch direkt gegen den Charakter und den guten Ruf eines ganzen Lebens streitet. Ihr sucht nach jedem Stäubchen eines Vorwurfs, wenn ihr jemand sein wohlverdientes Vertrauen schenken sollt, und seht die unschuldigste Mücke, die euch in den Weg kommt, mit scheelen Augen an; aber ganze Karawanenzüge von Kamelen werdet ihr herunterschlingen, wenn sie nur mit unwürdigen Zweifeln und niedrigem Verdacht beladen sind. Glaubt ihr, das sei gut oder diene dazu, den Charakter der Regierenden wie der Regierten zu heben?"

Die Antwort darauf ist immer dieselbe: „Hier sind alle Meinungen frei, wissen Sie. Jeder denkt für sich, und wir lassen uns nicht leicht herumkriegen. Deshalb sind wir so argwöhnisch."

Ein anderer Hauptcharakterzug ist die Lust am „smarten" Handel, die manche Schwindelei und manchen groben Treubruch beschönigt, manchem Schurken die Macht gibt, sein Haupt höher zu tragen als ein ehrlicher Mann, obgleich er den Galgen verdient – aber diese „Smartness" hat ihre Früchte getragen, denn sie hat in wenigen Jahren dem öffentlichen Ansehen mehr geschadet, als die einfältigste, unbesonnenste Ehrlichkeit in einem Jahrhundert vermocht hätte. Mutwillige Bankrotteure und glückliche Schwindler werden nicht nach der goldenen Regel „Handle so, wie du behandelt werden möchtest", sondern nur nach ihrer „Smartness" beurteilt. Ich entsinne mich, daß man mir beide Male, als ich an jenem unseligen Cairo am Mississippi vorbeifuhr und von den schlimmen Folgen sprach, die solche grobe Betrügereien haben müßten, wenn sie ans Tageslicht kämen, erwiderte, es sei doch ein „smartes" Unternehmen gewesen, mit dem ein gutes Stück Geld verdient worden sei: und das „Smarteste" sei gewesen, daß man im Ausland die ganze Geschichte gar bald vergessen und wieder zu spekulieren angefangen habe wie früher. Folgenden Dialog führte ich mehr als hundertmal mit Amerikanern: „Ist es nicht eine Schande, daß der Soundso durch die infamsten und abscheulichsten Mittel zu einem großen Vermögen kommt und trotz all seiner Verbrechen unter euch Bürgern geduldet wird? Ist er nicht ein öffentliches Ärgernis? Wie?" – „Ja, Sir." – „Ein überführter Lügner?" – „Ja, Sir." – „Er hat schon Fußtritte bekommen und Stockschläge?" – „Ja, Sir." – „Er ist ein ganz ehrloses, niedriges und verworfenes Subjekt?" – „Ja, Sir." – „Nun denn, um Gottes willen, worin besteht sein Verdienst?" – „Ja, Sir, es ist doch ein smarter Kerl."

Auf ähnliche Weise werden alle Fehler und Schwächen mit der nationalen Liebe zum Handel beschönigt, obgleich es, seltsam genug, der schwerste Vorwurf ist, der dem Fremden gemacht werden kann, wenn man sagt, er halte die Amerikaner für ein Handelsvolk. Die Liebe zum Handel wird als Grund angeführt, warum in Landstädten selbst Ehepaare in Hotels leben, keinen eigenen Herd haben und vom frühen Morgen bis zum späten Abend selten anderswo zusammenkommen als beim hastigen Essen im Wirtshaus. Aus Liebe zum Handel findet die amerikanische Literatur keinen Schutz und keine Gönner in ihrer Heimat: „Denn wir sind ein handeltreibendes Volk und kümmern uns nicht um die Poesie", obgleich wir, beiläufig gesagt, selbst sagen, daß wir auf unsere Dichter stolz sind; und heilsame Vergnügungen, gemütliche Erholungen und wohltuende Geistesspiele können von den ernsten utilitarischen Freunden des Handels nicht aufkommen.

Diese drei Charakterzüge treten dem Blick des Fremden bei jedem Schritt scharf entgegen. Aber die Saat des Bösen hat in Amerika eine noch tiefere und verzweigtere Wurzel in seiner Presse.

Man mag Schulen errichten, im Osten, Westen, Norden und Süden; man mag Zöglinge und Meister zu aber Tausenden erziehen; die Colleges mögen gedeihen, die Kirchen voll sein, die Mäßigkeit mag ihre Herrschaft ausbreiten und die Kenntnis in allen andern Formen mit Riesenschritten durch das Land schreiten: solange die amerikanische Presse in ihrem jetzigen verworfenen Zustand bleibt, ist kein sittlicher Fortschritt zu erhoffen. Ein Jahr um das andere muß die öffentliche Meinung tiefer sinken, müssen Kongreß und Senat in den Augen aller Anständigen an Achtung verlieren, muß das Andenken der großen Väter der Revolution durch das arge Treiben ihrer entarteten Söhne mehr geschändet werden.

Unter den zahllosen Zeitungen Nordamerikas gibt es einige von Charakter und Ansehen. Der persönliche Umgang mit den dabei beschäftigten Gentlemen hat mir viel Belehrung und Vergnügen verschafft. Aber deren sind wenige, und die anderen sind Legion; und der Einfluß der Guten ist machtlos gegen das tödliche Gift der Bösen.

In der gebildeten Mittelklasse, unter den Gemäßigten und

Wohlunterrichteten, in den höheren Ständen, in den Kanzleien und Gerichten herrscht über den Charakter jener boshaften Journale nur eine Meinung. Man hat zuweilen behauptet – es ist natürlich, daß man für solch eine Schande einen Deckmantel sucht –, daß ihr Einfluß nicht so groß sei, wie der Fremde glaube. Ich muß um Verzeihung bitten, wenn ich sage, daß sich dafür kein Beweis liefern läßt und daß alles für das Gegenteil spricht.

Wenn ein Mann von Charakter oder Verstand irgendeine öffentliche Auszeichnung in Amerika erlangen kann, ohne erst zu kriechen und das Knie zu beugen vor dem Ungeheuer der schlechten Presse; wenn eine einzige persönliche Tugend sicher ist vor ihren Angriffen, wenn ein geselliges Vertrauen von ihr unverletzt bleibt oder ein Band der Ehre und des Anstandes von ihr geachtet wird; wenn ein einziger in diesem Lande der Freiheit seine freie Meinung hat und zu sprechen und zu denken wagt, ohne sich einer Zensur zu unterwerfen, die er ihrer niedrigen Unwissenheit und gemeinen Schurkerei wegen im tiefsten Herzen haßt und verachtet; wenn diejenigen, welche die Schande, die sie für die Nation ist, am bittersten fühlen und am meisten untereinander darüber klagen – wenn diese Männer es wagen, vor aller Welt ihr mit der Ferse auf den Kopf zu treten, dann will ich glauben, daß ihr Einfluß abnimmt und die Amerikaner wieder zum gesunden Menschenverstand zurückkehren. Allein solange ihr böser Blick auf jedem Hause ruht und bei jeder Ernennung im Staat, vom Präsidenten bis zum Postboten, ihre schwarze Hand im Spiel ist, solange sie die Musterliteratur einer zahllosen Menschenklasse ist, die ihre Lektüre in der Zeitung oder nirgends sucht: so lange fällt auch ihre Schmach dem Lande zur Last, und so lange werden ihre verderblichen Folgen in der Republik zu sehen sein.

Wer an die führenden englischen Blätter oder an die ehrenwerten Zeitungen auf dem europäischen Festland gewöhnt ist, kann sich unmöglich, ohne eine Masse von Auszügen, die ich hier anzuführen weder Raum noch Lust habe, einen richtigen Begriff von der fürchterlichen Wirksamkeit dieser Maschine in Amerika machen. Aber wenn sich jemand von der Richtigkeit meines Urteils überzeugen will, gehe er an irgendeinen öffentlichen Ort in London, wo man einzelne Nummern jener Journale vorfindet, und dann urteile er selbst*.

Es wäre gewiß für die Amerikaner im ganzen besser, wenn sie das Reale etwas weniger und das Ideale etwas mehr liebten; wenn bei ihnen der Frohsinn des Herzens eine Aufmunterung und das Schöne, welches nicht auch unmittelbar Nutzen bringt, mehr Pflege fände. Aber hier, denke ich, ist die allgemeine Entgegnung: „Wir sind ein neues Land", womit man oft nicht zu rechtfertigende Schwächen entschuldigt, nicht unvernünftig; und noch hoffe ich dereinst zu hören, daß es in Amerika andere Nationalunterhaltungen gibt als die Zeitungspolitik.

Die Amerikaner sind gewiß keine humorvollen Menschen, und ihr Temperament schien mir stets düster und eintönig. In der schlauen, scharfen Auffassungsweise und in einer gewissen gußeisernen Akkuratesse stehen die Yankees oder Neuengländer ohne Zweifel den übrigen voran, wie sie ihnen in allen andern Dingen des Verstandes und der Bildung vorangehen. Aber auf der Reise, außerhalb der großen Städte, wurde ich ganz niedergeschlagen von dem vorherrschend melancholischen und ernsthaften Wesen der Leute; in jeder neuen Stadt, die ich sah, glaubte ich dieselben Menschen wiederzusehen, die ich in der vorigen verlassen hatte. Die meisten Mängel, die in den Nationalsitten zu merken sind, scheinen mir großenteils von jenem Temperament herzurühren: so hat sich ein gewisses verdrossenes, grämliches Beharren auf groben Manieren gebildet, und die mildern Reize des Lebens werden für etwas Nebensächliches gehalten. Es besteht kein Zweifel, daß Washington, der in Fragen des Zeremoniells stets höchst gewissenhaft und genau war, die Tendenz zu die-

---

* Man findet auch in der *Foreign Quarterly Review* vom Monat Oktober, die mir unter die Hände kam, als sich diese Bogen bereits unter der Presse befanden, einen gründlichen und vollkommen wahren Artikel, welcher einige Proben gibt – keineswegs erstaunlich für den, der Amerika besucht hat, aber hinreichend aufschlußreich für jeden andern.

ser Schwäche schon in seiner Zeit erkannte und sein Bestes tat, sie zu korrigieren.

Ich kann nicht der Meinung anderer Autoren sein, welche das Vorherrschen dissentierender Bekenntnisse für die Ursache des Nichtbestehens einer herrschenden Kirche halten. Im Gegenteil glaube ich, daß der Volkscharakter, wenn er überhaupt die Gründung einer solchen Institution zuließe, ihr schon deswegen abhold sein müßte, weil sie herrschend wäre. Aber selbst wenn sie bestände, zweifle ich sehr, ob sie Gewalt haben würde, die verirrten Schafe zu einer großen Herde zu sammeln, weil in England bei aller kirchlichen Gewalt so viele dissentierende Sekten vorhanden sind und weil ich in Amerika keine einzige Glaubensform gefunden habe, die man in Europa und selbst in England nicht ebenfalls kennt. Dissenter wandern in großer Anzahl nach Amerika aus, weil überhaupt viele hierher auswandern; und sie gründen große Niederlassungen, weil man sich hier ankaufen und Städte und Dörfer anlegen kann, wo noch keine waren. Selbst die Shakers wanderten von England ein; mein Vaterland ist Mr. Joseph Smith, dem Apostel der Mormonen, nicht fremd; ich selbst habe in einigen unserer volkreichsten Städte Szenen bei religiösen Zusammenkünften gesehen, die den amerikanischen Campmeetings schwerlich etwas nachgeben, und ich glaube, daß in Amerika kein Beispiel von abergläubischem Trug auf der einen und Leichtgläubigkeit auf der andern Seite vorkommt, zu dem wir nicht bei uns die Parallelen in den berüchtigten Affären um Mrs. Southcote, Mary Tofts, die Kaninchenmutter, und selbst Mr. Thom von Canterbury (letzteres Ereignis fand einige Zeit nach dem Aufhören des „finsteren" Mittelalters statt) finden könnten.

Die republikanischen Institutionen Amerikas führen das Volk ohne Zweifel zur festen Aufrechterhaltung der Gleichheit und Selbstachtung; und ein Reisender muß sich jener Institutionen erinnern und nicht gleich vor der vertraulichen Annäherung einer Menschenklasse zurückweichen, die bei uns in England sich von ihm fernhalten würde. Dieser Charakterzug, wenn er nicht in törichten Hochmut überging und nicht vor einer ehrbaren Dienstleistung zurückschrak, hat mich nie beleidigt; und sehr selten zeigte er sich mir in seiner rohen, häßlicheren Gestalt. Ein- oder zweimal äußerte er sich mir gegenüber recht komisch; dies war aber ein einzelner ergötzlicher Fall und nicht die allgemeine Regel.

Ich brauchte in einer Stadt ein Paar Stiefel, denn ich hatte keine anderen zur Reise als jene mit den denkwürdigen Korksohlen, die für das feurige Deck eines Dampfbootes viel zu heiß waren. Ich sandte daher zu einem Stiefelkünstler, ließ ihm mit meinem Kompliment sagen, ich würde mich glücklich schätzen, wenn er die Gewogenheit haben wollte, zu mir zu kommen. Er antwortete mir sehr gütig und wollte gegen sechs Uhr abends „vorbeischauen".

Ich lag um diese Stunde auf dem Sofa, mit einem Glas Wein neben mir und einem Buch in der Hand, als die Tür aufging und ein Gentleman mit einer steifen Krawatte, ein bis zwei Jahre über oder unter dreißig, in Hut und Handschuhen eintrat, vor den Spiegel ging, sein Haar ordnete, die Handschuhe auszog und langsam aus den tiefsten Tiefen seiner Rocktasche ein Maß hervorzog, worauf er mich in pomadigem Ton ersuchte, ich solle meine Schuhbänder lösen. Das tat ich, sah aber etwas neugierig seinen Hut an, den er noch immer auf dem Kopf behielt. War es nun das, oder war es die Hitze – er nahm ihn ab. Dann setzte er sich mir gegenüber auf einen Stuhl, stützte beide Arme auf die Knie auf und hob, mit großer Anstrengung sich vorwärts lehnend, vom Boden das Meisterstück hauptstädtischer Kunstfertigkeit in die Höhe, welches ich eben ausgezogen hatte – wobei er behaglich pfiff. Er drehte die Stiefel nach allen Seiten, besah sie mit unaussprechlicher Verachtung und fragte, ob ich wünschte, er solle mir einen *solchen* Stiefel „fixieren". Ich entgegnete ihm höflich und sagte, wenn die Stiefel nur groß genug und bequem wären, so dürften sie meinetwegen den vorigen gleichen oder nicht, ich wolle mich ganz seiner Ansicht und seinem Urteil fügen. „Es liegt Ihnen nicht viel an dieser Höhlung in der Ferse?" sagte er. „Wir machen's hier nicht so." Ich wiederholte meine letzte Bemerkung. Er besah sich wieder im Spiegel, trat näher zu ihm, um sich etwas Staub aus den Augenwinkeln zu reiben, und brachte seine

Krawatte in Ordnung. Mein Bein und mein Fuß schwebten dabei immer noch in der Luft. „Bald fertig, Sir?" fragte ich. „Nun, ziemlich bald", sagte er; „bleiben Sie ruhig." Ich blieb so ruhig, wie ich konnte, mit Fuß und Gesicht; und da er inzwischen den Staub sich aus den Augen gewischt und seinen Bleistift gefunden hatte, nahm er mir das Maß und machte sich die nötigen Notizen. Als er fertig war, nahm er wieder die frühere Stellung ein, hob noch einmal den Stiefel vom Boden auf und blieb einige Zeit sinnend stehen. „Und das", sagte er endlich, „ist ein englischer Stiefel, wie? Das ist ein Londoner Stiefel, he?" – „Das, Sir", erwiderte ich, „ist ein Londoner Stiefel." Er sah ihn wieder sinnend an, wie Hamlet Yoricks Schädel, nickte mit dem Kopfe, als wollte er sagen: „Ich bedaure das Land, dessen Institutionen zur Verfertigung dieses Stiefels führten", stand auf, nahm seinen Bleistift, seine Notizen und sein Papier – sah dabei immer in den Spiegel – setzte den Hut auf, zog sich sehr langsam die Handschuhe an und ging endlich zur Tür hinaus. Nach einer Minute ging diese wieder auf, und sein Hut und sein Kopf zeigten sich noch einmal. Er sah sich in der Stube um und guckte nach dem Stiefel, der noch immer am Fußboden lag, schien einen Augenblick in Gedanken versunken und sagte dann: „Nun, guten Nachmittag." – „Guten Nachmittag, Sir", sagte ich, und damit war die Zusammenkunft beendet.

Nur über einen Gegenstand hätte ich noch eine Bemerkung zu machen, die sich auf den öffentlichen Gesundheitszustand bezieht. In einem so großen Lande, wo Tausende Millionen Morgen Landes noch nicht urbar gemacht und angebaut sind und wo jährlich überall eine große Zersetzung von Vegetabilien stattfindet, wo es so viele große Ströme und so entgegengesetzte Klimate gibt, da kann es zu gewissen Jahreszeiten nicht an vielen Krankheiten fehlen. Aber nachdem ich mit vielen amerikanischen Ärzten gesprochen habe, wage ich zu behaupten, daß einem großen Teil der herrschenden Krankheiten durch Beobachtung nur einiger gewöhnlichen Vorsichtsmaßregeln vorgebeugt werden könnte. Mehr persönliche Reinlichkeit ist unerläßlich; die Sitte muß aufhören, daß man dreimal des Tages so große Massen Fleischspeisen hinunterschlingt und dann gleich wieder lange sitzt; das schöne Geschlecht muß weiser gekleidet gehen und sich mehr gesunde Bewegung machen; letztere Warnung betrifft auch die Männer. Vor allem bedarf in allen großen und kleinen Städten und in allen öffentlichen Anstalten das Lüftungs-, Trocknungs- und Reinigungssystem einer vollständigen Reform. Es gibt keine Lokalgesetzgebung in Amerika, die nicht aus Mr. Chadwicks ausgezeichnetem Bericht über den Gesundheitszustand der arbeitenden Klassen sehr viel lernen könnte.

Ich bin am Schluß dieses Buches angelangt. Nach gewissen Mitteilungen, die mir seit meiner Rückkehr nach England zugekommen sind, habe ich keinen Grund anzunehmen, daß es vom amerikanischen Volk freundlich oder günstig aufgenommen werden wird; doch da ich die Wahrheit geschrieben habe, auch über diejenigen, welche sich ein Urteil bilden und es öffentlich aussprechen, wird man wohl erkennen, daß ich kein Verlangen trage, durch falsche Mittel um den Beifall des Volkes zu buhlen.

Mir genügt das Bewußtsein, daß der Inhalt dieser Blätter mich nicht einen einzigen Freund auf der andern Seite des Ozeans kosten kann, der dieses Namens wirklich würdig ist. Im übrigen setze ich mein Vertrauen auf den Geist, in dem sie abgefaßt und niedergeschrieben wurden; und ich kann's abwarten.

Ich habe die mir zuteil gewordene Aufnahme nicht erwähnt, sowenig wie ich von ihr mich in der geringsten Äußerung bestimmen ließ; denn in beiden Fällen wäre dies eine erbärmliche Dankbarkeit gewesen im Vergleich zu der, die ich gegen jene wohlwollenden überseeischen Leser meiner früheren Schriften im Herzen trage, die mir mit offener Hand entgegenkamen und nicht mit einer, die sich um einen eisernen Flintenlauf legte.

NACHWORT

Wir neigen dazu, den gemüthaften, menschenfreundlichen Humor, der sich literarisch in behaglich-behäbiger Schreibweise äußert, mit Altersmilde und abgeklärter Lebenserfahrung gleichzusetzen und humorlose Unbedingtheit und Aggressivität einer ungestümen Jugendlichkeit zuzuordnen, die noch nicht mit sich und der Welt ins reine gekommen ist. Man kann sich einen großen Humoristen kaum anders als mit graumeliertem Bart, Embonpoint und altersklugen Augen vorstellen und denkt dabei an Männer wie Laurence Sterne, Wilhelm Raabe, Wilhelm Busch, Mark Twain und – Charles Dickens. Aber dieses Klischee, durch die überlieferten Standardporträts scheinbar bestätigt, stimmt meist nicht, und auf keinen Fall stimmt es bei Dickens, dem Prototyp des „geborenen" Humoristen.

Das angedeutete Mißverständnis ist vermutlich schuld daran, daß ein unbefangener Leser das hier vorgelegte Amerika-Buch, das seinen hauptsächlichen Reiz aus den breit und liebevoll ausgeführten humoristischen Schilderungen bezieht, als das Werk eines gesetzten älteren Schriftstellers empfindet. Doch er wird nicht wenig staunen, wenn er erfährt, daß Dickens gerade erst dreißig Jahre alt geworden war, als er 1842 diese Aufzeichnungen niederschrieb und veröffentlichte. Ein Ölbildnis des Dichters aus demselben Jahr zeigt ein von langem Haar umrahmtes Jünglingsgesicht mit mädchenhaft glatten und sanften Zügen.

Noch mehr als die reife humoristische Darstellungskunst wird den nunmehr eingeweihten Leser die Selbstsicherheit überraschen, mit der dieser jugendliche Amerika-Reisende auftritt. So benimmt sich im allgemeinen nur ein würdiger Herr aus besseren Kreisen, ein Prominenter, der es gewohnt ist, im Mittelpunkt zu stehen. Kann das von dem jungen Charles Dickens gelten, der aus dürftigen kleinbürgerlichen

Verhältnissen stammte und als Kind in einer Londoner Schuhwichsfabrik Flaschen abfüllen und mit Etiketten bekleben mußte, während sein Vater im Schuldgefängnis von Marshalsea saß? Ja: denn aus dem hungernden, bedrückten kleinen Charles war inzwischen der große „Boz"* geworden, der ungemein populäre Verfasser der *Pickwick Papers* (1837), des *Oliver Twist* (1838), des *Old Curiosity Shop* und *Barnaby Rudge* (1839), von den Essays, Dramen und Erzählungen dieser ersten Schaffensperiode ganz zu schweigen. Eine stattliche Leistung für einen knapp Dreißigjährigen ohne höhere Schulbildung, ohne literarische Lehrmeister, ohne Beziehungen und ohne den Rückhalt einer einflußreichen Familie! In nur zehn Jahren hatte sich Dickens, den vielfältigsten Widerständen zum Trotz, internationalen Ruhm erschrieben. Alle Welt kannte Boz, als er im Januar 1842 an Bord der „Britannia" ging, um Amerika kennenzulernen und seine eigene Bekanntheit unter Beweis zu stellen.

Von jugendlichem Ungestüm und Enthusiasmus ist zwar in Haltung und Stil des Amerika-Buches wenig zu spüren, desto mehr jedoch in den Vorbereitungen, die Dickens zu seiner ersten großen Reise traf. Schon seit geraumer Zeit war er geradezu besessen von der Idee, die Neue Welt zu besuchen. Er unterhielt mit Washington Irving, dem großen alten Mann der jungen amerikanischen Literatur, einen regen Briefwechsel, in dem die beiden seelenverwandten Dichter wortreiche Elogen und Einladungen und Ergüsse über das traurige Schicksal der kleinen Nell (aus dem *Raritätenladen*) austauschten; er las eifrig die – meist sehr kritischen – Reisebücher englischer Amerika-Besucher, die seinen Entschluß, sich jenseits des Ozeans selber umzuschauen, eher noch be-

---

* Wie es zu diesem eigenartigen Übernamen gekommen ist, berichtet John Forster in seinem *Life of Charles Dickens*: Dickens hatte seinem jüngsten Bruder Augustus den Kosenamen „Moses" gegeben, zu Ehren der gleichnamigen Gestalt aus Goldsmiths *Vicar of Wakefield*. Die kindliche Aussprache des kleinen Bruders machte daraus „Boses", was wiederum zu „Boz" verkürzt wurde. „Boz war für mich ein sehr vertrautes Wort, lange bevor ich Schriftsteller wurde, und so habe ich es schließlich übernommen", heißt es im Vorwort zu den *Pickwick Papers*.

stärkten; er studierte mit Begeisterung Catlins berühmtes Werk *North American Indians*, das ihm eine Freundin dediziert hatte; und vor allem waren auch die Verleger Chapman und Hall sehr angetan von den Reiseplänen ihres zugkräftigsten Autors und von der Aussicht auf ein sensationelles Amerika-Buch aus seiner Feder. Denn daß die Reiseeindrücke umgehend literarisch verwertet werden müßten, stand für Verleger und Autor von vornherein fest. Hinzu kommt schließlich noch ein anderes Motiv: die verzeihliche Eitelkeit des rasch arrivierten Schriftsteller-Autodidakten. Ein kleines Zitat aus einem Dickens-Brief an Hall (14. 9. 1841) genügt als Beleg: „Washington Irving schreibt mir, daß ein Besuch für mich zu einem Triumphzug von einem Ende der Staaten bis zum anderen werden würde, wie ihn noch keine Nation erlebt habe."

Es sei hier bereits angemerkt, daß nicht allein der Gedanke an den Triumph Dickens beflügelte, sondern auch ein handfestes materielles Interesse. Er wollte in der Neuen Welt Propaganda machen für ein wirksames Copyright, das die englischen Schriftsteller – und allen voran Dickens als der weitaus volkstümlichste – schmerzlich vermißten. In Amerika wurden die Werke nicht-amerikanischer Verfasser in hohen Auflagen billig nachgedruckt, ohne daß ebendiese Verfasser auch nur einen Penny dafür erhielten. Beliebtheit ist gut, meinte Dickens, aber Beliebtheit, die sich bezahlt macht, noch besser! Wer will es ihm verdenken, daß sich in sein Eintreten für eine rechtliche Besserstellung der Autoren auch eine gehörige Portion Eigennutz mischte? Immerhin hatte er ja am meisten unter den schändlichen Praktiken der Verleger in New York und Boston zu leiden. „Von allen lebenden Menschen", klagte er, „bin ich dabei der größte Verlierer."

Wie dem auch sei, gegen Ende des Jahres 1841 fieberte Dickens seiner amerikanischen Reise förmlich entgegen. Am 13. September schreibt er an seinen Freund Forster: „Tag und Nacht werde ich von Visionen Amerikas heimgesucht. Sich eine solche Gelegenheit entgehen zu lassen wäre traurig. Kate [Dickens' Frau] weint entsetzlich, wenn ich auf das Thema zu sprechen komme. Aber ich glaube, es *muß* sich, so Gott will, irgendwie einrichten lassen!" Eine knappe Woche später, am 19. September, geht ein weiterer Brief an Forster ab: „Jetzt werden Sie staunen. Nachdem ich die Sache von allen Seiten überdacht, betrachtet und abgewägt habe, *bin ich (mit Gottes Zustimmung) entschlossen, nach Amerika zu fahren – und die Reise so bald nach Weihnachten anzutreten, wie es die Umstände erlauben.*" Und bereits am 28. September schreibt Dickens an einen amerikanischen Freund: „Am 4. Januar ... komme ich, zusammen mit meiner Frau, zu einem drei- bis viermonatigen Besuch nach Amerika. Das Dampfschiff bringt mich, so hoffe ich, nach Boston und ermöglicht es mir in der dritten Woche des neuen Jahres, meinen Fuß auf den Boden zu setzen, den ich in meinen Wachträumen schon oftmals betreten habe und dessen Söhne (und Töchter) kennenzulernen und zu erleben ich mich sehne."

Der Entschluß war gefaßt, die Reisevorbereitungen liefen auf vollen Touren. Chapman und Hall waren beauftragt worden, sich nach Schiffsgelegenheiten, Abfahrtzeiten, Kabinenpreisen etc. zu erkundigen; die vier kleinen Dickens-Kinder, die der zärtliche Vater zunächst unbedingt mitnehmen wollte, wurden bei guten Freunden untergebracht; die anfangs unwillige Ehefrau Kate mußte durch Abendroben, elegante Hüte und die Aussicht auf glanzvolle gesellschaftliche Ereignisse mit ihrem Schicksal ausgesöhnt werden; hohe Lebensversicherungen wurden abgeschlossen und viele Koffer gepackt. Am 4. Januar 1842 lief die „Britannia", ein verhältnismäßig neues, aber mit 1154 Tonnen für heutige Begriffe winziges Schiff der traditionsreichen Cunard Line, aus dem Hafen von Liverpool aus.

Was hoffte Dickens in Amerika vorzufinden? Um diese Frage zu beantworten, reicht es nicht aus, die in seinen Briefen und von Freund Forster überlieferten Selbstzeugnisse mehr deklamatorischer Art heranzuziehen; zuvor müssen wir, gleichsam aus historischer Distanz, den Standort des Dichters und von daher seine Perspektive zu bestimmen suchen.

Charles Dickens war ein Kleinbürger, der trotz seines schnellen Aufstiegs zum wohlhabenden, unabhängigen Großbürger die Zwänge und Erniedrigungen seiner Jugend noch in sich trug und allenthalben in seiner Umwelt wiedererkannte: starre Klassenunterschiede, Snobismus, Unterdrückung, Not, Brutalität, eine mitleidlose Industrialisierung, Kinderarbeit, die Tristesse der großen Städte. Aus diesen Umweltfaktoren, die für ihn zu Obsessionen geworden waren, schuf er seine Romane und Erzählungen, keine sozialen und politischen Theorien. Dickens war zwar ein geistig Schaffender, aber alles andere als ein Intellektueller oder systematischer Denker; er war ein *haunted man* (diesen Titel gab er bezeichnenderweise einer seiner Geschichten), ein „Heimgesuchter", für den die menschliche Misere unmittelbare, fast unreflektierte Erfahrung und kein mit philosophischem Gleichmut zu klärendes Problem war. Dickens hatte, verkürzt gesagt, so etwas wie einen „sozialen Komplex", der aus traumatischen Jugenderlebnissen und aus der zwiespältigen gesellschaftlichen Position des nicht restlos angepaßten „Emporkömmlings" erwuchs. Und wären nicht, als Erbteil des leichtlebigen Vaters, sein angeborener Humor und Optimismus gewesen, wer weiß, was aus dem besessenen Schriftsteller geworden wäre: sicherlich nicht der scheinbar biedere Geschichtenerzähler, der seine *idées fixes* gemütvoll verbrämte, sondern ein düsteres Genie, ein monomanischer Außenseiter der viktorianischen Gesellschaft.

Aus einer solchen Sicht, die durch die neuere Forschung, zumal durch Edmund Wilsons bahnbrechenden Essay *Dickens: The Two Scrooges* (1941), weitgehend bestätigt wird, erscheint auch Dickens' Aufbruch nach Amerika in einem neuen Licht. Sein erklärter Wunsch war es, auf der anderen Seite des Atlantiks eine „neue Welt" zu entdecken, eine Welt der politischen Freiheit und der jugendfrischen Demokratie, eine Welt ohne überlebte Monarchie und klassenbedingten Snobismus, eine Welt überdies, in der sich seine privaten „Komplexe" verlieren würden. Derlei hochgespannte Erwartungen konnten nur enttäuscht werden. Aber Dickens' Unbehagen ergab sich charakteristischerweise weniger aus der Unzufriedenheit mit den abstrakten Institutionen Freiheit und Demokratie, sondern vielmehr aus der persönlichen Frustration des enttäuschten Amerika-Liebhabers, der sein Idealbild nicht mit der Realität in Einklang zu bringen vermochte. Das läßt sich indirekt aus seinem Amerika-Buch ablesen: Seine kritische Wertung der amerikanischen Demokratie und Politik fällt reichlich oberflächlich und subjektiv aus, verglichen etwa mit den scharfsichtigen objektiven Analysen, die ein anderer europäischer Amerika-Reisender, Alexis de Tocqueville, ein Jahrzehnt früher angestellt hatte. Politisch-soziale Grundsatzfragen interessierten Dickens nur insoweit, als sie ihn persönlich anrührten und sein humanitäres Engagement herausforderten. Im heraufziehenden Zeitalter von Marx und Engels fand sich derselbe Dickens, der die kapitalistische Klassengesellschaft am eigenen Leibe als bedrückendes Übel erfahren hatte und wohl auch im Prinzip verwarf, ohne weiteres damit ab, daß es hoch und niedrig gab und daß er selber jetzt „oben" war.

Der Viktorianismus, der als moralische Norm und als beengende Gesellschaftsform den Dichter zeitlebens gefangenhielt, schloß einen „systemüberwindenden" Sozialismus von vornherein aus und ließ allenfalls starke soziale Emotionen zu, die von menschlicher Anteilnahme und nicht etwa von den Thesen des *Kommunistischen Manifests* bestimmt waren. „Was Dickens am Herzen liegt, ist nicht irgendeine ökonomische Konzeption von der Art der Marxschen Mehrwerttheorie, sondern ein Gefühl für den menschlichen Wert des Menschen", urteilt Edgar Johnson, einer der besten Dickens-Kenner der Gegenwart.

Dickens konnte, wie seine amerikanischen Aufzeichnungen zeigen, vor Empörung außer sich geraten, wenn er innerhalb eines bürgerlich-patriarchalisch geordneten Gemeinwesens Mißstände mit ansehen mußte, die sein Gerechtigkeitsempfinden und sein mitfühlendes Herz beleidigten. Das gilt für das Unwesen der Sklaverei, für die Korruption der Presse und für den teilweise unmenschlichen Strafvollzug. Daß Dickens in seinem Buch so ausgiebig bei der Beschreibung von Gefängnissen, Zuchthäusern, Besserungsanstalten und ähnlichen Einrichtungen verweilt, hat indes eine noch privatere Ursache, die, wie die modernen Biographen erkannt haben, wiederum zurückweist auf seine eigene Kindheit. „Sobald Dickens in einer neuen Stadt eingetroffen war, führte ihn sein Instinkt erwartungsgemäß sofort zum Armenhaus, zum Gefängnis und zur Irrenanstalt", vermerkt S. Sitwell in seiner Einleitung zu einer Neuausgabe der *American Notes*. Der „Instinkt", von dem hier zutreffend die Rede ist, läßt sich unmittelbar aus Dickens' Kindheitstrauma ableiten, das wie ein roter oder, besser, schwarzer Faden sein gesamtes Schaffen durchzieht, vom *Oliver Twist* bis zum unvollendeten Alterswerk *Edwin Drood*, für das er sorgfältige „Gefängnisstudien" trieb. Von jenem Londoner Marshalsea-Gefängnis, das er während der Schuldhaft des Vaters so gründlich kennengelernt hatte und in seinen Romanen immer wieder als Symbol für die Unzulänglichkeit der Gesellschaft und die Erniedrigung der Wehrlosen beschwor, führt ein direkter Weg zu den amerikanischen Strafanstalten, in die das soziale Mitleid ihn geradezu zwanghaft trieb.

Doch Dickens' *Amerika* erschöpft sich – zum Glück für den Leser – nicht in solch düsteren Szenen, auf die das altmodische Wort „ergreifend" am besten paßt. Sein Humor, den man mit besonderer Berechtigung als befreiend bezeichnen kann – befreiend von den tiefsitzenden Obsessionen und von dem Druck der Wirklichkeitserfahrung –, und seine spontane Erlebnisfähigkeit und Darstellungsgabe bringen unvergeßliche Personenporträts, Episoden und Genrebilder hervor, in denen freilich die Idylle, jene Zuflucht des Romanciers Dickens, nicht recht gedeihen will – dafür waren die amerikanischen Impressionen zu bestürzend, zu disparat und desparat. Die Unmittelbarkeit der Darstellung erklärt sich vor allem aus der Genese des Werkes: Dickens schrieb während der Reise an seine Londoner Freunde, insbesondere an Forster, zahlreiche detaillierte Briefe, die er nach seiner Rückkehr wieder einsammelte und zum Teil wörtlich in sein lange vorausgeplantes Buch übernahm. Bei einem Vollblutliteraten vom Schlage Dickens' wird eben alles zu Literatur, und ohne Rationalisierung, die allerdings zuweilen in Sche-

matisierung ausartete, wäre sein imposantes Oeuvre kaum
denkbar.

Vergleicht man die Briefe, die Dickens unterwegs abfaßte,
mit dem Text des Buches, dann stößt man freilich nicht nur
auf Übereinstimmungen, sondern auch auf merkwürdige
Diskrepanzen. Die großartigen Empfänge und Gesellschaften, die ihm zu Ehren in Boston, New York, Philadelphia
und anderswo gegeben wurden, werden im Buch bestenfalls
am Rande erwähnt, und auch seine Begegnungen mit berühmten amerikanischen Schriftstellern (Irving, Longfellow,
Poe, Dana etc.) unterschlägt er seinen Lesern fast vollständig.
Die Gründe können wir nur vermuten. Glaubte er, diese
Dinge seien für ein breiteres Publikum uninteressant, oder
war seine Bescheidenheit vielleicht doch größer als seine Eitelkeit? In einem anderen Punkt indes scheinen die Motive
eindeutiger zu sein – in einem wunden Punkt, auf den Dickens
wohl lieber nicht mehr zurückkommen wollte. Gemeint ist
natürlich seine leidenschaftliche Kampagne für das Autoren-
recht, die seine amerikanischen Gastgeber vor den Kopf stieß
und ihm selber eine ziemliche Schlappe eintrug. Die Haute-
volee des Landes, von wenigen Ausnahmen abgesehen, empfand Dickens' massive Einmischung als unfein und ego-
istisch. Zu den wenigen Ausnahmen gehörte der gutmütige
Washington Irving, der auf einem Bankett in New York seinen englischen Freund mit einem unübertrefflichen (und leider unübersetzbaren) Wortspiel zu Hilfe kam: „It is but fair
that those who have laurels for their brows should be per-
mitted to browse on their laurels."

Doch weder mit Witz noch mit Appellen an das Gerech-
tigkeitsgefühl war etwas auszurichten: Die maßgeblichen
Leute stellten sich taub, und ein Teil der amerikanischen
Presse warf Dickens üble Habgier vor. Kein Wunder, daß der
Dichter, der es gewohnt war, überall mit überschwenglicher
Begeisterung gefeiert zu werden, auf die Uneinsichtigkeit der
Amerikaner und die boshaften Angriffe der Zeitungsleute
mir moralischer Entrüstung reagierte und dem amerikani-
schen Journalismus post festum die Hauptschuld am Versa-
gen der amerikanischen Demokratie gab. „Das ist nicht die

Republik, die zu sehen ich hergekommen bin", resümierte er im März 1842 sein Urteil in einem Brief an seinen Freund Macready; „das ist nicht die Republik meiner Vorstellung ..."

Als Dickens nach seiner Heimkehr im Juni 1842 unverzüglich mit der Niederschrift seines Amerika-Buches begann, vermied er es, seine Verbitterung so unverhohlen auszusprechen. Aber weder sein wohlwollender Humor noch schriftstellerische Vorsicht und die Rücksicht auf seine vielen amerikanischen Freunde konnten ihn dazu bestimmen, seine kritische Grundhaltung gänzlich zu verleugnen. Die Vorsicht fängt schon beim Titel an. In der letzten Septemberwoche des Jahres 1842 – der Druck des Werkes war längst angelaufen – schrieb Dickens an Forster: „Was halten Sie von dem Titel ‚American Notes for General Circulation' [‚Amerikanische (Bank-)Noten für den allgemeinen Umlauf' bzw. ‚Amerikanische Aufzeichnungen zur allgemeinen Verbreitung'] und von diesem Motto?

‚Auf eine Frage des Gerichts erklärte der Anwalt der Bank, diese Noten seien hauptsächlich in den Teilen der Welt im Umlauf, wo sie gestohlen und gefälscht würden.

Old Bailey Report.'"

Das Motto wurde verworfen, weil es hätte Anstoß erregen können, aber der Titel *American Notes for General Circulation* blieb erhalten, obgleich er ohne das Motto seinen beziehungsreichen Doppelsinn verlor. Ähnlich erging es auch dem ursprünglichen Vorwort, das auf Anraten des betulichen Forster durch eine verbindlich-unverbindliche Widmung ersetzt wurde; erst 1872–74 wagte es Forster, den sanft polemischen Text im Rahmen seiner Dickens-Biographie postum zu publizieren. Diese beiden Fakten aus der Entstehungsgeschichte des Werkes sind typisch für die Methode und die Absichten des Dichters: Er wollte objektiv berichten, die Wahrheit, wie sie sich ihm darstellte, nicht durch persönliche Attacken verzerren und insgesamt das Erlebte eher humorvoll als tierisch ernst wiedergeben.

Trotzdem: Amerika nahm Anstoß. Dickens, der sich be-

müht hatte, das unvorteilhafte Amerika-Bild seiner Vorgän-
ger behutsam zu korrigieren, wurde nun seinerseits als Be-
schmutzer des transatlantischen Nests angefeindet. Ein (offenbar gefälschter) anti-amerikanischer Dickens-Brief wurde
zum Skandalon, und die Schlagzeilen der amerikanischen
Zeitungen nannten den Dichter einen Lügner, Narren und
Heuchler. Wir können es Dickens nachfühlen, daß er „ein
unbestimmtes Verlangen verspürte, irgend jemanden bei der
Kehle zu packen", doch da ihm eine solche handgreifliche
Rechtfertigung verwehrt war, blieb ihm nichts anderes üb-
rig, als sich mit der Loyalität seiner amerikanischen Freunde
und mit dem Besuch Longfellows (im Oktober 1842) zu trösten.

Die Geschichte von Dickens' leidgeprüften Beziehungen zu
Amerika ist damit noch nicht zu Ende: ein literarisches
Hauptkapitel fehlt noch, ebenso der zugleich versöhnliche
und tragische Epilog. Daß der Dichter den Amerika-Kom-
plex nicht nur in einem „Sachbuch", sondern auch in einem
Romanwerk verarbeiten mußte, liegt auf der Hand, und so
begann er gleich nach Abschluß der *American Notes,* die
Ende 1842 herauskamen und trotz oder wegen der genannten
Kontroversen ein bedeutender Publikumserfolg wurden, mit
der Arbeit an seinem „Amerika-Roman" *Martin Chuzzlewit,*
dessen erste Lieferung bereits im Januar 1843 erschien. Im
Martin Chuzzlewit konnte er, nicht mehr der faktischen, sondern nur noch der fiktiven Wahrheit verpflichtet, unge-
hemmter als in *Amerika* gegen die ungehobelten Manieren,
die Ignoranz, den Materialismus und die Überheblichkeit der
Amerikaner, so wie er sie sah, vom Leder ziehen. Bei seinem
Hang zu Schwarzweiß-Malerei gerieten ihm die Yankees des
Romans fast ausnahmslos zu Urbildern des „häßlichen Ame-
rikaners".

Der Aufschrei der Empörung, der daraufhin durch das
amerikanische Volk ging, zeigt überdeutlich, daß Dickens'
spitze Pfeile ins Schwarze getroffen hatten. Ihn selber be-
kümmerte indessen die allgemeine Entrüstung nicht sonder-
lich, denn er hatte es sich angewöhnt, die Schmähschriften,

Drohbriefe und gehässigen Zeitungsartikel, die ihm aus der Neuen Welt zugesandt wurden, ungelesen ins Kaminfeuer zu werfen. Allmählich verlor er Amerika aus den Augen, bis er 1867 noch einmal den Atlantik überquerte, um ein anderes Amerika mit anderen Augen zu sehen. Vieles war in dem dazwischenliegenden Vierteljahrhundert geschehen: der Bürgerkrieg, Lincolns Ermordung, die Abschaffung der Sklaverei.

Diesmal kam Dickens nicht als kritischer Beobachter, sondern als Dichter und Rezitator seines eigenen Werkes. Aber er kam auch – das sei nicht übersehen – als geschäftstüchtiger Literaturproduzent, der das glänzende finanzielle Angebot seiner amerikanischen Reisemanager einfach nicht ausschlagen konnte. Vielleicht wäre es besser gewesen, er hätte auf noch mehr Ruhm und noch mehr Geld, als er ohnehin schon besaß, verzichtet, denn diese amerikanische Vorlesungstournee überforderte seine nachlassenden körperlichen Kräfte. Nach seiner Rückkehr (1868) hatte er nur noch zwei Jahre zu leben, und man darf als sicher annehmen, daß die Strapazen der zweiten Amerika-Reise zur rapiden Verschlechterung seines Gesundheitszustands und zu seinem vorzeitigen Tod am 9. Juni 1870 geführt haben.

Siegfried Schmitz